Wilhelm Jensen

Um die Wende des Jahrhunderts (1789-1806)

Roman. Erster Band

Wilhelm Jensen

Um die Wende des Jahrhunderts (1789-1806)
Roman. Erster Band

ISBN/EAN: 9783741110764

Hergestellt in Europa, USA, Kanada, Australien, Japan

Cover: Foto ©Andreas Hilbeck / pixelio.de

Manufactured and distributed by brebook publishing software
(www.brebook.com)

Wilhelm Jensen

Um die Wende des Jahrhunderts (1789-1806)

Um die
Wende des Jahrhunderts

(1789 — 1806)

Roman

von

Wilhelm Jensen.

Erster Band

Dresden und Leipzig
Verlag von Carl Reißner
1899

1.

In der Reichsgrafschaft Falkenberg-Hochberg erhob sich, wo ein kleiner Nebenfluß nordwärts dem unteren Main zustrebte, nur wenig über dem Städtchen Wangenfurt das gräfliche Schloß, die zeitige Residenz Seiner Erlaucht, des souverainen Reichsgrafen Wolfgang Falko von Falkenberg-Hochberg. Es lag auf einer sich leicht abschrägenden Fläche des mäßig ansteigenden Hügelgeländes, breitgestreckt, mit Seitenflügeln; sein Baustil ließ das in verkleinertem Maße nachgeahmte Vorbild von Versailles erkennen. Vor ihm ward ein großes, mit vergoldeten mythologischen Bildwerken funkelndes Rondeau von breiten, kiesglimmernden Zufahrtwegen umkreist, und zur Rechten rollte darauf eine Hofkutsche, von der Stadt kommend, unter der Märznachmittagssonne heran. Die Steinchen knisterten und stiebten, vor dem großen Schloßportal senkten die beiden Schildwachen in mittelalterlicher Söldnertracht die Schneiden ihrer Hellebarden zu Boden, ein liliputanischer rothberockter Mohr sprang herzu und riß den Wagenschlag auf, aus dem mit einiger Schwierigkeit eine hochgewachsene Dame in riesenhaft glockenartig bauschendem und metallisch glitzerndem brokatenem Reifrock hervorstieg. Unter diesem wurde auf dem Trittbrett ein goldbestäubter Schuh aller-kleinsten Maßes sichtbar; mit der Zierlichkeit der Füße wetteifernd, stützte sich eine Hand flüchtig auf die Schul-ter des vorgebückt stehenden Negers. Dann verschwand die glanzvolle Frauenerscheinung in's Innere, die Kutsche rollte zur Remise nach hinten davon, mit den alten Hellebarden auf den Schultern wanderten die Posten wieder unter ihren schwer befederten Baretten nach rechts und links hin und her, und die große Rotunde lag reglos und geräuschlos wie zuvor. Nur die Sonnen-strahlen setzten ihr Geschäft fort, einige da und dort noch verbliebene Schneehäuschen weiter zu verringern, und eine erste summende Biene kam, vom weithin leuch-tenden Schein der gelben Crocosbeete angelockt. Doch wandte sie sich von diesen, als duftlosen Blendern, rasch ab und den benachbarten Hyacinthen zu, zwischen den rothen Aimable recette, La bien aimée und A la mode, der blauen L'ami du cour und den weißen Blondine, Triomphe und La jolie blanche hin und her wechselnd.

Seitwärts, nur kurz entfernt, umgaben das Schloß in elliptischem, nach vorn abgebrochenem Halbbogen weiß-glitzernde Cavalierhäuser, an einen Reigen von der Sonne Licht empfangender und sie umkreisender Planeten erinnernd. In einem weiß und golden getäfelten, mit Watteau'schen Gemälden über den Thüren verzierten Zimmer des vordersten Gebäudes saß der Oberstall-

meifter Freiherr Malchus von Obentraut und schrieb an
einem Brief. Er war eisgrau, doch gleich allen seinem
Stande und dem reichsgräflichen Hofhalt Angehörigen
nicht von Altersschwere, nur ein feiner Puder gab sei=
nem Scheitel die Farbe. Auf den Nacken fiel, nicht
nach brandenburgisch = preußischer Art straff geschnürt,
sondern mit einer lockeren Eleganz der kurze Haar=
beutel, in dessen blaßblaue Seidenschleife eine stark duf=
tende, gefüllte, dunkelrothe Treibhausnelke verknüpft war.
Sein Schreiben richtete sich an den seit einer Woche
in höchstem Auftrag an einem benachbarten Fürstenhofe
abwesenden reichsgräflichen Oberceremonienmeister und
maître de plaisir, Freiherrn Herwarth von Starkhausen,
und auf dem, mit einem eingestempelten Wappen ver=
zierten Bogen stand:

    „Höchlichst zu verehrender Herr Oberhofcere=
      monienmeister,

Hochedelgeborener Freiherr.

    Mir in unmeritirter bienveillance zugesinnter
        protecteur und affectionirter Freund.

    Wie ich Eurer freiherrlichen Gnaden bei Dero von
mir tief regrettirtem départ zugesagt, beeile ich mich,
Ihnen en peu de mots über den Ausgang des in=
teressanten événements Mittheilung zugehen zu lassen.
Es hat am jüngsten Sonntag Invocavit Seine Erlaucht,
unser allergnädigster Herr geruhet, Seine présence bei
der Nachmittagspredigt des Magister Damian Bobmer
in der Stadtkirche ansagen zu lassen, wohin ich in der

suite Serenissimi um die bemeldete Zeit mich pflicht=
schuldigst begeben und in einem Stuhl auch die Ehe=
frau und Tochter des Pfarrers als Zuhörerinnen re-
gardirt habe. Läßt die letztere, wie Sie mittelst eigenem
aspect in Erfahrung gebracht, nicht soupçonniren, eines
geistlichen Baters Sprößling zu sein, obwohl er sie in
der Taufhandlung vor — wie ich tarire à peu près
siebenzehn Jahren — durch den ihr beigelegten Namen
Theoda oder Theodata wohl als eine „Gottesgabe" be=
signiren gewollt. Vielmehr erscheint sie als une petite
blanche, die einem fremden Stamme aufoculirt worden,
ça veut dire, mon cher, daß sie etwa ingleichem wie
ihr Erzeuger berufen sein mag, mit Stacheln zu blessiren,
doch nicht nach der Manier eines gemeinen Dornstrauchs,
sondern mit solchen, die unter Rosen cachirt sind, oder
wie die Sammettrüllchen d'une petite chatte mignonne.
Es ermangelt ihr noch einiges am développement, so
daß sie erst für die connaissance de telles choses eine
sentation du gout verursacht, aber — vous comprenez,
ihre Anwesenheit in der Kirche war unter den obwal=
tenden Umständen une affaire piquante. Seine Erlaucht und selbiger hohe Freundin nahmen ihre sepa-
rirten Fauteuils ein, währenddeß der Pastor zur Kanzel
hinaufstieg und ich attrapirte für einen moment in
einer visionairen Condition, wie das weiße Tauben=
portrait des h. Geistes von einem coup d'oeil du faucon
getroffen wurde. Voilà, mon cher, un bon-mot, à mon
avis ecclesiastique et spirituel. Es hat alsdann der

Magister Bodmer commencirt, einen sermon über die christliche Ehe zu halten, weßmaßen sie ein Fundament und Grundpfeiler der Ordnung Gottes auf der Erde ausmache, daß nicht leicht eine Creatur sich schwerer versündigen könne, als so sie das Sacramentum der Mariage durch ein Concubinat prostituire. Denn es derivire das Wort Ehe in der Sprache von dem antiken Worte Ewe, dem die Bedeutung und Importance der „ewigen Satzung“ inne wohne, das wolle für jegliches menschliche Individuum besagen, lebenslange Gewissenspflicht und Moralitätsschuldigkeit. War es während solcher rhetorischen Leistung still in der Kirche, qu'on entendrait trotter une souris, und haben auch die hohen Herrschaften ohne eine Miene zu verziehen dem Sermon zugehört. Alsdann aber, da der Pfarrer von seiner Kanzel herniedergekommen und vorbeipassirt, Serenissimus ihn mit einer geste de la main arretirt und mit der aimabelsten bienveillance coram publico zu ihm gesprochen: „Er ist ja superbe mit der oratorischen Begabung ausgerüstet und möchte ich Ihn wohl zu meinem beständigen Hofprediger haben. Da aber zur Zeit in dieser Position keine Vacanz vorhanden, will ich, auf meinen eigenen Wunsch renonçirend, diejenigen meiner Unterthanen von Seiner Eloquenz profitiren lassen, die solcher am meisten bedürftig sind, und geleite ich Ihn mit meinen besten Wünschen zu Seiner fernerweitigen segensreichen Activität.“

Es hat, wie ich auf meine recherche Auskunft ge-

wonnen, noch am selbigen Abend der Magister vom
Consistorio ein Mandat erhalten, durch welches er nach
einem village droben auf dem Gebirg deplacirt worden,
auch alsbald schon seinen départ dorthin in Begleitung
seiner Familie genommen. Bedünket mich dieses changement aber à merveille und in ziemlicher Weise als
Ungnade, und regrettire ich Ihre absence zur Zeit
ganz besonders, mon cher ami, weil sie mich der Mög=
lichkeit depossedirt, Ihre opinion bezüglich dieses mer-
veilleusen événements in Erfahrung zu bringen."

So weit hatte der Oberstallmeister von Obentraut
geschrieben, als etwas ihn veranlaßte, den Kopf nach
dem Fenster abzudrehen und ein paar Augenblicke hinaus=
zuschauen. Doch hatte er die Ganskielfeder dabei nicht
aus der Hand gelegt und ließ sie jetzt, nachdem er
einmal seine blumenbestickte Damastschooßweste, die sich
etwas aufgeschoben, herabgerückt, fortfahrend wieder über
das Papier gleiten:

„Es haben à l'instant vor mir alle Grazien und
Musen den Schloßplatz beschritten, indem sie der hoch=
edelgeborenen Freiin von Bettendorf die conduite bei
ihrer Retournirung von einer Spazierfahrt gaben, und
ist mir die faveur zu Theil geworden, für einen Moment
den ravissantesten Fuß unseres siècle mit meinen
Augen observiren zu dürfen. Dabei mir dann en
memoire gerathen, daß wir uns prepariren, in diesem
Sommer zum fünftenmal l'anniversaire de la naissance
der hohen Dame festlich zu begehen, und wäre es mir

von großer importance, mich darüber assuriren zu können, ob dieselbige den Tag ihrer Geburt, welchem wir alle ein so großes bonheur verdanken, zum 27ten oder bereits zum 28ten Male wiederholt. Denn Sie werden nicht des sentiment, oder sage ich der sensibilité und délicatesse, entbehren, cher baron, daß sich zwischen diesen beiden problematischen Daten eine difference geltend macht, die bei der Composition des von mir intendirten Gratulationspoems considerirt werden muß. Ob ich nämlich mich auch nicht inquiétire, es möge der illustre Gegenstand meines Festcarmens selbst durch einen erreur choquirt werden, so bleibt doch zu regardiren, daß Serenissimus etwaig an einer méprise der Huldigung Anstoß nehmen könnte. Deshalben ich solcherlei difficile Affairen gern einer delibération mit Euer Hochedel- geboren unterziehen würde, und verhoffe plein d'assurance, cher ami, auf Ihre baldige retour als

Dero

submissester und affectionirter

Serviteur

Malchus von Obentraut,

Oberstallmeister.

Datum: Wangenfurt, XI. Mars 1789."

Mit einer zierlichen Schrift, die auf alles eher, als auf Beschäftigung der Hand mit ordinairen Stallan= gelegenheiten hinwies, hatte der Schreiber den Brief vollendet, drehte den Kopf wieder dem Fenster zu und blickte abermals, wie in die Lösung eines großen Pro=

blems versunken, nach dem Schloßportal hinüber, durch
das der glitzernde Reifrock der Freiin von Bettendorf
verschwunden war.

* * *

Droben über dem Schloß von der obersten Höhe des
Thalgeländes ward der gegen Südwest gerichtete Blick
von einer bläulichen, ziemlich einförmig erscheinenden
Horizontlinie begrenzt, deren Emporhebung einen Ge=
birgszug kundthat. Ein Theil von diesem gehörte zum
Falkenberg=Hochberg'schen Gebiet, doch erstreckte die Reichs=
grafschaft sich nicht ununterbrochen bis dorthin, sondern
dazwischen dehnten sich die souverainen Territorien einer
anderen, sowie einer beträchtlichen Anzahl von Reichs=
freiherrnschaften aus. Das jenseits von ihnen liegende
Falkenberg'sche Besitzthum bildete eine der mehrfältigen
Enclaven des um die Stadt Wangenfurt sich rundenden
Haupttheils.

Das Bergland staffelte sich allmählich an und sein
Abfall nach Osten erregte keinen bedeutenden Eindruck,
so daß es über seine Höhe täuschte. Erst der Heran=
kommende empfand, daß er zu einem Gebirgsrücken auf=
steige, eine Veränderung des Bodens und Umwandlung
des landschaftlichen Gepräges. Der Buchenwald hörte
auf oder verkrüppelte zu niedrigem Busch, Nadelbäume,
Kiefern und Fichten mit genügsameren Wurzeln traten
an die Stelle. Man sah, steiniger Grund und die gegen
rauhe Winde unbeschützte Lage verbanden sich hier, die

Gegend unfruchtbar zu machen; hin und wieder wiesen geschrägte, mit ausgepflügten Granitbrocken abgegrenzte Feldstreifen noch auf kärglichen Ackerbau hin, doch weiter aufwärts schien sich die geröllbedeckte Flur in leere Oede fortzudehnen. Dann überraschten zerstreut aus einer flachen Einmuldung des Hochrückens auftauchende Gebäude, meistens äußerst dürftige Behausungen, die sich nordhin zu einem kleinen festeren Kern zusammenrückten; seitwärts davon stieg ein etwas höherer und breiterer Bau mit Gemäuern aus grauen Findlingsteinen empor. Das war, obwohl ohne irgendeine Thurmerhöhung auf dem Dach, die Kirche des Falkenberg'schen Pfarrdorfs Steinhagen, einer muthmaßlich sehr alten Ansiedelung und ebenso wahrscheinlich von den Begründern mit dem Namen nach der sterilen Bodenbeschaffenheit belegt; er wies auf den altdeutschen, „hagan", den Dornbusch zurück, der auch gegenwärtig noch da und dort umher zwischen den Steinen sein angestammtes Grundrecht behauptete.

Unweit von der Kirche lag ein alleinstehendes Haus, vielleicht ein weniges umfänglicher als die übrigen des Dorfes, doch nicht ansehnlicher, ein einstöckiger Riegelbau, von dessen vermorschtem Balkenwerk überall die bemörtelten Zwischenflächen sich mit Lücken und Löchern ablösten. An den Fenstern zeigte sich die Mehrzahl der kleinen Scheiben zersplissen und durch Beklebung mit Papierstreifen nothdürftig zusammengehalten; die nach Westen gekehrte Hauswand nahm sich wie dicht von schwarzen Pocken vernarbt aus, und ein kleiner, steil

nach den Seiten abgegiebelter Ausbau des niedrigen
oberen Stockes neigte sich, von der Beharrlichkeit des
Windes allmählich um ein Stück aus seiner ursprüng=
lichen Lage weiterverdrängt, schief über die vordere Zugangs=
thür des Gebäudes herunter. In diesem befand sich zur
rechten Hand von dem zerlöcherten gestampften Lehm=
flur eine ziemlich räumliche, doch kaum mehr als manns=
hohe Stube; darin saß an einem stattlich und dauerhaft
gearbeiteten Familientisch aus Eichenholz der neue Pfarr=
herr von Steinhagen, Magister Damian Bobmer und
verfaßte auf einem großen graufarbigen Foliobogen ein
Schreiben an den Rector der Stadtschule, zugleich auch
Prediger an der Sanct Johanniskirche zu Wangenfurt,
Magister Laurentius Meibusch. Mit sicher ausgeprägten,
nur ab und zu ein bischen verschnörkelten Gelehrten=
schriftzügen schrieb er:

„Petrospinae seu Saxosentibus,
am Idus mensis Martis anni 1789.

  denn also habe ich mir meinen neuen Wohn= und
  geistlichen Einwirkungsort translatiret, in dem ich
  die Auswahl zwischen beiderlei Benennungen docto
  aestimatori et interioris latinitatis scientissimo
  frei belasse.

Ehrengeachteter, hochgelahrter Herr rector,
Hochwürdiger Bruder im HErrn,
Geschätzester collega und Freund.

  Auf Ihr ehrendes und freundwilliges Ansinnen habe
ich bei unserer erst neulichen Verabschiedung zugesagt,

Ihnen alsbald nach meiner Hierherkunft eine getreuliche
descriptio unseres nunmehrigen domicilii abzustatten.
Solche beginne ich an dem festen Eichentische, den mir
der werktüchtige und verständige Schreinermeister Kunz
am Thor zu Wangenfurt für die Zeit meiner Lebens=
dauer und wohl um ein Beträchtliches über dieselbe
hinaus in trefflicher Weise nach seiner facultas her=
gerichtet hat. Und füge ich dem Anfange hinzu, daß
ich mit der gleichen Festigkeit der Vorschrift gehorsame
und in ihrer Erfüllung Genüge finde: Du sollst will=
fährig dem Gebote der Obrigkeit nachkommen, dieweil
sie Dir von GOtt vorgesetzt worden und nichts auf
Erden ohne Seinen wohlerwogenen Rathschluß geschiehet.
Selah.

Es ist unsere Herfahrt, wie Sie es sich wohl in
der Vorstellung gestalten mögen, nicht ohne einige Be=
schwerniß verlaufen, insofern die Wagen mit dem Haus=
geräth oft nur überaus mühsam und lentiter auf den
negligirten Wegen weiter zu gelangen vermochten; außer=
dem auch die reichsfreiherrlichen Behörden an jeglicher
Landesgrenze auf eine umständliche Manier ihre Visitation
angestellt und den Durchgangszoll von uns eingehoben
haben, in einer Verkehrung zu heidnischen Zeiten löb=
lichen Brauches, daß der Wanderer wohl mit einem
obolus als Wegzehrung begabt worden. Sind wir in=
dessen ad extremum glücklich hierheraufgekommen. doch
nicht von dem Hauche des Frühlings empfangen, welchen
wir drunten allbereits in seinem Einzug verlassen.

Sondern bedecket noch allerorten Schnee bis zu mehr
denn Schuhhöhe den Boden, und ließe sich unser Ge=
birgsrücken wohl als ein Mons vastus ab natura et
humano cultu benennen. Es scheinen auf ihm lediglich
saxi et sentes zu gedeihen, die ich obig pro signo in
der Latinisirung des deutschen Namens Steinhagen ver=
bunden oder, ut libet, Petersdorn, dafür in Vorschlag
gebracht. Doch lässet das Gemüth von solchen fuceties
ab bei der Betrachtnahme der Armuth in hiesiger Ge=
meinde, deren Kräften zu keiner Zeit verstattet gewesen,
ihr Gotteshaus auch nur mit einem bescheidensten
Glockenthürmlein zu begaben, dabei es jeder exspectatio
ermangelt, als könne vom Consistorio eine Besserung
hujus status immeriti herbeigeführt werden. Will ich
mich aber keineswegs beklagen, so das Consistorium
sein Augenmerk nicht hierher verrichtet hält. Denn es
lautet das alte Sprüchwort: Des Pfarrers Weh ist das
ABC! unter welchen Buchstaben, als Jhnen wohlbekannt,
nicht die gewöhnliche sententia zu begreifen ist. Viel=
mehr getröste ich mich gerne, dafür zwischen Stein und
Dorn jeglicher collisio mit einem Adeligen Herrn patrono,
seinen Beamten und dem C entrückt zu sein, das leider
unterzeiten auch geltend macht, den Anfangslaut des
Wortes collega zu bilden. Und halte ich mich ohne
Befürchtung eines detrimenti dignitatis et auctoritatis
völlig bereit, inskünftig am Sonntagmorgen vor der
Kirchenthür mit einer Handglocke meine Herde auf die
Weide des Evangelii herbeizurufen.

Es ist mein hiesiger Vorweser im Beginne des Winters an einer Krankheit Todes verblichen, welche ihm wohl von dem unbilligen clima in die Brust eingepflanzt worden, und die Stelle anher nicht wieder besetzt gewesen. Deshalb auch das Pfarrhaus bis zur Zeit leer gestanden und uns bei unserer Ankunft, nicht anders zu sagen, als in unwirthlichem Stande empfangen; fast eherbar die comparatio mit einem — sit venia verbo — Koben zulassend, als mit einer für menschliche Bewohner bestimirten Behausung. Doch verhält sich, ohne ungebürliches Rühmen noch praedicatio de me ipso zu vermelden, meine achtbare und liebwerthgeschätzte eheliche Genossin Ernestina ihrem Namen gemäß als eine unverzagt entschlossene Hausfrau, so daß sie, adjuvante filia nostra, alsbald tapfer zugegriffen, diesen neuen Stall des Augias nach Kräften in einen gereinigten Zustand zu versetzen, mir schier zur Bewunderung und Lobpreisung divinae providentiae, die mich ut dicam unverdientermaßen mit solcher Lebensgehülfin wider die molestias vitae ausgerüstet. Denn wir sitzen an diesem Tage allbereits in der gesäuberten und von einem Reisigbrande im Ofen wohlburchwärmten Wohnstube, wo ich, obwohl als evangelischer pastor, sine perturbatione animi ecclesiastici, vielmehr quadam in voluptate mich der Abfassung dieses Schriftwerkes in der „Hölle" hingebe. Da es als Ihnen bekannt zu vermuthen steht, daß der üble Klang dieses Namens im Pfarrhofe eines rustici keinen biabolischen Aufenthaltsort andeutet, viel-

mehr ben nur in erfreulichem Grabe temperirten Sitz-
platz im Hinterwinkel ber bem Geiste wie bem Leibe
bienlichen Feuerstätte. Für solche wohlthätige vis ca-
loris singen wir burch ihre mit Dank erfüllte Nutz-
nießung bem Ausspenber alles Guten ein Loblieb. Ho-
siannah!

Unser Domicil enthält in sich außer jenen benö-
thigten Schlafräumen noch eine mir angepaßte Stubirkammer, bie ich jebennoch vorerst nur meiner bibliotheca
zur Unterkunft angewiesen habe, bieweil meine verstän-
big begabte Gesponsin mit richtiger prudentia als an-
rathsam befunden, unseren Aufwand für Brennholz in
eine angemessene Proportion zu ben Emolumenten meiner Jahresbesolbung zu versetzen. Also trägt jegliche
unterzeitige Entbehrung bas Samenkorn unb Keimblatt
eines inskünftig beglückenben Wachsthums in sich, benn
es schwebet bie Aussicht, mich selbst in ber wärmeren
Jahreszeit mit zu meinen Büchern einquartieren zu
können, als eine köstliche Abwechslung bes Sommers
vor mir. Dieser, ob er gleich erst verspätet beginnen
mag, wirb ingleichem hier nicht ohne eine Entfaltung
ber ihm inhaerenten Eigenschaften unb Annehmlichkeiten
vorübergehen, benn es lässet ber HErr — quamvis
aliquando non ad nostrum judicium accommodatum
— gleicherweise seine Sonne leuchten über Gerechten
unb Ungerechten, also auch über Stein unb Dorn. Unb
erfreuet sich insonbers unser Töchterlein bes Vorausblickes
auf bie Tage, an benen sie nach ihrer kinblichen Ge-

pflogenheit und Herzensgelüst wird durch die Gottes=
natur in unserer Umgegend per pedes Apostolorum
auf= und niedersteigen.

Es ist die Theoda oder nach Namensverkürzung
und =Vertauschung im Munde meiner Eheliebsten Dieta,
wie Sie selber, hochgeachteter College und Freund, zu
öfteren Malen sich exprimirt haben, gleichsam eine effigies
suavitatis virginalis, quae comparari potest luci solis
serenae, so daß man sie wohl mit der Bildung und
figürlichen Umdeutung eines neuartigen Epithetons unserer
Sprache ein sonniges Kind benennen möchte. Und ahnet
in ihrer Unschuldigkeit nichts von Perversität noch aliqua
libidine unter den Menschen auf der Erde, wie das
Lamm aus eigener Erkenntniß den Wolf nicht scheuet,
sondern wider ihn der Obhut des Hirten anheimgegeben
ist. So hat sie dieser letzten Woche Ungemach und
Mühsal allzeit mit Unverdruß und hilaritas überwun=
den, vergleichbar einer Frühlingslerche im Hause, deren
Stimme die noch dauernde Kälte und Unbill des Win=
ters vergessen macht; trägt sie indessen sonst bei einer
Zusammenhaltung mit einer dem Vogelgenus zugehörigen
species vermittelst des ihr überaus reich zubemessenen
braunen Haares größere Aehnlichkeit mit dem Gefieder
eines Rebhuhnes an sich, welchem sie auch in ihrer in=
clination für den Aufenthalt im freien Gefilde und
Sonnenscheine gleichkommt. Mag dieses Verweilen mei=
ner Feder bei ihr freilich den Anschein erwecken, als ob
ich cum patria caritate et ostentatione ihr Bildniß

allzusehr ins Licht verrücke, aber erachte ich es nicht
als vom Schöpfer gewollt, daß ein Vater seine Augen
für die nicht gemeinigliche Schönheit einer Gottescreatur
verschlossen halte, weil sie ihm als Tochter zubeschie-
ben worden. Und habe ich sie, wie mir mehr und
mehr zu deutlicher Erkenntniß aufgegangen, darum auch
mit Recht meine Gottesgabe benannt, als eine Kund-
gebung, daß sie ihren Eltern über deren leibliche Natur
und virtutes zum Geschenk gefallen, wiewohl es von
Undankbarkeit zeugen würde, nicht zu abjungiren, daß
auch meine liebe Ehefrau in ihrer Jugend einer gewissen Anmuth des Angesichtes und sonstiger confor-
matio corporis keinesweges entbehrt hat.

Diese Zeiten liegen nunmehr allerdings in einer
erheblichen distantia hinter uns und bereitet sich das
saeculum allgemach langsam seinem Abgange entgegen,
wie wir etwa im Octobermond an den mit starken
Schritten heranrückenden Abschluß des Jahres gemahnet
werden. Denn es entfärbet sich alsdann zur defron-
descentia mit immer größerer Geschwindigkeit das Laub,
die Blumen, so zuvor durch ihren aspect und odores
erfreut haben, gerathen zum Abwelken, so daß sie einen
üblen Geruch von sich breiten und dasjenige, welches
seine Zeitperiode überdauert hat, sich von Innen heraus
verfaulend, dem Untergang zubereitet. Scheinet mir mit
solchem circulo des gemeinen Jahres auch der Verlauf
und das Absterben eines saeculi wohl zu vergleichen,
und möge uns von der Providentia inexplorata vor-

bestimmet sein, noch die renovatio eines neuen Frühlingslebens aus gedeihlichen Säften mit unseren Augen zu gewahren.

Dem Beginn hujus aestatis aber schreiten wir nunmehr mit erquicklicher Hoffnung zu, welche mich meine Translation an den hiesigen Ort nicht als eine molestiam und Incommodität betrachten läßt, sofern sie mir vielmehr zu meiner völligen Zufriedenheit und tranquillitas animi gereichet. Es bedrücket dort unten eine schwere Luft, währenddessen hier oben die Brust durch eine leichtere Respiration befreit wird. Nur hat sich, als curiositas vis aëris anzufügen, die Luft dahier für eine sonst getreuliche Begleiterin meines irdischen Wandels nicht als zukömmlich erwiesen, insoweit meine gute, echtsilberne Sackuhr, die ich als Erblassenschaft von meinem seligen Herrn Vater empfangen, alsbald nach unserer Ankunft ihren progressum verweigert hat und sich ohngeachtet aller ihr von mir zugewendeten Bemühungen nicht zum Weitergange commodiren lässet. Ist es zwar bei Manchem, wo eine Destruction im mechanismo vorhanden, vergebens aufgewendete Mühe und quasi stultitia, durch Erzeugung von Gewissensbissen eine heilsame Besserung impetriren zu wollen. Aber das Gebot Gottes heischet den Mund Seines Dieners, sich zu öffnen, ob er gleich im Voraus gewiß sein mag, daß ein Spott seiner Rede resonniren wird.

Eines ausgiebigern otii aber werde ich mich hier erfreuen, der continuation meines Schriftwerks über

meinen gelehrten Namens-patronum Damianum obzuliegen, für beſſen imago vitae und Feſtſtellung ſeiner
Lehre ich gleichſam durch die an mir vollzogene h. Taufhandlung designirt worden bin. Und hege ich die Zu-
verſicht, mit unwiderlegbaren argumentis demonſtriren
zu können, daß ſeine doctrina von der Monas des göttlichen Urweſens, die ſich aus der Trinitas zuſammen-
ſetze, obwohl man wider ihn den Vorwurf des Tetra-
theismi erhoben, ſich in keiner controversia mit dem
fundamento und dogmate unſeres chriſtlichen Glaubens
befinde, vielmehr der λόγος das trifältige πρόσωπον zur
unitas geſtalte und der Monophyſitismus des Damianus
von der Synode zu Constantinopolis völlig zum Un-
rechten als haeresis verdammt wurden.   Hierüber, ge-
liebter Bruder im Herrn, können de singulis noch
Dissensiones Platz greifen, verhoffe ich jedennoch als
unzweifelhaft, durch meine studia noch vor dem Ab-
ſcheiden hujus saeculi Ihrer consensio mit den ge-
wichtigſten Consequenzen meiner Monographia mich
verſichert halten zu dürfen und ihrer bei einer Aus-
ſprache von Munde zu Munde als eines erwünſchteſten
Lohnes meiner mit geziemlichem Ernſt und Eifer be-
triebenen Arbeit theilhaftig zu werden.

Dieſes Schreiben anvertraue ich dem von hier zu
jeder Woche einmal nach Wangenfurt marſchirenden
ordinairen Laufboten, damit ſelbiger es Ihnen zu per-
soenlicher Hand deferrire, und überlaſſe ich mich der
getröſtlichen Hoffnung, vermittelſt gleicher bequemlicher

Communication eine erträgliche Botschaft von Ihrem
Wohlbefinden, sowie ingleichen von der Valetudine bona
Ihrer Frau Eheliebsten zurückzuempfangen.

Der ich mich schließlich mit dem größten Respect
Ihnen signire, ehrengeachteter Herr rector, nicht allein
dem Namen nach cum lauro bekränzter und geschätz=
tester collega und Freund, als Ihnen

in gebührlicher Devotion anhänglicher
Damianus Bodmer,
Pastor ev. zu Steinhagen in montibus."

*   *   *

Der Schreiber hatte zur kräftigen Herstellung seines
Namenszuges den Federkiel noch einmal tief in den
Napf mit selbstbereiteter Tinte eingetaucht und legte den
jetzt ausbenutzten mit so nachdrücklicher Armbewegung
von sich, daß ein tüchtiger schwarzer Tropfen auf den
seit vier Tagen an jedem Morgen in mehrstündiger
Thätigkeit von der neuen Pfarrhausfrau mit der Scheuer=
schruppe bearbeiteten Estrich hinuntersprang. Die kürzere
Seite des Eichentisches einnehmend, war sie eifrig mit
der Besserung einer Schadhaftigkeit am geistlichen Sum=
mar ihres Eheherrn beschäftigt, doch nahm sie durch
einen Aufblick die Beklerung des mühselig von ihr einiger=
maßen in säuberlichen Stand gesetzten Bodens gewahr,
und ein leiser unwillkürlicher Seufzerton rang sich ihr aus
der Brust bis über die Lippen herauf. Zwar bemühte
sie sich sogleich, ihn zur Unhörbarkeit wieder zurückzu=

2*

drängen, doch hatte das Ohr des Pastors bei ihm nicht
unbekannten Laut aufgefangen, auch sein Blick richtete
sich mit einem Ausbruck von mißbilligender Bestürzung
nach dem sich in's helle Dielenholz einsaugenden bunklen
Flecken, und ihm kam dazu vom Munde: „Es ist biese
Verunreinigung nicht aus Bebachtnahme geschehen, viel=
mehr gänzlich wider meinen Willen aus ohngefährer
Vorsichtslosigkeit, und bitte ich Sie, meine liebste Erne=
stina, es mir nicht übel in Anrechnung bringen zu
wollen, daß ich Ihnen durch meinen Unbebacht aber=
malig eine Beschwerniß verursacht habe."

Da zwang Frau Ernestine ihr etwas erschrocken be=
kümmertes Gesicht zu einem sacht lächelnden Ausbruck
um und erwiberte gütig abwehrenden Tones: „Ich ver=
hoffe mit nichten, daß mein liebster Ehegemahl sich einer
fälschlichen Muthmaßung überlässet, als könne ich ben
ihm schulbigen Respect bermaßen außer Acht lassen,
durch eine solchartige Bagatelle in eine übellaunige Ge=
müthsverfassung zu gerathen. Es ist mir doch wohl=
bekannt, von welchen gewichtigen Thematen der theo=
logischen Wissenschaft Ihr Geist jederzeit der Anstren=
gung unterliegt, und bitte ich Sie, mit diesem gering=
fügigen und gleichgültigen Zufall Ihr Gedächtnis nicht
länger beschweren zu wollen."

„Es waltet eine gute Ehehälfte dem Manne als
ein von obenher ihm zubescheerter Segen im Hause,"
versetzte Damian Bobmer nicht ohne das zum Gefühl
Kommen einer seiner Brust erfreulich zu Theil gewor=

denen Erleichterung. „Ich will nach meiner anbauern=
ben scriptura mich annoch für einige Augenblicke vor
bie Thüre hinausbegeben, liebe Ernestina, um bie leib=
lichen Organe in mir burch eine Aspiration ber gerei=
nigten Luft zu kräftigen."

Er nahm seine beim Schreiben in der ausstrah=
lenben Hitze ‚der Hölle' auf ben Tisch abgelegte lang=
lockige Perrücke, an ber bie Geistlichkeit noch unverrückt
festhielt unb sich ber neuen Haarbeutel=Mode gegenüber
nur zu einer grauen Puberung ber altväterisch=umfang=
reichen Behauptung bewegen ließ, orbnete sie auf sein
noch ziemlich bunkel gefärbtes eigenes Haar unb verließ
bie Stube. Sobald er bie Thüre hinter sich geschlossen
aber erhob sich eilfertigst bie Zurückgebliebene vom Sitz,
holte aus ber Ofenecke bie Schruppbürste hervor unb
hub auf ben Knieen an, zur Aufrechterhaltung ber Re=
putation bes Pfarrhauses ben Tintenfleck mit gelber
Schmierseife wegzuscheuern. Zwar stanb schwerlich zu
erwarten, baß hier in ber Bergöbe jemals anbere als
Bauernaugen eine Betrachtung bes Bobens anstellen
würben, unb zweifellos ohne irgenb welchen Anstoß an
ber Bezeugung ber gelehrten Thätigkeit ihres Pfarrherrn
auf ben Dielenbrettern zu nehmen. Doch Frau Ernestine
war bie Vertilgung ber nicht hingehörigen Schwärze ihrer
Reputation vor sich selbst schulbig unb ließ merken, sie
werbe bie Hanb nicht rasten lassen, bevor ihr bas Säu=
berungswerk zur Befriebigung gelungen sei. Dabei seufzte
sie jetzt wieber einmal auf unb etwas vernehmlicher als

vorher, inbeß nicht ber eigentlich unnöthig gewesenen
Arbeit halber, sonbern biesmal im Allgemeinen über
ben Gang unb Wanbel ber irbischen Dinge. Wenn
bie Pfarrerwohnung brunten in Wangenfurt sich auch
gewiß burch keinerlei eitlen Prunk an bem geistlichen
Beruf versünbigt unb überhoben hatte, so war sie boch
im Vergleich mit ber hiesigen wohlanständig, sowie einer
gewissen Behaglichkeit nicht ganz entbehrenb gewesen unb
bann unb wann burch einen längeren Vorkehr ber Frau
Rectorin Meibusch, wie auch noch einiger anberer wohl=
gesinnter Nachbarinnen mit anregsam lebenbiger Rebe
begabt worben. Auf eine Erquickung nach ber häus=
lichen Geschäfte Sorgen unb Mühen mußte sie nun
muthmaßlich bis zum Lebensausgang sich jeglicher Hoff=
nung entschlagen, unb sie empfanb, es leibe ihr Kopf
an einer Beschränkung ber weiblichen Natur, baß sie nicht
ganz bie Nothwenbigkeit zu fassen vermöge, warum ihr
Ehegemahl für seine Kanzelrebe in Gegenwart bes aller=
gnäbigsten Herrn bas Thema über bie christliche Ehe
ausgewählt habe, ba ihm jebenfalls boch bewußt sein
gemußt, er werbe burch solche Prebigt bie bisher bei
Seiner Erlaucht genossene Gunst in Ungnäbigkeit ver=
kehren. Hatte ber hohe Herr boch geruht, im Vergange
bes letzten Winters zu zweien Malen höchstselbst bie
Schwelle bes Pfarrhauses zu überschreiten unb mit leut=
seliger Herablassung sich zu erkundigen, ob ben Bewohnern
etwa bieses ober jenes hinsichtlich ber Bequemlichkeit
gebreche, bas einer Verbesserung bebürfe. Solche hoch=

fürstliche Huld war durch die unheilvolle Predigt völlig
verscherzt, zu ihrem Gegentheil verwandelt worden, und
es beunruhigte die Pfarrfrau obendrein ein dunkles Gefühl,
als möge sich noch etwas Anderes zu stärkerer Ver-
übelung der Sache hinzugesellt haben. Worin dies etwa
bestanden, konnte sie sich nicht zu einer Vorstellung
bringen, und da ihr Ehemann nichts darüber verlaut-
barte, stand es ihr nicht als geziemlich zu, ihn mit einer
ungebürlichen Anfrage deshalb zu bemüssigen. Aber bei
ihrer Scheuerarbeit seufzte Ernestine Bodmer über derlei
unerwünschte Mitgiften und Zuthaten der irdischen
Daseinsführung ein paar Mal nicht nur im Verschwiegenen auf.

Der Pfarrer war vor die Thür getreten und sah
gelassenen Blicks in die sich abendlich färbende Landschaft um seine neue Behausung hinaus. Am westlichen
Himmelsrand stand die Sonne im Begriff unterzugehen;
im Blau umher erschien sie goldener Pupille eines Riesen-
auges ähnlich, von dem unendlich lange röthliche Wimper-
fäden, wie blinzelnd herabgedrückt, über die einförmige,
weite, weiße Blache hingingen. Alles war noch schnee-
vergraben, die Dorsdächer, wie seitwärts hinüber die
schwerbelasteten Gezweigschirme eines Fichtensaumes, die
Wellungen des Bodens verschwanden unter der gleichmäßigen Decke. Nur nach Norden, wohl etwa eine
Stunde entfernt, hob erkennbar eine stärkere Anhöhe sich
in die Luft, überkrönt von da und dort wie große dicke
Stachel emporschießenden dunklen Trümmerresten, an

benen die sturmgejagten Flocken keinen Halt gefunden.
Düster blickten die alten Mauerüberbleibsel über die weiße
Fläche her, regungslos wie Alles; nur der Ostwind
begann mit kalten Stößen die sonnenverlassene Luft vor
sich her zu treiben, und ein zerflatternder, schwarzer
Krähenschwarm wanderte mit lärmenden Stimmentönen
dem verschneiten Walde zu. Doch da bewegte sich auch
drunten auf der Erde etwas hurtig, laufend und in
Sprüngen, ein junges Mädchengeschöpf, von keinem Reif=
gestell behindert, nur kurz, kaum bis zu den Knöcheln
berockt. Die sehr einfache, doch städtische Kleidtracht ließ
erkennen, es sei keine Bauerndirne; ein leichtes Obertuch
schürzte seine Enden vor der Brust übereinander, unter
einem umgeknoteten Kopftuch hatte der Wind puderloses
lichtbraunes Haar hervorgelockert und blies es über die
Stirn.

Das war Dieta Bodmer, lachend kam sie durch den
tiefen Schnee, in dem sie kräftige Stapfen, wohl schmal,
doch von ziemlicher Länge hinterließ; ihre Füße hatten
augenscheinlich nichts puppenhaft zierliches, sondern standen
mit ihrer Größe, wie ebenso die unbehandschuhten schön=
geformten Hände in richtigem Verhältniß zu der ganzen
körperlichen Gestaltung. Eine frei entwickelte Natur that
sich aus den Gesichtszügen und den Bewegungen kund;
der Vergleich, den der Pfarrer in seinem Brief eben
auf sie angewandt, traf, von ihrer Hochwüchsigkeit ab=
gesehen, in Einigem nicht unübel zu. Aehnlich wie ein
winterlich umschwirrendes Rebhuhn flog sie über den

weißen Grund heran und rief: „Ist's Ihnen nicht zu
kalt, lieber Vater, daß Sie in Ihrem leichten Gewande
noch hier außen stehen? Ich glaube, vorhin über'm
Schnee habe ich eine Lerche gehört, gar schön ist's doch
hier oben." Und ihre von der frischen Luft noch freudiger
als sonst blühenden Lippen ahmten ein helles Getriller
nach.

Damian Bodmer entgegnete: „Ich besorge, mein
Kind, daß Deine Bekleidung Dir wider den kalten Wind
zu wenig an Schutz gewährt haben möge."

Doch sie fiel ein: „Mir ward's vielmehr zu warm,
es ist ja heiß wie im Sommer."

Ihm ging ein Lächeln um den Mund. „Und Du
vermeintest doch, es könne mir die Kälte eine Schäd-
lichkeit anthun?"

„Ja, Ihnen, Vater, Sie laufen und springen nicht;
ich möchte kein geistlicher Herr sein, wenn ich das nicht
dürfte." Nun stand sie nach Osten ausschauend, wo in
der Weite ein bläulicher Dunst das Niederland zu überdämmern anhub. Aber ihre hellgesternten Augen scharf
anspannend und mit der Hand deutend, fragte sie: „Ist
das nicht unser Schloß?"

„Es reichet meine Sehkraft zu solcher Unterscheidung
nicht mehr aus," erwiderte der Pastor, nach einem kurzen
Anhalten hinzufügend: „Würde es einem Wunsche bei
Dir entsprechen, dorthin zurückzukehren?"

„Ich weiß nicht, ob ich's möchte." Sie blickte umher:

„Vorerst muß der Sommer kommen, daß ich alles um unser Dorf auszukunden vermag. Da hinauf! Was ist's eigentlich?"

Ihre Hand wies jetzt über die weiße Fläche nach den dunklen Mauerresten der Anhöhe, der Befragte gab Antwort: „Ein Schloßbau in der Vorzeit ist es gewesen, gleichwie jener dort unten, jedoch der göttliche Zorn mit seiner Strafe darüber hingegangen, daß er sich der Menschenhände bedienet hat, den Bau fortzutilgen von der Stätte seiner sündigen Verworfenheit."

„Wohnten böse Leute drin?" Dieta's Gedanken verweilten nicht bei der Vorstellung, sondern sie fügte gleich nach: „Da ist's eine Ruine, ich war schon einmal in solcher, brinnen ist's schön von vielerlei Blumen, und süße Beeren wachsen an den Steinen."

Das Licht begann zu zwittern, schärfer ging der Wind, so daß die Beiden in's Haus traten. Hier hüpfte das Mädchen die wacklige Treppe zu dem Giebelausbau hinan, der ihre Schlafkammer enthielt. Ein niedrig-winziger Raum war's, an einen Vogelkäfig erinnernd; sie knotete sich das Kopftuch ab und ordnete hurtig mit den schmal-langgestreckten Händen das zerzauft darunter hervorkommende Haar. So trat ihr befreites Gesicht jetzt deutlich zur Schau und rechtfertigte die Bemerkung des Oberstallmeisters von Obentraut in seinem Schreiben an den Oberceremonienmeister von Starkhausen, daß die Tochter des Pfarrers wie ein einem fremden Stamm

aufoculirter Zweig erscheine. Dieta Bobmer setzte allerbings beim ersten Anblick neben den Eltern durch ihre
Schönheit in Verwunderung, allein bei näherer Betrachtung fanden sich doch Züge an ihr gemischt, die
offenkundig auf ihren Ursprung von dem Vater und der
Mutter hinwiesen, wie dies auch für den mit den letzteren
näher Vertrauten und Bekannten keiner geringsten An-
zweiflung unterlag. Nur hatte die Natur bei ihr das
erblich Ueberlieferte zu einer verfeinerten Entwicklung
gebracht, ihrem souverainen Handeln und Gefallen gleich,
mit dem sie da und dort einmal auch eine einfache
Feldblume für solche Bevorzugung ausersah. Fraglos
trug zu dem jugendlichen Liebreiz Dieta's auch der Gegensatz bei, in dem ihre frei-natürliche leibliche Erscheinung
und ihr braunes Haar zu der einengenden und um-
bauschenden Tracht, den gepuderten künstlichen Lockenfri-
suren sonstiger Töchter aus „reputablen" Familien standen,
und neben ihnen hätte sie an eine frisch aufgeblühte
Heckenrose zwischen den von Gärtnerhand gleichmäßig
steif aufgezogenen Pfleglingen der Blumenrabatten einer
regelrechten französischen Parkanlage gemahnt. Doch
eine Vorstellung von verborgenen Dornen, die der freiherrliche Briefsteller als ‚connaisseur de telles choses'
bei ihr cachirt vermuthete, rief sie jedenfalls beim Blick
mit nur gewöhnlicher Sehkraft ausgerüsteter Augen nicht
wach; einzig der frische Duft einer Feldrose, aus Lieblichkeit und einer leisen Herbigkeit gemischt, muthete von

ihr an, und es nahm Wunder, daß der Oberstallmeister
von Obentraut in seinem Schreiben solche Ausführlichkeit
auf die Schilderung eines für die vornehme Hofwelt höchst
unbedeutenden und uncultivirten wildwachsenden Pflänz=
chens verwendet hatte.

II.

In den größeren souverainen Nachbarstaaten mochte da und dort einmal ein Mund das Schloß und den Hofhalt des Reichsgrafen von Falkenberg-Hochberg mit dem Namen eines „Versailles en miniature" belegen, doch selbstverständlich enthielt sich am hochgräflichen Hofe selbst jedermann einer so bespectirlichen Bezeichnung, oder richtiger gerieth solche herabwürdigende Verkleinerung wohl überhaupt Niemandem in den Sinn. Nach den Feststellungen der gelehrten Geographen nahm das Unterthanengebiet der französischen Krone allerdings einen weiteren räumlichen Umfang ein, aber die auf beide Länder herableuchtende, alles mit ihren Huldstrahlen begnadende, oder durch Entziehung derselben in frostige Schatten verbannende Sonne war die nämliche, ob sie den Namen Louis seize oder Reichsgraf Wolfgang von Falkenberg trug. Uebrigens gab Niemand dem Letzteren diesen Titel, auch nicht in einem Gespräch zwischen vier Wänden und vier Augen, sondern jeglicher führte ihn ausschließlich als „Seine Erlaucht", „Serenissimus" oder „Monseigneur" im Munde; vom niederen Volke, das sich nicht auf subtile Unterschiede

der Rangstufen im deutschen Reich verstand, warb er ge=
meiniglich „der Fürst" benannt, und er nahm auch diese
schlicht=kurze Betitelung, wenn sie ihm zufällig zu Gehör
kam, mit einem gnädigen Ausbruck auf. Redete man
in der Hofgesellschaft, was täglich unzählige Male geschah,
von Versailles, so begriff man indeß darunter eigentlich
nicht das gegenwärtige, die Residenz des Königs Louis
seize, sondern das Schloß und den Hof seines Vor=
gängers und Großvaters Louis quinze, den man damit,
obwohl er vor balb anderthalb Jahrzehnten gestorben,
gewissermaßen noch zu den Lebenden fortrechnete. Zwei
Menschenalter lang hatte er den Thron innegehabt, so
daß Beides, die heut' Lebenden und ihre Lebensauffassung
der Zeit seines „Regimes" entstammten; dies stellte gleich=
sam eine unverwelkliche Blüthe dar, die höchste, welche
die französische Cultur auszubilden vermocht, und leider
hatte der Enkel und Nachfolger des erhabenen Monarchen
nicht ganz den berechtigt auf seine Abkunft gesetzten Hoff=
nungen und Erwartungen entsprochen. Vielleicht trug
seine Herstammung von andrer Seite daran die Schuld,
da seine Mutter in ihm das feine Blut der Bourbons
mit dem gröberen einer sächsischen Prinzessin vermischt
habe. Das war eine sehr bedauerliche „dégradation",
aber um so mehr lag die Verpflichtung ob, das strahlende
Vorbild des ehemaligen Versailles mit der Getreulichkeit
eines Spiegels nach jeder Richtung für die Welt fort=
zuerhalten, und mit nur höchst wenigen Ausnahmen kamen

sämmtliche Fürstenhöfe des deutschen Reiches wetteifernd
und erfolgreich dieser Aufgabe nach.

Als ein Muster betheiligte sich daran die Hofhal-
tung des Grafen Wolfgang von Falkenberg, der, wie
jeder seiner Vorfahren seit undenklichen Zeiten, neben
seinem Rufnamen den eines „Falco" nicht durch die
Taufhandlung, sondern schon durch die Geburt empfangen hatte; die „Falken von Falkenberg" entstammten
einem bis in die grauesten Tage zurückreichenden Geschlecht. Er war zur glänzendsten Repräsentation desselben in Stand gesetzt, denn wenn auch das Land-
gebiet der Reichsgrafschaft nur ein halbes Dutzend von
Geviertmeilen umfaßte, so überbot er doch Manche vom
zehnfachen Bodenbesitzthum durch den Reichthum seiner
Revenuen. Demgemäß umschloß der „train de cour"
alle Oberämter eines kurfürstlichen Hofhaltes, den Ober-
hofmeister und Oberstallmeister, Oberhofmarschall, Oberkammerherrn, Obermundschenk und Oberjägermeister, oder
wie man, der deutschen Benennungen entwöhnt, die
Träger dieser Würden titulirte: L'intendant, l'écuyer,
le maréchal, le chambellan, l'echanson, l'intendant
de la venerie de la cour; unter den hervorragenden
Schloßbediensteten fehlte auch le fou de cour nicht.
Mit Ausnahme des letzteren mußten die Inhaber jener
hohen Aemter von freiherrlichem Stande sein und durch
zwölf Generationen eine tabellose Ahnenprobe zu bestehen vermögen, die sich für die tiefer gestellten übrigen
gentilhommes de la cour, chevaliers, colonels, capi-

taines und chef-inspecteurs dahin erleichterte, daß ihnen
nur die Verpflichtung ihrer Zugehörigkeit zum niedrigen
Abel oblag. Pariser cuisiniers und confiseurs walteten
mit ihren „aides de camps" in den souterrains des
Schlosses; die Treppen, Corridore, vestibules und anti-
chambres waren mit Domestiken jeder Art, Lakaien,
Pagen, silberbefranzten Läufern und dienstthuenden Cavalieren angefüllt. Alle in reicher Livree oder gold-
strotzenden Uniformen, die Schloßgarde durch thurm-
knaufartige zugespitzte „casquettes" zu einem Eindruck
von Riesenabkömmlingen erhöht, beträchtlich zahlreicher,
als es das Reichscontingent von der Grafschaft erforderte. Doch hatte von den gegenwärtigen Officieren
und Soldaten keiner sich mit Kriegslorbeeren zu be-
decken vermocht; zu solchem Behufe war das Falkenberg'
sche Elitecorps zum letzten Mal vor dreißig Jahren
mit der „eilenden Reichsarmee" gegen den König Friedrich von Preußen nach Roßbach marschirt und von dort
in etwas derangirtem Zustande, doch ohne Einbuße an
Kopfzahl heimgekehrt. Seitdem hatte die Garde sich
ausschließlich dem ehren- und verantwortungsvollen Amt
der Bewachung des Staatsoberhauptes und der Aufrechterhaltung der öffentlichen Ordnung hinzugeben vermocht, dieser hohen Pflicht allerdings mehr theoretisch
als praktisch oder richtiger lediglich in der Vorstellung
obliegend. Denn es gab unter der Seelenzahl der
Reichsgrafschaft keine einzige, die im Verdacht stehen
konnte, eine Auflehnung gegen die Verfügungen der Be-

hörben im Schilde zu tragen, und noch weniger beburfte
ber höchste Gebieter in seinem Lande irgenbwo irgenb-
einer persönlichen Beschützung. So beschränkte die nützliche Thätigkeit der Garden sich im Wirklichen auf ihren
breimal täglich mit Trommeln unb Clarinetten statt-
finbenben Parabeaufzug vor bem Schloßportal, bie laut-
tönige Ablösung ber Wachtposten, bas In's Gewehr-
Rufen unb Präsentiren beim Erscheinen Seiner Erlaucht ober „Ihrer hohen Gnaben" ber Freiin Gotburg von Bettenborf, Serenissimi seit fünf Jahren be-
sonbers geschätzter Freunbin, für die höchstberselbe die
gleiche Ehrenbezeugung anbefohlen. Sie war, ebelstem
Geschlecht entstammenb, dame d'honneur bei der Gemahlin bes Reichsgrafen gewesen, beren Gesunbheits-
zustanb bebauerlicher Weise schon seit Jahren nicht ben
allgemeinen Wünschen bes Hofes entsprach unb sich auch
troß ber allsonntäglich von ber Kanzel wieberholten, in-
ständig bem Herrn an's Herz gelegten Fürbitte bes
Oberhofprebigers noch nicht zu verbessern schien. So
verließ Ihre Erlaucht kaum mehr ihre Appartements
im linken Schloßflügel unb bemühte in ihrer stillen
Zurückgezogenheit auch bie Freiin Gotburg nicht mehr
mit ben beschwerlichen Dienstleistungen für ihre Kränk-
lichkeit. Doch war die junge Hofbame auf Wunsch unb
Anorbnung bes Gebieters, um seiner Gemahlin in et-
waigen Fällen boch wünschbaren Beistanb leisten zu
können, im Schlosse verblieben, wo sie im rechten Flügel
eine Reihe prächtig eingerichteter Säle unb Gemächer

bewohnte. Denn Seine Erlaucht hatte im Gang der
Jahre mehr und mehr ihre „incomparablen" Eigenschaften kennen und hochschätzen gelernt, trug ihren Verdiensten gemäß Sorge für jedes „agrément" ihrer Lebensführung, und es gab Niemanden am Hofe, der nicht
mit der gleichen hochachtungsvollen und ehrerbietigen
Bewunderung zu der Freiin Gotburg von Bettendorf
aufblickte, oder vielmehr unter tiefer Verneigung die
Augen vor ihr zu Boden schlug. Höchstens machte vom
letzteren der Hofnarr eine Ausnahme, da er als ein
buckliger Zwerg von kaum drei Schuh Höhe sich nicht
zu bücken brauchte, um zu einem winzigen Nichts vor
der hohen Dame zusammen zu schrumpfen, über deren
Reifrockperipherie sein Blick aus unmittelbarer Nähe
nur bei weit zurückgebogenem Kopf bis zu ihrem Gesicht hinaufgelangte. Dies Bemühen diente Seiner Erlaucht manchmal zu einem, ihn in heiterste Stimmung
versetzenden amusement.

Die gegen Nord- und Ostwinde ziemlich geschützte
Lage der Stadt und des Schlosses gehörte zu den kli-
matisch bestbegünstigten in deutschen Landen. Gewöhnlich brachte der März schon den Frühling und der April
verbarg jeden Zweig an Sträuchern und Bäumen unter
frischem Laub. In diesem Jahr aber schien er sich damit einer besonderen Eilfertigkeit zu befleißigen, als ob
er geschäftig bedacht sei, mit seiner Ausschmückung noch
rechtzeitig für eine Festlichkeit fertig zu werden, und
gegen sein Ende lag den Tag hindurch schon volle

Sommerwärme über dem weithin eben ausgedehnten,
dann allmählich zum Hügelgelände ansteigenden Schloß=
park. Der war von einem Nachfolger Le Nôtre's, des
vielbewunderten Gartenkünstlers des Königs Louis qua=
torze, tadellos angelegt; auf seinen Beginn, einen großen,
mit zwei breiten, hohe Wasserstrahlen aufschnellenden
Fontainen geschmückten Platz sahen von der Rückseite
des Palastes mythologische Sandsteingestalten nieder,
grüßten zu anderen Statuen herunter, die da und dort
frei vom Boden emporragten oder nur halb sichtbar
hinter einem Zweiggitterwerk auftauchten. Doch blitzten
diese fast alle von weißem Marmor, zum erstenmal
wieder ihre meistens unverhüllten Glieder in die Sonne
streckend, denn sie waren erst seit gestern von ihren
Schutzdecken gegen deutsche Winterunbill befreit worden;
bei einigen standen die Gärtnergehülfen noch mit der
Wegschaffung der grauen Bretterumkleidung beschäftigt.
So ließen Venus und Diana, Nymphen und Najaden
gleichsam plötzlich ihre Gewänder ganz oder halb zu
Boden fallen und stellten sich in ihrer mehr oder min=
der stark becolletirten Schönheit zur Schau; von dem
jäh aufleuchtenden Glanz angelockt, kamen außerordent=
lich buntbeschwingte Lenzfalter geflattert, ließen sich wie
Juwelengeschmeide auf den strahlenden Armen, Nacken
und Busen nieder, und das wiegende Oeffnen und
Schließen der Flügel rief dem Blick eine Täuschung
wach, als hebe und senke sich die Marmorbrust von
lebendigem Athemzug.

3*

Hinter dem Platz mit den umplätscherten, kühl an=
hauchenden Bassins stand die Natur in regelrechter Pa=
rade. Alles war von Messer und Scheere gebändigt
und geordnet, kein freier Austrieb überschritt die ihm
fest gezogenen Schranken. Die Baumkronen bildeten
planimetrische Figuren oder ahmten Bauwerke nach;
zwischen hohen, kurzgeschorenen Heckenwänden mit teller=
flachen Oberseiten zogen sich lange breite und schmale
Promenabengänge fort. Gerundete Ausbuchtungen schal=
teten sich ein, von denen sternförmig Wege abstrahlten;
Nischen und Lauben öffneten erst in nächster Nähe
wahrnehmbare Zugänge zu kleinen verschwiegenen lieux
de repos. Ueberall herrschte trotz dem Wechsel die
Ebenmäßigkeit eines Labrinthes, jede Partie des Parkes
hatte andere, ihr genau gleichende, von denen sie sich
für den Unkundigen durch nichts unterschied. Aber un=
geachtet des Steifen und Gestutzten der widernatürlichen
Verschnörkelungen behauptete doch ringsum die frisch auf=
drängende Lebenskraft ihr Recht. In smaragdgrünen
Farbentönen blitzte gewissermaßen Alles von Jugend
und ließ nicht in Zweifel, daß ein junger Frühling
sein Regiment antrete.

*   *   *

Auf der großen Rotunde, über die bereits schräge
Strahlen der Nachmittagssonne hinfielen, standen zwischen
den rauschenden Springbrunnen kleine Gruppen von
Kammerherren und hohen Hofbeamten in vielfarbigen

Seidenröcken, unter denen der zierliche Galanteriedegen hervorsah; sie hielten die breitspitzigen Hüte unter dem Arm oder in der Hand, theils um ihre sorgfältig toupirte Lockenfrisur nicht zu berangiren, hauptsächlich wegen der Anwesenheit und wiederkehrenden nahen Vorüberbewegung Serenissimi, die sie jedesmal mit geziemendem Respect durch eine tiefe Kopfneigung begrüßten. Denn Seine Erlaucht promenirte an der Seite der Freiin Gotburg von Bettendorf hin und her; in der lautgeführten Conversation redete sie ihn Monseigneur an, während er darauf mit ‚Mein Fräulein‘ unter Hinzufügung eines Beiwortes wie ‚hochgeehrtes‘ oder ‚werthgeschätztes‘ entgegnete. Darin gab sich eine absonderliche Neuerung kund, denn bis zum Herbst hatte er niemals eine andere als französische Unterhaltung mit ihr gepflogen und demgemäß sie mit Mademoiselle angesprochen. Doch seit dem Winter geruhte Seine Erlaucht eine in ihm erwachte Vorliebe für die Benutzung der deutschen Sprache an den Tag zu legen, und in Folge dieser, freilich nicht recht begreiflichen Neigungsanwandlung befliß sich selbstverständlich auch der Hof, wenngleich unter Schwierigkeiten, neuerdings des Gebrauchs der ihm im Grunde unbekannten und wenig „delicaten“ Ausdrucksweise. Doch offenbar war mit ihr nicht, wie man bisher gemeint, nothwendig das Ordinaire verbunden, da Serenissimus sich nicht scheute, diese fremdartigen Worte des niedrigen Volkes in den Mund zu nehmen.

An Niemanden war eine Aufforderung ergangen,

fich der Promenade des hohen Paares anzuschließen,
indeß ebensowenig eine Aeußerung gefallen, in der sich
eine Verabschiedung kundgethan hätte; so verharrten Alle
seitwärts in ihren Stellungen, gewissermaßen „entre
deux selles", dem Anschein nach gleichfalls in einem
„discours" begriffen, doch mit Auge und Ohr bereit,
in jedem Moment einem leisesten Wink oder Mienen-
ausbruck des Souverains gewärtig zu sein. Nur der
Hofnarr bediente sich seines Vorrechtes, ohne Auftrag
und ohne Erlaubniß wie ein Hund hinter den Ferſen
seines Herrn dreinzufolgen. Durch Ausstaffirung mit
einem großen zottigen Wolfsfell hatte er sich heut' auch
einigermaßen die äußere Erscheinung eines Hundes gegeben, knurrte wie ein solcher über den Boden hin-
gleitende Schatten an und schnappte nach vorbeisummenden
Inſecten. Aus seinem Behaben sprach — mindestens
gegenwärtig — wenig Witz, nur eine burleske Possen-
reißerei; er hieß eigentlich Gießenbier, seiner Vorgeschichte
nach ein verlotterter Studiosus, hatte sich indeß den
Namen Til Luja beigelegt, indem er das letztere aus
dem alten Familiennamen „Halleluja" zusammengekürzt.
Doch war er um Vieles klüger und kenntnißreicher, als
es augenblicklich den Anschein weckte, so daß er sich in
seiner Stellung schon seit manchen Jahren behauptete.
Nach Narrenbefugniß redete er jeden mit „Du" an und
sprach, wie es von ihm erwartet wurde, auch Seiner
Erlaucht offene oder verständlich in Gleichnisse und Wort-
spiele gefaßte Wahrheiten ins Gesicht. Niemals indeß

andere als solche, die bei dem Hörer mit bereits in ihm
selbst vorhandenen Gedanken= und Empfindungsrichtungen
zusammentrafen, der innerlichen Zustimmung des höchsten
Herrn sicher waren und ihm Ergötzen bereiteten. Am
Hofe nannte man den verwachsenen Zwerg deshalb
„le furet!“, was eigentlich „Frettchen“, in übertragenem
Sinne oder das deutsche „Spürhund“ bedeutete und
ihm feinste Geruchswitterung des für Auge und Ohr
noch nicht Entdeckbaren zuerkannte. Das verlieh seiner
winzigen Koboldgestalt allgemeines Ansehen, sowie den
ihm vom Mund kommenden närrischen Reden aufmerk=
same Beachtung, und es stand für die im Park anwesenden
Cavaliere zu muthmaßen, er habe nicht ohne irgend
einen Zweck heute die Vermummung angelegt, die seinem
Spürhundssinn entsprach.

Der Reichsgraf Wolfgang Falco von Falkenberg
bewegte sich in leichtem eleganten Schritt neben seiner
Begleiterin. Er war ein hoch= und schlankgewachsener
Mann am Ende der dreißiger Jahre; sein Gesicht, ein
wenig an einen Falken gemahnend, prägte deutlich die
altaristokratische Herkunft aus, eine gewisse fürstliche Ab=
scheidung von allem ihn Umgebenden, die jedoch durch
einen fast beständig freundlich=lächelnden Zug des Wohl=
wollens um die Lippen ihre Strenge verlor. In seinem
ganzen Wesen verband sich mit männlicher Kraft eine
gewinnende Zierlichkeit, für welche der französische Begriff
„gracieux“ bezeichnender war, als der deutsche. Etwas
dawider Verstoßendes ließ sich von seinen Lippen, wie in

seinem Benehmen nicht vorstellen; ein Frember mußte in ihm ben ersten und vollenbetsten Cavalier seines Hofes erkennen. Leicht ben Kopf nach der Seite der neben ihm Schreitenden neigenb, nahm er ihre Worte mit beflissener Achtsamkeit in Empfang, erwiberte auf manche burch ein artiges, boch unverkennbar ihm ungesucht in natürlicher Aufrichtigkeit entfliegenbes Compliment.

Ein solches aber verbienten in der That auch die meisten Aeußerungen der Freunbin Seiner Erlaucht in vollstem Maße; sie war eine Dame, der bei jebem Anlaß Geist zu Gebote stanb, boch heute übertraf sie sich selbst an esprit, bon-mots und impromptus. In der Rechten führte sie einen langen, schmächtigen mobischen Spazier= stab, bie Linke nutzte bann und wann ben großen, mit Watteau'schen Schäferscenen bemalten Fächer unter dem Anschein einer Ablenkung der Sonnenstrahlen zur Aus= führung anmuthiger, über bem langen Hanbschuh ein Stück bes entblößten, schön gerundeten Unterarms zur Schau stellenben Bewegungen. Ueber der hoch auf= gebauten Puberfrisur balancirte ber breite, tellerartige Hut eine jardinière von künstlichen, mit einem feinen Parfüm getränkten Blumen; bas engumspannenbe, tief= ausgeschnittene Seibenmieder brängte bie weißen Brust= wölbungen etwas nach oben, beren linksseitige am Ranbe eine sich mit bem Athemzug hebenbe unb senkenbe schwarze „mouche" trug. So klein biese war, zeigte sie boch, gemmenhaft scharfgeschnitten, beutlich zwei im Flug be= griffene Vögel unb stellte ein Abbilb ober eine An=

spielung auf das Falkenberg'sche Wappen dar, das aus
goldenem Schrägfeld einen Falken auf eine Taube in
silbernem Feld niederstoßen ließ; es regte den Eindruck,
als flüchte die letztere sich, Schutz suchend zum Herzen
der Trägerin des Schönheitspfläsferchens hinunter. Von
der Taille sich fast wagrecht abwölbend, umbauschte eine
schwere, lavendelfarbige Moireerobe mit blüthenbestickten
Einsätzen die Unterhälfte der Freiin Gotburg so weit,
daß sie zur Auffassung einer leiser gesprochenen Bemerkung den Kopf des Reichsgrafen zu einer starken
Ueberneigung nöthigte. Doch gewöhnlich folgte diesem
Verständnißbeweise ein lachender Ton seines Mundes
nach, der dem nicht zur Auffassung der Worte hinüber-
reichenden Gehörorgane der Hofcavaliere nicht als eine
erfreuliche Musik klang, da mit ziemlicher Gewißheit
anzunehmen stand, daß die Belustigung Monseigneurs
durch die gewandte Zunge der jungen Dame auf Kosten
dieses oder jenes aus ihren Gruppen stattgefunden habe.
So schritten die Beiden bald schon eine halbe Stunde
lang hin und wieder, und stets mit ihnen umwendend,
trottete Til Luja als ein unermüdlicher, nur ab und zu
leise wie gelangweilt kläffender Hund hinterdrein.

Dann jedoch setzte Seine Erlaucht einmal an der
Grenze, von der er bisher stets gegen das Schloß zurück-
gebogen, den Fuß weiter vor und äußerte dazu, durch
einen der breiten Heckengänge entlangblickend:

„Wenn es Ihnen convenirt, mein geistreiches Fräulein, so würde es mir eine Annehmlichkeit bereiten, unsere

Promenade um einiges auszudehnen, um den Reiz Ihrer
Conversation zwischen diesen grünen Coulissen fortzu-
genießen." Dagegen erhob natürlich die Angesprochene
keinerlei Einwand, der Wunsch Monseigneurs enthielt
ihr selbstverständlich ein Gebot, dem sie jedoch augenscheinlich auch mit innerlicher Bereitwilligkeit nachkam,
und sie schritten, von den Blicken der zurückbleibenden
Cavaliere geleitet, den unbelebten Gang hinunter. Nur
der Zwerg blieb hinter ihnen; er brachte einmal ein
„Wau=wau" durch die Zähne, als wolle er auf seine
Anwesenheit aufmerksam machen, und die Freiin wandte
bei dem Laut das Gesicht nach ihm um. In ihrer Miene
stand zu lesen, sie dispensire ihn von weiterer Dienstleistung und Nachfolge, doch Serenissimus sagte, sich jetzt
gleichfalls umschauend, lächelnd:

„Ein anhängliches Thier; solches attachement hat
etwas Rührendes." Das beließ keinen Zweifel, der Sprecher
fühle sich durch das In der Näheverbleiben des Narren
nicht belästigt, erkenne im Gegentheil dessen Beharrlichkeit in seiner Pflichterfüllung als ein Verdienst an.

Durch den langen Gang weiterschreitend, setzte der
Reichsgraf die nachmittägige Promenade bis zu einer der
eingeschalteten, sternartige Wege abstrahlenden Rotunden
fort. An dieser hielt er inne und blickte, wie nach etwas
suchend, vor sich hinaus. Es bot den Anschein, als
beabsichtige er, hier umzukehren, und er sagte: „Diese
französischen Gartenanlagen bekunden eigentlich eine Passion
von merkwürdigem Geschmack. Man hat ein Gefühl drin,

wie in einem Käfig, aus dem man nie herauskommt,. der Frühling aber steht draußen vor diesen ennuyanten Spalieren und kommt nicht herein."

Das bekundete selbst eine merkwürdige Geschmacks= änderung Monseigneurs, denn er hatte noch im vorigen Sommer eine Erweiterung des Parkes im Stil Le Nôtre's anbefohlen, für dessen mathematisch regelrechte Dressirung der Natur er stets vollste Sympathie an den Tag gelegt. So überraschte der ihm vom Mund gekommene Ausdruck der Unbefriedigung nicht allein seine Begleiterin, sondern augenscheinlich auch das anhängliche Thier, das eine possen= hafte Stellung einnahm, als setze es sich auf die Hinter= beine und spitze aufhorchend die Ohren. Nun öffnete die Freiin Gotburg ihre Lippen, um etwas zu entgegnen, doch ehe sie diese Absicht ausführen konnte, trat Seine Erlaucht mit einigen raschen Schritten zur Seite, bückte sich neben einer Heckenwandung nieder und pflückte etwas vom Boden. Dazu sagte er hörbar mit einem Ton der Erfreuung: „Wahrhaftig, ein Veilchen, ich hätte nicht geglaubt, daß sich hier eines finden lasse." Die junge Dame bewegte sich jetzt gegen ihn hinan, ihm die Mühe zu ersparen, daß er zurückkomme, ihr die kleine Blume zu reichen. Doch diese galante Absicht, die er natürlich gehegt, war ihm im Augenblick aus dem Gedächtniß ent= fallen, wie es schien durch den Duft des Veilchens, dessen Wohlgeruch er selbst ein Weilchen lang mit etwas vor= gebeugtem Gesicht einzog. Dann hob er den Kopf empor und fragte, aus seiner Vergessenheit um und über sich.

nach dem Himmel blickend: „Hörte man da nicht den Gesang von einer Lerche?"

„Apporte, Caro!" stieß Til Luja aus, „Dein Herr hat Lust nach einem Lerchenbraten!" Und mit der Nase eifrig in die Luft witternd, hob er sich auf den Fußspitzen. Mit einem etwas erkünstelten, einen Verständnißmangel überdeckenden Lachen erwiderte Fräulein von Bettendorf nun: „Ich höre nichts, und Du weißt, meine Ohren sind gut."

Vom Mund flog's ihr, nach der Anrede offenbar an den Narren gerichtet, gegen den sie indeß erst bei'm letzten Wort rasch den Kopf umwandte und hinzusetzte: „Aber mit Deinen, Caro, oder wie Du heißt, können sie natür= lich nicht rivalisiren, denn ich bin kein Jagdhund."

Der Zwerg duckte sich ihr vor dem Reifrocksaum, wie ein Hund, der die Schnauze auf den Boden drückt, und sprach so in die Höh': „Genire Dich nicht, mich an= zureden, ma marraine, wie's Dir natürlich in den Mund kommt; ich bin ja Dein Caro, dem alles von Deinen Lippen als eine Caresse klingt. Mit wem willst Du rivalisiren, ma marraine? Verstand ich Dich richtig, mit einer Lerche?"

Nun zuckte die Befragte leicht mit der Schulter. „Ich verstehe Dich nicht, Du spielst Deine Rolle pitoyable, ein Hund mit bon-sens schwatzt nicht solche Absurditäten." Sie drehte das Gesicht gegen den Reichsgrafen zurück, der seine Augen auf eine nah vor ihnen sich weiß von grünem Hintergrund abhebende Marmorstatue verwandt

hielt. Das Bildwerk stellte in Lebensgröße eine junge
weibliche Gestalt dar, muthmaßlich eine Nymphe, die
augenscheinlich im Begriff war, in ein kleines, zierlich
umrandetes Wasserbecken unter ihr herabzusteigen. So
stand sie, leicht vorgebückt, ihr Gewand noch halb zu-
sammenhaltend, als wolle sie mit dem niedergestreckten
rechten Fuß erst die Temperatur des hellen Quellbornes
prüfen; begabte Künstlerhand hatte die Statue graciös
und zum Wohlgefallen Serenissimi ausgeführt, von dem
sie im Herbst angekauft und dieser Platz für ihre Aufstellung bestimmt worden. Auch seit gestern erst von
ihrer winterlichen Ueberdachung befreit, bot sie sich zum
erstenmal im Park der Beurtheilung dar, und die Freiin
Gotburg äußerte: „Mich bedünkt, sie eignet sich hübsch
zur Decoration des Rondeaus und wird auch der Erwartung entsprechen, Monseigneur, mit der Sie ihr den
Standpunkt in diesen environs angewiesen haben.“

Der Befragte nickte, die Statue noch fortbetrach-
tend, mit dem Kopf, doch seine Miene gab zu erkennen,
er sei mit der Bildung eines künstlerischen Urtheils beschäftigt, das gegenwärtig nicht mehr so vollkommen,
wie im Herbst zu Gunsten des Marmorbildes ausfalle.
Und nach noch einigen Augenblicken der schweigsamen
Prüfung faßte er es dahin zusammen: „Gewiß, recht
artig intendirt, aber ich vermisse bei der Figur eine
Proportion, deren Mangel sie in einen Contrast zur
Schönheit der Natur versetzt. Wenn Sie die Meister-
werke des Alterthums und der Renaissance betrachten,.

meine liebe Freundin, so wird sich Ihnen daraus mani-
festiren, daß die Kunst in jenen Perioden niemals eine
Venus oder sonstige weibliche Gestalt mit Händen und
Füßen ausgestattet hat, welche, wie bei dieser hier, durch
zu minutiöse Formen ihre richtige Proportion zu der
übrigen Gestalt einbüßen. Das scheint mir zu er-
primiren, der Künstler habe den Typus wirklicher Schönheit nur in einem naturgemäßen Größenverhältniß der
Extremitäten wahrgenommen, und à mon avis muß dem
ein ästhetisches Gefühl beim Anblick dieser Statue bei-
pflichten."

Seine Erlaucht gab wohl ab und zu vor einem
Bildwerk ein Kunstinteresse und -Verständniß bezeugen-
des Urtheil ab, doch hatte es kaum je noch in solcher
Ausführlichkeit gethan und dazu abermals eine seit dem
letzten Herbst in ihm vorgegangene merkwürdige Ge-
schmacksveränderung offenbart. Gotburg von Bettendorf
stand, schweigsam der künstlerischen Belehrung zuhörend,
nur ihre rechte Hand drehte den langen dünnen Spazier-
stab mechanisch zwischen den Fingern, zugleich merklich
mit einem nach unten wirkenden Druck, denn neben
ihrem halb unter dem Reifrocksaum zum Vorschein gerathenen Fuß von unübertrefflicher Zierlichkeit bohrte
die vergoldete Stockzwinge ein paar runde, ziemlich tiefe
Löcher in den Wegboden. Nun hatte der Reichsgraf
seinem ästhetischen Gefühl Ausdruck geliehen, verstummte
indeß mit dem Abschluß nicht, sondern fügte mit einem
überaus liebenswürdigen Lächeln unmittelbar hinterdrein:

„Pardon, daß ich Sie mit schulmeisterlichen Ausein=
anbersetzungen ennuvirt habe, mein hochgeschätztes Fräu=
lein, ich will selbst mir die schwerste Strafe dafür zu=
dictiren, indem ich mich für eine Stunde aus Ihrer
Gegenwart verbanne. Mein Kopf befindet sich augen=
blicklich nicht ganz in der Condition, einen passablen
Gesellschafter aus mir zu machen; mein Metier ist kein
leichtes, und die Regierungsaffairen heut' Morgen haben
mich vermuthlich etwas angestrengt. Es wird mir zu=
träglich sein, eine weitere Promenade in die frische Luft
zu unternehmen, bei der ich leider auf Ihre mich so
anregende Begleitung renonciren muß. Aber dieser treue
Begleiter wird Ihnen sichere Conduite zum Schloß zu=
rück geben und meinen sanitairen Hang sicherlich das
unwiderstehlich anwachsende Verlangen abkürzen, sobald
als möglich wieder Ihrer Conversation und Ihres Esprits
theilhaftig zu werden.‟

Mit einer Galanterie, welche derjenigen seiner Worte
gleichkam, verbeugte der Sprecher sich vor dem Frei=
fräulein, das auf den Abschiedsgruß seiner Erlaucht
etikettegemäß mit einem tiefen, ceremoniösen Hofdamen=
knir erwiderte. Schnell ausschreitend, bog er darauf
in einen der Seitenwege ein, verschwand hinter der
grünen Wandung, und die Zurückgebliebene, die ihm
kurz nachgesehen, ließ ihren Blick wieder auf das weiße
Nymphen=Standbild abgleiten, das nicht mehr die Aus=
zeichnung genoß, sich der unbeschränkten Bewunderung
Serenissimi zu erfreuen.

Der Fußtritt des Davongegangenen verklang, und
über dem Rundplatz lag eine völlige Stille, das Ge=
fühl anrührend, als habe die Brust der Statue sich bis=
her zum Einziehen der köstlichen Frühlingsluft geregt,
doch verhalte jetzt den Athemzug. Nur von dem Narren
her scholl ein leicht schlürfender Ton, er schnupperte mit
der Nase ein paar Mal hinter dem Rücken Gotburgs
von Bettendorf in die Höh', bis diese sich mit einer
plötzlichen Bewegung umwandte und ihn unwirsch anfuhr:

„Was willst Du, Narr?"

„Ich rieche. Dein Brokatrock ist mir nur zu voluminös,
daß ich Dir nah' genug kommen könnte. Aber ich spüre
doch, ma marraine, der Garten auf Deinem Hut ver=
breitet keinen feinen odeur, er ist zu stark parfümirt.
Die kleinen Blumen hier am Boden duften angenehmer."

Der Zwerg geberdete sich, als bücke er den Kopf zur
Erde und ziehe einen Geruch von der Stelle ein, wo
der Reichsgraf vorhin das Veilchen abgepflückt hatte. In
Gedanken vertieft, sah die Dame seinem Possentreiben
zu, halb ohne Wissen kam ihr vom Mund:

„Wohin ist er gegangen? Warum?"

Til Luja's Kopf nahm eine aufhorchende Haltung
an. „Du fragst so närrisch, als wollt'st Du mich um
Amt und Brod bringen, ma marraine, und sagtest doch,
Du hättest gute Ohren. Hörst Du die Lerche nicht
singen? Ich höre sie ganz deutlich, da drüben, vom
Feld her. Im Frühling da ist ihre Zeit — horch' doch!
Tirili — tirili —"

Unmuthig versetzte sie: „Laß Deine Dummheiten"
— doch er fiel ein:

„Ich bin Dein Schüler und eifere meiner Lehrerin
nach. Aber willst Du's mit der Klugheit probiren, so
versuch' ich's auch mit ihr, ma marraine. Pfui, das
ist ein häßliches, aus der Mode gerathenes Wort und
klingt deutschen Ohren nicht gut, wir sind ja doch keine
Franzosen. An einem deutschen Hof redet man in seiner
Muttersprache, das ist gefälliger und geht zu Herzen;
ich muß das ausländische Zungenkleid ablegen und mich
gewöhnen, Dich „Gevatterin" zu benennen. Aber Du
mußt's mir nachthun, etwas abzulegen, Gevatterin, auch
Dein Kleid, ich meine die Moiree-Glocke um Deine
werthvollere Hälfte. Gewiß, die werthvollere, denn
augenblicklich war sie Dir das Nothwendigste, um unsern
allergnädigsten Herrn auf seinem weiteren Spaziergange
begleiten zu können, aber in der Glocke kannst Du nicht
mit dahin, wo die Lerchen singen. Nimm Dir ein
Exempel an der Nymphe da, Gevatterin, die ist vernunftgemäß angezogen — freilich nützt es der Armen
nicht viel, denn die Natur hat sie stiefmütterlich bedacht,
mit zu kleinen Händen und Füßen. Die lassen sich
nicht größer machen, und der Kunstgeschmack ist variable
— man fällt immer noch wieder in die unliebsame
Sprachgewöhnung hinein — heute gilt die Größe als
Kennzeichen der Schönheit."

Die Freiin Gotburg hatte nachdenklich zugehört, sah
jetzt auf den Zwerg hinunter und sagte kopfschüttelnd:

„Du bist kein Narr —."

Er ergänzte wieder rasch: „Serenissimus hat ge=
ruht, mich zu loben, ich sei ein treuer Hund, und hätte
die Mutter Natur mir einen Schweif angeboren, würde
ich damit vor meiner Herrin wedeln. Denn ein Hund
weiß, wer es gut mit ihm meint und von wo ein Stück
Fleisch zu den Knochen in seinem Futternapf für ihn
abfällt. Wenn Du mich ein bischen streichelst, Gevatterin,
mach' ich schön vor Dir."

„Aber —."

Die Antwortende blickte ihn, ohne auszusprechen,
mit fragenden Augen an; er schüttelte sich einmal bur=
lesk, wie ein aus dem Wasser kommender Pudel, und
wiederholte:

„Aber — ja, wenn das Aber nicht wäre, da wär's
nicht nöthig, sich um den Aberwitz viel Kopfzerbrechen
zu machen. Aber ich meine, Gevatterin, Deine Groß=
mama — oder war's Deine Mama — hieß Marie
Jeanne Aimart, auch Demoiselle L'Ange genannt, und
war eine kluge Frau, sozusagen des Vicomte von Du=
barry. Vielleicht irre ich mich, daß Du nicht im ge=
wöhnlichen Sinne durch Blutsverwandtschaft von ihr
herstammst, denn Dein Name klingt doch etwas zu sehr
nach einem deutschen Bett. Aber — ich muß es aber=
mals sagen — sie bleibt darum nicht weniger eine kluge
Frau, der nicht die gewöhnliche weibliche Schwäche an=
haftete. Entschuldige, Gevatterin, der halte ich Dich
auch nicht unterworfen — aber — bei Deinem Aber

kam's mir in Erinnerung, baß ich eines Tag's grab'
wie heut' hinter bem allerchriftlichften König Louis quinze
unb ber Vicomteffe Dubarry herlief, als fie zufammen
einen Spaziergang burch ben Garten von Trianon
machten. Auch im Frühling war's unb Seine Majeftät
nicht in allergnäbigfter Laune, benn ich hörte ihn über
ben Schattenriß feiner Begleiterin am Boben eine Aeuße=
rung thun, bie man bahin beuten konnte, ihre Nafe ent=
fpreche nicht ganz mehr feinem Schönheitsibeale. Wie=
berum aber zeigte fich barin bie Klugheit ber unge=
wöhnlichen Frau, baß fie biefe Bemerkung burchaus
nicht übel aufnahm, vielmehr in ihrer liebevollen Vor=
forglichkeit barauf bebacht war, Seiner Majeftät eine
rechte Freube zu bereiten. Denn wie Allerhöchftberfelbe
fich um einige Zeit fpäter wieder luftwanbelnb in bem
Garten erging, traf er barin eine Statue mit einer
Nafe an, beren Form vollkommen mit feinem neu er=
wachten äfthetifchen Sinn übereinftimmte unb ihren
Kunftwerth baburch nicht verringerte, baß fie fo gefchickt
angefertigt worben war, wirklich Luft ein= unb aus=
athmen zu können. Wie aber alles Gute fich belohnt,
zog bie Vicomteffe Dubarry aus ihrer Uneigennüßigkeit
ben größten Vortheil, ober würbe ihn jebenfalls baraus
gezogen haben, wenn nicht Seine Majeftät ber König
kurz barauf unvermuthet plötzlich feinen Thron in Frank=
reich mit bem im Jenfeits feiner harrenben zu ver=
taufchen beliebt hätte."

Das hatte Til Luja in einem Ton unb mit aller=

hanb Geften vorgebracht, bie fein Narrengewerbe an ben
Tag legten. Aber fie hatten etwas von kraus ver=
fchnörkelten Arabesken um ein Bilb völlig anberer Be=
fchaffenheit gehabt unb feine Sprechweife bezeugt, er fei
ernftlich bemüht gewefen, was er gefagt, ohne Einmifchung
franzöfifcher Wörter in verftänblicher beutfcher Zunge
auszubrücken. Nun indeß fiel er in fein Poffentreiben
zurück, reckte ben kurzen Arm vor unb piepfte hoch=
ftimmig:

„Ich bitte bich, Gevatterin, gieb mir einmal bie
Stütze Deines hülfsbebürftigen Alters, hätte ich beinahe
gefagt.“

Seine Hanb faßte nach bem Stab ber Freiin Got=
burg, ben fie ihm mechanifch überließ unb nur gebanken=
abwefenb bazu fragte: „Was willft Du mit bem Stock?“

„Das ift kein Stock, Gevatterin, fonbern ein Künftler=
ftift, mit bem man fchöne Bilber zeichnet unb auch’ io
son pittore. Willft Du bei mir in bie Schule gehen?
Sieh’, fo macht man’s!“

Er zog nicht ohne Gefchick Striche in ben feinen
Wegfanb, aus benen eine menfchliche unb offenbar weib=
liche Figur zufammenwuchs. Doch bann fügte er ben
Armen unb Beinen grotesk riefige Hände unb Füße
an, wölbte ebenfo bie Nafe zu unförmlicher Größe
aus unb fagte mit Befriebigung auf ben Umriß nieber=
beutenb:

„Bin ich nicht ein Künftler, Gevatterin, baß ich Dir
aus bem Gebächtniß bie fchöne Statue hergezeichnet habe,

mit der die kluge Frau von Dubarry Seiner Majestät
so viel Freude verursachte. Schau' Dir das Portrait
genau an — nur —"

Mit der Stockzwinge fuhr er hurtig ein dutzendmal
da und dort leicht in das Gesicht seiner Zeichnung
hinein, daß überall kleine Tüpfel und Schrunden ent=
standen, und sein letztes Wort nochmals aufnehmend,
lachte er:

„Nur — das mußt Du nicht nachmachen, Gevatterin.
Das ist eine schlechte Schraffirungsmanier, eine franzö=
sische, die das Bild verdirbt und den hochseligen Mo=
narchen deshalb auch nur so kurze Zeit Freude daran
finden ließ. Da hast Du Deinen Pinsel wieder, geh'
geschickter mit ihm um! Aber dies mißglückte Experiment
wollen wir wieder in die Erde scharren, aus der es
gekommen."

Er verwischte die Linien mit dem Fuß; sein letztes
Thun und Reden hatte wieder den Anstrich völlig un=
verständlicher Narrethei getragen, doch Gotburg von
Bettendorf mußte dennoch einen Sinn darin aufgefaßt
haben. Ihre Miene gab zu erkennen, ihr Nachdenken
sei zu einem Ergebniß und einem Entschluß gediehen;
sie wiederholte: „Zurück in die Erde, aus der es ge=
kommen, sagst Du? Du bist ein hoffnungsloser Narr,
dem kein vernünftiges Wort aus dem Mund geht; von
dem, was Du sprichst, verstehe ich nichts. Aber Du
hast entschieden Talent zum Maler, Caro, und damit
kannst Du's bei Fleiß und Ausdauer zu etwas bringen.

Komm, wir wollen zum Schloß umkehren; ich habe
Luſt, noch eine Ausfahrt zu machen, man muß ſolchen
Frühlingstag benutzen. Monſeigneur hatte recht, Du
biſt ein anhängliches Geſchöpf, das man gern bei ſich
hat; bleib' hinter mir bis zu dem Brunnen, dann ſpringe
voraus und beſtelle mir einen Wagen."

Die Freiin Gotburg bewies, daß ſie ebenfalls der
deutſchen Sprache mächtig ſei, ſich in ihr ohne Beihülfe
franzöſiſcher Vocabeln ausdrücken zu können. Merkbar
von einem Verlangen nach der beabſichtigten Fahrt vor=
wärts gedrängt, ſchlug ſie den Rückweg durch den langen
Gang ein.

Drüben auf dem Fontainenplatz begab ſich etwas Un=
gewöhnliches und Seltenes. Wohl von der linden Luft
veranlaßt, trat in Begleitung einer ältlichen Hofdame
Ihre Erlaucht, die Frau Reichsgräfin aus der Schloß=
thür hervor, um gleichfalls eine Promenade durch den
Park zu machen.

Sie mochte ihrem Gemahl ungefähr gleichaltrig ſein
und war auch bei ihrem Eintritt in die Ehe nur eine
beſcheidene, jetzt völlig verblühte Schönheit geweſen, doch
ließ ihr Ausſehen nicht auf ihren bedauerlichen Geſund=
heitsmangel ſchließen. Dazu ging ſie ohne Anzeichen von
Schwäche mit ſicheren Schritten; auf dem Platz ſtanden
noch die beiden Gruppen der Hofcavaliere wie zuvor,
aber da ſie, in eifriger Unterhaltung begriffen, der Vor=

überkommenden sämmtlich grade die Rückseite zugewendet
hielten, nahmen sie nichts von ihr gewahr.

So schritt sie unbeachtet zwischen ihnen hindurch, in
ihren Zügen gab sich keinerlei Verwunderung darüber
kund, gleichmäßigen Tones conversirte sie in französischer
Sprache mit ihrer Begleiterin. Da sie denselben Weg
für ihren Spaziergang wählte, wie Serenissimus, mußte
sie nach einigen Minuten mit der Freiin Gotburg von
Bettendorf zusammentreffen. Beide hielten die Mitte des
Ganges inne; ein halbes Dutzend Schritte vor der Begegnung wich die letztere zur Seite aus, doch gleichzeitig
that die Reichsgräfin nach der andern Seite hin das
nämliche. Ihre vormalige Hofdame bog sich mit einem
ehrerbietig tiefen Knir zur Erde und Ihre Erlaucht erwiderte die „reverence" unter huldvoller Kopfneigung
mit einem überaus liebenswürdigen Lächeln. Dann waren
sie sich vorübergekommen, beide ihren entgegengesetzten Weg
fortschreitend.

Auf dem Platz aber begabten sich um weniges später
die Rücken der Cavaliere plötzlich mit Augen. Alle Köpfe
flogen herum und bogen sich zu respectvoller Begrüßung
vor der Freiin Gotburg herab, zu deren Mundwinkeln
das wohlwollende Lächeln Ihrer Erlaucht hinübergeschwebt
zu sein schien und von ihnen jetzt auf den ehrfurchts-
vollen Gruß erwiderte. Der Hundsnarr sprang burlesk
im Kreis um seine Gebieterin und machte laut: „Wau —
wau!" als ob er mit den Zähnen nach den Seidenröcken
der Cavaliere schnappen wolle; dann schoß er vorauf,

der Schloßremise zu und belferte ein paar vor dieser
stehende Stallbedienstete an: „Seid ihr blinde Maulwürfe
oder Maulesel mit Maulaffen in den offenen Mäulern?
Meine mehr als erlauchte Gevatterin will ausfahren!
Die Muschelequipage für unsere Venus, die gnädig noch
geruht, Eulen und Fledermäuse durch ihren Anblick zu
beglücken!"

Bestürzt eilten die Diener in Hast davon, die Augen
der Cavaliere richteten sich der vorübergeschrittenen jungen
Dame nach. Ein Weilchen mit einem Ausdruck schweigsamer Ueberraschung und Verwunderung, dann öffnete
sich ein Mund zu der Frage:

„Ist Monseigneur bereits auf einem anderen Wege
zum Palais retournirt?"

Der Oberstallmeister Freiherr Malchus von Obentraut zuckte antwortlos leicht mit der Achsel, doch näherte
danach die Lippen dem Ohr des neben ihm stehenden
Oberceremonienmeisters Freiherrn Herwarth von Startzhausen und flüsterte:

„Sie werden sich erinnern, cher baron, daß ich Sie
in unserer correspondance bat, meinem Gedächtniß zu
assistiren, zum wievielten Male wir uns in diesem Sommer
des Glückes erfreuen werden, l'anniversaire de la naissance
der hochvenerablen Dame festlich zu begehen. Die von
Ihnen damals geäußerte Opinion correspondirte mit der
meinigen, und ich glaube, daß mein Gratulationspoem.

mit beſſen Compoſition ich beſchäftigt bin, keinen faux-
pas begehen wird."

„Mais, cher baron," entgegnete der Angeſprochene,
den Kopf drehend und einen fragend-umſuchenden Blick
in die Runde gehen laſſend — „où est elle?"

III

Die Stadt Wangenfurt war nicht besonders umfang-
reich, und die Seelenzahl in ihr, nach der die Zeit,
statt nach Köpfen oder sonstiger pars pro toto, einen
gemeindlichen Bestand schätzte, mochte kaum fünftausend
erreichen, doch man konnte die Ortschaft nicht unansehnlich benennen. Allerdings bildeten die Straßen, zumeist
eng und krumm, für den Eintretenden kein grade an-
sprechendes, etwas verfilztes Geflecht, und die Füße fanden
nicht Anlaß, in den holperichten Pflastersteinen eine an-
genehme Verbesserung des bis vor Kurzem noch feldweg-
artig gewesenen Zustandes der Gassen zu verspüren. Aber
der geräumige Marktplatz, auf welchen diese mündeten,
nahm sich überraschend stattlich aus. Alte hochgieblige
Häuser umgaben ihn, darunter einige mit einem patrizier-
haft vornehmen, wenn auch ziemlich greisenhaften Gesicht;
das Ganze wies noch stummredend in ehemalige Tage
kräftiger städtischer Entwickelung zurück. Hoch und breit-
gelagert stieg die Hauptkirche auf, durch die Bauart wie
durch steinerne Bildwerke ihren Ursprung als noch aus

der Zeit bekundend, in der nur die Einheit des katho=
lischen Glaubens geherrscht. Doch seit Jahrhunderten
sah sie lutherischen Gottesdienst in ihrem Innern; die
Vorfahren der Reichsgrafen von Falkenberg waren nach
der Schwächung der Kaisermacht Karls des Fünften
beim Augsburgischen Religionsfrieden den protestantischen
Reichsständen beigetreten, weniger aus confessioneller Ueber=
zeugung als von Opportunitätsgründen und altem Haber
mit benachbarten geistlichen Stiften veranlaßt. Der dreißig=
jährige Krieg hatte natürlich viel Wechsel gebracht und
die Kirche manche Jahre hindurch wieder Messe und
Lauretanische Litanei vernommen. Vom Westfälischen
Frieden jedoch war die Souverainetät der Grafschaft
wieder hergestellt worden und auch in ihr der allgemein
im Reiche gültige Grundsatz ‚cujus regio ejus religio‘
aufs neue in Kraft getreten.

Wohl da und dort verfallen, indeß dem Haupttheil
nach noch bewahrt geblieben, erhielt die Ringmauer der
Stadt gleichfalls das Gedächtniß an mittelalterliche Vergangenheit wach. Ein Thor öffnete von Süden her den
Eingang, dahinter weitete sich gleich ein kleiner, unregel=
mäßig geformter Platz aus, nach einer Linde in seiner
Mitte ‚Am Lindeneck‘ benannt. Der Name war alt wie
der knorrige Baum und ebenso ein von seinem Astwerk
überdachter fließender Brunnen, der den Stadttheil mit
Wasser versorgte. Vor den Hausthüren ging's nach ihm
besonders gegen Abend fast unterlaßlos ab und zu, Mägde
und Bürgerstöchter mit Schöpfkannen und Kübeln. Eine

heimlich in sich beschränkte Abseite der Stadt war's und ein alter Mittelpunkt rebeluftiger Nachbarschaft.

Dem plätschernden Brunnen gegenüber lag die Wohn- und Werkstatt eines Schreiners, mit dessen Namen der Zufall ein Spiel getrieben. Er hieß, von den Umwohnern Kunz angesprochen, Conrad Amthor, als ob er auf diesem Fleck zur Welt gekommen und danach benannt worden sei. Doch war erst sein Großvater in Wangenfurt eingewandert und ein Vorfahr desselben mußte vor Zeiten einmal in irgend einem anderen Ort an einem Thor seßhaft gewesen sein, davon den Namen erhalten haben.

Der Schreiner war ein untersetzter, kräftiger Mann, nach einem grauen Einschlag im Kopf- und kurzem Vollbarthaar um die Mitte der Vierziger, doch die frische Gesichtsfarbe und hellebendige Augen konnten ihn um ein Jahrzehnt jünger schätzen lassen. Sein Häuschen sprang ein wenig zurück, ließ vor sich eine kleine Hofstelle frei, die er bei guter Witterung gern mit zur Werkstatt nutzte, denn er hielt sich am liebsten in frischer Luft auf. So that er's gegenwärtig und pfiff bei seiner Arbeit, die darin bestand, daß er an einem fertig gerichteten Sarg noch da und dort kleine Unebenheiten mit dem Hobel wegglättete.

Der schöne Aprilnachmittag hatte nicht nur die vornehmen Schloßbewohner, sogar Ihre Erlaucht zu einer Parkpromenade eingeladen, auch von den Bürgern der Stadt manche zu einem Spaziergang draußen auf freilich

weniger untabelhaft gepflegten Feldwegen veranlaßt. Einer
dieser Luftwandelnden kehrte jetzt durch das Thor heim,
eine ziemlich beleibte, bedachtsam einherschreitende Gestalt,
deren schwarzseidenes Achselmäntelchen mit brunter fast
auf die Füße niederfallendem, gleichfarbigem faltigem
Wollenrock den Geistlichen kundgab; eine gewisse unbewegt=
sichere Haltung seiner breiten Nase brachte gemessene
Würde zum Ausdruck. Der Magister Laurentius Mei=
busch war's, Rector der Stadtschule und Prediger an
der St. Johanniskirche drüben am andern Stadtende.
Den Kopf überdeckte ihm, wie den seines vormaligen
Amtscollegen Damian Bobmer, eine große, mit langem
Lockengeringel auf die Schultern herunterwallende, dunkle
Perrücke; sie machte das in der Hand getragene Barett
nur zu einem geziemlichen Attribut seines öffentlichen
Ausgang's, wie er auch in der andern ein Paar sichtlich
noch nie zu ihrem eigentlichen Zweck benutzte Handschuhe
mit sich führte.

Aus dem Thorbogen hervorkommend, nahm er gleich
zur Rechten mit Auge und Ohr den arbeitenden Schreiner
gewahr, trat gegen den niedrigen, die Werkstätte unter
freiem Himmel vom Lindenplatz abgrenzenden Lattenzaun
hinan und äußerte in Begleitung eines Bekanntschaft
und Wohlmeinung kundthuenden Kopfnickens:

„Seiet Ihr noch geschäftig bei Eurem löblichen Hand=
werke, Meister Amthor? Es erfreut der Anblick nutz=
bringender Thätigkeit, die Ihr mit ermunterndem Tone
des Mundes begleitet, und ich verhoffe, es werde Euch

aus ihr auch eine wohlmeritirte Einträglichkeit zum
Lohn fallen."

Der Angesprochene hatte, den Hobel ruhen lassend,
nach dem Kopf an seine kleine Tuchkappe gegriffen und
versetzte:

„Ich richte meinen schuldigen Dank aus für die
ehrenvolle Ansprache, Hochwürden Herr Rector, sowie
ingleichem für Ihre gefällige Nachfrage. Derenthalben
bin ich zum Glück ohne Sorglichkeit, der Schreiner hat
ein sicheres Brod, denn jeglicher Mensch braucht einmal
einen Sarg."

„Hm — ja," erwiberte der Magister, „es spricht
diese Sentenz wohl eine nicht anzuzweifelnde Wahrheit
aus, und ich nehme jetzunder erst in Observation, daß
Eurer Hände Arbeit sich der Herstellung eines solchen
Gegenstandes befleißigt. Euer Mund äußerte, des=
selbigen bedürfe zum Glück ein Jeglicher — nun, es
läßt diese Anfügung sich wohl dahin auslegen, daß wir
alle eines dergestaltigen quasi vehiculi benöthigt sind,
um aus dem irdischen und zeitlichen Jammerthale zu
der Glückseligkeit der ewigen Freuden empor zu ge=
langen. Aber meine Meinung geht dahin, es benöthigt
uns darum nicht gerade jegliche Stunde, dieses exitus
als eines bereits nahe bevorstehenden gedenk zu sein —"

Der Sprecher räusperte sich, und die Miene, mit
der er den Blick von dem zur Glückseligkeit führenden
Vehikel abwendete, ließ erkennen, daß er den schönen
Frühlingsabend nicht als vorwiegend für dergleichen Ge=

dächtnißerweckung berufen anſehe. Zu anderem das
Wort wieder aufnehmend, fuhr er fort:

„Es war bieſes auch nicht das Thema, über bas
ich mich bei meiner an Euch gerichteten Anſprache zu
verbreiten bie Abſicht hegte, Meiſter Amthor, vielmehr
bezweckte ich Euch auszubrücken, baß ich wohlbefriebigt
von bem Progreſſe bin, mit bem Euer Sohn, ober richtiger
benannt Euer alumnus Bernhardus ben Geiſteserercitien
in meiner Schule obliegt. Ich habe ihn am heutigen
Morgen ber oberſten Claſſe als Primus unb exemplum
vorgeſetzt; auch unter benjenigen, welche ſich ber Latinität
befleißigen, erfüllet er bie Anſprüche im Maße ber
größten Vollkommenheit, ſo baß im Herbſte ſeinem
eventualen Abgange zu einer akabemiſchen Laufbahn mit
bem testimonio summa cum laude kein Hinberniß in
ben Weg treten würbe. Ihr habt gleichfalls Euch ſelber
ein ehrenvolles Zeugniß burch Eure Bereitwilligkeit aus-
geſtellt, keine Koſtenerſparniß anzuſehen, um ben Jüngling vermittelſt ber höheren Stubien über Euren von
mir wohlgeſchätzten Stanb emporzuheben, baß er zu bem
ingenium aufgeſtiegen, ins Künftige einmal ſich ben
Ruhm eines Pharus ber gelehrten Wiſſenſchaften ſowie
ber geiſtlichen Berebſamkeit zu gewinnen.“

Das Letzte äußerte ber, nicht allein bem Namen
nach cum lauro bekränzte Magiſter Laurentius Meibuſch burchaus aller Anmaßlichkeit baar, boch nicht ohne
ein Gefühl zu regen, baß er im Innern ſich bes berechtigt ſicheren Bewußtſeins erfreue, bereits als ein

solcher Leuchtthurm von den Blicken der auf dem Meere
der theologischen und philosophischen Wissenschaften Um=
fahrenden erkannt zu sein. Der aber, für den er in
einer entfernten Zukunft gleichfalls ein derartiges hohes
Ziel ins Auge zu fassen sich wohlwollend bewogen sah
und von dem er mit ungewöhnlicher Anerkennung ge=
redet, war der zur Zeit achtzehnjährige Pflegesohn Kunz
Amthor's, den dieser, in seiner Ehe kinderlos geblieben,
als ungefähr einjähriges Knäblein an Sohnesstelle in
sein Haus aufgenommen. Er trug den Namen Bernhard
Lindenblatt, ward jedoch von den Anwohnern des Linden=
ecks seit jeher allgemein Berno gerufen und war durch
das Abscheiden seiner noch kaum zwanzigjährigen Mutter
zur völligen Waise geworden. Der damals selbst noch
junge, doch schon mit gutem Auskommen begabte Meister
hatte die Absicht gehegt, ihn später für sein eigenes
Gewerk in die Lehre zu nehmen, zuvor indeß ihn auf
die Stadtschule gethan, wo der Knabe sich bald so wohl=
befähigt erwiesen, daß sein Pflegevater, dem Neigung
zu scherzlustiger Rede im Blut lag, ihm eines Tages
gesagt, er habe nicht Kopf und Geschick genug zum
Schreinern mitbekommen und möge lieber fortan seine
Zeit ausschließlich mit dem Federschneiden in der Schul=
stube verbringen, anstatt mit dem von Brettern in der
Werkstatt. So war der lerneifrige Schüler, von dem
Rector Meibusch halb gleich einem Famulus behandelt
und sogar ab und zu als Hausgast an seinen Tisch ge=
zogen, bis zur obersten Classe vorgeschritten und ihm

heut' die Auszeichnung geworden, als Primus an ihre Spitze aufzurücken.

Dafür sprach Amthor jetzt freudigen Gesichts dem unsichtbar belorbeerten, gelehrten Herrn seinen geziemenden Dank aus, dem er beifügte: „Es würde das seiner Mutter eine nicht geringe Tröstigung in ihrer Sterbestunde zugebracht haben, wenn sie eine Vorahnung davon mit sich in's Grab zu nehmen vermocht hätte. Jedoch, als ich ihr den Sarg zimmerte —"

„Ich bekleidete zu der Zeit noch nicht mein Rectorat in Eurer Stadt, mein Lieber," unterbrach der Magister die Fortsetzung, „und es ist mir nicht zur Kunde gelangt oder aus dem Gedächtniß entfallen, ob der Vater Eures Pflegekindes bereits vor der Mutter desselben aus dem zeitlichen Leben abgeschieden gewesen. Oder" — der Sprecher bewegte seine Rechte ein wenig gegen die Stirn hinauf — „es will mich mit einer dunklen Erinnerung befallen, vernommen zu haben, wie wenn er als ein posthumus in die Welt eingetreten sei."

Die lateinische Bezeichnung war dem Verständniß des Handwerkers nicht angepaßt, und er vermochte deshalb in Bezug auf sie keine Erwiderung zu geben. So antwortete er ein wenig zögernd auf die letzte Frage:

„Nein — für seinen Vater habe ich keinen — ich meine, er ist nicht vor der Mutter verstorben."

Offenbar hatte er den abgebrochenen Vorbersatz mit „Sarg gezimmert" beschließen wollen, sich indeß be-

sonnen, daß dies die gestellte Frage nicht richtig beant=
worte und deshalb wohl die zweite Entgegnung ange=
schlossen. Freilich gleichfalls als eine durch ihre Kürze
nicht recht entsprechende, da es ihr nahe gelegen hätte,
durch Beifügung eines Wortes anzugeben, um wie viel
später als seine Ehegattin der in Rede Gezogene mit
dem Tode abgegangen sei. Doch ward Laurentius Mei=
busch nicht von der Empfindung eines solchen Mangels
berührt, denn etwas Anderes nahm gleichzeitig seine
Aufmerksamkeit in Anspruch. Von einer der Hausthüren
her schritt zu zweien an dem Brunnen beschäftigten Nach=
bartöchtern, einen blanken kupfernen Kübel auf dem dichten
schwarzen Haar tragend, eine hochgewachsene und unge=
wöhnlich kraftvoll entwickelte junge Magd. Ihre Körper=
verhältnisse standen überall zu einander in richtigem
Ebenmaß, dem die vollgerundeten bloßen Arme, groß=
gebildete Hände und Füße entsprachen; gleichen Theil
daran nahmen ihre regelmäßigen Gesichtszüge, die, an
klassische Formen erinnernd, aus einiger Weite im Ver=
ein mit der Gestalt einen schönen und stolzen Eindruck
wachriefen. Der erhielt sich auch bei ihrem Näher=
kommen, doch ließ dieses in ihr nur eine ziemlich grobe,
der Anmuth entbehrende Schönheit erkennen, der ein
Gepräge geistiger Inhalts= und Bedeutungslosigkeit auf=
gedrückt stand. Unverkennbar war sie nicht deutschen,
sondern südlicheren, romanischen oder slavischen Ur=
sprungs; außerordentlich schwere und nah zusammen=
rückende schwarze Brauen gaben, den feurigdunklen Glanz

der Augen noch verstärkend, dem Gesicht trotz seiner allgemeinen Leerheit etwas individuell Besonderes.

Es nahm Wunder, den geistlichen Rector der Stadt=schule mit dem Blick auf einer weiblichen Erscheinung verweilen zu sehen, doch erläuterte sich's aus seiner mit dem christlich=theologischen Beruf ohne Disharmonie ver=schmolzenen althellenisch=römischen Klassicität, denn er äußerte jetzt:

„Wenn diese puella nach dem häuslichen Geräth, mit dem sie zum Brunnen hinschreitet, auch nur eine niedere Magd sein mag, so bedünket mich dennoch, als könnte sie wohl einem artifici statuarum, etwa einem Phibias oder Praxiteles unserer heutigen Tage zum Modelle für eine Juno gereichen, an deren Wiedergabe im Bildwerk auch unsere Augen keinerlei Anstoß zu nehmen berechtigt sind, wenn es sich in züchtiger Weise die Darstellung der von Gott dem weiblichen Geschlechte verliehenen Attribute zum Vorwurf gestaltet. Wisset Ihr, Meister Amthor, welcher Herkunft und weß Namens diese mir anher unbekannt verbliebene Mitbewohnerin unserer Stadt ist? Denn es erscheint mir nach ihrer Figur und Conformation der Gesichtlineamente, als möge sie wohl einer nicht dem deutschen Volke entsprungenen Abstammung angehören."

Der Befragte blickte sich um. „Dort die Male meinen Sie, Hochwürden Herr Rector?" Dann be=stätigte er dessen letzte Muthmaßung: „Sie heißt Mag=dalena Crobath, das soll Jemanden bedeuten, der aus

dem Croatenlande herstammt, und so sah ihr Vater
auch wohl aus, als er vor Jahren aus der Fremde zu
uns hier in's Thor gekommen. Er verstand sich gut
auf mancherlei Handgeschicklichkeit, was in die Brüche
gegangen, zu bessern und wieder fest zu machen, daß er
sein Auskommen hatte, aber er ging bald mit Tode
ab, und seitdem sitzt bei der Wittib und ihrer Tochter
der Schmalhans öfter als ihnen liebsam zu Gast, daß
es mit dem Brechen und Beißen wohl manches Mal
in der Stube hapert."

„So, so. Nun, es ist dieses eine Mitgift manches
irdischen Looses, auf deren Verbesserung man mit Ge=
duldigkeit harren muß," erwiderte der Rector und Pre=
diger, nicht ganz uneingedenk der Zeiten, in denen er
als aussichtsloser Candidatus der Gottesgelahrsamkeit
manch liebes Jahr lang sich selber den Schmachtgurt
enger um den Leib geschnürt hatte. „Allein wie die
alten Werke der poëticu uns berichten, sind unter Zeiten
bei Metamorphosen in irdische Gestaltungen sogar die
olympischen Gottheiten von dem Mißgefühl des Hungers
und Durstes nicht befreit geblieben, bis sie wiederum
zu der mit Ambrosia und Nektar besetzten Tafel zurück=
gelangten. So wollen wir, mit den alten Autoren zu
reden, die künftigen Dinge auf den Schooß des Götter=
vaters legend, von ihnen das Beste erhoffen."

Es war das ein, vermuthlich auch die Zukunft der
Male Crobath einschließender Wunsch, freilich wohl ohne
eine deutlichere Vorstellung, wie sich ihr eine Aussicht

eröffnen könne, an jener olympischen Tafel mit theil=
zunehmen. Doch die kurze Beachtung, die Laurentius
Meibusch dem Mädchen zugewandt, ward augenblicklich
durch das Herannahen einer neuen Persönlichkeit ab=
gelenkt. Ein schlankwüchsiger junger Mann, mehrere
Bücher unter dem Arm tragend, kam von der innern
Stadt her über den Platz, und der Magister bot ihm
mit einem wohlwollenden Handwink die Begrüßung ent=
gegen: „Hat Er sich noch horis postmeridianis den
Studien weiter ergeben, lieber Bernhardus? Ich habe
auf dem Rückgange von meiner Ambulation hier mit
Seinem verständigen Pflegevater über Ihn eine Zwie=
sprache gepflogen, daß ihm wohl, um mich eines vulgären
Ausdruckes zu bedienen, in erfreulicher Weise die Ohren
geklungen haben mögen.“

Die Anrede mit „Er“ hob den jungen Ankömmling
auf eine andere Staffel der gesellschaftlichen Ordnung,
als das „Ihr“ des gelehrten Herrn sie dem Handwerker
zubemessen, und allerdings brachte auch schon die äußere
Erscheinung Bernhard Lindenblatts einen Unterschied
zwischen ihm und dem Schreinermeister zur Geltung.
Nicht durch die einfache Kleidung, die ihn als einen
Bürgersohn kennzeichnete, doch er überragte seinen Pflege=
vater fast um Kopfhöhe, und der Ausdruck der Züge
redete auf den ersten Blick unverkennbar sowohl von
anderer leiblicher Art als von feinerer geistiger Veranlagung. Alles an ihm war noch sehr jugendlich, erst
im Werden; die Bezeichnung „Jüngling“, die der Rector

auf ihn angewandt und darunter zweifellos eigentlich das lateinische „juvenis" begriffen, entsprach völlig seinem ganzen Wesen. Zwei helle Augen warfen einen an das Leuchten des Frühlings draußen gemahnenden Strahlenglanz aus seinem etwas blassen Gesicht; in einem Blick, mit dem vom Brunnen her die schwarzlockige Croatentochter ihn überflog, schien sich kundzugeben, daß ihre Augen für die Naturausstattung des jungen Nachbarn nicht unempfänglich seien.

Nun überfloß seine Stirn sich bei dem ihm von seinem Lehrmeister zugetheilten Lob ein wenig mit Röthe, doch Laurentius Meibusch war augenscheinlich zur Erkenntniß gelangt, daß er damit einer ratio und institutio der pädagogischen Wissenschaft Abbruch zugefügt habe, denn er beharrte nicht länger bei der Anerkennung seines Schülers bezüglich des progressus in literis, sondern befliß sich unvermittelten Ueberganges auf einen durchaus anders gearteten Gegenstand, indem er sogleich hinzusetzte:

„Es ist nunmehr, wie ich draußen vor dem Thore vermerkt, diejenige Jahreszeit herangekommen, zu welcher der Bebauer des Landes sich wiederum seiner nutzbringenden Thätigkeit cum impigritate zu überlassen vermag, und so viel es meinen noch nicht von einer Schwäche des Alters befallenen Augen hat erscheinen wollen, bedünkte mich aus der Entfernung, es sei jetzunder auch auf dem höheren Gebirge das winterliche tegumentum des Schnee's zum Hinschwinden gerathen, so daß ein

Horatius in unserer Zeit nicht mehr seine Ode an=
zuheben vermöchte: Vides ut alta stet nive candidum
Soracte. Mir hat diese Wahrnehmung zu einer Erquick=
lichkeit gereicht, da ich aus ihr die Schlußfolgerung ge=
zogen, es werde gegenwärtig mein hochverehrter Herr
Collega und Freund, der Magister Damianus Bodmer,
an seinem neuen Wirkungsorte Steinhagen in montibus
wohl gleichfalls von dem Uebel befreit worden sein,
dessen derselbige in einem neuerlichen Sendschreiben an
mich bedauerliche Erwähnung gethan. Und es mag
nunmehr die jugendliche prognata seines Ehebündnisses
wohl, wie er mir ihre Art in seinem Schreiben zur
Darstellung gebracht, gleich einer Lerche des Frühlings
über dem gangbar gewordenen Erdreich ihre Stimme
vernehmen lassen. Aber ich vernehme selber mit Ueber=
raschung den unvermutheten Fortschritt der Zeit aus
dem Anschlag unserer Thurmglocke, welche allbereits die
Vollendung der achten Abendstunde verkündigt. So werde
ich schon mit einiger Ungeduld von meinen Zugehörigen
zur gemeinsamen Einnahme der abendlichen Kost erwartet
sein, bin von der mir zu Theil gewordenen demonstratio
ad oculos erfreuet, Euch in erwünschtem Wohlbefinden
betroffen zu haben, Meister Amthor, und verhoffe, Ihn
in gleichem unbeeinträchtigtem Gesundheitsstande morgen
um die übliche Stunde unter meinem Lehrkatheder wahr=
zunehmen, lieber Bernhardus."

Sich durch eine Bewegung der baretthaltenden Hand
verabschiedend, schritt der Rector Laurentius Meibusch

mit der seiner Stellung geziemlichen Würde davon, doch
nicht ohne ein wenig Beschleunigung des Ganges, zu der
ihn der Schlag der Thurmuhr veranlaßt, und die ein
leises Gefühl weckte, daß er seinem verspäteten Heim-
gelangen an den Abendtisch nicht ganz mit der ihm sonst
bei Allem innewohnenden tranquillitas animi entgegen-
sehe. In seinem längeren Verweilen vor der Werkstatt
des Schreiners hatte eine große Auszeichnung gelegen,
deren Würdigung auch der letztere sich keineswegs verschlossen, vielmehr für sie beim Fortgang des gelehrten
Herrn durch sehr respectvolles Ablüften seiner Kappe die
schuldige Dankbarkeit kundgegeben. Doch konnte er sich,
dem Davonschreitenden nachblickend, ebenfalls nicht den
Mund gegen den Auslaß der halblauten Bemerkung verschließen: „Ich hoffe, daß der Hochwürdige für die Ehre,
die er uns angedeihen lassen, nicht etwa durch eine unliebsam versalzene Zuthat zu seiner Abendsuppe übel belohnt werden möge.“

Es zwinkerte dabei leicht schalkhaft um die Mundwinkel des Sprechers, der die Worte an seinen Pflegesohn gerichtet und ihnen nachfügte: „Hörest Du nicht
auch im Einbildungsvermögen die Stimme, Berno, von
der ich solchen nicht allzuschmackhaften Ohrenschmaus für
den gestrengen Herrn Rector besorge?“

Der Befragte hatte, ohne ein Ziel, wie in eine Weite
hinausschauend, gestanden, wendete jetzt mit einem Ruck
seinen Kopf und versetzte:

„Ja gewiß — ich höre — die Stimme der Lerche
meint Ihr, lieber Vater —“

Die Antwort ließ etwas Verwunderung über das Gesicht Kunz Amthor's gehen, und er gab zurück: „Eine solche habe ich über die Mauer und die Dächer noch niemals bis hierher vernommen. Es scheint, daß Du mit Deinen Gedanken noch bei Deinen gelehrten Büchern verblieben bist, mein Sohn, für deren Zugangsthür mein Schreinerhobel mir keinen Schlüssel abgiebt, um Dir auf den Umherwanderungen durch Deine lateinischen Lustgärten nachfolgen zu können. Darin mag denn wohl die Lerche —"

Das Gesicht des jungen Lateinschülers hatte sich wiederum mit einem stärkeren Roth als bei dem Lob= spruch seines Schulmeisters überflogen, und etwas stotternd brachte er hervor:

„Ja, lieber Vater — verzeihet meine Unachtsamkeit — ich war — ich dachte —"

Aber so wie er dem begonnenen Satze keinen Schluß gab, ließ auch der Schreiner den seinigen unbeendigt, denn es trug sich unerwartet am Lindeneck etwas zu, das die Augen und Gedanken Beider wie die aller sonst Umherbefindlichen im Beschlag nahm. Unter den Thor= bogen tauchte ein silberbefranzter Läufer auf, lief, einen scepterartigen Stab schwenkend, „Gardez — vous! Gardez!" rufend, auf dem Platz vor, während ihm ein von zwei niedrig gebauten aber kraftvollen englischen Schimmeln gezogener Wagen nachfolgte. Der bot die Form einer weitauseinander geklappten Venusmuschel von rosenhaft überhauchter weißer Farbe, und darin saß, den ganzen

Raum mit dem hochbauschenden Brokatrock ausfüllend,
die Freiin Gotburg von Bettendorf. Ein nur seltenes
Vorkommniß war's, daß sich eine Hofequipage im Innern
der Stadt zeigte, und zumal dies Prunkgefährt hatte noch
kaum jemand auf dem holprig stoßenden Straßenpflaster
gewahrt.

Mit dem Rector und Prediger an der St. Johanniskirche hatte eben eine stadtbekannte, allseitig achtungsvoll
begrüßte Persönlichkeit den kleinen Platz verlassen, doch
man sah, was hier gegenwärtig an seine Stelle trat,
war für die Augen der Lindeneck-Anwohner nicht mehr
von einer, bei allem Abstand immerhin doch noch menschlichen Gleichartigkeit, sondern überirdischer Natur. Jeder
Mund verstummte, alle männlichen Köpfe vor den Thüren
entblößten sich, die Bürgerstöchter und Mägde am Brunnen
suchten ihre Ehrfurcht durch ungelenkes Zusammenknicken
zu bezeugen. Die hochgestellte Dame erwiderte mit keiner
Regung darauf, ließ nur den Blick über die ihr selbstverständlich dargebrachte Unterthänigkeit hingehen. Allein
dann berührte sie plötzlich mit dem Knauf ihres langen
Promenadestabes die Schulter des in Galalivree vor ihr
thronenden Kutschers, es gab ihm ein Zeichen zum Anhalten, und überrascht riß er hastig die Zügel zurück.

Das geschah dicht an dem Gartenzaun der Schreiner-
werkstatt, und so befand sich Kunz Amthor als der Nächste
neben dem unerwartet in Stillstand versetzten Wagen.
Er hatte gleichfalls seine Kappe gelüftet, doch nur nach
allgemeinem Grußbehaben, ohne sonderliche Devotion, sie

vielmehr baldigst wieder auf den Kopf zurückgesetzt, ob=
wohl die Insassin der Muschel jetzt die Augen auf ihn
hinwandte. Und nun heischte sie ihn mit einem nach=
lässigen Fingerwink, näher heranzutreten.

Verwundert sah er's, blieb indeß noch stehn und
fragte: „Will Euer Gnaden eine Arbeit in meiner
Werkstatt bestellen?" Dabei legte sich seine Hand auf
den beinah fertig gerichteten Sarg, wohl mit zufälliger
Bewegung, doch nahm sich's ein bischen merkwürdig aus.
Dann setzte er, dem Geheiß nachkommend, den Fuß vor
und fügte hinzu: „Ich bin Eurer Gnaden jederstund
zu Diensten bereitwillig."

Die Angesprochene gab nicht auf seine Worte acht,
sie hielt ihren Blick nach dem Brunnen verwandt und
brachte nur kurz vom Mund:

„Kennt Ihr die Person dort, die schwarze? Wie
heißt sie und wer ist sie?"

Es ließ nicht Zweifel, daß die Male Crobath ge=
meint sei, der Schreiner beantwortete die Fragen in
gleicher Weise wie zuvor dem Magister. Die Freiin
Gotburg hörte zu, hob danach die Hand zu einem Wink
gegen das Mädchen und sagte: „Komm einmal hierher!"

Verdutzt, halb erschrocken aussehend, stand die Be=
rufene unschlüssig; erst von einigen Handschüben der
andern Wasserschöpferinnen hinterrücks vorwärts gedrängt,
kam sie zaudernd gegen den Wagen herzu. Etwas schwer=
fälligen Ganges, aber ihr Körperwuchs rechtfertigte in
der That die ihr von Laurentius Meibusch zuerkannte

klassische Bemessung. Sie mühte sich jetzt, einen linkisch-
plumpen Knir auszuführen, der sie fast aus dem Gleichgewicht brachte.

„Laß das nur!" Gotburg von Vettendorf sprach's
flüchtig und übermusterte danach ein Weilchen die mit
einfältigem Ausdruck vor ihr Stehende vom Kopf zum
Fuß. Dann sagte sie:

„Du bist die richtige, Deine Hände garantiren mir,
daß Du leisten wirst, was ich verlange. Ich brauche
eine Servante für die niedrigere Arbeit. Magdalena heißt
Du? Auch der Name ist gut. Wenn Du Dich geschickt
zeigst, kannst Du's zur Kammerjoubrette bringen. Laß
Dich in einer Stunde bei mir im Schloß melden, Du
trittst Deinen Dienst sogleich an. Für Deine Toilette
hast Du nicht zu sorgen, wirst bekommen, was Du
brauchst. — En avant! Tournez! Ich fahre in's Palais
zurück."

Die letzten Befehle galten dem Kutscher, der hurtig
die Umwendung vollzog, und die rosige Muschel verschwand wieder unter der Thorwölbung. Wie eine kurze
Erscheinung aus höheren Sphären war das Ganze gewesen, die vornehme Herrin den Augen und Ohren entrückt, ohne daß sie eine Erwiderung abgewartet. Einer
solchen bedurfte es nicht, ein Geheiß aus dem Schloß
konnte keiner Ablehnung begegnen; in keiner der Mienen
drückte sich ein Befremden, nur Staunen über das vom
Himmel der Male Erobath zugefallene Glück aus. Mit
einer gewissen Scheu näherten sich ihr die andern Mäd-

chen vom Brunnen her, sie selbst stand noch reglos, wie
halb betäubt. Aber dann machte sie einen plötzlichen
Sprung auf die Thür ihrer ärmlichen Wohnung zu,
der verrieth, daß in der schweren Gestalt doch ein zu
lebhafter Wallung erregbares Blut ihrer südlichen Her=
kunft rolle. Auf dem Hausflur hörte man sie, halb
der Stimme beraubt, nach ihrer Mutter rufen.

Vor wenigen Minuten hatte der gelehrte Rector
der Stadtschule bei der Anwendung seines Gleichniß=
bildes nicht gerade besonders bedachtsam von der mit
Ambrosia und Nektar besetzten Tafel geredet, deren sich
der am Schmalhanstisch Hungernde und Durstende in
geduldiger Hoffnung getrösten möge. Olympische Gott=
heiten gab es in Wirklichkeit nicht mehr, sie bildeten
nur noch — ohne eine Schädigung der christlichen
Glaubensüberzeugung — ästhetisch schätzbare Fictionen
der für die Bildung des Geistes unentbehrlichen klas=
sischen Studien. Aber Erdengötter waren dennoch vor=
handen, die unvorhergesehen gnadenreich in das Geschick
der niedrigen Sterblichen eingriffen, sie aus Staub und
Noth in ihre Glanzwelt entrückten. Und Laurentius
Meibusch, wenn er noch um eine kurze Zeit länger am
Lindeneck verweilt hätte, würde sich geäußert haben, es
müsse selbstverständlich eine solche parabole aus dem
Alterthum einer richtigen Interpretation unterzogen
werden, vermittelst derer die allegoria des Genusses von
Ambrosia und Nektar sich auf diejenigen alimenta um=
deute, welche heutigen Tages für die Ernährung eines

menschlichen Geschöpfes förderlich und wohlmundend
erfreulich seien.

Einem derartigen Umschwung ihrer täglichen Mahl=
zeitsgewöhnung, von allem, was sich damit sonst noch
verband, abgesehen, ging aber Magdalena Crobath un=
zweifelhaft entgegen, und die Nachbarn schaarten sich
nachfolgend vor ihre Thür, um der Alten und Jungen
glückwünschende Theilnahme zu bezeugen. Nur Kunz
Amthor verblieb auf seinem Platz, sah vor sich hinaus,
als flattere etwas vor ihm, wonach er mit den Ge=
danken zu haschen suche, doch schüttelte ·er den Kopf.
Dann sagte er, seinem Pflegesohn in's Gesicht blickend:

„Das versteh' Einer, dazu bin ich ja wohl zu dumm,
wie für's Lateinische."

„Was meint Ihr, lieber Vater?" Berno hatte über
nichts nachgedacht oder wenigstens waren seine Gedanken
auf völlig andern Bahnen gewesen, als die des Schreiners,
dem zwischen den kräftig=gesunden Zähnen herausflog:

„Wenn's einer von den Seidenschwänzen gewesen
wäre — aber sie selbst in höchsteigener —"

Er vermurmelte unverständlich ein dem letzten Ad=
jectiv angefügtes Hauptwort und brach ab:

„Nein, Du verstehst's gewiß nicht, mein Sohn, da=
für reicht Dein Latein auch nicht aus. Aber was der
Herr Magister davon gesagt hat und von der hohen
Schule zum Herbst, ist ja gut. Das hobeln wir dann
wohl zusammen."

Kunz Amthor hielt den Blick nach der Brunnen=

linde hinüber gerichtet und redete noch halb vor sich
weiter: „Wie der Baum seit gestern grün geworden ist.
Ja, die Lindenblätter kommen immer wieder frisch, wenn's
Frühling wird."

Sein Kopf drehte sich gegen Bernhard Lindenblatt
zurück. „Es geht mancherlei anders zu in der Welt
— aber das macht's ja auch nicht anders, daß man
sich darum den Kopf und das Herz zerbricht. Zwischen
die Bretter muß alles zuletzt — na, komm herein,
Berno, die Mutter wird wohl auch mit der Abendsuppe
zuwarten, wie die zungenfeste Frau Magister. Nur
braucht uns das Herz nicht in die Hose zu fallen, daß
wir uns die Zunge b'ran verbrennen."

IV.

Die Zeit war's nun, zu der die Lerchen am lautesten
singend tausendfach hoch in blauem Licht über den
smaragdgrünen Saatfeldern standen, und auch das rauhere
Bergland schmückte sich da und dort mit solchen frischen,
vom Wind halbflimmernden Besatzstreifen seines einfar=
bigen Kleides. Denn bewegte Luft ging fast ausnahm=
los über die Höhen um die neue Pfarrei Damian Bod=
mers, der wohl am Sonntagmorgen einige Schwierig=
keiten zu überwinden fand, seine Predigt dem nicht eben
auf hoher Geistesstufe befindlichen Verständniß der dörf=
lichen Zuhörer anzupassen und zu diesem Behuf stets
den angemessenen Abstand von den esotherischen Fragen
und Antworten der theologischen Wissenschaft zu nehmen.
Indeß gewährte es ihm danach einen Born der Er=
quickung, sich in seiner jetzt ohne Heizung bewohnbaren
Stubirkammer in die rüstig anschwellende Abhandlung
über den fälschlich gegen seinen alexandrinischen Namens=
patron Damianus erhobenen Vorwurf des Tetratheis=
mus hineinzutauchen und so eifrig zu vertiefen, daß
mannigfache Tintenspritzen auf der Fußdiele von seiner

absentia animi in Bezug auf die zeitlichen und häuslichen
Dinge um ihn Zeugniß ablegten. Doch nahm der Blick
seiner Hausfrau diese Belege von Gedankenabwesenheit
hier ohne zu schwere Gemüthsbedrückung auf, da an
dieser Stelle das Eindringen fremder Besuchsaugen nicht
zu besorgen stand; und sie empfing den Lohn für solche
Rücksichtnahme auf die Werkstätte gelehrten Schaffens
dadurch, daß ihr Eheherr ihr stets nach Beendigung eines
neuen Abschnittes die Ergebnisse seiner weiteren Forschun=
gen auf dem überaus subtilen Gebiete zur Vorlesung
brachte. Der hörte sie mit gewissenhafter Aufmerksamkeit
und großem Interesse zu, ließ nur dann und wann die
Lider ihrer von vielen häuslichen Geschäften überange=
strengten Augen unwillkürlich einmal flüchtig herunter=
nicken, doch gewann aus einem derartigen, nur einen
Minutenbruchtheil dauernden „Sich=inwendig=besehen"
erneute Kraft, den tiefsinnigen und unwiderlegbaren
Argumenten für die vollständige Uebereinstimmung des
Damianus'schen Monophysitismus mit der christlichen
Glaubenslehre weiter Folge zu leisten. Die Jugend
Dieta's dagegen fühlte sich zu diesem gründlichen Erfassen
noch nicht reif und genug befähigt, sie hielt auch nicht
mit dem offenen Eingeständniß solchen ihr noch anhaftenden
geistigen Mangels zurück und überließ vorderhand ihrer
Mutter allein den täglichen Genuß des fortschreitenden
Werkes. Oder wenigstens fügte es sich so, daß sie um
die Zeit der Lesestunde sich gemeiniglich grade vom Hause
abwesend befand und erst nach dem Schluß von ihrem

Umherstreifen auf den nachbarlichen Anhöhen heim=
kehrte.

Im Pfarrhause aber herrschte jetzt bereits die un=
tadelhafte Ordnung, Sauberkeit, standesgemäße Reprä=
sentation und gewisse Behaglichkeit, für welche sämmt=
liche Beschaffungen die häusliche Tüchtigkeit der Frau
Pastorin, unbeschadet ihres von den Umständen erheischten
Sparsamkeitssinnes, von vornherein zweifellose Bürgschaft
geleistet hatte. Der Pfarrer, der nach seinen Worten
von der divina providentia unverdientermaßen mit
solcher Lebensgehülfin wider die molestias vitae aus=
gerüstet worden, fühlte sich in Anbetracht der ihm aus=
giebiger als in der Stadt zufallenden Arbeitsmuße
keineswegs unbefriedigt, und auch Frau Ernestine fand
sich allgemach in die neue, durch die von ihr nicht ganz
als unumgänglich begriffene Kanzelrede ihres Eheherrn
herbeigeführte Lebenslage hinein. Besonders seitdem der
Schnee geschmolzen war, das Einfeuern des kostspieligen
Holzes nicht mehr nöthig fiel und sie die Wäsche im
Freien zum Trocknen aufhängen konnte; doch auch ihre
Besorgniß künftigen gänzlichen Abgeschnittenseins von
allem nachbarlichen Gedankenaustausch erfüllte sich jeden=
falls nicht in dem gefürchteten Maße. Der wöchentliche
Laufbote übermittelte ihr regelmäßig das eine oder
andere vielseitige und inhaltsvolle Schreiben ihrer in
Wangenfurt zurückgelassenen Freundinnen, bewies, sie sei
von ihnen nicht vergessen, vielmehr in bestem Angedenken
bewahrt, und nöthigte sie, manche Stunde von ihrer

Thätigkeit zu geziemenden ebenso ausführlichen Antworten zu erübrigen. Desgleichen entbehrte Damian Bodmer nicht der Fortdauer eines geistigen Verkehrs mit seinem hochgeschätzten Collegen und Freund, dem Rector Laurentius Meibusch, der ebenfalls in jeder zweiten Woche neben seinem Bedauern über das jetzige räumliche intervallum zwischen ihm und seinem hochvenerirten Herrn collega und Freunde schriftlich einer Fülle tiefgelehrter und neuer, reiflichst in ihrer Bedeutsamkeit zu überwägender Gedanken Ausdruck verlieh. Auch sonstige Mittheilungen aus der Stadt enthielten seine Briefe ab und zu, zum Beispiel wiederholte der letzte das uneingeschränkte Lob, welches der gestrenge Oberleiter der Stadtschule den Fortschritten seines Famulus Bernhardus Lindenblatt zuzuerkennen vermocht hatte, und der Pfarrherr von Steinhagen, der das Schreiben im Familienzimmer vorlas, nahm daraus Anlaß, der Belobigung des genannten jungen Mannes oder Jünglings gleichfalls mit etlichen wohlwollenden Worten beizupflichten. Denn bei dem geringen Umfang der Stadt hatte jener ihm natürlich nicht unbekannt bleiben können, war jedoch auch zu öfteren Malen, mit einem Auftrag des Rectors versehen, in die Behausung des Pastors gekommen und von diesem alsdann einer kürzeren oder längeren Ansprache gewürdigt worden. Sein Wesen, sowohl der geistigen und gemüthlichen Veranlagung als der äußeren Erscheinung nach, erregte das Gefallen Damian Bodmers, und so gab er dem auch jetzt Ausdruck, bevor er in

6*

der Verlesung des Meibusch'schen Briefes fortfuhr. Als
er seinerzeit bei dem Schreiner Amthor den festen Eichen=
holztisch bestellt, hatte er Gelegenheit zu einer Frage
nach der Herkunft des Pflegesohnes des Meisters ge=
nommen, jedoch von diesem nichts weiter in Erfahrung
gebracht, als daß der in Rede Gezogene das hinterlassene
Kind einer frühzeitig verstorbenen Jugendfreundin Am=
thors sei. Dessen gedachte der Pfarrer gegenwärtig mit
der Beifügung, es müßten der Wahrscheinlichkeit gemäß
sowohl die Mutter als auch der Vater des Knaben von
einer dem Handwerkerstand nicht eigenen feineren Bil=
dungsart gewesen sein, da solche erbliche Mitgift sich
unverkennbar in der Natur wie in dem ingenio des
Bernhard Lindenblatt ad oculos demonstrire. Sobann
setzte Damian Bodmer den Vortrag des Schreibens fort,
das allerhand kleine res novas, die sich in Wangenfurt
zugetragen, anschloß, wie es den Anschein weckte haupt=
sächlich für eine Wissensbefriedigung der Frau Ernestine,
da des Schreibers Eheliebste in der laufenden Woche durch
eine große Wäsche an der eigenhändigen Abfassung brieflicher
Mittheilungen behindert sei. Demgemäß hörte auch die
Pastorin, ihre Handarbeit auf dem Schooß ruhen lassend,
mit reger Aufmerksamkeit zu, wogegen Dieta mit einer
Ausbesserung an ihrem Kleide beschäftigt, augenscheinlich
nicht in gleicher Weise Acht gegeben hatte. Denn als
sie später, allein in der Stube verblieben, das Schreiben
des Rectors auf dem Tisch zurückgelassen gewahrte, nahm
sie es zur Hand und unterzog es selbst noch einmal

einer Durchsicht, offenbar um sich daraus über den
Wortlaut von etwas ihr nicht deutlich genug in der
Erinnerung Haftendem zu vergewissern. Doch erstreckte
sich dieser Wunsch bei ihr sichtlich nur auf die erste
Hälfte des Briefes, die städtischen Neuigkeiten, die dem
Hauptinteresse ihrer Mutter begegnet waren, überlas sie
nicht wieder. Einmal zeigte sich ein Satz in lateinischer
Sprache abgefaßt und lautete: „Quid novi, ut rumor
oritur, in palatio est exspectandum; quomodo res se
habet adhuc in tenebris jacet et nescio, sed quantum
conjectare licet, hujus casus quid mulieris est stimulus
seu stimulatrix." Das verstand Dieta Bodmer nicht
und es flößte ihr auch keinerlei Wißbegier ein; sie hatte
sich von dem unterrichtet, was ihr zu kurz am Ohr
vorüber gegangen, faltete den Brief säuberlich wieder
zusammen, legte ihn an seinen Platz zurück und begab
sich in's Freie hinaus. Ein heller und fröhlicher Ton
trällerte dabei von ihren Lippen, in der That an den
Lerchengesang erinnernd, der sie draußen vielstimmig
empfing.

Maianfang war's und die Höhenwelt umher jetzt
von zwar nicht prunkreicher, doch eigenartiger Schönheit.
Da und dort leuchteten kleine rothe und blaue Blumen=
sterne vom dürftigen Erdreich, die altangestammten Dorn=
sträucher um Steinhagen bekleideten sich mit weißem
Blüthengewand. Wo über der auf und nieder gewellten
Fläche ein höherer Busch oder vereinzelter Baum empor=
stieg, bewegte ein lauer Wind flimmernd die frischgrünen

Blätter, von wolkenlosem Himmel fiel die Sonne auf sie,
und es sah aus, als ob drunten am Boden sich Gold=
strahlen und Schatten in unermüdlichem Spiel haschten,
umfaßten und losließen. Darauf hinschauend, setzte das
Mädchen sich auf eine graue Felsrippe, die Hand neben
sich stützend. Wie sie diese nach einer Weile einmal
gegen ihr Gesicht hob, kam von ihr ein süßer Geruch;
sie hatte auf einem kleinen Pflanzenpolster gelegen, un=
scheinbaren, noch blüthenlosen Quendelblättchen, aber sie
dufteten schon leis lieblich. Ganz still war's, nur in
einiger Entfernung regten zwei oder drei Dörfler bei
einer Feldarbeit glimmerndes Eisengeräth, doch der Schall
ihres Aufgrabens und Hackens verklang, eh' er bis zu
dem Sitz Dieta's herüberkam. Sie blickte nach dem
leicht wie von einem Goldnetz übersponnenen Niederland
hinunter, eine weiche Luft zog die Augen und Gedanken
in's Weite. Sehr glücklich war sie, es saß sich so schön
hier oben in der Sonne. Alles war so schön, der Früh=
ling, die Blumen, der Duft, ihr herübernickendes Giebel=
stübchen drüben über der Hausthür, das ganze Leben.
So schön und so von einem flimmernden Strahlenschleier
überzittert, der nichts in deutlicher Wirklichkeit erkennen,
aber überall ahnen ließ, daß sich etwas wie ein köst=
liches Geheimniß unter ihm berge. Ihre Augen wan=
derten umher, nun gen Norden und trafen auf die alten,
von der kegelförmigen Anhöhe herabsehenden Gemäuer=
reste. Bis zu ihnen hatten ihre Streifzüge sie noch
nicht gebracht, es ließ sich nicht in grader Richtung

darauf zugehen; Schrunden und Schluchten nöthigten
zum Umholen, so daß der Hin- und Rückweg wohl vier
Stunden erforderte. Doch sie wußte, die Trümmer dort
trugen den Namen „Falkenburg," die das Stammschloß
und Jahrhunderte lang der Burgsitz des Falkenberg'schen
Geschlechtes gewesen, doch einmal bei einem großen Auf-
ruhr von wilden Bauern erobert und durch Feuer zerstört worden sei. Wie das geschehen, konnte sie sich
nicht vorstellen; es mußte eine ganz andere Art von
Bauern gewesen sein, als die sie kannte, denn die würden gewiß nicht wagen, auch nur den kleinen Finger
ohne Erlaubniß des Fürsten oder seiner Beamten zu
rühren; der von Gott gesetzten Obrigkeit mußte jeder
ohne eigenen Willen gehorchen, das predigte ja auch ihr
Vater. Aber eine andre Vorstellung kam ihr heute; so
lange der Schnee den Boden runbum bedeckt gehalten,
hatten die Mauerstümpfe der Ruine dunkeldüster über
ihn hergeblickt, doch nun war's fast wie eine Umdrehung
geworden, sie erschienen in der Sonne eher hell über
dem dunkleren Vordergrund, ein weißliches Geflimmer
umgab sie. Das konnte nur von vielen um sie her auf-
gewachsenen und jetzt in Blüthe stehenden Dornsträuchern
herrühren, und die riefen Dieta das Märchen vom
Dornröschen in's Gedächtniß, das sie in der Stadt
drunten im Maibusch'schen Hause einmal von einer alten
Kindsmagd erzählen gehört. Sie erinnerte sich deutlich
an den Abend, auch der junge Lateinschüler, von dem
der Herr Rector heute geschrieben, war mit dabei ge-

wesen, noch bedeutend kleiner, als sie ihn in diesem
Winterausgang zuletzt gesehen. Auf die Geschichte selbst
aber mußte sie sich besinnen, die war ihr im Einzelnen
nicht haften geblieben, nur daß sie schön gewesen und drin
ein Königssohn in das Schloß gekommen sei, wo Dorn=
röschen verzaubert im Schlaf gelegen habe. Dichte
Dornenranken und Rosen hatten ihm den Zugang dort=
hin versperrt gehalten, er mußte sich mit seinem Schwert
einen Weg durch das Dickicht bahnen, um zu ihr zu
gelangen und sie entzaubern zu können; womit er dies
vollbracht habe, entsann Dieta sich nicht mehr. Aber
so sah's wahrscheinlich ebenfalls im Innern der Falken=
burg aus oder wenigstens bald, wenn nicht nur die
Dornbüsche, sondern auch die wilden Rosensträucher zu
blühen anfingen. Dann mußte sie sich einmal den Weg
nach der Ruine ausfindig machen, um eine solche Mär=
chenwelt mit leibhaftigen Augen vor sich zu sehen. Wie
der Frühling heute mit seinen Sonnenstrahlen ein glim=
merndes Goldnetz um die Nähe und Weite spann, hatte
überhaupt alles etwas, als gehöre es zu einem Mär=
chen, und so zu sitzen, zu athmen, in die Ferne zu
schauen und zu leben, sei auch eines. Ihre Augen waren
sehr weitsichtig, sie unterschieden im Blau deutlich einen
über den Trümmerresten in kreisender Bewegung um=
schweifenden dunklen Punkt. Das mußte ein großer
Raubvogel sein, der nach einer Beute ausspähte. Sie
hielt ihn im Auge, allein dann war er plötzlich, ohne
daß sie wahrgenommen wohin, aus der Luft verschwun=

den, muthmaßlich blitzschnell senkrecht in die Falkenburg
niedergeschossen. Es überlief sie einen Augenblick ein
bischen unheimlich bei der Vorstellung, sie hätte sich jetzt
dort befunden, und der laute Flügelschlag wäre in der
Märchenburg dicht neben ihr heruntergerauscht. Unwill=
kürlich drehte sie den Blick aus der nördlichen Richtung
ab, weiter zur östlichen zurück, aus der er gekommen.
Erheblich weiter als vom Pfarrhause aus sah man von
ihrem gegenwärtigen Sitz in's Unterland, und es litt
nicht Zweifel, der kleine hellschimmernde Fleck drüben sei
das fürstliche Schloß. Ob man auch von der Stadt
drunter etwas wahrnehmen könnte? So nicht, doch viel=
leicht, wenn sie noch ein bischen höher sei, und sie stand
auf. Es hätte ihr Freude gemacht, wenigstens die Kirch=
thurmspitze herausfinden zu können, aber entweder ward
die wie alle Dächer unter ihr durch eine vorspringende
Gelände=Aufwölbung verdeckt oder blieb um ihrer dunk=
leren Färbung willen unerkennbar. Als der Schnee
noch gelegen, hatte ihr Vater einmal gefragt, ob sie
dorthin zurückzukehren wünsche, und sie darauf erwidert:
„Ich weiß nicht, ob ich's möchte.“ Das kam ihr augen=
blicklich ins Gedächtniß, und sie mußte bei der Erinne=
rung daran lachen. Eigentlich ohne irgend einen Grund
dazu, denn es war doch keiner, daß sie auch jetzt nicht
wußte, ob sie nach Wangenfurt zurück möge. Sie hatte
ja da drunten manche Bekannte und Kindergespielinnen,
aber es war so schön in der Stille hier oben und im
Grunde schöner, nach der Stadt hinüberzuziehen, als dort

zu sein, in den engen Straßen und dunklen Häusern
lag kein so märchenhafter Schimmer um die Dinge wie
hier. Sie setzte sich auf die graue Felsbank zurück,
stützte die Hand wieder auf die kleinen Quendelblättchen
und hob sie dann und wann zum Gesicht herauf, um
den leisen, lieblichen Duft einzuziehen. Der linde Wind
regte die grünen Baumblätter zu beständigem Hin- und
Herflimmern fort und vor ihr unten auf dem Boden
haschten sich im unermüdlichen Spiel die Goldstrahlen
und Schatten, hielten sich einen Augenblick lang gefaßt
und ließen sich los und haschten sich wieder.

*   *

*

Hinter dem hellschimmernden Fleck, nach dem Dieta
Bodmer aus ferner Weite den Blick hinübergerichtet hielt,
schritt der Frühling gleichzeitig auch durch den Park und
zwar nicht allein im gewöhnlichen Sinn, sondern daneben
in einer äußerst närrischen Verkörperung. Diese bildete
die possenhafte Leistung Til Luja's für die Unterhaltung
des heutigen Nachmittags; er hatte seine kleine Zwerg-
gestalt in ein rosenfarbiges Gazecostüm nach Art des-
jenigen von Ballettänzerinnen gesteckt, darunter sahen in
weißseidenen Strümpfen die zu doppeltem Umfang aus-
gestopften Waden hervor, denen sich kahnartige Atlasschuhe
von dem Maß wie für die Füße eines Riesen bestimmt,
anschlossen. Auf dem Kopf trug er einen ungeheuren
Tellerhut mit einem ganzen Beet in Erde eingepflanzter
blühender Tulpen, Tazetten und Maiglöckchen, und an

ben Schultern hatte er zwei große blaßblaue, doch in der Mitte abgeknickte Flügel aus gefärbten Truthahnsfedern befestigt. Mit dem koboldhaften Gesicht war's eine überaus lächerliche, grellbunte Erscheinung, so tänzelte er auf dem Platz zwischen den beiden, Wasserstrahlen nach allen Richtungen um sich werfenden Springbrunnen umher und antwortete auf an ihn gerichtete Fragen, wer er sei, mit weinerlich quiekender Stimme: „Ich hieß früher printemps, nun bin ich umgetauft und habe den Namen Lenz bekommen. Ich möchte gern wegfliegen, denn hier zwischen den beschnittenen Hecken und Statuen bin ich garnicht an meinem Platz. Ich gehöre in einen Busch, wo niemand mich sucht und ich im Verborgenen blühen könnte, wie ein Veilchen. Aber ich kann nicht fliegen, der Gärtner hat beim Spalierschneiden auch meine Flügel mit der Scheere erwischt und sie mit abgestutzt. Bitte, nimm mich ein bischen auf Deinen Arm, Gevatterin, damit ich doch etwas höher hinaufkomme, wenn Deine Hände groß und kräftig genug dazu sind!"

Es fand heut' Nachmittag cour plénière im Parke statt, zu der alles dem Hofhalt Angehörige, nicht nur die Herren, auch ihre Gemahlinnen, Töchter und Anverwandte sich in höchster Galatoilette einstellten, und der weite Bodenraum verschwand stellenweise völlig unter dem Ueberhang der bauschenden Reifrockglocken. Das gab dem Narren = Frühling Gelegenheit, seine Späße weiter auszudehnen, da und dort zu piepsen: „Du bist kein bescheidenes Veilchen oder Gretel im Busch und solltest warten, bis die Pfingstrosenzeit kommt; mein Nachfolger, der Sommer, trägt vielleicht andere Augen als ich im Kopf, daß ihn dann Deine Blüthenpracht entzückt. Und ich fürchte, Du lebst unter Deiner Kürbis= schale auf zu kleinem Fuß — laß einmal sehen, Frau Gevatterin."

Der Zwerg bückte sich und gab sich den Anschein, als ob er mit den Händen die Rockglocke der vor ihm stehenden Dame von den zierlichen Schuhen zurückzu= drängen beabsichtigte, doch er that nur so, und keine brauchte zu befürchten, er könne die am Hof als oberstes Gesetz herrschende strenge Decenz wirklich derartig ver= letzen. So nahm er auch nur eine Miene an, wie wenn er sich durch den Augenschein thatsächlich von seiner Muthmaßung unterrichtet habe, sprang zurück, tanzte, mit den gebrochenen Flügeln klappend, herum und rief: „Geh' nach Hause, Gevatterin, Du gehörst nicht hierher in den Frühling! Du bist eine Chinesin und Deine Füße machen mir Angst, daß sie abbrechen können. Geh heim, Gevatterin, ich rathe Dir gut!"

Dann jedoch krähte er plötzlich wie ein Hahn und schrillte hinterdrein: „Die Morgenröthe geht auf. Tuck= tuck=tuck! Kommt ihr Truthennen und Hühner und gluckt! Wer sich artig aufführt, kriegt Kuchenbröckchen mit Ro= sinen und Mandeln!"

Der Gesundheitszustand Ihrer Erlaucht, der Frau Reichsgräfin, hatte sich zum allgemeinen Bedauern immer noch nicht so weit verbessert, daß sie sich der Anstren=

gung, die Cour mit abzuhalten, hingeben durfte. Es
lag ein neuerdings auf's Entschiedenste dagegen sprechen=
des Gutachten des Leibarztes vor, dem man sich als
einer force majeure zu fügen genöthigt war, und ihre
Stelle bei dem heutigen Empfang vertrat die Freiin
Gotburg von Bettendorf. Dies geschah aber so schon
seit mehreren Jahren, konnte nicht anders erwartet wer=
den, und es zeigte sich deshalb auch in keinem Gesicht
eine Enttäuschung, wie bei dem Hahnschrei des Narren
die remplaçante Ihrer Erlaucht jetzt vom Schloß her
erschien. Ja, es stand zu vermuthen, daß gegenwärtig
überhaupt kein einziger Gedanke mit der Letzteren be=
schäftigt sei.

Dagegen hielten alle Augen sich unverkennbar mit
einer gespannten Erwartung der Herankommenden oder
eigentlich mehr noch einer Begleiterin derselben zuge=
wandt. Man wußte, die Freiin Gotburg habe seit den
letzten Wochen eine junge Gesellschafterin bei sich im
Schloß — ob eine Verwandte oder eine von ihr in
Dienst genommene feinere „Soubrette", darüber waren
die Meinungen getheilt — und diese werde heut' in
einer gewissen Weise mit an der Cour theilnehmen.
Dann hatte man gleichfalls gehört, der Freiin solle ein
leichter Unfall zugestoßen sein, indem sie gestern ausge=
glitten und sich dabei ein Fußgelenk verstaucht habe.
Zum Glück nicht so bedenklicher Art, ihr das Auftreten
unmöglich zu machen, doch sei — ebenfalls nach einer
Vorschrift des Leibarztes — ein Anhalt für ihre Gelenk=

affection erwünscht und sie dadurch genöthigt, sich von
ihrer neuen Gesellschafterin führen zu lassen. Doch
brauche man sich durchaus keinerlei Besorgniß hinzu=
geben, daß der geringfügige Vorfall irgendwelche be=
klagenswerthe Folgen nach sich ziehen könne.

Dies umlaufende Gerücht bewahrheitete sich jetzt,
denn die Vertreterin Ihrer Erlaucht erschien, leicht auf
den Arm einer neben ihr gehenden hochgewachsenen Be=
gleiterin gestützt, deren Anblick nicht recht entscheiden ließ,
ob sie als eine junge Dame oder junge Dienerin auf=
zufassen sei. Niemand aus der Schloßgesellschaft hatte
Magdalene Crobath je zuvor gesehen oder von ihr ge=
hört, sie war etwas räthselhaft Unbekanntes, wie einem
Astronomen ein bisher unentdeckt gewesener, ihm plötzlich
im Gesichtsfeld auftauchender Himmelskörper am Firma=
ment. Auch ihre Kleidung gab keinen Aufschluß über
ihre Standeszugehörigkeit; sie trug keinen Reifrock, sondern
eine ziemlich eng anliegende Gewandung, die ohne eine
Einschnürung ihre üppigen Formen in natürlicher Frei=
heit zu Tage treten ließ. Das war keine Tracht einer
Magd, doch auch nicht die einer vornehmen Dame;
ungewiß hafteten alle harrenden Augen auf ihr und
tauschten da und dort einen kurzen, Verständnißlosigkeit
kundgebenden Blick aus. Zweifellos aber mußte die
Croatentochter die von ihrer Herrin auf sie gesetzten
Erwartungen gut und sogar noch über dies Maß hinaus
erfüllt haben. Denn die letztere hatte sie als eine Ser=
vante für die niedrigere Arbeit in Dienst genommen, doch

sowohl die augenblickliche Hülfsleistung, zu der Magdalene gewürdigt worden, als ihre wenn auch absondere,
doch aus seinen Stoffen verfertigte Toilette zeigten an,
daß sie in der Schätzung Gotburgs von Bettendorf rasch
als zu feineren Leistungen geeignet aufgerückt sei. So
beließ sie in Zweifel über ihre Stellung als Domestikin
oder als Freundin, stumm blickte man auf sie hin, und
nur Til Luja führte einen possirlichen tiefen Knir vor
ihr aus, nach dem er die Freiin ansprach:

„Halleluja! Du bist ein Schooßkind meiner Collegen,
der Götter, Gevatterin, denn Du hast Glück im Unglück,
daß sie Dir solche Stütze bescheert haben. Dein bedauerlicher Fuß ist zu schwächlich geworden, aber auf die
Füße da ist Verlaß. Halleluja!"

Ein Rauschen war durch die versammelten Cavaliere
und Hofdamen gegangen, nun richteten die tief geneigten
Köpfe der einen und die weit zurückgebogenen Reifröcke
der anderen sich wieder empor, und die Freiin Gotburg
wandte unter artigem Lächeln eine Anrede an die ihr
zunächst Befindlichen. Aus dem Hintergrunde hielten
zwei der hochtoupirten Damen den Blick auf die unter
dem kurzen Gewande voll sichtbaren Füße Magdalene
Crobath's hinüber geheftet und tauschten einige gewisperte
Worte aus:

„Mon Dieu, was für incroyable Extremitäten! —
Und welch' eine stupidité in dem Ausdruck ihrer Visage!
— Sie ist doch nur eine Kammerjungfer, das wäre ja
total impossible." —

„Haben Sie es denn für crovable gehalten, daß sie selbst une rivale — ?-

Doch die Sprecherin brach ihr Flüstern unvollendet ab, denn das Rauschen und Knistern aller Seiden- und Brocatröcke erscholl wiederum, mit elastischem Schritt trat, unvermerkt von der Seite herangekommen, Seine Erlaucht als Hauptpersönlichkeit und Mittelpunct in den ihn umglänzenden Kreis, dessen pflichterfüllende Gegenwart er mit leutseliger Höflichkeit durch eine leichte Kopfneigung anerkannte. Dann sprach er in freundschaftlichem Ton die Freiin Gotburg an: „Ich danke Ihnen, mein sehr werthes Fräulein, daß Sie nicht ermüden, die Stelle meiner noch immer in so betrübender Weise verhinderten Gemahlin einzunehmen und ihren Pflichten obzuliegen, obwohl Ihr Unfall, von dem ich mit tiefem Bedauern vernommen, Ihnen diese Aufgabe unliebsam erschweren muß." Die letzten Worte begleitete er mit einem Erfassen und galanten an seine Lippen Führen der Hand Gotburgs von Bettendorf, danach aber wendete er sich huldvoll ebenfalls an ihre Begleiterin: „Auch Ihnen spreche ich Dank aus, sowohl für die leibliche Stütze, welche Sie augenblicklich meiner hochgeschätzten Freundin darbieten, als mehr noch für die Erleichterung und Erfreuung, die sie durch Ihre liebenswürdige Gesellschaft genießt. Ich weiß nicht, ob die Damen und Herren meines Hofes schon Gelegenheit gefunden haben, Ihre Bekanntschaft zu machen; jedenfalls bereitet es mir ein

Vergnügen, den Anwesenden Mademoiselle Madeleine de
Crobath vorzustellen."

Etwa zwei oder drei Secunden lang überlagerte
Alle, denen diese Präsentation galt, eine so hauchlose
Stille, als ob sie sämmtlich in gleicher Weise von der
Athmungsbefähigung verlassen seien, wie die seitwärts
von den Postamenten auf sie niederblickenden weißen
Marmostatuen der Venus und der Diana. In den
Mienen umher stand, und zwar den meisten in Begleitung
eines nicht grade geistvollen Ausdrucks, die Frage auf-
geprägt: Was war das? Aber gleichzeitig fand diese
um das einmalige Auf- und Niederschlagen der Wimpern
später bei allen die nämliche Beantwortung in der zweifel-
losen Erkenntniß: Es war ein Stern, von dessen glanz-
ausstrahlender Existenz auch die scharfsichtigsten Augen
bis vor kurzem keine Ahnung gehabt. Jäh trat er in
seiner vollen Leuchtkraft am Firmament hervor — einen
Augenblick hielten die verdutzten Gesichter sich noch wie
geblendet unbeweglich auf ihn gerichtet, dann erwiderten
die männlichen und weiblichen Träger der obersten Hofchargen, sowie alles, was sonst sich zugegen befand, auch
die stattgehabte Vorstellung mit tiefen Complimenten und
zu Boden knirenden Verneigungen vor Magdalene Crobath. Verblüfft sah sie darauf hin, es dauerte ein wenig,
bis sie begriff, daß ihr diese ehrerbietige Begrüßung gelte,
und auch dann verstand sie's nicht, sondern brach unwillkürlich in ein äußerst etikettewidriges lautes Lachen
aus. Das ließ alle Züge plötzlich vor rathloser Ueber-

raschung und Bestürzung wie zu Stein erstarren, doch
das Ohr Seiner Erlaucht empfand offenbar keinerlei
Verstoß gegen die Hofsitte darin. Denn er äußerte
rasch und rings vernehmbar: „Welch' ein köstlicher Ein=
klang in einem frohen Lachen mit dem blühenden Früh=
ling herrscht! Man hört es leider nur so selten in dieser
künstlich und trostlos aller natürlichen Neigung beraub=
ten Umgebung." In's Letzte hinein rief Til Luja:
„Köstlich! Köstlich! Das ist das richtige Wort, Ge=
vatter! Du verstehst mich, ich bin kein printemps; ich
bin ein deutscher Frühling. Nimm zum Dank von mir
eine Blume aus meinem Garten, ich habe sie für Dich
wachsen lassen. Hier — wähle Dir aus."

Seinen Kopf mit dem Tellerhut vorbückend, fuhr er
fort: „Ich rathe Dir zu einer Tulpe — die Maiglöck=
chen haben wohl einen hübschen Geruch, aber sie sind
so hager und mager, die Augen können sich nicht daran
ergötzen, und die sind doch wichtiger als die Nase.
Nimm die Tulpe, Gevatter! Du hast ihre Staubfäden
noch nicht gesehen, aber wenn Du sie in Deiner Stube
gut in Wärme und Wasser stellst, da geht sie noch
weiter auf und wird Dich entzücken."

„Dein Mundwerk läuft über, als sei'st Du aus
einem Narrenhaus weggelaufen."

Seine Erlaucht entgegnete es, doch nicht ungnädigen
Tons; das Geschwätz, welches über eine hereingebrochene
stumme Verlegenheit hinweggebracht hatte, schien ihm nicht
unwillkommen, er streckte die Hand aus und nahm

eine von den Tulpen. Der Zwerg aber stieß fistelstimmig aus:

„Woher sollt' ich denn sonst kommen? Meine Mutter hat mich in die Welt hineingeboren, und Du hast's gesagt, die Welt ist ein Narrenhaus, wenn nicht drin gelacht wird. Habt ihr's nicht gehört? Was steht ihr so auf den Mund geschlagen wie die Oelgötzen?" Mit den Flügeln wedelnd, sprang er um die nächsten weithinbauschenden Reifröcke: „Habt ihr denn keine Musik in der Kehle, die zwischen dieser trostlosen Umgebung froh und natürlich klingt? Sind eure Zungen verschnitten wie die Hecken da? Ihr habt doch schon Gänse schnattern und Elstern lachen gehört und solltet's nicht auch so gut können, wie die? Macht eure Stimmbänder einmal geschmeidig! Ich, der Frühling, bin der große Musikmeister und will euer Concert dirigiren. Aufgepaßt! Wer zuerst lacht, bekommt von mir meinen neugestifteten Hundeblumen-Orden, als Goldmouche auf der Brust zu tragen! Eins — zwei —"

Er schlug mit einem seiner kurzen Arme wie mit einem Dirigentenstab den Tact; sein Aufzug, sein Wichtigthun, Miene und Gerede, alles an ihm war zu komisch, man mußte darüber lachen. Gleichzeitig thaten's alle Hofdamen, und alle Cavaliere stimmten mit ein, niemand befand sich in der Runde, der nicht mitlachte. Bei'm Blühen des Frühlings verstieß dies nicht gegen die Etikette, sondern bildete einen köstlichen Einklang mit ihm, der dem Frohsinn der Natur entsprach und

7*

die künstlich verkrüppelten Laubwände umher wie mit
einem tönenden Blüthenschmuck überkleidete. Und auch
um die Lippen der Freiin Gotburg von Bettendorf ging
ein liebenswürdiges Lächeln, mit dem sie zu ihrer Begleiterin sagte: „Ihre Stimme, meine liebe Freundin,
klang hier, als sei eine Lerche vom freien Gefild draußen
in den Park herübergeflogen.“

Dies traf freilich, wie alle Gleichnisse, nicht nach
jeder Richtung zu, nur das herausfahrend Natürliche in
dem Auflachen des jungen Mädchens konnte an einen
Ton vom freien Feld her erinnert haben, während das
körperliche Wesen desselben zu dem des leichtbeschwing-
ten Vogels eher im vollsten Gegensatz stand. Entschieden näherkommend deckte sich ein Vergleich, den der
Oberhofmarschall Rothafft von Schottenstein in Anwendung zog. Er enthielt sich dabei, wie es seit einiger
Zeit am Hof in Gegenwart Serenissimi zum Brauch
geworden, möglichst der Einmischung französischer Vocabeln und äußerte, nicht laut, doch auch nicht so leise,
daß es nicht für das Gehör Seiner Erlaucht noch vernehmlich ward, gegen den neben ihm stehenden Oberstallmeister von Obentraut:

„Finden Sie nicht ebenfalls, lieber Baron, daß
Mademoiselle de Crobath viel an ressemblance — ich
meine, eine große Aehnlichkeit mit der vollendeten Schönheit antiker Statuen darbietet?“

Der Sprecher wandte sich bei seiner Vergleichung
nach den unweit entfernten Marmorbildern der Venus

und Diana um, auch der Freiherr Malchus von Oben=
traut that das nämliche und erwiderte mit gleicher, eine
mittlere Lage der Stimme innehaltender Vernehmlichkeit:

„Mir hat sich diese Aehnlichkeit ebenfalls bereits
beim ersten Anblick aufgedrängt, eher — lieber Baron,
und zwar als die einer alliance — ich meine, einer
Vereinigung des Liebreizes, den uns drüben die Ge=
sichtszüge und die Gestalt der Venus entgegenbieten,
mit der jungfräulich strengen Unnahbarkeit, welche uns
daneben aus dem klassischen Antlitz der göttlichen Schwester
des Sonnenwagenlenkers redet.“

Die nachmittägige Maicour nahm in herkömmlicher
Weise ihren Verlauf, doch Seine Erlaucht befand sich
in so gnädiger und lebhaft angeregter Stimmung, wie
seit Monaten nicht mehr. Er hielt die rothgeflammte
Tulpe in der Hand, deren noch halb geschlossene Blätter
er ab und zu spielend mit den Fingern etwas ausein=
anderbog, daß die goldfarbigen Staubfäden am Kelch=
grunde sichtbar wurden, so richtete er, langsam auf und
ab promenirend, bald hier, bald dort eine Anrede an
einzelne Persönlichkeiten des sich gemessen mit ihm und
um ihn fortbewegenden Hofkreises. In ungewöhnlicher
Weise nur erschallte heut' auf seine Bemerkungen, wo
diese irgendwie einen Anlaß dazu boten, oftmals als
Antwort ein hell= und vielstimmiges Lachen, das als Echo
an den Heckenwänden rundlief. Und es sah aus, als
ob Diana und Venus verwundert auf den unbekannten
lauten Ton horchten.

Dazwischen indeß kehrte Serenissimus regelmäßig zur
Unterhaltung mit der Freiin Gotburg zurück, die auf
den Arm ihrer Begleiterin gestützt, sonst bei dem Hin-
und Herschreiten nichts von ihrer Fußbeschwerniß empfinden ließ. Ihre Züge strahlten eine schattenlose Heiterkeit aus, noch niemals hatte sie solchen Witzreichthum
an den Tag gelegt, jedes ihrer Worte glich einem von
den Lippen funkelnd in die Luft geworfenen Brillanten,
und hohe Bewunderung, der Ausdruck eines entzückenden geistigen Genusses kennzeichnete sich in der Miene
des erlauchten Hörers. Im Gegensatz zu dieser Bered-
samkeit ging Magdalene Crobath stumm daneben, das
Gefühl anrührend, als sei sie doch nur eine Bedienstete,
die nicht von selbst den Mund öffne, sondern, ihrer
untergeordneten Stellung gemäß, auf eine Ansprache von
ihrer Herrin warte. Das beruhte allerdings auf Täuschung, denn die letztere hatte sie, ringsum hörbar, ihre
liebe Freundin benannt und der höchste Gebieter sie
durch die Form, in der er sie vorgestellt, als dem adeligen Stande angehörig erklärt. Doch war auch dies
ihr unverstanden vorübergegangen, und sie begriff überhaupt eigentlich nichts von dem, was hier mit ihr und
um sie geschah. Aber merklich gefiel es ihr in vollem
Maße, und ein Instinct ließ sie in einer hochaufgerichteten,
wie von Stolz gehobenen Haltung umher schreiten. Neben dem funkensprühenden Geiste Gotburgs von Bettendorf erschien sie ganz als nur Körper, man konnte es
auch ausdrücken, als etwas natürlich Robustes neben

kunstvoll Verfeinertem, doch gewissermaßen Ergänzendes,
das für den Blick bietend, was jene für das Ohr. Die
Auszeichnung, nochmals von Seiner Erlaucht angeredet
zu werden, ward ihr nicht zu Theil; er hatte das Ver=
dienst, das sie sich erworben, huldreich anerkannt, mochte
sie richtig dahin schätzen, daß sie nicht veranlagt sei,
öffentlich durch Vorzüge des Geistes, esprit, bon-mots
und impromptus zu glänzen, und gab sich nur dem
von der Freiin Gotburg seinem Ohr bereiteten feinen
Genuß hin.

Nach einer Weile indeß ward er in diesem einmal
durch das Herzukommen eines in tiefster Ehrfurcht eine
Meldung abstattenden Lakaien unterbrochen, bei deren
Anhörung sein Gesicht ein leichter Mißmuthausdruck über=
flog. Den Blick umwendend, fragte er: „Warum habt
Ihr Seine Hochwohlgeboren nicht — wo befindet
sich —?" Der Diener versetzte, mit der Hand nach einem
der Heckengänge des Parks abwärts deutend: „Seine
Gnaden wünschte dort —." Nun wandte Serenissimus
sich seiner geistvollen Freundin zu: „Ich bedaure schmerz=
lich, das Vergnügen Ihrer Unterhaltung für einige Zeit
mit einer andern, jedenfalls weniger reizvollen vertauschen
zu müssen. Doch mich nöthigt die Ankündigung eines
Besuchs fort, den voraussichtlich seine äußere Verfassung
abhält, auch Ihnen seine Aufwartung zu machen." Ein
Lächeln umspielte den Mund des Sprechers, wie er hin=
zufügte: „Sie sind glücklich, solcher Pflichten entbunden
zu sein und nur Ihrer Neigung folgen zu können; doch

ich hoffe, von der meinigen baldmöglich zurückgeführt zu
werden und gleichsam aus einem Bärenzwinger wieder
in die Anmuth eines blühenden Frühlingsgartens zu
gelangen."

Seine Erlaucht begleitete diesen, in seiner Bezüglich=
keit kein Mißverständniß zulassenden Vergleich mit einer
artigen Kopfneigung, die ihre Geltung auch auf die neue
Erscheinung am Hofe, Mademoiselle Madeleine de Crobath
mit zu erstrecken schien, und begab sich in der vom
Diener gedeuteten Richtung davon. Zwischen den Laub=
wänden tauchte bald vor ihm eine hin und wieder
schreitende Gestalt auf, deren Erscheinung in stärksten
Gegensatz zu der glanzvoll toilettirten Cour=Versamm=
lung trat und auf den ersten Anblick die Hierherverirrung
eines nicht in den Schloßpark Gehörigen muthmaßen
ließ. Ein langer, hagerer Mann war's, dessen Glied=
maßen von Steifknochigkeit und Ungewöhntheit des
Beugens und Bückens sprachen; aus einiger Entfernung
schien er einen sehr hell gepuderten Haarbeutel zu tragen,
doch in der Nähe stellte dieser sich als eigenes, fast
weißes und wenig gepflegtes Wachsthum des Kopfes
heraus. Sein Körper steckte vom Hals herunter bis
zu hoch an's Knie reichenden Stulpstiefeln in einem
sackartigen Ueberzug; um den Nacken hatte er ein dickes
Wollentuch gewickelt, und seine handschuhlose sonnver=
brannte Rechte führte einen knotig ausgebuckelten derben
Stock. Wo er gegangen war, sahen fest eingedrückte
Fußstapfen aus dem feinen Kies des Bodens auf.

Es mußte Wunder nehmen, Seine Erlaucht mit einer verbindlichen Miene dem rusticalen Besucher entgegentreten zu sehn, allein dieser war ihm, wenn auch nicht im Range, doch im Stande ebenbürtig, gleichfalls ein deutscher Reichssouverain, sein Territorialnachbar, der Reichsfreiherr Folb von Velberg. Unter einer steifförmlichen Verneigung kurz seinen bäuerlichen Hut von der breiten Stirn lüftend, entgegnete er auf die Begrüßung Monseigneurs: „Ich bin erfreut, meinen Herrn Nachbar bei mir zu sehn," mit etwas heiser angeflogener Stimme:

„Kam des Wegs vorbei, Erlaucht, und statte meine Visite ab. Ist zwar nicht meine Passion zwischen den geschorenen Wänden, als wär's eine Barbierstube. Müssen schon mit meiner Sprache fürlieb nehmen, der Frühling kratzt mich immer im Hals, als hätt' ich einen Igel übergeschluckt."

„O, das erweckt meine lebhafte Antheilnahme —"

„Glaub' ich nicht. Was der Mensch nicht selber spürt, ficht ihn bei Andern nicht an. Ich weiß, wie's auf der Welt zugeht."

Die Lippen des Reichsgrafen verhielten ein leichtes ironisches Zucken; sein Grenznachbar war ein krauskomisches Original, dessen ungehobeltes Wesen man in Anbetracht seiner Stellung und altabligen Abkunft unbeachtet in den Kauf nehmen mußte. Doch er konnte sich die einladende Frage nicht versagen:

„Wollen Euer Hochwohlgeboren nicht meinen Hofleuten die Ehre erweisen, ihre Versammlung drüben durch Ihre Gegenwart zu erfreuen?"

Der Reichsfreiherr warf unter seinen dicken, gleich= falls weißbuschigen Brauen einen Blick hinüber. „Hätt's wohl gethan, Erlaucht, wenn's mir drum zu thun wäre. Würde gegenseitig kein besonderes Plaisir sein. Bin ein Jäger und kein Amateur von Pfauen und Seidenschwänzen; was unter den Schillerfedern steckt, ist zu nichts nutz. Schöß' ein Anderer 'ne Schrotladung hinein, würd' mir's Spaß machen, mir ist's mein Pulver nicht werth. Excusez! Natürlich sans relation auf Eurer Erlaucht Liebhaberei."

Etwas dem Aehnliches war wohl als Antwort auf die Einladung zu erwarten gewesen, und es überraschten nur die eingemengten französischen Ausdrücke, zumal da der erlauchte Hörer sich solcher in seiner neuen Sprach= neigung geflissentlich enthielt. Doch sie machten im Munde des Alten entschieden nicht darauf Anspruch, als Redeseinheiten geschätzt zu werden, waren nur ihm noch auf der Zunge liegende Brocken, weil er in der Kind= heit damit aufgenäßrt worden, und benahmen dem Ganzen nicht das Geringste von seinem unbemäntelten deutschen Grundton. Der Reichsgraf zeigte auch kein Erstaunen über das unverkennbar auf seinen Hof an= gewandte merkwürdige ornithologische Gleichniß und den ohne allen spaßhaften Klang angehängten noch eigenthüm= licheren Nachsatz; dagegen schien sich in einem leichten Zusammenzuge der Brauen ein wenig beginnende Un=

gebuld über sein Ferngehaltenwerden von der Schloß=
gesellschaft zu kennzeichnen, und er erwiderte mit leicht
lächelnder, niemandem gegenüber je von ihm außer Acht
gelassener, doch bei dem nachbarlichen reichsunmittelbaren
Herrn besonders selbstverständlicher Höflichkeit:

„Wenn Euer Hochwohlgeboren nicht Reigung inne=
wohnt, an unserer Vereinigung drüben Antheil zu
nehmen, wollen dieselben mir vielleicht zu erkennen
geben, womit ich Ihrem Wunsche zu entsprechen ver=
möchte.“

„Will ich, Erlaucht. Bin ja deshalb hier. Eure
Erlaucht herbergt in Ihrem Schloß ein Gezücht, Ge=
sindel — die Worte sind zu gut noch für die Vande
— eine Ramasserie von Canaillen —“

Diesmal konnte der Angesprochene doch nicht um=
hin, ein unverhohlenes Erstaunen an den Tag zu legen
und zu entgegnen: „Euer Hochwohlgeboren beliebt, sich
etwas seltsam und unverständlich auszudrücken.“

„Ach was! Meine nicht immer die Seidenschwänze.
Thut mir leid, daß Erlaucht meine Signification auf
die beziehen zu müssen glauben. Ich spreche von Dero
altem Steinhaufen oben auf dem Bergland, der Fal=
kenburg, und was sich drin verhält.“

Dem Reichsgrafen kam sichtlich Bedauern, über eine
falsche Auffassung Erregtheit kundgegeben zu haben, er
versetzte schnell:

„Hält sich andres, als etwa Falken, in der Ruine
auf?“

„Wäre eigentlich wohl mehr Erlauchts Sache, als meine, sich drüber zu instruiren. Sind meines Wissens die Falken draus schon länger ausquartiert worden, haben sich anderswo eingenistet."

Ein kaum mißzuverstehender Hinweis klang drin auf den Bauernkrieg, der die Stammburg des Falken=berg'schen Geschlechts in Trümmer gelegt, während der Sitz derer von Velberg noch aus ältester Zeit unver=ändert erhalten stand. Doch Monseigneur war ein Künstler, zu überhören, was er zu vernehmen unnöthig fand, und gab artig zurück:

„Euer Hochwohlgeboren wollte mich von einem ge=genwärtigen unliebsamen Zustand unterrichten."

„Weil's mir die Haut krabt, sonst scheert' ich mich nicht darum. Eure Erlaucht hat seit der Schneeschmelze drüben Sujets von nichtsnutziger Sorte — Kerle und Weiber ohne Tonnen um den Leib, Lumpenvolk, Bagage, Zigeuner, weiß nicht was. Aber daß sie nächtens wie Füchse auf mein Territorium herunter kommen, herum=schnuppern, mausen und wegschleppen; wäre schon ein=mal" — der Sprecher ließ seinen Knotenstock eine Schwenkung machen — „mit der Fuchtel zu dem Stollen hinaufpromenirt, wollte mich aber keiner violation andrer Souveränetätsrechte schuldig machen, sondern freund=nachbarlich Eure Erlaucht zur Anwendung Ihres Haus=rechtes von dem Scandal informiren."

Das Letzte hatte er nicht ganz mit der sichernach=drücklichen Bestimmtheit wie seine übrigen Meinungs=

äußerungen vorgebracht. Es mußte ihm noch etwas Anderes, als der Respect vor der fremden Hoheitsgrenze, behindernd im Weg stehn, selbst die Fuchtel zur Abstellung des Unfugs in die Hand zu nehmen, und der Reichsgraf konnte sich nicht enthalten, mit einem hübschen Lächeln zu fragen:

„Die Landfahrerbande, von der Euer Hochwohlgeboren mir dankenswerthe Mittheilung zukommen läßt, besteht wohl aus einer ziemlich erheblichen Anzahl von Individuen?"

„Weiß nicht, habe ihre schuftigen Köpfe nicht gezählt. Würde aber Eurer Erlaucht obligirt sein, wenn dieselbe freundwillig und baldmöglich Remedur in der Sache beschaffen wollte."

Der Grund, weshalb der Geschädigte mit seiner Beschwerdeführung hierhergekommen, unterlag für einen der Verhältnisse Kundigen nicht vielem Zweifel. Schon seit dem Schluß des breißigjährigen Krieges that sich überall im Deutschen Reich zur Sommerzeit an verlassenen, mehr oder minder unzugänglichen Orten, besonders zwischen den Ueberresten zerstörter Burgen herumtreiberisches Gesindel mannigfachster Art zusammen, das nächtlich oder auch bei lichtem Tage die Umgegend brandschatzte, stahl und raubte; nicht eben selten setzte es sogar die Ueberlieferung der alten Raubburgen fort, griff in die Nähe kommende Leute, hauptsächlich Kinder auf, um für ihre Herausgabe ein Lösegeld zu erpressen. Die größeren Staaten vermochten diesem Unwesen wohl

einigermaßen zu steuern, doch die kleinen und kleinsten
waren meistens genöthigt, dem Uebel, sobald es sich
nicht auf ein Treiben von Wenigen beschränkte, in un-
thätiger Machtlosigkeit zuzusehen. Hauptsächlich im
Südwesten des Reichs, wo Hunderte souverainer Reichsfreiherrnschaften sich vielfältig nah zusammendrängten
und jede in sorglichster Weise die Unverletzlichkeit ihrer
Hoheitsrechte aufrecht erhielt; ein gemeinsames Ein-
schreiten gegen die Weglagerer kam deshalb gewöhnlich
erst nach langen Verhandlungen oder garnicht zu Stande.
Offenbar aber war die Kopfzahl der auf der Falkenburg seßhaft gewordenen Bande zu groß, als daß der
Reichsfreiherr von Velberg sich ihr mit seinem Bauern-
aufgebot gewachsen fühlte, und er hatte sich deshalb,
was er seit Jahren nicht gethan, heut' bei seinem mäch-
tigeren Nachbarn zu einem Besuch eingestellt, um diesen
zu einer Säuberung des ihm zugehörigen Raubnestes
zu veranlassen. Darin lag der springende Punkt und
der Grund seines am Schluß ein wenig im sicheren
Selbstgefühl herabgedämpften Tones, doch liebenswürdig
kam der große Reichsgraf ihm mit der Antwort entgegen:

„Ich vermag nur meiner dankbaren Anerkennung
Ausdruck zu geben, daß Euer Hochwohlgeboren nicht selbst
der Ihnen zugefügten Schädigung ein Ende bereitet,
sondern sie meiner Abhülfe unterbreitet hat. Selbst-
verstänblich werde ich mir angelegen sein lassen, der von
meinem Gebiet aus verursachten und auf's Aeußerste

von mir bedauerten Belästigung in kürzester Zeit nach=
drücklich zu steuern."

„Mit Dank acceptirt. So will ich Eure Erlaucht
nicht länger von derselben jedenfalls plaisanteren Gesell=
schaft abhalten und meinen Gaul wieder zwischen die
Beine nehmen. Würde ich auch Ihnen als bessere,
meine, als gute Uebung für die Erhaltung der Gesund=
heit mehr anempfehlen. Fällt mir en passant noch ein,
ist mir zu Gehör gekommen, daß Eurer Erlaucht Pre=
diger, der Magister Bodmer vom Consistorio auf das
Steinhagener Bergland hinaufversetzt worden; kenne den
Mann, hat ein ehrliches Mundwerk, das gradezu sagt,
was er denkt, findet man nicht allerwegen, auch nicht
auf der Kanzel. Würde nicht übel disponirt sein, falls
Eure Erlaucht inclinirte, den Magister aus Ihrer Unter=
thänigkeit fortzulassen, ihn in die meinige aufzunehmen.
Glaube, er würd' sich bei meinen Dreschflegeln in Re=
spect setzen und könnte ich vielleicht selbst im Schloß
mancherlei von seiner Erudition profitiren. Der, den
ich habe, ist ein Hornvieh, sollte man lieber vor den
Düngerkarren schirren. Na, das à coté. Bin Eurer
Erlaucht serviteur und wohlaffectionirter Nachbar, vor=
kommenden Falls zu revanche und équivalent erbötig,
womit ich mich Dero Angedenken empfohlen halte."

„Euer Hochwohlgeboren erfreulicher Besuch darf sich
meiner dankbaren Schätzung durchaus versichert halten."

Die Beiden nahmen Abschied von einander durch
feierliche Verneigungen, wie die Formvorschriften sie

erheischten. An Rang, Reichthum und Macht waren sie
sehr verschieden, doch im Eigentlichen sich gleichstehend,
und der Große bezeugte auch dem Kleinen seinen Respect
als ebenbürtigem Reichssouverain. Langausschreitend,
steifrückig ging der Reichsfreiherr Jolb von Velberg
davon, um seinen Gaul wieder zwischen die Beine zu
nehmen; in seinem Gesicht stand, der Besuch hier sei
für ihn kein „Plaisir" gewesen, doch von Nöthigung
gefordert; zwischen seinen noch vollgesunden Zähnen vermurmelte er etwas, das sich wohlangebracht außer der
Hörweite des Reichsgrafen erst Luft machte. Auch dieser
sprach, indeß mit anderem Ton, halblaut ein paar Worte
vor sich hin, die seinem souverainen Nachbarn eben vom
Munde gekommen: „Im Schloß!" Eine drollige Vorstellung ging aus ihnen auf: Der alte baufällige, von
Jahrhunderten nothdürftig weitergeflickte Kasten, in dem
die Reichsfreiherrnschaft Velberg regiert wurde; unweit
davon erhob sich auf einem Hügel ein vermorschter
Galgen zum Zeichen des ihr zuständigen Blutbanns.
Sehr drollig hatte der ernsthafte Ton geklungen, mit
dem er gesagt, vielleicht könne er im Schloß mancherlei
von der Gelehrsamkeit des Magisters Bodmer profitiren.

Serenissimus hob den Kopf und richtete den Blick
in die Weite oder vielmehr, er versuchte dies zu thun,
doch die Heckenmauern ließen's nicht zu. Nun sah er
auf die geflammte Tulpe, die er noch in der Hand
trug, hob sie mechanisch in die Höh' und roch einmal
dran. Sie war duftlos, wie der Narr gesagt, aber

durch Form und Farbe für das Auge anziehend und
nicht im Treibhaus künstlich gezüchtet, sondern ein Natur=
kind des Frühlings. Der hohe Herr lächelte nochmals;
ihm kam der von dem Alten ertheilte Rathschlag ins
Gedächtniß, sich zur Erhaltung seiner Gesundheit mehr
zu Pferde Bewegung zu machen. Dessen bedurfte er
nicht, seine Glieder fühlten sich von jugendlichster Kraft=
frische und Elasticität; rasch schritt er aus, sich zur Hof=
gesellschaft zurück zu begeben. Aber dann verlangsamte
er seinen Gang wieder, blieb sogar nachsinnend stehen.
Ihm fiel noch etwas Anderes ein, der Grund, der den
Reichsfreiherrn zum Vorkehren hierher geführt. Er hatte
Abhülfe der vorgebrachten Beschwerde zugesagt, das be=
schäftigte ihm die Gedanken, ließ eine Vorstellung vor
ihnen auftauchen, die etwas Nebelhaftes an sich trug.
Doch vielleicht stellte sie sich bei genauerer Betrachtung
deutlicher, greifbarer heraus, und er kehrte um, langsam
noch wieder in den leeren Parktheil zurückzuwandeln.

Allmählich begann der Maitag trotz seiner Länge
sich doch zum Abend zu neigen. Die Freiin Gotburg
warf hin und wieder einen Blick der Erwartung und
Ungeduld in die Richtung, in welcher der Reichsgraf
verschwunden war. Sie wußte, was seine heitere Aeuße=
rung, er müsse in den Bärenzwinger gehen, bedeutet
habe, doch er hatte die Hoffnung hinzugefügt, von seiner
Neigung baldmöglichst wieder in die Anmuth eines
blühenden Frühlingsgartens zurückgebracht zu werden.
Diese Erfüllung verzögerte sich auffällig lange, und in

der Augentiefe Gotburgs von Vettendorf hub ein Aus=
druck von Verständnißlosigkeit an, der sich zu einer Be=
unruhigung verstärkte. Unwillkürlich zog sie einmal ihre
Führerin mit sich über die bisher innegehaltene Grenze
der Courpromenade hinaus weiter in den Park; das
zeigte an, sie wünsche nicht mehr begleitet zu sein, und
gleich einer plötzlich auf eine Felsklippe treffenden Welle
ebbte die Fluth der Cavaliere und Hofdamen rauschend von
der überschrittenen Linie zurück. Nur der Narr machte
von seinem Vorrecht Gebrauch und folgte den Beiden
nach, eine Weile stumme Possen am Wegrand treibend.
Doch dann betrachtete er einmal eine im Sand abge=
drückte Spur und sagte heranhüpfend:

„Ich mache Dir mein Compliment, Gevatterin —
pfui welch' schlechte Angewöhnung — ich wünsche Dir
Glück, meine ich, Du hast Dich auf einen guten Fuß
gestellt. Aber wohin willst Du? Dreh' ihn jetzt um!
Du willst doch keine Schmetterlinge fangen? Denen
muß man nicht nachlaufen — da werden sie stutzig —
sondern warten, bis sie von selbst kommen, daß man
sie ohne viel Aufhebens ruhig mit der Hand greifen
kann. Wo Blumen sind, bleiben sie nicht aus, und
mein Kopfbeet hat die allerschönsten, die zur Zeit blühen.
Glaub' mir, ich verstehe mich drauf; ich bin ja der Früh=
ling, der weiß, wie er sein Spiel treibt. Kehr' um,
Gevatterin, kehr' um!"

Die Angesprochene sah ihm in's Gesicht und ver=
setzte: „Meinst Du, Narr? Meine junge Freundin wird

glauben, daß Du völlig unklug geworden bist und chi=
nesisch sprichst."

Lachend rief der Zwerg: „Sie wird's schon ver=
stehen lernen, wenn sie gottlob auch keine Chinesenfüße
hat. Bring' sie nur in die Schule, Gevatterin, das
ABC liegt ihr sicher im Blut."

„So kommen Sie, Mabeleine, es wird etwas weit
für mich."

Magdalene Crobaths beschränkte Miene drückte aus,
daß sie mit dem Gesprochenen keinerlei Begriff verbun=
den, doch sich auch nicht die geringste Mühe gebe, drüber
nachzudenken. Durchaus unverständlich blieb's ihr auch,
daß ihre Herrin sie nicht mehr duzte, sondern wie die
vornehmsten Damen mit „Sie" anredete und ihr einen
französischen Rufnamen beilegte; aber ihren Kopf um=
gab's wie ein Nebel, durch den sie nur mit den äußeren
Sinnen hörte und sah, und nur daß alles Unbegreif=
liche ihr ein äußerst angenehmes Behagen verursache,
beließ nicht Zweifel. Von ihrer hohen Gebieterin ging
all' dies Wundergleiche auf sie aus, so beeilte sie sich,
jedem leisesten Wunsche derselben nachzukommen und
wandte sich auf das letzte Geheiß jetzt mit ihr zur Um=
kehr. Hinter dem Rücken der Beiden sprang der Narr
herum, mit den Händen in die Luft greifend, als ob er
nach Schmetterlingen hasche, und rief dazu, Falterkundig=
keit offenbarend:

„Ein Eisvogel — nein, der kann hier nicht fliegen!
Ein Apollo — o weh, nur ein gemeiner Kohlweißling

8*

ist's! Aber, da kommt etwas — ein großer Fuchs!
Nein, hussa! Diesmal ist es ein Kaisermantel! Haltet
ihn fest!"

Der letzte Ruf fiel mit dem Wiedereintreffen der
Freiin Gotburg bei den ihrer Rückkunft harrenden Hof=
damen und Cavalieren zusammen, unmittelbar danach
aber ertönte hinter ihr auch die Stimme Monseigneurs:

„Mein Herr Nachbar hat durch eine politische An=
gelegenheit meine Wiederkehr länger verzögert, als ich
erwartete. Wie befindet sich meine liebe Freundin?"

Die Befragte lächelte. „Vorzüglich, wie immer,
wenn die Huld Eurer Erlaucht sie durch solche Be=
nennung glücklich und stolz macht. Nur — wohl von
dem kleinen Unfall — ein wenig ermüdet heut'."

Serenissimus fiel ein: „Und trotzdem haben Sie sich
die Beschwerniß angethan, auf meine Rückkunft zu war=
ten? Ich bin von Ihrer opferwilligen Freundschaft im
Innersten bewegt und zugleich erschreckt, daß mein Aus=
bleiben Ihnen eine Schädigung zugezogen haben könnte.
Die Abendkühle ist für eine Verletzung nicht zuträglich
— gestatten Sie mir, Ihre Führerin abzulösen und
mich Ihnen als Stütze für den Rückweg zum Schloß
anzubieten, liebe Freundin."

Eifrig beflissen bot Serenissimus Gotburg von Betten=
dorf elegant den Arm, den sie unter einer dankbaren
Verbeugung nahm und an seiner Seite hochaufgerichtet
zwischen den sich rechts und links zu Boden senkenden
Reifröcken dahinschritt. Hinter den sich dem Schloß zu=

wenbenben äußerte die Gemahlin des Oberjägermeisters von Wallbrunn in besorgtem Tone:

„Das Fußleiden der Baronesse scheint doch recht de mauvaise nature; glauben Sie, daß es sich in ähnlicher Art wie das Übel Ihrer Erlaucht aggraviren und sie verhindern könnte, fernerhin die cour abzuhalten?"

Doch die angeredete Gemahlin des Intendant de la cour, Freiherrn von Gaispißheim, erwiderte mit einer graciös verneinenden Bewegung ihres Watteaufächers:

„Es scheint mir nicht recht croyable, chère baronne, daß wir deshalb ein solches changement vor uns haben sollten. Vous comprenez, à cause de cela, das halte ich für nur etwas ganz Passageres, wegen dessen wir uns keiner inquiétude hinzugeben brauchen."

Weiter zurück promenirte etwas abseits der Oberstallmeister von Obentraut mit einem anderen Cavalier und war in der Mittheilung über eine von ihm am Vormittag beendete Lectüre begriffen:

„Ein höchst interessantes Buch, mon cher. Man erfährt daraus zum erstenmal in intimer Weise, mit welcher rührenden Fürsorge die Vicomtesse de Dubarry soignirt gewesen ist, Seine Majestät den König bei den désagréments, die ihm le grand conseil verursachte, zu divertiren. Der Autor führt auch den Namen der jeune personne an, die sie für ihre Intention als convenable erkannt, Seiner Majestät durch ihr Naturell und ihre naiveté ein rafraichissement zu bereiten; wenn ich mich richtig erinnere, hieß sie Mabelon. Nur hatte

die Vicomteſſe leider bei aller attention, mit der ſie
ihre Wahl getroffen, negligirt, ſich davon zu informiren,
daß die ſonſt ſo opportune Demoiſelle die üble Maladie
der ſchwarzen Blattern am Leibe trug. Und da ſie ſich
bei ihrer amuſanten Converſation mit Seiner Majeſtät
natürlich mit Höchſtderſelben in dem nämlichen Local
aufhalten mußte, gerieth über Frankreich das effroyable
désastre, durch welches die Welt ihres ſublimſten Souverains gleichſam pendant la nuit beraubt wurde."

Der zuhörende chambellan de la cour, Freiherr
Vogt von Kallenfels erwiderte: „En effet eine höchſt
intereſſante Lecture. Aber mir iſt Dieu merci! nichts
zu Gehör gekommen, daß unſere Jugend zur Zeit von
dieſer affreuſen Krankheit heimgeſucht werde. Und er-
primirt der Autor des Buches ſeine Opinion dahin, daß
ohne dies unvorhergeſehene deſolate événement die
Vicomteſſe den Zweck ihrer fürſorglichen Intention zum
contentement Seiner Majeſtät wie ihrem eigenen realiſirt
haben würde?"

„Sans doute, lieber Baron, ihr admirabler Eſprit
leiſtete dafür Garantie, denn la pauvre Madelon muß
mit Ausnahme ihrer dons de la nature nur eine ſehr
geringfügige Dotation von culture poſſedirt haben; ich
hätte à peu près ein jeu de mots angewandt und
einen Zweifel exprimirt, daß ſie der franzöſiſchen Sprache
kundig geweſen ſei. Apropos, iſt Ihnen bekannt, wo
Monseigneur heut' Abend zu ſoupiren geruhen wird?"

„Ich vermuthe, in den Appartements der baronesse

de Bettendorf. Serenissimus wird die distinguirte
Dame in ihrem leidenden Zustande sicherlich nicht allein
der Pflege ihrer neuen demoiselle de compagnie über=
lassen, sondern auf die nöthigen Arrangements mit dieser
bedacht sein."

Die Vermuthung des Oberkammerherrn bestätigte
gleichzeitig drüben vor dem Schloß ein lautes Rufen
des Hofnarren, der mehrere Lakaien anherrschte:

„Ihr Blindschleichen, seht Ihr durch Eure Augen=
klappen nicht, daß Seine Majestät der Frühling sich
bei dem Geiste seiner hohen Freundin an den Tisch setzen
und sich von Hebe Ambrosia auftragen lassen will?
Hurtig! Nehmt Euer faules Gebein in die Hand und
laßt Eure Finger für Tafelrosen sorgen, so viel sie halten
können, lang genug habt Ihr sie ja dazu! Ich bin's,
der hier zu sagen hat, Ihr Maulaffen, und werde Euch
mit der Peitsche meine Ungnade zu kosten geben, wenn
Eure Riechorgane nicht spüren, was meinem Allerhöchsten
Gaumen heut' Abend zu kosten beliebt. Platz vor mir!
Der Frühling geruht diese Treppe mit seinem Fußtritt
zu beehren!"

Gravitätisch stieg Til Luja in seinem närrischen
Costüm vor dem hinter ihm dreinfolgenden, die Freiin
Gotburg von Bettendorf am Arm führenden höchsten
Herrn die breite, schon lichterhellte Schloßtreppe hinan.
Auf dem Vorraum des oberen Stockwerks blieb Mag=
dalene Erobath ungewiß zaudernd vor einer hohen

Doppelthür, in die jene eintraten, stehen, doch ihre Herrin wendete sich lächelnd zu ihr um und sagte:

„Sie dürfen uns nicht verlassen, liebe Magdalene, Seine Erlaucht erweist mir die Auszeichnung, in meinem Zimmer zu Abend zu speisen, und ich bedarf in meinem gegenwärtigen Zustande ein wenig dazu Ihrer Assistenz."

———

V.

Eine fast tausendjährige Entwicklung im sogenannten Deutschen Reiche hatte dies gleich dem Brett eines Schachspiels gewürfelt, nur mit unendlich zahlreicheren, unregelmäßigen, großen, mittleren und kleinen Feldern, die verschiedenartige Namen trugen: Kurfürstenthümer, Herzogthümer, Erzbisthümer und Bisthümer, Land- und Markgrafschaften, gefürstete Abteien, Stifte und Klöster, Reichsgrafschaften, Reichsstädte, Reichsfreiherrnschaften und sogar Reichsdorfschaften. Alle unterstanden nur der Oberhoheit des Kaisers, des Hauptes und Hüters der durch eine Verfassung geregelten Reichsordnung, die auf Pergament und Papier in unzählbaren Paragraphen festgesetzt stand, alle Rechte und Pflichten aufs Genaueste und unverbrüchlich bestimmte. In der täglichen Wirklichkeit jedoch machten sich nur die ersteren geltend, von den letzteren kaum etwas. Im Rathhaus zu Regensburg, dem Sitz des „immerwährenden" Reichstags, bestand ein gewaltiger Unterschied an Rang und Ehrerweisungs-Anspruch zwischen den Vertretern der Kurfürsten und einfachen Fürsten, der Städte- und Reichs-

grafschafts= und Reichsritterschafts=Verbände; zumal die
letzteren nahmen dort nur eine sehr untergeordnete
Stellung ein und übten geringen Einfluß auf das
Zustandekommen der ‚Reichsgutachten‘ und ‚Reichs=
schlüsse‘. Aber im eigenen Hause, innerhalb der Grenzen
seines Gebiets, schaltete der Thatsächlichkeit nach jeglicher,
auch der kleinste Reichsfreiherr kaum minder souverain,
als der größte Kurfürst; im Letzten standen alle mit
ungesprochener Übereinkunft dem Reichshaupt entgegen,
vor ihm ihre Unabhängigkeit zu wahren, und der Er=
folg dieses Strebens beruhte wesentlich darauf, daß sie
unter sich die Unantastbarkeit der souverainen ‚von Gott
verliehenen‘ Rechte auch der Kleinen und Kleinsten ach=
teten. Und eigentlich gab es seit dem Aufwachsen Preu=
ßens zu einer selbständigen Großmacht keinen Kaiser des
Deutschen Reiches mehr, sondern dies war nur noch ein
Titel, den der Kaiser von Oesterreich nebenbei führte,
der weder Macht noch Interesse besaß, sich in die inneren
Angelegenheiten der dem Namen nach seiner Oberherrlichkeit
Unterstehenden einzumischen. Ihm lag allein daran, ver=
mittelst der Reichsverfassung die unendlich zersplitterte
Menge von eigenen Staaten in Kriegsfällen zum Vor=
theil Oesterreichs zu nützen, und andererseits noch mehr,
die Unabhängigkeit der Tausende von reichsunmittelbaren
Regenten aufrecht zu erhalten, um nicht etwa neben Preu=
ßen in Deutschland noch eine zweite zusammengeschlossene
Macht erstehen zu lassen. Ein Bestreben war’s, das
der deutsche Kaiser übereinstimmend mit der Politik Frank=

reich's verfolgte, dessen Trachten seit Jahrhunderten eben=
falls auf Forterhaltung der Zerrissenheit und Ohnmacht
des Reiches hinausging und als vorzüglichstes Mittel
dafür seine Zertrennung in zahllose selbständige Klein=
staaten erkannt hatte, deren Souveraine obendrein, wo
sie irgend vermochten, mit Eifer ihren Hofhalt zu einem
verkleinerten Abbild dessen von Versailles gestalteten.

Diese Buntscheckigkeit überdeckte den deutschen Boden
indeß nicht für Augen sichtbar, Urkunden wußten davon,
doch nicht die Natur; sie behandelte alle durch Sonder=
rechte von einander abgeschiedenen Stücke des Reiches
gleichmäßig nach ihrem ältesten Recht und Brauch, be=
kümmerte sich nicht um die verbriefte Unantastbarkeit
alter Hoheitspfähle und Grenzsteine, sondern trieb, wie
allerorten, so auch um diese und über sie hin ihr aller=
souverainstes Wesen, mit Halmen und Blättern, Moos
und Flechten die steinernen und hölzernen Herrschafts=
wahrzeichen und Wappenschilder dem Blick zuzudecken.
Im Grunde aber machten's die Menschen nicht viel
anders wie das Aufgedeihen aus dem Erdreich, wuchsen
jeder nach seiner Art, und trachteten ihren Zielen zu,
jeder nach seiner Natur, oder vielmehr eigentlich den
nämlichen, allen gleichmäßig eingeborenen möglichster
Befriedigung ihrer Lebensführung und Wünsche. Und
auch darin boten sie ein Gleichniß der Pflanzen draußen,
daß sie sich ebenfalls in stolze, mit hoher Krone auf=
ragende Bäume, Büsche von bescheidener Höhe und
niedrigen Kräuter=Unterwuchs schieben. Jede dieser Arten

führte ihr hergebrachtes, außer aller Berührung mit den andern bleibendes Dasein, und man gab ihnen nur gewissermaßen andre botanische Bezeichnungen, wenn man sie die hohe Aristokratie, den Gelehrten= und Beamtenstand und das Bürgerthum benannte. Zwischen ihnen bestand keine weitere Verbindung, als daß das Mittelglied dann und wann einen gnädigen Blick von oben empfing und ab und zu sich mit einem Wort nach unten herabließ. Sie unterschieden sich auch in ihren Sprachen; die der ersten Classe war französisch, die der zweiten eigentlich lateinisch und die der dritten deutsch. Ein späterer Menschennachwuchs sollte einmal nicht für glaubhaft ansehen, daß zu der Zeit, in welcher die Dichtungen Goethes und Schillers entstanden, das täg= liche Umgangsleben solche Ausdrucksweise im Munde geführt habe; doch seine erhaltenen Briefe und Ueber= lieferungen beflissen sich, ein zweifelloses Zeugniß dafür abzulegen, bewahrten die Aeußerung eines Dorfpfarrers, er werde seine liebgeschätzte Ehegenossin doch nicht so gering estimiren, daß er dieselbe nicht mit Sie, sondern gleich einer Bauernmagd mit Du anrede. Der Stand der letzteren aber, die Bauern, war überhaupt für alle drei Klassen nicht vorhanden, oder wenigstens nicht anders, als die Gattung ihnen selbstverständlich für die Feld= bestellung von der Natur oder Vorsehung geschaffener Zug= und Pflugrinder, deren weibliche Hälfte mit der erforderlichen Milch versah.

So erfuhr man in der Stadt Wangenfurt ebenso=

wenig davon, was die hohen Baumkronen im fürstlichen
Park untereinander redeten und raunten, als diese sich
um das Treiben des niedrigen Pflanzenwuchses drunten
zwischen den Ueberresten der alten Ringmauer beküm=
merten. Doch fand täglich auf dem großen Fontainen=
platz und in den ihm benachbarten Wandelgängen ein
vielfältiger lebhafter Meinungsaustausch zwischen Gruppen
und Einzelpaaren von Damen und Herren statt. Hier
mit laut vernehmbarer, dort mit leiser herabgeminderter
Stimme, je nachdem es sich um eine bedeutungslose oder
eine wichtige Angelegenheit handelte. Eine solche der
ersteren Art bildete die eingetroffene Nachricht, daß in
Frankreich die von Seiner Majestät, König Louis seize
berufene Versammlung der Reichsstände zu Versailles
zusammengetreten sei und der minister d'Etat Jacques
Necker zur Wiederherstellung der etwas derangirten
Staatsfinanzen die doppelte Kopfanzahl von Deputirten
des ‚dritten Standes‘, als vorher beabsichtigt worden,
in Vorschlag und zur Wahl gebracht habe. Das hatte
den Generalvicar des Bischofs von Chartres, einen
Abbé, Namens Emanuel Josephe Sieyes zur Abfassung
einer Flugschrift veranlaßt, die, wie zumeist die aus dem
espritreichen Abbéstande hervorgehenden Publicationen
außerordentlich witzig sein mußte, denn schon der Titel,
der eine ironische Frage aufwarf: „Qu'est-ce que le
tiers état?“ machte es zweifellos. Die Brochüre war
noch nicht hierher gelangt, so daß niemand sie zu lesen
vermocht, aber sie lieferte in den letzten Tagen eine

„phrase spirituelle" für die Mitglieder der Hofgesell=
schaft, die sich bei einer Begegnung mit der Frage zu=
vorzukommen suchten: „Qu'est-ce que le tiers état?"
Eine wirkliche Definition erwartete man darauf nicht,
sondern eine geistvolle Replik, wie sie offenbar der sati=
rische Abbé gegeben, und das neue Spiel fand so all=
gemeinen Anklang, daß alle Damen den Vormittag da=
mit zubrachten, sich für die Parkpromenade gegen die
„attaque" eines Cavaliers mit einer noch nicht ver=
nommenen originellen Antwort auf die Frage: „Qu'est-ce
que le tiers état?" zu rüsten. So vernahm man die
Worte überall, und Beifall und Lachen begleiteten loh=
nend eine neue pikante Auslegung. Wenigstens bis zu
einem Moment, der eine unglaubliche Mittheilung brachte,
der Abbé Sieyes habe seine Titelfrage ernsthaft gemeint
und in der Flugschrift dahin beantwortet: der dritte
Stand sei die wirkliche Nation und stelle die wahre
Souveränetät derselben dar. Zwar war man anfäng=
lich nicht im Stande zu glauben, ein Generalvicar könne
solcher Narrheit fähig gewesen sein, allein die Broschüre
selbst überzeugte davon, und man änderte das Spiel
in die Frage um: „Qu'est-ce que l'abbé Sieyes?" um
unter lautem Gelächter der Hörer die Erwiderung: „Un
fou — un sot — une bêtise!" zu empfangen.

Das war eine lautstimmig behandelte, spaßhaft=be=
deutungslose Angelegenheit, doch über ein gleichzeitiges
wichtiges Vorkommniß wurden die Meinungen, zumeist
nur unter vier Augen, in gedämpftem Ton ausgetauscht.

Von wem die Mittheilung ausgegangen, ließ sich nicht feststellen, aber sie unterlag keinem Zweifel, die Freiin Gotburg habe sich am Abend nach der letzten Cour-promenade doch so indisponirt gefühlt, daß sie genöthigt gewesen, bald nach Beendigung des von Seiner Erlaucht in ihren Appartements eingenommenen Soupers um die Erlaubniß zu bitten, sich zurückziehen und zur Ruhe begeben zu dürfen. Das hatte Monseigneur in seiner großen bienveillance für sie ihr naturellement mit gnädigem Bedauern verstattet und nach ihrem Fortgang noch geraume Zeitlang in dem von ihr verlassenen Zimmer zugebracht, um in der Nähe zu sein und sich dort durch Mademoiselle de Crobath eingehend vom Befinden seiner besonders hochgeschätzten Freundin unter-richten zu lassen; von einer Seite wurde behauptet, die Besorgniß Serenissimi habe sich so intensiv gesteigert, daß die Morgenfrühe begonnen, ehe er seine Gemächer aufgesucht und sich selbst Ruhe vergönnt. Wie ernstlich die Gefährdung des Gesundheitszustandes der hohen Dame anzusehen sei, verbarg sich deutlicher Erkenntniß; augenscheinlich that sie sich dank ihrer Willensstärke Zwang an, keine zu schweren Befürchtungen zu erregen, denn sie empfing Besuche und zeigte sich täglich wenigstens einmal auch öffentlich mit heitrer Miene in Begleitung ihrer jungen Anverwandten, als welche Mademoiselle de Crobath entschieden zu gelten habe. Diese erwarb sich durch ihre aufopfernde Pflege der Erkrankten ganz extraordinaire Verdienste, die auch Seine Erlaucht dankbar

dadurch anerkannt hatte, daß er befohlen, einige der
schönsten Räume des Schlosses für sie zum Aufenthalt
herzurichten. Und die Frau Oberjägermeisterin von
Wallbrunn bemerkte dazu gegen eine mit ihr promenirende
Begleiterin: „Das bedeutet eine große différence, ma
chère, denn ich weiß positivement, daß die Demoiselle
im Anfang nur ein Domicil innegehabt, welches bis
dahin als chambre à coucher für eine servante gedient
hatte, und es zeugt von der réconnaissance Monseigneurs, daß er diese Kammer für ein so affectueuses
dévouement als unwürdig erachtet hat." Doch kam
das allgemeine Urtheil darin überein, daß Mademoiselle
de Crobath in ihrem Benehmen und Auftreten sich ihrer
Verdienste nicht überhebe, vielmehr Genüge daran finde,
sich derselben in der Stille bewußt zu sein, und daß
man dementsprechend am richtigsten handle, wenn man
ihrer modesten Reserve keine zu übermäßige Huldigung
aufbränge. Auch bezüglich des Zustandes der Freiin
Gotburg pflichtete eine ziemlich allseitige Diagnose und
Prognose der Anschauung des Oberstallmeisters von Oben=
traut bei, daß zu keinem wirklichen Bedenken Grund
vorliege: „Es ist une maladie de mai, sozusagen eine
kleine Indisposition, welche gerade dieser Monat einmal
mit sich bringt. Doch nach allen Symptomen schätze
ich sie als durchaus passagerer Natur, die kaum länger
als bis zum Juni andauern wird. Vor einiger Zeit
gab ich mich serieuseren Besorgnissen hin, aber solch'
kleines dérangement sans importance bewahrt manchmal

vor der Eruption eines schwereren Uebels, und ich bin
überzeugt, daß wir zur fête anniversaire de la naissance der hohen Dame unserer Freude über ihre volle
Reconvalescenz in einem Festpoëm unverhohlenen Ausdruck geben dürfen."

Drunten, am Lindeneck, erfuhr man von der Zufriedenheit, die sich Male Crobath in ihrer neuen Stellung
erworben, nur durch eine an ihre Mutter von einem
Hofbediensteten überbrachte kleine Rolle mit Ducaten.
Jubelnd, voll inbrünstigen Dankes für den lieben Gott
und die Güte des allergnädigsten Herrn zeigte die
Empfängerin die glimmernden Goldmünzen den groß-
staunenden Nachbarinnen, die keine Ahnung davon besessen, daß die ziemlich schwerfällige Tochter der Alten
sich offenbar in so ausgezeichneter Weise für Dienstleistungen im Schloß eignen würde, und das Glück
priesen, das der Mutter mit einem so tüchtigen Kinde
vom Himmel bescheert worden sei. Nur Kunz Amthor
antwortete, als man ihm davon erzählte, seinem Brauche
nach nicht freudig-antheilvoll, sondern mit einem derben
Spaß drauf. Er stand auf seinem Vorraum an einer
Arbeit, hobelte ein Häuschen Späne ab, die er sorgfältig
aufhob und zusammenwickelte. Das war von einem
Schreiner eine merkwürdige Sparsamkeit, doch auf die
Frage, wozu er's thue, erwiderte er: „Ich habe in
einem Märchenbuch gelesen, daß Goldstücke, die sich
Mädchen um Mitternacht in einem alten Thurm in
ihrer Schürze aufsammeln, wenn sie nach Hause kommen,

meistens zu Dreck werden. Aber mir ist umgekehrt ein
Mittel bekannt geworden, wie man aus Hobelspänen
Silberstücke machen kann, wenn man sie im Schubfach
orbentlich zusammenlegt unb mit Gebulb brauf zuwartet."
Das sagte er in seiner spaßlustigen Weise, veränberte
jeboch banach plötzlich ben Ausbruck seines Gesichtes,
seine Brauen zuckten einmal heftig zusammen, ber Munb
barunter stieß aus: „Es ist wohl wieber Maimonat!"
unb mit einer grimmigen Hanbbewegung ben Hobel zu
Boben fortschleudernb, ging er hastig in seine Werkstatt.

In ungewöhnlich bauerhaft-heiterer Laune aber zog
ber Mai über bie für ihn nicht buntscheckige, sonbern
nur mit Grün unb Blüthenweiß abwechselnbe Lanbschaft
bahin, lockte bie Bürger Wangenfurts aus ihren engen,
bunklen Gassen in bie freie Helle vor ben Thoren hinaus
unb veranlaßte an einem Sonnabenb-Nachmittag auch
ben Rector Laurentius Meibusch bazu, für ben nächsten
Morgen einen längeren, unb als gesunbheitsförberlich
bas dulce cum utile verbinbenben Spaziergang in Aussicht zu nehmen. Davon machte er seinem bevorzugten
Schüler unb Famulus Bernharbus Lindenblatt Mittheilung unter bem wohlwollenben Hinzufügen, berselbe
werbe ihm als Wegesbegleiter genehm sein unb sich
bermaßen Gelegenheit für ihn barbieten, ambulando seine
Kenntnisse in Bezug auf manche, vom Schulkatheber
herab nicht behanbelte esoterische Fragen ber lateinischen
Sprachwissenschaft zu bereichern. Doch ber Jüngling
antwortete nach kurzer Befangenheit hastig unb ein wenig

erröthend, er habe sich für den freien Sonntag eine
Aufgabe vorgesetzt, von der er trotz der so ehrenvollen
und überaus lehrreiche Stunde verheißenden Erlaubniß
im Hinblick auf seine Zukunft doch lieber nicht Abstand
nehmen möge. Das verletzte auch aus so jugendlichem
Munde den allzeit seinen Pflichten getreulich obliegen=
den Hörer keineswegs, im Gegentheil erwiderte er mit
einer innerlichen Befriedigung, seine Persönlichkeit be=
scheiden nachordnend: „Er handelt durchaus nach meinem
exemplo und zu meiner Comprobation, lieber Bern=
hardus, die gravitas eines festgefaßten fördersamen Vor=
satzes der levitas einer Annehmlichkeit, auch wenn diese
gleichfalls der Förderung nicht entbehren würde, voran=
zustellen, und ich wünsche Seinem Vorhaben einen guten
eventum, wofür wir allerdings, da es sicher mit einer
Anstrengung verknüpft sein wird, in besserer Latinität
emolumentum zu setzen haben.“

Das traf nicht nur in der letzten sprachlichen An=
merkung zu, sondern ebenfalls bezüglich der von dem
Sprecher in Rücksicht gezogenen Anstrengung, denn Berno
Lindenblatt ging allerdings für den nächsten Tag mit
dem Plan einer solchen um. Er fühlte, daß die Woche
ihm zu wenig leibliche Bewegung ermögliche, ein Drang
danach war in ihm, dem er gern schon am vorher=
gehenden Sonntag nachgeben gewollt hatte. Zwar schien
diesem Wunsch die Aufforderung des Rectors gerade
entgegengekommen zu sein, aber doch nicht in der rech=
ten Art, denn der hochwürdige und gelehrte Herr wan=

9*

belte nur bedachtsamen Ganges, wie freilich zu unsterb=
lichem Nachruhm es auch der von dem furchtbaren Speer
des Priamussohnes bedrohte Ajar, nur Schritt um
Schritt im Zurückweichen das Knie dem Knie vorbei=
bewegend, gethan hatte, doch der junge Mann trug ein
lebhaftes Bedürfniß nach stärkerem und schnellerem Aus=
schreiten in sich. Das hatte er nicht zur Antwort geben
können. Dinge gab's, für welche die Jugend nicht wohl
bei dem Alter auf zustimmendes Verständniß zählen
durfte, und so war ihm gegen seine offene Natur eine
Erwiderung über die Zunge gerathen, die nicht gerad'
eine Lüge, doch in ihrer Doppelsinnigkeit auch nicht die
Wahrheit gesprochen, sondern sich einer fehlgreifenden
Auslegung angepaßt hatte. Dies schuldige Bewußtsein
erhöhte ihm jetzt nach dem Gelingen der Täuschung die
rothe Farbe auf der Stirn noch mehr, so daß er sich
mit möglichster Schleunigkeit dem Blick seines Lehr=
meisters entzog. Aber dann fiel die flüchtige Bedrückung,
durch einen freudigen Herzschlag weggescheucht, von ihm
ab. Er hatte Keinem ein Unrecht zugefügt, nur für
sich behalten, was Niemanden als ihn anging, und er
empfand, das sei ein angeborenes Menschenrecht, zu
dessen Anwendung man unter Umständen einmal ge=
nöthigt werden könnte. Denn Laurentius Maibusch
würde ihm sonst sicherlich doch mit eindringlicher Rede
die höhere utilitas des gemächlichen Spazierganges zum
Vorhalt gemacht haben.

Sich einmal recht ausgiebig seiner Füße zu be=

dienen, hegte der Jüngling im Sinn, und dazu bot der
lange Tag des Juni=Anfangs ihm erfreuliche Zeitdauer.
Schon mit dem Anbruch der vierten Morgenstunde be=
gann der Himmel sich im Osten zu färben, doch der
erste Sonnenaufblitz traf Verno bereits eine Strecke von
der Stadt entfernt unterwegs. Ein bestimmtes Ziel
hatte er sich nicht vorgesetzt, es war schöner, sich darüber
nicht im Klaren zu sein, dem Zufall anheimzustellen,
wohin der führe; aber, die Richtung gegen Westen ein=
haltend, wollte er jedenfalls weit kommen, denn er ging
überaus hurtig vorwärts. Manchmal freilich blieb er
doch ein kurzes Weilchen stehen, er konnte nicht anders,
der Unterschied zwischen der Schulstube und seiner heu=
tigen Umgebung war allzugroß. Besonders wenn er
durch frischgrünen Laubwald kam, in dem dutzendfältig
um ihn Drosseln schlugen und Finken schmetterten.
Er mußte einmal lachen, sie sangen keine lateinischen
Verse, überhaupt nicht verstänbliche Worte einer Sprache,
und doch war's eine, in der Alles redete, wohin er hörte
und sah. Denn auch durch das Auge machte sie sich
ihm vernehmlich, von den bunten Blumen und den
darüber gaukelnden Schmetterlingen. Hier klang die
nämliche Sprache, die er dennoch verstand, weil eben=
falls sein eigenes Herz sie ihm ohne Worte in der Brust
klopfte. Die schöne Sprache des Frühlings war's und
der Juni war ihr vollenbetster Lehrmeister für alles, was
lebte; so verlor er, ab und zu aufhorchend, Zeit und
schritt verdoppelt hastig wieder aus, sie einzuholen.

Eigentlich ohne Grund, da er ja kein Ziel im Sinn
hatte und die Welt überall gleich freudig leuchtete und
klang. Aber doch verfolgte er nach derartigem Anhalten
fast laufend seine Richtung nach Westen weiter.

Ohne es wahrzunehmen, war er über die Grenze
der Reichsgrafschaft Falkenberg-Hochberg weggekommen,
befand sich auf dem Gebiet einer Reichsfreiherrnschaft.
Und schon wieder auf dem einer andern, doch er war
wie ein Stück der Natur um ihn, hatte kein Auge für
Hoheitspfähle und Grenzsteine, sah nur den blauen Himmel
über sich, Blüthensterne und Laubwände, auf denen die
Sonnenlichter spielten und blitzten. Zuweilen hob sich
durch Waldlücken vor ihm, den Horizont abschließend,
ein breithingelagerter Wall auf; der mußte das hohe
Bergland sein, das man von den Geländen um Wangenfurt in der Weite gewahrte, nur hier etwa um die
Hälfte näher gekommen. Denn nach dem Sonnenstande
befand er sich schon lange unterwegs, wohl an vier bis
fünf Stunden, auch ein anderer Zeitmesser in ihm selbst
sagte es, neben dem frohen Herzschlag der unzufriedene
Magen. Solch' ungewohntes Laufen machte hungrig,
aber darüber konnte er auch unbesorgt lachen, wenngleich
nicht überreichlich, trug er Mittel dawider in der Tasche.
Seine Mutter hatte eine kleine Erbschaftssumme hinterlassen, von der ihm sein Pflegevater, seitdem er in die oberste
Klasse aufgerückt war, monatlich einen geringen Betrag
zur Bestreitung von kleinen Tagesbedürfnissen aushän-
digte. Selten nur gebrauchte er etwas davon, sondern

sparte sich's zusammen, doch heute war er froh darüber
und konnte es nutzen. Nicht fern mehr rechts hinüber
sah ein alter Kirchthurm über Baumwipfel, daneben
befand sich muthmaßlich eine Dorfwirthschaft, und er
ging darauf zu.

Der Geldbesitz in der Tasche weckte ihm den Ge=
danken an seine Mutter, die er nicht gekannt. Er wußte
nur, daß sie, als er kaum ein Jahr alt gewesen, ge=
storben sei, und daß sein Pflegevater sie sehr gern ge=
habt haben müsse und ihn wohl deshalb bei seiner Ver=
waisung zu sich ins Haus genommen. Das hatte er mehr
empfunden, als mit Worten gehört, denn Kunz Amthor
sprach nicht darüber, antwortete auf Fragen nur: ‚Das
geht Dich nichts an, mein Sohn, ich bin Dein Vater,
weiter brauchst Du nichts.‘ Einmal war ihm durch die
Zähne gekommen: ‚Du hast viele Brüder, die's auch nicht
wissen, von woher sie sind, ich meine, davon wissen die
Menschen allzusammen 'mal nichts, als daß der Herr
Pastor sagt, sie kämen vom Himmel auf die Erde her=
unter.‘ Damit hatte Berno nach Knabenart seine flüchtige
Wißbegier zufrieden gestellt und keinen Antrieb in sich
gehabt, weiter zu fragen. Er hatte es ja so gut, viel
besser als alle übrigen Kinder am Lindeneck, und brauchte
auch nichts mehr.

Zum ersten Mal in seinem Leben fiel ihm grad'
jetzt etwas als sonderbar auf, zuerst wußte er nicht recht,
warum, doch dann kam's ihm; nicht wie sonst bei an=
dern war's, daß er Lindenblatt hieß. Das war der

Hausname seiner Mutter gewesen, Isolbe Lindenblatt, und zufällig mußte sein Vater also den nämlichen gehabt haben, denn nach dem bekam ihn doch das Kind. Aber daß sein Vater auch so geheißen, überhaupt von ihm hatte er nie mit einem Laut gehört. Dagegen einmal aus einem Gespräch der Mägde am Brunnen, es gäbe Sonnenkinder, die ihren Namen nach der Mutter hätten. Dazu hatten sie gelacht, ohne weiter zu erklären, was das bedeute. Doch gegenwärtig schoß ihm die Erinnerung dran plötzlich mit der Frage zugleich durch den Kopf: War er vielleicht ein solches Sonnenkind? Das Wort klang so hübsch, die Sonne war ja das Allerschönste auf der Welt, von der alles Köstlichste herkam, so mußte es auch etwas Hübsches bedeuten.

Aus dieser, eigentlich ohne einen Anlaß unversehens über ihn gekommenen Vorstellungsweise riß ihn ein plötzlicher, von seitwärts her schallender Anruf heraus: „Wohin marschirt Er denn, wie ein Jagdhund auf der Hühnertrace?"

Verwundert hob er den Kopf und sah dicht vor sich die langhagere Gestalt eines sich auf einen dicken Knotenstock stützenden weißköpfigen Mannes in unansehnlich abgetragener Kleidung. Doch dann dämmerte ihm etwas auf, das ihn rasch an seinen Hut greifen und ihn abnehmen ließ. Er befand sich, ohne es zu wissen, in der Reichsfreiherrnschaft Velberg, deren Souverain vor ihm stand und fortfuhr:

„Kennt mich? Setz' Er auf, daß Er von keinem

Sonnenstich maltraitirt wird! Meine, ich habe Seine Physiognomie auch schon gesehn. Wo?"

Der Befragte versetzte, sich jetzt deutlich erinnernd: „In Wangenfurt, hochfreiherrliche Gnaden, wo Eure hochfreiherrliche Gnaden bei meinem Vater, dem Schreinermeister am Lindeneck im Vorjahr höchstselbst eine Arbeit bestellte."

„Einmal genug mit den Gnaden, braucht Er nicht zweimal zu sagen; von Ihm prätendire ich's nicht. Kommt mir auch; hat übrigens nicht den Aspect von einem Handwerkerssohn. Wie heißt Er doch?"

„Bernhard Lindenblatt."

„Stimmt nicht. Erinnere mich jetzt der Rechnung Seines Vaters, war zufrieden damit, nicht erorbitant. Stand Schreiner Amthor drauf."

Das, worauf diese Aeußerung hinwies, traf eigenthümlich mit den Gedanken, die Verno eben verfolgt hatte, zusammen, und er erwiderte: „Er ist nicht mein wirklicher, sondern mein Pflegevater, hochfreiherrliche Gnaden. Meine Mutter hieß wie ich —"

„So? Hat Er wohl keinen — na, ein Sonnenkind kommt auch nicht anders auf die Welt, ist Keiner selbst dran coupable. Wohin will Er denn? Braucht darum keine rothe Gesichtscouleur zu bekommen, bin keine alte Tratschjungfer."

Die Züge des Jünglings hatten sich etwas mit Röthe überflogen, rasch, doch ein wenig mit der Zunge anstoßend, gab er auf die Frage Antwort: „Ich wollte

— ich war hungrig geworden, hochfreiherrliche Gnaden, und wollte eine Wirthschaft im Dorf —"

Jolb von Velberg hielt die grauen Augen noch musternd auf das Gesicht vor ihm verwandt und knurrte: „Saubere Wirthschaft — Schweinekoben mit Manns= und Weibsbildern darin — meine natürlich die taverne in meinem Residenzort. Aber kann Er nicht dafür und will ich Ihn nicht entgelten lassen. Komm' Er mit mir in's Schloß; wenn Er nicht zu prätentiös ist, kann Er da dejeuniren."

Merkbar sprach daraus ein Gefallen, das der Reichs= freiherr an dem jungen Menschen genommen, der jetzt erst sah, daß sich ihm zur Linken vor dem Anfang des Dorfes ein viereckiger, fast würfelförmiger Bau in die Luft hob, mit altem und wunderlichem Aussehen zu dem seines heutigen Bewohners passend. Das Ganze ging nicht in die Breite, sondern in die Höhe, die Erker wurden von vier halb abgerundeten Flankenthürmen eingefaßt, über deren Kopfstücke jedoch das steile braune Helmdach noch hinausstieg. An den wetterschrunbigen Mauern ließ abgefallener Mörtelputz vielfach die bloßen Steine zu Tage treten, in deren Fugen sich auf den Simsen Ginster und Pfriemstrauch angesiedelt hatte; auch zwi= schen den Dachpfannen quollen Halme hervor, und der First war ganz mit grünem Moospolster überzogen; darauf saß ein Taubenpaar, von dem aus dem Sonnen= geflimmer drumher ein leiser Ton herunterkam. Trotz dem verspalten Aeußern aber rührte das Bauwerk mit einem Gefühl an, aus dauerhaftem Gestein hergestellt, ruhe es in sich auf derbem, festem Halt; das „Schloß" und der Regierungssitz der Reichsfreiherrschaft Velberg war's, deutlich erkennbar ehemals eine kleine Tief= oder Wasserburg gewesen und in gewisser Weise noch jetzt. Ein vom Bergland herabkommender schmaler Fluß, dessen Bett man verbreitert hatte, schlug mit seinem Naturlauf ungefähr zu zwei Drittheilen einen Bogen herum, die Lücke verschloß ein sichtlich schon seit geraumer Zeit halbverschütteter, mit Strauchwerk verwachsener Graben. Von der Straße her führte über das seichte Rinnsal eine Brücke, an deren Ende der Reichsfreiherr gestanden; aus schwerem Eichengebälk noch die alte Zugbrücke, indeß nicht mehr auflüftbar, zu beiden Seiten mit rostigen Eisenklammern am Boden befestigt. Graue Flechten bedeckten ihr Holz, häufige Fußtritte mußten nicht über sie hingehen.

Doch jetzt setzte Berno Lindenblatt, der unverhofften Einladung Folge leistend, seinen Fuß daraufhin; der Souverain des Landes schritt ihm steif aufrecht voran, und hinter ihm knarrte um eine Minute später die alte Bohlenthür des Schlosses zu. Zum ersten Mal trat er in ein solches hinein, in den Palast über der Stadt war er natürlich niemals gekommen. Das hatte er bei seinem Fortgang im Tagesanbruch nicht geahnt, er werde sich als Gast an den Tisch eines deutschen Landesfürsten setzen. Offenbar lebte dieser allein ohne Frau und Kinder; es regte fast den Eindruck, als hause in dem

großen dunklen Gebäude Niemand sonst mit ihm, als
ein steinalter Diener, der einige länblich=einfache kalte
Speisen und eine Flasche auf den Tisch herbeitrug.
Sein Wirth hieß ihn Platz nehmen: „Greife Er zu!
Will Er noch weiter? Wer Hunger hat, muß sich nicht
geniren. Bon appétit! Der Apfelwein ist nach gutem
Recept, fabricire ihn selbst."

Die Frage, ob er noch weiter wolle, machte den
Jüngling einen Augenblick wieder etwas befangen, denn
er wußte selbst keine rechte Antwort darauf und entgeg=
nete demgemäß, er habe, weil er die Woche hindurch
meistens sitzend zubringe, sich am Sonntag einmal ordent=
lich Bewegung zu machen gewünscht. Dazu nickte der
Reichsfreiherr: „Daran thut Er recht. Motion ist für
Mensch und Thier nothwendig. Sollte Seine Extre=
mitäten auf die Berge hinauftragen! Wobei versitzt Er
denn sonst Seine Zeit? Ist Er ein Scribent?"

Außer jener kurzen Befangenheit fühlte Berno sich
nicht im geringsten verlegen; alles um ihn hatte einen
so einfach=natürlichen Anstrich, daß er kaum mehr da=
ran dachte, bei wem er sich befinde. Ohne Zaudern
stillte er seinen Hunger, beantwortete die an ihn gerich=
teten Fragen in freier und hübscher Weise, die ein feines
Wesen kundgab. Wenn er Zeit dazu fand, ließ er seine
Augen einmal flüchtig über die Wände der großen, hohen
Stube hingehen; sie waren beinahe völlig schmucklos,
nur alte Eisenwaffen, Hellebarden, Streitkolben und
Ritterschwerter hingen dran, daneben mehrere Füsils,

leichtgeartete, mit Steinschlössern versehene Jagdflinten.
Als ein hellerer Fleck stach von dem fast schwarzbraunen
wurmstichigen Getäfel ein einziges Gemälde ab, ein
männliches Brustbild mit einem Dreispitzhut über dem
gepuderten Haarbeutel und grellscharf, wie lebendig darunter hervorleuchtenden Augensternen. Dem jungen
Beschauer kam das Gesicht bekannt, in anderer Abbil-
dungsart schon von ihm gesehen vor, und nach Beendigung seines Imbisses nahm er sich heraus, seinerseits
einmal eine Frage vorzubringen, wen es darstelle. Den
Kopf danach drehend, erwiderte der Reichsfreiherr: „Kennt
Er das Portrait von dem Geiger nicht, der in dem
Concert bei Roßbach den Kehraus aufgespielt hat? Sollte
die deutsche jeunesse nicht danach zu fragen brauchen,
wäre ihr nöthiger, als lateinische Federfuchsereien. Wollte
nur, wir hätten solchen Reichsmusikanten zum andern-
mal, der den französischen pantalons und cotillons wieder par derrière auffiedelte! — Oho, kommst du mir
vor's Visir?“

Der Sprecher hatte die Augen durch's Fenster hinaus-
gerichtet, brach mit den letzten Worten plötzlich ab, sprang
auf und griff nach einer der Flinten an der Wand.
Eilig schüttete er danach von dem Inhalt eines großen
Pulverhornes etwas auf die Pfanne und begab sich vor
die Schloßthür hinaus. Verwundert folgte Berno hinter
ihm drein, doch eh' er ihn eingeholt, krachte ein Schuß,
und kopfüber stürzte etwas Braunes aus der Luft nieder. Ein Edelfalk war's, sicheres Auge und feste Hand

mußte der alte Reichsfreiherr haben, daß er ihn im
Flug heruntergeholt; nun hob er ihn befriedigt auf und
sagte: „Der Räuber wollt' meinen Tauben an den Leib,
aber ich kenne seine Allüren und passe ihm auf den
Schlich. Dupirt mit seinem edlen Namen, ist ein filou
und coquin. Will Er eine Schwungfeder davon auf
Seinen Weg? Wenn er eine amitié in der Stadt hat,
kann Er ihr sie mitbringen. Zur Warnung, soll sich
vor dem Falken en garde halten."

Er zog eine der langen Flügelfedern aus, die er dem
Jüngling hinreichte; für diesen hatte in der Aeußerung,
er solle sie mit auf den Weg nehmen, offenbar eine
Verabschiedung gelegen. Er fühlte, daß er schon zu lange
geblieben sei, und stand jetzt doch ein wenig verlegen,
fortzukommen. Sich verbeugend, sprach er seinen Dank
für die ihm erwiesene Leutseligkeit und Güte aus, blieb
aber noch stehen und wußte nicht, wie er sich benehmen
solle. Dieser Unsicherheit enthob ihn der Reichsfreiherr
mit den Worten:

„Gebe Er mir nur die Hand! Meine ist auch nur
aus Fleisch und Knochen und präsentirt sich nicht so
gut mehr wie Seine junge. Wenn Er wieder einmal
Appetit hat und hier vorbeipassirt, komme er nur ohne
Invitation herein."

Da ging Verno Lindenblatt wieder allein draußen
auf der Straße, drehte sich nach ein paar hundert Schritten
einmal um und sah nach dem alten Bau zurück. Es
hatte etwas wie aus einem Traum, daß er, der Schrei-

nerfohn, da drinnen bei dem souverainen Herrn zu Gaft
gewesen und dieser mit ihm fast wie mit Seinesgleichen
gesprochen; wenigstens beobachtete der Rector Laurentius
Meibusch erheblich nachdrücklicher die Wahrung des Ab=
standes seiner gelehrten Würde. Freilich war der Alte
ohne Zweifel sich seiner selbstherrlichen Stellung vollbe=
wußt, ließ kein Jota davon nehmen, achtete sich jedem
andern Reichsfürsten ebenbürtig und sein „Schloß" je=
dem reichsten Palast gleich; dabei führte er die nämliche
halbfranzösische Sprache im Mund, wie die Nachahmer
des Hofes von Versailles, nur klang sie auf seiner Zunge
ganz anders, man dachte nicht an Fremdländisches dabei,
sie weckte völlig das Gefühl, ein derbes, gradaus den
Nagel auf den Kopf treffendes Deutsch zu sein. Im
Rückdenken daran kam Berno zweierlei, das einzige Bild
in der Stube sei das des preußischen Königs Friedrich
und dieser habe zu seinen Lebzeiten ebenso mit franzö=
sischen Vocabeln auf den Lippen wie kein Zweiter im
Reich Deutsch geredet. Mit Zunge und Schwert, das
sich nicht um kleine noch große Reichssouverainetäten
bekümmert, wo sie ihm im Wege gestanden, sondern sie
kurzweg über den Haufen geworfen hatte. Merkwürdig
und nicht verständlich war's, daß der Reichsfreiherr, der
so unverrückbar an seinem angeborenen Hoheitsrecht hielt,
als einzigen Wandschmuck in seiner Stube das Portrait
des „alten Fritz" beherbergte.

Doch Gedanken waren's, die dem Fortwandernden
nur flüchtig durch den Kopf flogen und zerflatterten.

Sie konnten gegen ein Wallen und Wogen um sie her nicht standhalten; die Sonntagfrühlingswelt war zu schön, die Sonne, die Blumen am Weg, Vogelgesang und der Herzschlag in der Brust, alles, gleichmäßig und in eins zusammenfließend. Andres lehrte Berno in's Gedächt= niß; auch der Alte hatte, wie es geschienen mit Bezug auf ihn, von einem Sonnenkinde gesprochen. Ein solches zu sein, mußte nach dem Namen Besonderes an sich haben; wahrscheinlich konnte kein Andrer sich so leicht und froh und glücklich fühlen, dankte er dem auch die unerwartete Aufnahme im Velberg'schen Schloß. Fröhlich steckte er sich die braune Falkenfeder an den Hut, setzte ihn wieder auf und sah umher.

Wohin wollte er? Nach Hause zurück oder noch weiter? Er war ohne eine vorgesetzte Absicht von der Stadt ausgegangen, ganz frei, zu thun, was ihm in den Sinn kam, in gewisser Weise auch ein Freiherr. Ueber das Gleichniß mußte er lachen.

Vor ihm nach Westen, herangerückt, hob sich die Bergwand auf, nicht übermäßig weit mehr, wohl etwa drei Stunden. Von Müdigkeit empfand er nicht das Geringste.

Der Reichsfreiherr hatte gesagt, er thue wohl daran, sich Motion zu machen, ihm angerathen, seine Beine auf die Berge hinaufzutragen.

Ob er dem Rath folgte? Er war einmal in diese Richtung gegangen, ihnen verhältnißmäßig so nah ge= kommen.

Und warum sollt' er's nicht?

Nach dem Sonnenstand zwar gelangte er wohl erst nach der Mittagsstunde hinauf, konnte sich dort oben nur flüchtig einmal umsehen, denn er hatte dann einen achtstündigen Rückweg vor sich, mußte gleich wieder davon, vorm Nachtdunkel heimzukehren. Aber er war ja ein Sonnenkind, und es war Sonntag heut', und ihm war's, als winke die Sonne ihm mit ihren Goldstrahlen ermuthigend zu.

Brauchte er denn Muth dazu? Es stand ja bei seinem Wollen, in jedem Augenblick, ohne ganz auf die Höhe zu steigen, umzukehren.

Doch, wenn er's sich vornahm, so war Schleunigkeit nothwendig, und er lief jetzt wirklich den Weg entlang; der Reichsfreiherr hätte vermuthlich nicht mehr gesagt, wie ein Jagdhund auf der Hühnerfährte, sondern wie ein Windhund. Es mußte doch sehr schön droben sein, alles umher, wenn auch nur aus der Ferne zu sehen.

Ihm entgegen begann ein helles Wasser rascher zu hüpfen, ließ erkennen, es klimme und klinge von der Höhe herunter. Allgemach fing auch der Boden um ihn sich zu wölben an, doch die Straße erhielt sich in ihrer Breite, zeigte, daß sie zu einer Ortschaft hinführen müsse. Sonntag war's und niemand arbeitete auf dem Felde, nur einmal begegnete eine alte Bauersfrau dem hurtigen Wanderer, an die er etwas zögernd und stockend die Frage richtete, wohin er auf dem Wege komme. Sie antwortete in ziemlich unverständlicher Mundart: „Nach Stonhag" und ging weiter.

Alles ging in stetiger Bewegung weiter, die Sonne, das Wasser, seine Füße und auch sein Herz. Dies schien mit den Füßen an Schnelligkeit zu wetteifern, begreiflich war's, denn er stieg jetzt, ohne seine Hast zu mindern, beständig und manchmal steil aufwärts. Länger als eine Stunde zwischen Fichtenwaldrändern, dann hörten die Bäume auf, kahle Höhe lag vor ihm, nur da und dort einen Dornbusch in weißer Blüthe tragend. Von menschlichen Behausungen war ringsum nichts zu sehen, bis er die oberste Wölbung erreichte. Da breitete sich nordwärts in einer Mulde eine Anzahl von Häusern vor ihm hin.

Das mußte das Dorf sein, von dem die Bäuerin gesprochen, ein Pfarrdorf, denn ein Gebäude war augenscheinlich eine thurmlos=niedrige Kirche.

Dorthin wollte er nicht, vom Weg abbiegend, stieg er eilig zur Linken eine kahle Anhöhe hinan, die nur auf ihrer Spitze gleichfalls ein paar weißblühende Dornsträucher trug. Und nun befand er sich denn dort, wohin es ihm die Füße und den Sinn gezogen.

Ja, sehr schön war's und so, wie er sich's ungefähr vorgestellt hatte, in der Phantasie, die wohl dadurch unterstützt worden, daß ihm einmal etwas aus einer Schilderung der Gegend hier durch Laurentius Meibusch zu Gehör gekommen. Nach Osten in der Ferne das weite, überduftete Unterland, und im Norden von der Kuppe die alte Burgruine herabsehend.

An der stillen Verlassenheit ringsum ließ sich erkennen, daß Sonntagnachmittag sei. Alles rastete, nirgendwo eine Bewegung auch vor den Dorfhäusern. Das
größte und unweit von der Kirche alleinstehende war
muthmaßlich das Pfarrhaus. Die guten Augen Bernos
unterschieden deutlich jede kleine Einzelheit daran, nur
in die Fenster konnten sie nicht hineinsehen.

Wie froh war er, bis hier herauf gekommen zu
sein, das Alles so vor sich zu haben; sein Herz klopfte
hastig vor Glücksgefühl. Freilich seine Absicht war's
wohl gewesen, als er in der Frühe aus der Stadt fortgegangen, nur hatte er nicht gewußt, ob er sie wirklich
ausführen werde — ob er den Muth dazu haben würde
— ob es vielleicht nicht doch zu weit sei.

Mit unverwandtem, traumhaft glänzendem Blick
schaute er von der Anhöhe hinunter. Doch dann schrak
er einmal zusammen und barg sich mit einer blitzschnellen,
plötzlichen Seitwärtsbewegung hinter den Dornstrauch
zurück.

In einem halben Traumzustand konnte es so merkwürdig schreckhaft überkommen, wenn alles wie verzaubert reglos gewesen und auf einmal unvorgesehen sich
etwas lebendig bewegte. Die Thür des Pfarrhauses
hatte sich geöffnet und eine Gestalt trat aus ihr ins
Freie.

Ein hochgewachsenes junges Mädchen in halbstädti-
scher Tracht war's, konnte also wohl kaum jemand anders hier in der Bergeinsamkeit sein, als die Tochter

10*

des Pfarrherrn. Doch die Sonne stellte sie in so klares
Licht, lag so glanzhell auf dem braunen Haar, daß auch
Augen, welche Theoba oder Dieta Bobmer kannten, kein
Zweifel bleiben konnte, sie sei's. Und die Augen Berno
Lindenblatt's kannten sie natürlich; von Kindheit auf
hatte er sie ja manchmal im Hause des Rectors und
auch in dem ihres Vaters gesehen.

Sie stand ein paar Secunden und schaute sich um;
ihm war's, als ob er sogar, wie in einer Entfernung
von nur wenigen Schritten, ihre hellen Augensterne er=
kenne, denn durch eine Lücke des Dornbusches nahm er
sie, ohne selbst sichtbar zu sein, doch noch deutlichst ge=
wahr. Dann verschwand ihr Gesicht, sie wandte ihm
den Rücken und ging in nördlicher Richtung davon.

Eine Hügelwelle hinan, hinter der sie niedertauchte,
doch drüben wieder verkleinert zum Vorschein kam. So
wiederholte sich's ein paarmal, die einzige Regung im
stillen Berggefild war's. Doch jedesmal ward sie
kleiner, zuletzt konnte man glauben, ein Rebhuhn husche
über den Boden fort. Denn sie ging rasch, schien sich
ein ziemlich entferntes Ziel vorgesetzt zu haben.

Dann aber tauchte sie nicht mehr auf; der Jüngling
hatte sich von seinem jähen Schrecküberfall erholt und
war hinter der verdeckenden weißen Blüthenwand wie=
der hervorgetreten. Tiefathmend stand er noch ein Weil=
chen; nun drehte er den Kopf nach der Sonne.

Sie warf schon ein ziemliches Schattenstückchen von
ihm gegen Nordost über den Boden, höchste Zeit war's,

daß er sich auf den weiten Rückweg mache. So stieg
er wieder abwärts, bis die Anhöhe sich zwischen ihm
und dem Dorf wölbte. Doch dann stürzte er in Sprün=
gen den steilen Abhang weiter hinunter, dazu jubelte
er wie ein von junger Frühlingsseligkeit trunkener Vogel
laut in die Luft. Auf den langen Weg zurückgelangt,
lief er singend und lachend fort, der Sonntag war so
schön. Manchmal ging er in seiner Hast mit geschlosse=
nen Augen, aber ein glücklicher Instinct leitete ihn, daß
er die richtigen Wege wiederfand. Der Tag dauerte
lang, doch hinter ihm versank die Sonne, Dämmerung
webte um ihn und wich wieder vor dem aufsteigenden,
beinahe vollen Mond, eh' er, durch das alte Thor
laufend, am Lindeneck eintraf. Athemlos, doch ohne
Müdigkeit; er hätte noch wieder umkehren, noch einmal
den achtstündigen Weg bis zu der Berghöhe hinauf
zurückmachen können und mögen. Herrlich mußte es
auch jetzt dort oben an dem weißen Dornstrauch sein,
auf die silberbeglänzte, schlafende Stille hinunter zu
schauen.

Dort aber versank heut' die Sonne und wob das
Zwielicht graue Fäden, ohne daß Dieta Bodmer von
ihrem nachmittägigen Ausgang nach Haus kehrte. Die
Nacht hub an und der Mond stieg auf, doch sie kam
nicht heim. Frau Ernestine brachte die dampfende Abend=
suppe auf den Tisch, der Magister brach an einem be=
sonders wichtigen Punkte seiner Widerlegung der Tetra=
theismus=Verdächtigung seines großen alexandrinischen

Namensvorgängers Damianus ab und trat, da seine Tochter sich noch draußen aufhielt, vor die Thür, nach ihr zu rufen. Umsonst, so kräftig seine Stimme dies that, von keiner der kleinen Erhöhungen, auf denen sie gern Abends zu sitzen pflegte, tönte durch die Nachtstille Antwort. Stunden vergingen, in denen die beiden Pfarrhausbewohner in jedem Augenblick das Eintreffen der durch zu weiten Gang oder einen Zufall Verspäteten erwarteten; endlich begab Damian Bodmer unruhig sich in's Dorf, mußte eine Anzahl der Männer bereits aus dem Schlaf wecken und hieß sie, sich in verschiedene Richtungen zertheilend, mit ihm nach der in unbegreiflicher Weise Ausbleibenden suchen. Die Nacht war so mondhell, daß man weithin deutlich alles unterschied, und kein Wind verwehte die überall umher klingenden Rufe. Erst im Morgengrau kehrten die Umsuchenden in kleinen Haufen von da und dort her zurück, aber keiner hatte Dieta Bodmer aufgefunden, und auch zu Haus war sie inzwischen nicht eingetroffen.

VI.

Jenseits des Rheines schritt der Juni auch über die
Landschaft an den Ufern der Seine fort und zauberte
nach stetigem Herkommen eine bunte Fülle von Blumen
aus dem Boden herauf. Mit ihnen putzten sich gleich=
falls nach altem Brauch die jungen Landbirnen, wenn
sie Arm in Arm nach Sonnenuntergang zu ihren war=
tenden Liebhabern auf den Dorftanzplatz unter freiem
Himmel hinauszogen. Die Großmütter hatten's so ge=
than, und in der Menschennatur lag's, daß es immer
so weiter geschah. Das Heute war des Gestern Kind,
trug als Erbtheil das gleiche eingeborene Verlangen in
sich, Mühsal und Noth des Tags vor der Nacht im
Wirbel einer lustigen Stunde zu vergessen. Feurig durch
das Geflatter der mehr oder minder Schönen blitzten
die dunklen Augen der jungen Burschen, wie es gleich=
falls so in den alten Tagen des „roi soleil" die ihrer
Großväter gethan. Und nur darin unterschieden sie sich
von diesen, daß sie nicht ausschließlich zum tollen Her=
umschwenken der Mädchenröcke auf den Tanzplatz zu
kommen schienen, sondern in den Pausen der Geige sich

zusammenschaarend, bald laut, bald leisstimmiger, doch
stets unter lebhafter Geberdensprache ihre Meinungen
über etwas austauschten.

Die Zeit der Rosen war's, deren Cultur die Gärtner
in Frankreich seit Menschengedenken sich mit besonderem
Geschick hingegeben und zuerst mannigfache, in anderen
Ländern unbekannte Spielarten gezüchtet hatten. So
blühte und duftete es reich nicht nur auf den Feldern,
auch in allen, der Kunst Le Nôtre's nacheifernden Gärten
um die Seine. Die seltsamste Blüthe aber schloß sich
etwa zwei Meilen seitwärts von dieser gegen Westen
auf, und zwar in dem „Ballhause" unweit des ganz
Europa mit seinem Glanz überblendenden Königsschlosses
zu Versailles. Dort folgte die Versammlung der Stände
Frankreichs einer Aufforderung des Abbé Sieyès, sich
den Namen einer „Assemblée nationale" beizulegen,
am Sommersonnenwendtag vereinigten sich die Vertreter
des „tiers état" zu der Eidablegung, nicht eher aus-
einanderzugehen, als bis eine neue Verfassung des Staates
festgesetzt und beschworen sei, und um zwei Tage später
trat in der Ludwigskirche ein erheblicher Theil der Ab-
geordneten des Adels und der Geistlichkeit der „National-
versammlung" bei. Und sie setzten sich nicht auf ihre
bevorrechteten, gesonderten Plätze, sondern mischten sich
unter die Reihen des „dritten Standes", gegen ein könig-
liches Verbot, das jedem der drei Stände befahl, seine
Berathungen abgetrennt für sich zu halten. Und als
wieder um einen Tag nachher der Großceremonienmeister

des Hofes in der Sitzung erschien und dieser ungnädig
gebot, dem Willen seines allerhöchsten Herrn zu gehorchen,
erhob sich der Graf Honoré de Mirabeau, der nicht von
der Aristokratie seines Standes, sondern von den Wäh=
lern des tiers état nach Versailles gesandt worden, und
rief mit seiner machtvollen, durch die Mauerwände hin=
aushallenden Stimme: Sagen Sie Ihrem König, daß
wir hier versammelt sind im Auftrag des französischen
Volkes und nur vor der Gewalt der Bajonette weichen!
Weit hinaus, bis über ganz Frankreich drang der Ruf,
und wo auf den Tanzplätzen die jungen Burschen zu=
sammenströmten, funkelten die Augen heißer, fochten die
Hände mit hastigeren Bewegungen durch die Luft.

Das war die neuartige, bis zu diesem Tage auch
in Frankreich unbekannt gewesene Rose, die der Juni
im Ballhause von Versailles gezüchtet hatte und mit
strotzenden Säften zu jähem Aufspringen ihrer Knospe
erfüllte. Eine von Dornen umstachelte, die den andern
Dornen, welche Honoré de Mirabeau gegen sie heraus=
gefordert, Trotz bot. Denn er wußte, daß Seine
Majestät König Ludwig der Sechzehnte keine Bajonette
habe oder vielmehr nicht den Muth besitze, sich ihrer zu
bedienen.

Auch über den Rhein klangen die Stimmen von der
Seine her, doch den Ohren im römischen Reiche deutscher
Nation als ein unverständliches und unharmonisches
Concert. Seit manchen Geschlechtern war man an andere
Melodien von dort gewöhnt und begriff nicht, wie die

mit Grazie verschwisterte Empfindungsfähigkeit in Frank=
reich plötzlich Geschmack an derartigen „chansons tri=
viales" finden könne, die ungefähr der deutschen Be=
zeichnung Gassenhauer entsprachen. Sie hatten nichts
Amusantes, sondern im Gegentheil Ennuyantes, denn
die Bonmots, zu denen sie Gelegenheit gaben, erschöpften
sich durch tägliche Wiederkehr bald, und der Gegenstand
war doch auch von zu ordinairer Beschaffenheit, als daß
er einen Anreiz zur Entfaltung des Esprits dauernd
forterhalten konnte. Aber zum Glück brauchte man sich
ja nicht das Gehör durch jene plumpen Mißlaute
beleidigen zu lassen, und zum weiteren brachte im Gegen=
satz zu ihrer langweiligen Bedeutungslosigkeit jeder Tag
so viel Neues an Interessantem und Importantem mit
sich, daß zur Interpretation desselben und Consequenz=
ziehung daraus sich oftmals die Zeit vom Morgen zum
Abend als zu kurz erwies. So erging's ziemlich gleich=
mäßig an allen Hofhaltungen der hundertfältigen größeren
souverainen deutschen Staaten, und die im Residenz=
schlosse der Reichsgrafschaft Falkenberg=Hochberg machte
davon keine Ausnahme, beanspruchte eher nach dieser
Richtung einen Rang in der vordersten Reihe. Denn
ein Ereigniß von der allergrößten Bedeutung rückte jetzt
nahe heran, die Feier des Geburtstages der Freiin
Gotburg von Bettendorf, und es gab niemand, der sich
nicht der wichtigen Kenntniß erfreute, daß Seine Erlaucht
in diesem Jahr den freudigen Tag ganz besonders festlich
begangen zu sehen wünsche. Das setzte rastlos die

Gedanken und Gefühle, die Erfindungsgabe und die
Federn in Bewegung; ein „empressement" war's, bei
dem der Oberstallmeister Freiherr Malchus von Oben=
traut sich in einem glücklichen Vorsprung befand, da er
den Entwurf seines Gratulationspoems bereits im
Frühlingsanfang zu Papier gebracht und nur vor der
Reinschrift abgewartet hatte, zu welcherlei Modificationen
möglicherweise der Verlauf noch ein Anlegen der Feile
unerläßlich machen könne. Doch à la bonheur bedurfte
er ihrer nicht, hatte „la main heureuse" gehabt und
brauchte die ihm aus dem Herzen entströmte Begeisterung
seines Festcarmens keiner „modération" zu unterziehn,
denn die „bonne santé", der durch eine vorübergehende
leichte Indisposition nicht alterirte gesicherte Zustand
der geistvollen Freundin Monseigneurs konnte nicht in
Zweifel gezogen werden. Einiges Nachdenken verursachte
ihm die Frage, ob es tactvoll sei, in einer Andeutung
auf die Verdienste hinzuweisen, welche Mademoiselle
Madeleine de Crobath sich um die Wiederherstellung
der Gesundheit der Freiin Gotburg erworben. Doch
die junge Dame hielt sich so anspruchslos zurück, machte
selbst so wenig Aufhebens von ihrer hülfreichen Hingabe,
daß sie diese offenbar nur in der Stille anerkannt zu
sehen wünschte und daß der Oberstallmeister empfand,
es würde eine „méprise" sein, ihr öffentliche Huldigung
dafür entgegen zu bringen. Diese Anschauung befand
sich auch in Uebereinstimmung mit der aller zum Hofe
Gehörigen; man erwies selbstverständlich bei einer Ve=

gegnung allgemein Mademoiselle be Crobath den ihr
gebührenden Respect, aber ihre bescheidene Wesensart
ließ Keinem in den Sinn kommen, ihre Hervorhebung
bei der Festtagsfeier neben der Hauptpersönlichkeit als
angebracht zu betrachten. Im Uebrigen traf man sie
kaum einmal an, sie verließ den Tag hindurch nur selten
ihre Gemächer, und es war eigentlich nicht verständlich,
warum sie damals an der Parkcour theilgenommen und
dem Hof präsentirt worden sei.

Seine Erlaucht hatte augenscheinlich die Ermahnung
seines reichsfreiherrlichen Gebietsnachbarn, daß er sich
mehr zu Pferde Bewegung machen solle, nachträglich doch
als nicht unbegründet erkannt, denn er leistete ihr in
der letzten Zeit öfter Folge. Der Blüthentrieb des Juni
verband dieser Gesundheitsmaßregel einen besonderen Reiz,
und um diesen völlig ungestört zu genießen, unternahm
der hohe Herr seine Ausritte ohne jegliche Begleitung.
Der Sinn für die einfache Schönheit der Natur im
Gegensatz zu allem künstlich Gebildeten war seit dem
Frühlingsanfang lebhaft in ihm erwacht, so daß er durch
seine einsamen, nordöstliche Richtung einschlagenden Aus=
flüge sich offenbar in hohem Grade befriedigt fühlte. Er
redete bei der Rückkehr nicht davon, doch im Hintergrund
seiner Augen schimmerte zuweilen ein Glanz des Ent=
zückens, der noch an der Abendtafel dem Blick seiner
Freundin erkennbar wurde. Sie vermochte sich einmal
nicht zu enthalten, ihn theilnehmend zu befragen, ob
sein mehrstündiger Aufenthalt im Freien ihm den er=

warteten Genuß eingetragen habe, und in einer fast poe-
tisch zu benennenden Ausdrucksart entwarf er ihr eine
Schilderung, wie köstlich anmuthend, einem Bade in dem
Verjüngungsbrunnen des Märchens ähnlich, auf ihn die
Zauberwirkung des unberührt von aller Künstelei, aus
der lieblichen Hand der Natur Kommenden gewesen sei.
Es konnte nicht in Frage stehen, daß er aus lebendiger
innerer Erregung spreche; Magdalene Crobath, die mit
an der Mahlzeit theilnahm, drückte den Wunsch aus,
Seine Erlaucht einmal bei solchem Ausritt begleiten zu
dürfen.   Doch die Freiin Gotburg fiel ihr lächelnd in's
Wort: „Nein, liebe Madeleine, ich glaube, zu Pferde
sind Sie dafür doch nicht erfahren genug, so daß Ihre
Begleitung wohl weder Monseigneur noch Ihnen zum
Vergnügen gereichen würde."   Dieser Meinung pflichtete
auch Serenissimus bei, dem die Junilust und die em-
pfangenen Eindrücke die Sinne mit einem nach Ruhe
verlangenden süßen Ermüdungsgefühl umfangen hielten,
so daß er bald nach der Beendigung des Soupers in
sein Schlafgemach hinüber ging.   Dort ließ er sich zum
Erstaunen seines vertrauten Kammerdieners in ungewöhnlicher Weise sogleich entkleiden und suchte unter
dem rosenfarbigen, von schwebenden goldenen Amoretten
getragenen Baldachin sein Lager auf.   Entzückt rief er
sich zwischen Wachen und Traum vor die Phantasie zurück, was sein Auge und Ohr draußen an Anmuthigem
und Holdseligem aufgenommen, doch der Schlaf kam nicht
über ihn.   Hochsommerliche Wärmegrade mußten heut'

auch ben hohen luftigen Raum anfüllen, felbft bie leichte
Seibenbecke warb ihm zu heiß, er erhob fich wieber,
öffnete ein Fenfter unb blickte in bie geftirnte Nacht
hinaus, wo ihm vom Himmelsranbe bas glanzprächtige
Sternbilb bes Orion entgegenftrahlte. Ihm war's, als
leuchte es ihn wie mil hellen Augen an, unb fein Aufent=
halt in ber Natur hatte ihn heut' unverkennbar für
poetifche Stimmung empfänglich gemacht, benn es burch=
lief ihn mit einem, von haftigem Pulsfchlag gefteigerten
verlangenben Hinübertrachten nach ben köftlichen Sternen,
einer ungebulbigen Aufregung, baß fie fo fern unb un=
erreichbar feien. Waren fie's benn? — ihm kam einen
Augenblick ber Gebanke, er könne fich ein Pferb fatteln
laffen, burch bie Nacht ihnen entgegen zu reiten, fie
vielleicht boch zu erreichen. Allein bas war nur ein
thörichter Einfall, nur ein Gaukelfpiel ber Einbilbungs=
kraft — auf folchem Wege gelangte man nicht zu ben
Sternen — bas lag auch in feiner fouverainen Macht
nicht. Unb außerbem hätte er bie Dienerfchaft wecken
müffen, bie baburch von feinem nächtlichen Fortreiten
erfahren unb verwunbert hinter feinem Rücken bie Köpfe
zufammenftecken würbe. So bezwang unb begnügte er
fich, eine Stunbe lang am Fenfter ftehen bleibenb, hinaus=
zublicken, unb länger noch ftanb auf ber anberen Seite
bes Schloffes Mabemoifelle Mabeleine be Crobath, un=
gewiß wartenb, ob fie fich zur Ruhe begeben bürfe, ober
ob ein nochmaliges Zurückkommen Seiner Erlaucht noch
eine Dienftleiftung von ihr erheifchen werbe. Sie fetzte

sich zuletzt in einen Sessel, gähnte einmal und nickte
danach mit dem Kopfe vornüber. Dann fuhr sie vom
Oeffnen einer Thür empor, aber vor ihren schon halb
verschlafen aufblickenden Augen stand nicht der Erwartete,
sondern in duftigem Spitzennachtgewand die Freiin Gotburg von Bettendorf, die zu ihr sagte: „Warum sind
Sie noch auf? Gehen Sie zu Bett, Monseigneur wird
Sie nicht mehr nöthig haben.“ Es lag ein eigenthümlicher, kurzer und scharfer Ton in den Worten, als seien
sie nicht zu der „lieben Freundin“ Mabeleine de Crobath, sondern zu der gemietheten Kammermagd Malc
Crobath gesprochen, in deren werthvollen Dienstleistungen
die vornehme Dame sich mißvergnügt enttäuscht sehe.

*   *   *

Am nächsten Tage geschah's, daß der Reichsgraf, von
seinem, ihm zur Gewohnheit gewordenen Ausritt heimgekehrt, die Meldung empfing, es warte schon seit der
Mittagsstunde jemand mit dem Nachsuchen um eine Au-
bienz im Vorzimmer. Seine Erlaucht fühlte sich etwas
ermüdet, hatte ein Bedürfniß nach Ruhe und ward, als
er den Namen des Bittstellers erfuhr, im ersten Augenblick von einer Regung erfaßt, das Gesuch abschlägig
bescheiden zu lassen. Dann aber besann er sich auf seine
Regentenpflicht, hieß den Wartenden in den Empfangssaal
führen, und begab sich nach einer Weile dorthin. Doch
war ihm inzwischen sichtlich der Name wieder aus dem
Gedächtniß entfallen, denn seine Miene zeigte einen Aus-

bruck der Ueberraſchung, wie er im Audienzraum den
Pfarrer von Steinhagen, Damian Bodmer, ſtehen ſah.
Verwundert ſchritt er auf dieſen zu und ſprach ihn wohl=
wollend an:

„Ich bin erfreut, Ihn einmal wieder zu ſehen, mein
lieber Magiſter. Zu meinem Bedauern geſchah's, daß
mein Conſiſtorium Seine Verſetzung von hier bean=
tragte, denn ich habe Seine vortreffliche Redebegabung
immer zu ſchätzen gewußt, doch mir zum Grundſatz ge=
macht, mich einer Einmiſchung in die Anordnungen der
geiſtlichen Oberbehörde zu enthalten. Nach meinem Em=
pfinden muß ſich die richtige Erkenntniß eines Fürſten
ihr gegenüber als die eines Laien betrachten, dem kein
Urtheil über ihre Entſchließungen zuſteht. Aber es würde
mir eine perſönliche Genugthuung bereiten, wenn Ihn
ein Anliegen zu mir führte, deſſen Erfüllung in meinen
Kräiten ſtände.“

Deutlich ſah man dem Aeußeren des Steinhagener
Paſtors an, daß er den weiten Weg hierher zu Fuß
zurückgelegt habe. Frau Erneſtine würde beim Anblick
ſeiner dichtbeſtäubten Stiefel auf dem glanzſtrahlenden
Eſtrich des Schloſſes von einem Schreck überkommen
worden ſein. Doch merkbar dachte Damian Bodmer
entweder nicht an dieſen Zuſtand ſeiner Fußbekleidung,
oder ſie beließ ihn in völliger Gleichgültigkeit. Sonſt
dagegen nahm er ſich offenbar zuſammen, die einem
Geiſtlichen geziemende Ruhe in Haltung und Miene
darzubieten; aber ſein Geſicht konnte doch etwas Ver=

störtes nicht verhehlen, in den Augen lag eine Trü=
bung, und ein leichtes Zittern der Hände sprach von
nicht unterdrückbarer starker innerlicher Gemütherregung.
Schweigend hatte er der seiner Begabung zugetheilten
Anerkennung und der Aeußerung des hochgnädigen Be=
dauerns über seine Versetzung durch das Consistorium
zugehört und entgegnete nun:

„Ich habe um eine Admission vor Eurer Erlaucht
wegen meiner Tochter nachgesucht — "

Der Hörer fiel ein: „Hat Er eine Tochter? Ich
erinnere mich im Augenblick nicht — doch vermag ich
für Seine Tochter etwas — ?"

Eine fragende Handbewegung des Reichsgrafen er=
gänzte den Satz, der Magister antwortete:

„Sie ist seit länger als einer Woche aus meinem
Hause verschwunden."

„Oh" — das Gesicht Monseigneurs drückte ein mit
Unwillen gemischtes Erstaunen aus — „das legt kein
vortheilhaftes Zeugniß für sie ab — die Tochter eines
Geistlichen — wie's mir in's Gedächtniß kommt, ist
sie noch jung. Ich will Ihn nicht durch eine mög=
licherweise falsche Muthmaßung verletzen — vielleicht
ist sie — "

„Jedenfalls wider ihren Willen von einem Aus=
gang nicht nach Hause zurückgekommen, Erlaucht. Eine
andere Conjectur, um nicht zu sagen suspicio, ist voll=
kommen exirmirt."

„Das beruhigt mich, von ihrem Vater bestätigt zu hören, dessen Tochter auch keine andere Vermuthung bei mir aufkommen ließ. Aber wie erklärt Er sich — was kann ihre Wiederkehr verhindert haben?"

Der Pfarrer berichtete kurz von der täglichen Gewohnheit Dieta's, in der Umgegend des Dorfes umherzustreifen, von ihrem Weggang an dem Sonntag-Nachmittag, daß man sie die Nacht hindurch überall vergeblich gesucht, doch bis heut' keine Spur von ihr aufgefunden sei. Deßhalb habe er sich entschlossen, hierher zu gehen, um die gnädige Beihülfe Seiner Erlaucht zu erbitten.

Auch in der Stimme des Sprechers klang jetzt ein Zittern auf; Serenissimus schüttelte den Kopf: „Das ist ja unbegreiflich. Halte Er sich meiner lebhaften Antheilnahme an Seiner väterlichen Bekümmerniß versichert. Aber welchen Beistand könnte ich Ihm in der Sache —?"

Damian Bodmer fuhr fort: „Alle Nachforschungen, die ich cum diligentia angestellt, haben darauf hingewiesen, daß meine Tochter an dem Tage nach den ruinae von Eurer Erlaucht Stammschloß, der Fallenburg, fortgegangen sein muß, zwischen deren Trümmerwerk sich seit dem Winterausgang ein Haufen von verwahrlostem Raubgesindel sedem und domicilium gesucht hat."

Seiner Erlaucht Erinnerungsvermögen befand sich merklich heute durch gewichtigere Vorkommnisse der letzten Zeit eingenommen und beeinträchtigt. Er entsann sich im Augenblick nicht, das Gleiche schon durch den Reichsfreiherrn von Velberg erfahren zu haben, sondern fiel überrascht ein:

„Ein Raubgesindel auf meinem Gebiet und in meiner — ?"

„In praesentia nicht mehr, Erlaucht, denn, wie meine Nachforschungen es herausgebracht, hat dasselbe am Tage darauf aus der Burg seinen decessum genommen, ohne daß ein indicium auffindbar geworden, nach welcherlei Region. Aber es unterliegt mir kaum einem Zweifel, daß meine Tochter, wie mehrfach exempla derartig begangener Injurien solcher gesetzeslosen Leute bekannt sind, von ihnen mit Gewaltsamkeit aufgegriffen und in einen Schlupfwinkel fortgebracht worden ist, um für ihre Freilassung ein Lösegeld zu postuliren."

Die Brauen des Reichsgrafen hatten sich bei der Kundgabe des letzten Verdachtes etwas zusammengezogen, und er stieß in höchst unwilligem Ton hervor:

„Eine solche Ruchlosigkeit hat sich in meinem Lande zugetragen und Er setzt keinen Zweifel in die Richtigkeit Seiner Vermuthung? Das entrüstet mich auf's Höchste, aber ich bin Ihm durchaus dankbar für Seine Nachricht, und daß Er sich in Seiner väterlichen Nothlage an mich gewendet hat. Seine Tochter gehört zu meinen Unterthanen und hat auf meinen Schutz Anspruch — kehre Er in sein Pfarrhaus zurück, mein lieber Magister, und entschlage Er sich der weiteren Sorge! Ich werde sogleich Maßregeln ergreifen lassen, den Aufenthaltsort der Verschwundenen ausfindig zu machen —

11*

spreche Er mit niemandem sonst hier über die Sache,
damit das Raubgesindel nicht etwa Kundschaft von der
Treibjagd erlange, die ich bewerkstelligen werde, und sich
auf eine ihm zugehende Warnung hin weiter von bannen
flüchte. Aber bekümmere Er sich nicht mehr, es wird
Seiner Tochter keine Schädigung an Leib und Leben
widerfahren, und sei Er versichert, daß Er dieselbe, ob
ihre Ausforschung nun kürzer oder länger bauern mag,
ohne zu einem Lösegeld genöthigt zu sein, zurückerhalten
wird."

Eine leichte Handbewegung zeigte Damian Bobmer
an, daß er mit der Ertheilung dieser tröstlichen Zuver=
sicht in Gnaden verabschiedet sei. Der Pfarrer verbeugte
sich, wenn auch nicht in höfisch gewandter Art, mit der
Ehrerbietung, welche ihm seine christliche Religion vor
der von Gott eingesetzten höchsten Obrigkeit zum Gebot
machte, sagte dazu, ein wenig mit der Zunge anstoßend:
„Ich werde von der Kanzel die Fürbitte für Eure
Erlaucht aus bankerfülltem Herzen sprechen", und verließ
den Audienzsaal. In diesen trat der Chambellan de
la cour, der auf den Weggang des Bittstellers gewartet
hatte, und Monseigneur äußerte, einen Nachblick auf die
geschlossene Thür richtend: „Ein sehr braver Mann,
den ein Mißgeschick betroffen hat, das meine Theilnahme
erweckt. Aber ich befürchte, ihm vor der Hand nicht
helfen zu können. Ich bin ja auch nur ein Mensch,
und es giebt Dinge, über die der Wille eines Menschen
keine Macht besitzt."

Ein leiser Seufzer der Resignation schloß sich an
das letzte Wort; der Kammerherr erwiderte mit einer
stummen Kopfverneigung, die selbstverständlich dem auf=
gestellten philosophischen Satz im Allgemeinen beipflichtete,
doch die Mitanwendbarkeit desselben auf den Sprecher
in entschiedener Weise ablehnte, und mit einem hübschen
Lächeln auf der Lippe begab Serenissimus sich in seine
Gemächer hinüber.

Der schon sinkende Tag verweigerte dem Stein=
hagener Pastor die Möglichkeit sofortiger Rückkehr nach
seinem Dorfe; er wäre, da er von dort in der ersten
Lichtfrühe aufgebrochen, auch zu stark ermüdet gewesen,
den langen Weg gleich noch einmal anzutreten, denn so
jugendliche Beine, wie die Berno Lindenblatts, standen
ihm nicht mehr zu Gebot. So suchte er drunten in
der Stadt Abendtisch und Nachtunterkunft bei seinem
geschätztesten Collega und Freund auf, dem Rector der
Stadtschule und Prediger an der Sanct Johanniskirche
zu Wangenfurt, Magister Laurentius Meibusch, der durch
den unverhofften Eintritt des höchlich venerirten Gastes
ausnehmend erfreut wurde, doch mit Betrübniß von dem
unliebsamen Anlaß der Hierherkunft desselben zum ersten
Mal Kenntniß gewann.

Damian Bobmer's Gesicht indeß bot bei der Mit=
theilung einen beruhigteren Ausdruck als vor seinem
Empfang im Schlosse; die gnädige Zusicherung dort hatte
seiner schweren Sorge eine erhebliche Beschwichtigung zu
Theil werden lassen, und er baute fest auf die baldige

frohe Wiedererlangung der gewaltsam irgendwo Zurück=
gehaltenen, da der Beistand Gottes den von ihm gesetzten
weltlichen Gebieter erleuchten werde, die Missethäter aus=
zufinden und das verübte Unrecht gutzumachen. Hier=
von erstreckte sich im Uebergange die Zwiesprache auf
die demnächst am Hofe bevorstehende Geburtstagsfeier,
zu welcher auch der Oberhofprediger mit der Anfertigung
eines carmen sollemne eifrig beschäftigt sein sollte. Zur
Abfassung eines solchen konnte jedoch Laurentius Meibusch,
seines geistlichen Charakters halber, sich nicht verstehen,
weil daburch einem delictum, der violatio eines gött=
lichen Gebotes doch quasi eine Sanction zuertheilt würde.
Hierin mußte Damian Bodmer ihm allerbings bei=
pflichten, obwohl er in einer milden Stimmung heut'
bahin neigte, bas nicht anzuzweifelnbe nefas als bebauer=
liche Folge einer durch bie natürlichen Einrichtungen
verursachten menschlichen infirmitas, wenngleich gewißlich
nicht gutzuheißen, boch bei ben obwaltenden Umständen
nicht einer allzustrengen Verurtheilung zu unterziehen.
Einer allerhöchsten Anordnung, baß bie alumni der
Stabtschule zur Verherrlichung der großen Festlichkeit
sämmtlich beitragen sollten, hatte bagegen der Rector
ex ipsa rei natura keine Weigerung entgegensetzen können,
ba solche Bestimmung lediglich dem Ermessen der welt=
lichen Obrigkeit zustanb unb zubem ben Schülern burch
ihre Betheiligung an der geplanten Parkfeier gewisser=
maßen eine relaxatio animi von ben täglichen geistigen
exercitiis ber Unterrichtsstunden vergönnt wurde. Auch

die aus Frankreich herüberkommenden sonderbaren Neuigkeiten nahm die Unterhaltung der beiden Collegen einmal in Erwähnung, doch nur flüchtig daran vorüber-
streifend, denn einem Gespräch ernsthafter Männer war
es nicht geziemlich, bei solchen nugis und puerilibus
länger zu verweilen, und der Meinungsaustausch wandte
sich von ihnen alsbald einem gewichtigeren Thema, der
theologischen Forschung des Steinhagener Pfarrers über
die Tetratheismus-Beschuldigung des Damianus zu.
Zwar fehlte es dem Vertheidiger des letzteren, im Gedanken an seine Tochter, anfänglich doch noch an der
rechten hilaritas, seine scharfsinnigen Beweisgründe sämmtlich heranzuziehen und zu schlagender Wirkung zu ent-
wickeln. Allein durch die sich erhebende Discussion gerieth
allmählich eine inflammatio animi über ihn, daß er,
den noch in ihm zurückgebliebenen Sorgenrest vergessend,
seine Argumente und Documente klar darlegte, denen
Laurentius Meibusch die Bezeichnung eines impetus
divinus nicht versagen konnte. Und wenn den letzteren
die Schärfe seiner metaphysischen Logik auch dann und
wann zur Erhebung eines kritischen Einwandes nöthigte,
prägte sich doch neben unverwandt achtsamstem Aufmerken
ein außerordentlicher Genuß an den Explicationen, Inter-
pretationen und Deductionen des hochgelehrten Collega
in seinen Zügen aus. In wohlbegreiflicher Weise vergaßen Beide darüber, des Fortschrittes der Zeit gedenk
zu sein, an den sie erst ein laut die Nachtstille durch-
dröhnendes vielmaliges Schlagen von der Thurmuhr

her gemahnte und dem Pfarrer erstaunt vom Mund
entfahren ließ: „Eheu amice, ut opinor, jamjam aes
indicavit mediam noctem." Worauf der Rector ebenso
verwundert entgegnete: „Mehercle, ita est, ut audi-
visti, sed oleum et operam non perdidisti, amice!"
Und sich die Hand reichend, trennten beide sich nach ihren
Schlafkammern voneinander.

So verblieb Damian Bobmer nicht viel an Ruhezeit
bis zur Frühstunde, in der er seinem Vorsatz gemäß
den Rückweg nach Steinhagen antrat, damit seine werth-
geachtete Ehegenossin nicht über sein Ausbleiben in Aeng-
stigung gerathe und ingleichem baldmöglich der Tröst-
gung, die er mit sich heimbringe, theilhaftig werde. Er
ging in gehobener Gemüthsstimmung, wie ihm dazu
die volle Comprobation seiner großen Lebensarbeit von
Seiten einer mit solcher Sachkundigkeit und Urtheils-
fähigkeit ausgerüsteten Autorität, wie Laurentius Meibusch, wohl Berechtigung verlieh; über seinem Kopf schlugen
da und dort in einem Baumgezweig die Buchfinken, und
er nahm mit dem Ohr ihren Gesang als eine Verherrlichung der Natur auf, ohne indeß die drollige Verwunderung und Freudenempfindung Berno Lindenblatt's daran
zu knüpfen, daß sie ihre Lieder nicht in lateinischer Sprache
vortrugen. Niemand befand sich noch auf der ganz
leeren Straße, nur, nachdem er etwa eine halbe Stunde
zurückgelegt, ertönte einmal hinter ihm eine fistelartig
hohe, ihn anredende Stimme. Als er sich umschaute,
war der Sprecher ein winziger, etwas buckliger Bursche,

doch augenscheinlich nach seinen Gesichtszügen trotzdem
kein Kind mehr und mit den kurzen Beinen den lang
ausschreitenden des Pfarrers in behender Hurtigkeit nach=
gekommen. Ueberrascht blickte der letztere auf die Zwerg=
gestalt nieder, die einen ihr absonderlich stehenden, breit=
randigen Hut vom Kopf lüftend, fragte: „Will Eure
Hochwürden uns schon wieder verlassen? Ich sah, daß
dieselbe gestern auf's Schloß kam, sich mit meinem Ge=
vatter zu unterhalten. Excusez, sagte man in früherer
Zeit, aber ich muß den Hut aufsetzen, um meinen zarten
Teint vor der Sonne zu schonen. Sonst nehmen mich
die hübschen Damen nicht mehr auf den Arm und küssen
mir keine rothe Schminke mehr auf die Backen."

Aus der Redeweise dämmerte Damian Bobmer auf,
das kleine Geschöpf sei der Hofnarr, von dem er zuweilen
vernommen und der ihm auch wohl schon einigemal in
den Straßen von Wangenfurt an den Augen vorüber=
gerathen sein mochte. Im Allgemeinen neigte er nicht
zu einer sonderlichen Werthschätzung solches Possenreißer=
Berufes, doch die ehrerbietige Haltung und Ansprache,
deren sich der Zwerg vor dem geistlichen Gewande befliß,
überraschten den Pastor als etwas Unerwartetes und
machten ihm Vorhalt, daß er sich wohl einer nicht ge=
nugsam begründeten opinio praejudicata hingegeben habe.
Sich dieses Gefühls eines begangenen Unrechtes, so gut
es möglich, zu entledigen, erwiderte er mit Freundlichkeit
auf die Worte des jetzt als Begleiter neben ihm Hin=
schreitenden und erntete absichtslos dafür den Lohn ein,

daß er seinen Weg mit noch größerer Gemüthsberuhigung fortzusetzen vermochte. Denn Til Luja nahm nicht possen= haften, sondern ernstlichen Antheil an dem Beweggrund, der den hochwürdigen Herrn von seinem fernentlegenen Dorf per pedes apostolorum zum Schloß geführt habe, und flocht launig ein, in diesem grassire leider ein nicht auszurottendes Krankheitsübel, das sich mit Vorliebe die höchstgestellten Persönlichkeiten zu seiner Beute aussuche und hauptsächlich durch das Symptom kennzeichne, daß es ihnen in außerordentlichem Maße die Kraft des Ge= dächtnisses abschwäche. Davon lasse sich eine Anzahl ganz merkwürdiger Beispiele zusammen addiren, und um dieser Vergeßlichkeit entgegen zu wirken, bedürfe es eines sorglichen Nachhelfers, der dem von der Krankheit Be= fallenen täglich einmal eine Dose Erinnerung verabreiche. Dies in wichtigen Fällen zu thun, sah aber der kleine Spaßmacher als wirkliche und nützliche Beschäftigung seines Hofnarrenthums an und schätzte sein Zusammen= treffen mit dem hochwürdigen Herrn als einen glücklichen Zufall, wenn es ihn etwa in den Stand setze, einem Anliegen desselben seinen ärztlichen Beistand leihen zu können. Das brachte der bucklige Zwerg in einem Ge= misch von Ernst und Lustigkeit vor, und Damian Bobmer erinnerte sich erst an das letzte Geheiß Seiner Erlaucht, mit Niemandem in der Stadt von der Wegraubung seiner Tochter zu sprechen, als er dem Narren bereits Auskunft über den Anlaß der von ihm im Schloß nach= gesuchten Audienz gegeben hatte. Doch konnte dies ja

unter allen Umständen ebensowenig eine nachtheilige Wir=
tung im Gefolge haben, wie das Selbstverständliche, daß
er Laurentius Meibusch die Ursache seiner Bedrückung
nicht verschwiegen; vielmehr entsprang hier der Mittheilung
ein unzweifelhafter Gewinn. Dessen versicherte auch sein
Begleiter ihn mit zweimaliger Wiederholung, er werde
alles, was in seinen Kräften stehe, zur Beihülfe aufbieten,
daß möglichst rasch ausgekundet würde, wo die Verschwun=
dene sich aufhalte oder richtiger verborgen sei. Dann
aber verabschiedete sich Til Luja an einer Weggabelung,
da sein Ziel ihn die Richtung nach Norden einzuschlagen
nöthige, und Damian Bodmer wanderte westwärts gegen
den am Himmelsrand vor ihm blauenden Bergrücken
weiter.

Etwas Ungewöhnliches war's, daß der Hofnarr sich
so weit vom Schloß entfernte, doch die neue Liebhaberei
Seiner Erlaucht, draußen im Freien umherzuschweifen,
hatte sich ihm gewissermaßen wie eine Ansteckung mit=
getheilt, und so lag's auch nahe, daß er für die Aus=
führung seines Vorhabens die nämliche Richtung am
geeignetsten betrachtete, in welcher der hohe Herr seine
täglichen Ausflüge unternahm. Ihr nachfolgend, mußte
man zu der außerordentlichen, jenen so sehr entzückenden
Naturschönheit hingelangen, und um nicht fehlzugehen,
hatte Til Luja sich gestern unvermerkt ungefähr bis zu
dieser Stelle darüber vergewissert, welcher Gegend der
fürstliche Reiter sich zuwende. Dann konnte hinsichtlich
der weiteren Fortsetzung kaum ein Irrthum mehr vor=

fallen, denn der Weg zog sich von hier aus in einen
ziemlich engen, mannigfaltig gekrümmten Thalgrund
hinein, deffen Gelände bald wandartig höher und steiler
aufstiegen und nach den Seiten nirgendwo mehr, wenigstens
zu Pferde, ein Abbiegen verstatteten. Der Schooß dieses
abgelegenen, stillen Thälchens barg also höchst wahr=
scheinlich das an jedem Tag gleichmäßig auf's Neue
Anziehende und Fesselnde.

Der Spaßmacher war so mit den Mienen und Ge=
berden seines Lebensberufs gleichsam in eins verwachsen,
daß er unwillkürlich von ihnen auch in seiner aus=
schließlich eigenen Gesellschaft, ohne irgendwelchen Augen
dadurch eine Belustigung zu verschaffen, nicht abließ.
Mit einem närrischen Gesichtsausdruck blickte er dem
davonschreitenden Pfarrer nach, dabei zwinkernd die Lider
bewegend, als ob er etwas Eigenthümliches vor ihnen
flimmern und schimmern sehe; dann verdrehte er possen=
haft, sein großes Ohr wagerecht nach oben kehrend, den
Hals und horchte auf das Getriller einer unsichtbar
ihm über dem Kopf stehenden Lerche. Dazu sagte er
laut: „Hatte mein Gevatter nicht eine merkwürdige
Paffion für Lerchen, als diesmal der Frühling kam?
Das wär' ja auch nicht zum Verwundern. Lerchen=
braten soll sehr wohlschmeckend sein und er ist ein Gour=
mand —"

Einmal mit der Zunge schnalzend, bog er jetzt,
hurtig die kurzen Beine bewegend, in den Thalgrund
ein, der im Anfang ein ziemliches Stück lang einförmig

verlief. Doch bann schossen ba und dort, sich häufiger
wiederholenb, an ben Seitenwänden graue Felsnabeln
auf, zwischen die sich die Laubkronen alter Buchen hinein=
brängten. Til Luja stand still, schaute umher und redete
mit sich selbst: „Das ist ja sehr hübsch und macht dem
Geschmack meines Gevatters Ehre. Aber es muß noch
besser werden, sonst wäre sein seiner Natursinn doch nicht
so außerordentlich zufriedengestellt."

Oftmals schlängelten Thal und Weg sich um Vor=
sprünge und Felsen, die auf kurze Strecke schon die
Aussicht versperrten. Doch nach zwei Stunden etwa
öffnete und erweiterte sich einmal der schmale Grund
plötzlich, und mit einem Ruck anhaltend, stieß der eil=
fertige Spaziergänger aus: „Oh, das ist wirklich entzückend
und muß das Entzücken erregen. Und meines Gevatters
ibyllisches Schloß Barteneck muß es sein."

In der That bot sich unerwartet ein landschaftlich
sehr reizvoller Anblick. Anmuthig runbete sich ein kleiner
Kessel mit flachem Boden aus, von bunten, schmetter=
lingumflatterten Wiesenblumen dicht überbeckt, und hohe,
lichtgrüne Laubwände hielten ben heimlichen Erbenwinkel
rund umschlossen. Augenscheinlich nahmen Thal und
Weg hier ein Enbe, doch führte der letztere nach einem
Ziel, benn an einer Stelle wich der Walbkranz ausein=
anber, seine Lücke füllte ein ziemlich breiter, hell schim=
mernber Felsabsturz aus, und von biesem blickte ein
altes, boch sichtlich in bewohnbarem Zustanb forterhal=
tenes Bauwerk, mauerumgürtet, mit Zinnen und Thürm=

chen bekrönt, herab. Das war das Falkenberg'sche Jagdschlößchen Barteneck, wohl ehedem nur ein kleiner „Burg-
stall" gewesen, kein Ueberrest eines Bergfrids hob sich
drüber auf; die Lage hatte ihm indeß trotzdem vormals
ziemliche Sicherung und Vertheidigungsfähigkeit gewähr-
leistet, und seinen Namen mochte er von einer gewissen
Vergleichbarkeit des scharfen Felsaufbau's mit der Schneide
einer mittelalterlichen „Helmbarte" erhalten haben. Seit
dem Aufkommen der Feuergeschütze jedoch war die kleine
Feste jedenfalls als solche völlig werthlos und nur zur
Erinnerung an vergangene Zeiten vor dem Verfall bewahrt worden. Man sah von unten, der einstige Zwinger sei in ein schattiges Gärtchen umgewandelt, Olean-
dersträucher und hochstämmige Orangenbäumchen in grünen Kübeln verzierten freundlich in Zwischenräumen die
Mauerbrüstung. Das Ganze erregte etwas den Eindruck einer eleganten, vornehmen Spielerei, aber mit
der reglosen Stille umher, den sonnig glimmernden
Fensterscheiben und dem blühenden Wiesengrund drunter
gemahnte es doch auch an ein Schloßbild zu alten Volks-
märchen, die von umherziehenden Königssöhnen und
goldgelockten Burgfräulein erzählten.

Til Luja kannte Barteneck nur dem Namen nach,
hierher war er nie gekommen. Sein Blick ging, die
Schmetterlinge auf der Wiese übergleitend, umher; schon
früher hatte er sich als falterkundig gezeigt und that's
heut' wieder, denn er sagte kopfnickend: „Hier muß die

Aurora fliegen — freilich, sie hält sich lieber etwas in
der Höhe auf — "

Seine Augen richteten sich nach dem Schlößchen em=
por, und er fügte mit einer närrischen Grimasse hinter=
drein: „Ob sie's lieber thut, weiß man nicht. Vielleicht
findet sie aus den Gartenmauern nicht wieder heraus.
Aber die Büsche da oben — das ist Blüthenkost für
den prächtigen Oleanderschwärmer — wenn man ein
unbeflügeltes Kerfthier ist, muß man seine Beine als
Laufkäfer in die Hand nehmen."

Er machte, sich bückend, eine Bewegung mit seinem
rechten Arm, als ob er dies wörtlich zu thun beabsich=
tige, und folgte dem jetzt in Windungen sich zur Höhe
hinanhebenden Wege weiter nach. Achtsam den Boden
desselben übermusternd, murmelte er einmal: „Da ist
vor Kurzem ein Pferd auf die Weide gegangen — die
Stapfen könnten zwar auch von einem Ochsen sein —
aber das da spricht beredt von der edleren Thierrace
und sieht nicht nach älterem Datum als von gestern
aus. Vergeudung ist's, solche Kostbarkeit ungenützt ver=
derben zu lassen — freilich wir sind reich und sehr
ästhetisch. Da — das ist ein etwas zu lang gerathener
Gnom als Schatzwächter vor dem Zauberberg — ich
fürchte, er steht nicht auf seinen beiden Pfosten, um den
Kuhfuß vor meiner Gevatterin zu präsentiren."

Der Weg mündete jetzt gradlinig auf ein offenes
Plätzchen vor dem Schloß aus, das wie ehemals Mauer
und Graben umzogen; ebenso noch erhalten oder wieder

hergestellt führte über diesen die niedergelassene Zug=
brücke zur dunklen Thorwölbung. Ein ungemein lang=
beiniger Wachtposten schritt mit seiner Musquete am
Außenrand hin und wider, nahm bei'm Hinzutreten des
Ankömmlings Stellung in der Mitte vor dem Zugang
und gebot: „Halt! Hier herein darf kein Mensch ohne
die Erlaubniß des erlauchten allerhöchsten Herrn!"

Das war bei'm Anblick des langen Grenadiers zu
erwarten gewesen, und der Narr hatte seine Antwort
auf der Zunge bereit. Ohne Zögern versetzte er: „Dumm=
kopf, siehst Du denn nicht, ich bin kein Mensch, ich bin
eine Maus" — und sich ein bischen buckend, schlüpfte
er blitzschnell zwischen den Beinen des Soldaten durch,
der im ersten Augenblick nicht begriff, wohin das kleine
Geschöpf vor ihm verschwunden sei. Dann gewahrte er's,
sich umdrehend, hinter seiner Rückseite, doch riß, verdutzt
starrend, die Lider weit auf, denn was er unter sich
sah, glich ganz dem Kopf einer großen, grelle Augen
machenden und schnüffelnd die Schnauze vorstreckenden
Ratte. Indeß ließ Til Luja rasch sein physiognomisches
Kunststück vom Gesicht wieder abfallen und sagte genau
mit der Stimme Seiner Erlaucht: „Ich bin mit Deiner
Wachsamkeit zufrieden, mein Sohn, und wollte Dich
gestern Nachmittag selbst mit einer Remuneration dafür
belohnen. Aber ich war mit anderen Gedanken zu sehr
beschäftigt und kam nicht dazu; deshalb habe ich heut
meinem lieben Gevatter, der eine Meldung an den
Castellan bestellt, den Auftrag mitgegeben, Dir dies von
mir zu überreichen."

Der Sprecher verstand sich darauf, seine Züge mit
Schauspielerfertigkeit in außerordentlich gewandter Art
völlig zu verändern. Nicht nur in der Stimme, auch
im Gesichtsausdruck erinnerte er gegenwärtig so sehr an
den Reichsgrafen, daß er über seine genaue Bekannt=
schaft mit diesem keinen Zweifel beließ. Er hatte einen
neugeprägten glänzenden Silbergulden aus der Tasche
gezogen, legte ihn in die Hand des wortlos vollständig
verblüfft dreinblickenden Wachtpostens und trat unbe=
hindert unter dem Thorbogen durch auf den inneren
Schloßplatz.

*   *   *

Ihre Erlaucht, die Frau Reichsgräfin erfreute sich
in den letzten Wochen einiger Besserung ihres Gesund=
heitszustandes, so daß sie die Kräfte und den Antrieb
fühlte, das Schloß öfter zu einer kleinen Parkprome=
nade zu verlassen. Man war allgemein am Hofe von
diesen günstigen Anzeichen im höchsten Maße beglückt,
doch ohne sich unter vier Augen zu verhehlen, daß
man diesen Genesungsfortschritt doch nur als einen schein=
baren und trügerischen ansehen zu müssen befürchte und
glaube, die hohe Frau lasse sich leider wohl selbst durch
bedeutungslose Symptome über die Unheilbarkeit ihrer
Krankheit täuschen. Darin mußten sich auf dem Fon=
tainenplatz zwei Hofdamen bedauerlicher Weise beipflich=
ten: „Denn ihre Constitution ist zu stark unterminirt,
ma chère baronne, als daß eine Raison darin läge, uns

einer wirklichen Hoffnung hinzugeben." Dem stimmte
die Antwortende zu: „En effet, es bedarf malheureuse-
ment nur eines coup d'oeil auf ihren Teint und ganzen
aspect um eine reprise des forces, wie sie ihr früher
zu Gebot standen, als totalement ausgeschlossen zu er=
kennen." Die beiden Sprecherinnen vermochten im Augen=
blick ihren diagnostischen Austausch nicht fortzusetzen, da
Ihre Erlaucht in der Nähe vorüberkam und sie zu einem
Compliment vor ihr genöthigt wurden. Dies vollzogen
sie selbstverständlich dem Range der Gemahlin Mon=
seigneurs entsprechend, allein aus seiner Art hätte doch
ein psychologisch geübter Blick zugleich die zweifellose
Ueberzeugung der sich Verneigenden von der Aussichts=
losigkeit eines Wiedergewinnes der ehemaligen Kräfte
von Seiten der einer Selbsttäuschung unterliegenden
hohen Frau herauszulesen vermocht.

Diese indeß schien von solcher Beigabe der ihr ab=
gestatteten Ehrenbezeigung nichts zu empfinden, sie führte
eine Conversation mit der sie begleitenden Hofdame und
schritt, leutselig auf die Knixe und Verbeugungen erwi=
dernd, vorbei. Die zweite Hälfte des Tages war noch
ebenso schön wie die erste, die Til Luja zu seiner Wan=
derung ins Bartenecker Thal hinausgelockt, in ziemlicher
Anzahl standen oder bewegten sich deshalb Gruppen der
Hofgesellschaft im Park. Auch Mademoiselle de Crobath
befand sich heute zwischen ihnen, doch ohne den Mittel=
punkt eines größeren Kreises zu bilden; man schien
nicht von ihrer Anwesenheit unterrichtet zu sein, oder

tactvoll ihrer bescheidenen Art, die ihren Verdiensten keine weitreichende Bedeutung zumaß, zu entsprechen. Nur ein paar junge Officiere der Schloßgarde standen bei ihr, sie in französischer Sprache unterhaltend und sich dabei offenbar ausgezeichnet amüsirend, denn sie lachten zuweilen über die deutschen Antworten auf ihre witzigen Bonmots laut auf. Doch jetzt verstummten sie, denn Ihre Erlaucht wandte sich ihnen zu und begrüßte lächelnd, mit deutlichem Ausdruck von ‚bienveillance‘ die junge Dame: „Es freut mich, mein liebes Kind, Sie so wohl und prächtig aussehend hier im Freien zu treffen. Die frische Luft wirkt gut auf die leibliche Gesundheit, ohne welche ein Mensch zu nichts tauglich ist. Erhalten Sie sich dieselbe recht für Alle, die Sie schätzen!"

Eine sehr gnädige und wohlwollende Begrüßung war's, sichtlich von der Angesprochenen durchaus nicht erwartet, denn sie wußte als Entgegnung nur ein paar unzusammenhängende Worte hervorzustottern. Doch auch zu diesen nickte Ihre Erlaucht mit dem gleichen, liebenswürdigen Lächeln, ihre Augen bewegten sich leicht in eine Viertelsrunde, es regte den Eindruck, sie sei unentschieden, wohin sie ihren Spaziergang fortsetzen wolle. Rasch indeß wählte sie einen der auf den großen Platz ausstrahlenden Wege und schlug ihn, langsam weitergehend, ein; aus einiger Entfernung schimmerte ihr auf ihm ein lavendelblüthenfarbiger Reifrock entgegen, wie ihn zur Zeit am Hofe nur die Freiin Gotburg von Bettendorf trug.

Sie also mußte die in Begleitung des Oberstall=
meisters und Oberkammerherrn Heranwandelnde sein, und
der Zufall fügte, daß sie ziemlich an derselben Stelle,
wie vor mehreren Wochen, mit der Frau Reichsgräfin
zusammen traf. So wich sie auch, wie damals, ein
halbes Dutzend Schritte vorher respectvoll zur Seite,
um sich mit ehrerbietiger Verneigung zur Erde zu beugen.
Ebenso hatte an dem Tage fast gleichzeitig Ihre Erlaucht
sich ausweichend nach der andern Seite hinüberbewegt,
doch heute nahm sie in der lebhaften Conversation mit
ihrer Gesellschafterin augenscheinlich nichts von der Be=
gegnung gewahr, denn sie behielt grabaus die Mitte des
Ganges inne. Und auch von der révérence der geist=
reichen Freundin Monseigneurs bemerkte sie nichts, da
ihr Kopf sich zufällig nach einem Gegenstande an der
entgegengesetzten Seite abbrehte, anstatt wie damals durch
eine huldvolle Neigung und ein charmantes Lächeln auf
den Gruß der Freiin Gotburg zu erwidern. So schritt
sie vorüber, ihre Haltung hatte etwas höher Aufgerichtetes
als gewöhnlich, und eine sich über ihr Gesicht ausgießende
lebendig rothe Färbung ließ erkennen, sie fühle sich augen=
scheinlich sehr wohl und sehr von dem Erfolge ihrer
Promenade befriedigt. Die Mienen der beiden Cavaliere
dagegen zeigten einen Ausdruck von „perplexité‘, und
einen Moment lang drückten sich die zierlichen weißen
Zähne ihrer Begleiterin ein wenig auf die Unterlippe;
aber dann lachte sie hellstimmig-fröhlich über irgendetwas
ihr in den Blick Gerathendes auf und setzte, einen witzigen
Einfall zum Besten gebend, den Weg gegen den Spring=

brunnenplatz fort. Auf diesem hatten die Damen und
Herren des Hofes Ihrer Erlaucht nachgeblickt, mit einiger
Verwunderung die Begrüßung, die sie an Mademoiselle
de Crobath gerichtet, angehört und danach ihre heutige
merkwürdige Kurzsichtigkeit oder Zerstreutheit in dem
Heckengang wahrgenommen. Mit einem Geflüster bogen
sie die Köpfe gegeneinander, doch es ward von einem
allseitigen Achselzucken begleitet oder beantwortet. Eine
Stimme äußerte: „Die Bedauernswerthe leidet offenbar
neuerdings auch an Myopie," und eine andere versetzte:
„Es ist leider wohl ein betrübendes Symptom von einer
beginnenden Mitafficirung des Gehirns, in der Aus=
führung solcher Promenade eine récrénction und satisfaction zu empfinden." Dann rauschten um eine Minute
später alle Reifröcke tief zu Boden, denn die besonders
hochgeschätzte Freundin Seiner Erlaucht schritt zwischen
ihnen hindurch, und ihr heiter strahlendes Antlitz konnte
an die Sonne erinnern, deren Bahn von einem kleinen
Wölkchen gekreuzt worden, das ihren Glanz einen Augen=
blick lang zu verschatten gesucht, doch hinter dem sie mit
siegreicher Leuchtkraft wieder hervorgetreten.

Die Freiin Gotburg beendete ihren Nachmittags=
aufenthalt im Park und kehrte zum Schloß zurück. In
ihrem prunkvoll ausgestatteten Schlafgemach trat sie ans
Fenster und ließ den Blick hinausgehen, der den Fon=
tainenplatz drunten übermusterte. Die Cavaliere und
Damen erfüllten ihn wie vorher, Madeleine de Crobath
stand noch bei den beiden lachenden Officieren, in einiger

Entfernung sah man Ihre Erlaucht zurückkommen, die sichtlich ihren Spaziergang nach der Begegnung mit ihrer vormaligen Hofdame nur noch um eine kurze Strecke weiter fortgesetzt hatte. Um die Lippen der Hinaus= blickenden spielte ein leicht sarkastisches Zucken, sie mur= melten: „Ein billiges Plaisir, das nicht neidisch macht." Vor einen großen, in die Wand eingelassenen Spiegel hintretend, betrachtete sie sich; an ihrer Erscheinung hatte sich in letzter Zeit einiges verändert. Gesicht und Brust zeigten keine ‚mouches‘ mehr, die Höhe ihres Frisurauf= baus war beträchtlich vermindert, wohl noch einigermaßen der Mode entsprechend, doch wie in einem allmählichen Uebergang zu einer natürlichen Haartracht begriffen. Frag= los gereichten beide Aenderungen ihrem Aeußern zum Vortheil, gaben ihm Jugendlicheres, doch redete im Uebri= gen bei sorglichster Prüfung noch kein Anzeichen in den Zügen vom Ueberschrittenhaben der Mitte des dritten Jahrzehnts. Die Stirn besaß Marmorglätte, kein Fält= chen warf leisesten Schatten unter den Augen, auf der Oberlippe machte sich kein Aufdämmern eines verrätheri= schen Zuges bemerkbar. Die Urheberin des Spiegelbildes stand vor dem Ereigniß, übermorgen ihren siebenund= zwanzigsten Geburtstag zu begehen, aber sie durfte sich sagen, man könne ihr ohne verlogene Schmeichelei vier Jahre, vielleicht fünf weniger zumessen.

Nur die eingeschnürte Taille und der weitbauschende Reifrock standen nicht im Einklang damit, er war über= haupt, trotz seinem Prunk, ein widersinniges, häßlich beeinträchtigendes Kleidungsstück, das eine gewisse Steife und Fülle verlieh, unbegründete Vermuthungen erweckte. Er entzog dem Blick alle natürliche Körperbildung, verunstaltete ihre hochwüchsige Schlankheit zu der nichtssagenden, ebenmäßigen Form einer sich bewegenden Brokatglocke. Für körperliche Schönheit empfänglichen Augen vermochte er nichts Anziehendes zu bieten, konnte ebensowohl Mißbildetes wie Reizvollstes verbergen und widerstritt entschieden jeder frisch-jugendlichen Wirkung.

Die Freiin Gotburg begab sich in ihr anstoßendes Toilettengemach, wo sie einen Schrank öffnete, um ein Gewand von grüner, eigenthümlich schillernder Seide hervorzunehmen. Es war noch nie getragen, denn sie hatte es für ihre Geburtstagsfeier anfertigen lassen und erst gestern erhalten; so fiel eine Prüfung, ob es auch vollendet in der Façon und ‚tenue‘ sei, wünschenswerth und nöthig. Sie berief keine Zofe zur Hülfeleistung, sondern legte selbst ihren Reifrock und das einzwängende Mieder ab, ihre Brust, die hoch heraufgedrängt gewesen, athmete befreit auf. Den Blick wieder einem Spiegel zuwendend, blieb sie ein Weilchen so stehen; jetzt gab er das Bild der eigentlichen, wirklichen Natur zurück, das diese zweifellos nicht zu dem Zweck gebildet, es unter Umhüllungen zu verbergen. Nur das Wärmebedürfniß, der Brauch, die Schicklichkeit geboten, dies vor den Augen Anderer zu thun, aber sonst bot das Spiegelbild auch gegenwärtig keinen Grund dar, den genauen Anblick scheuen zu lassen, so wenig wie den des Gesichts.

Eher verstattete es eine noch geringere Schätzung unter
zwanzig Jahre zurück.

Nun legte die Kleidungwechselnde das neue Gewand
an, das seine Kostbarkeit gewissermaßen unter Einfach=
heit verdeckte. Ein kühner Gedanke war's, sich in so
vollständigen Gegensatz zur unumschränkt herrschenden
Mode zu stellen; die Gestalt zugleich verschmälernd und
erhöhend, verhüllend und offenbarend, umfloß es sie mit
weichem Faltenwurf. Man sah, nichts brauchte Scheu
vor einer Betrachtung durch prüfende Augen zu haben.
Harmonisch feine Linien traten überall, hervortauchend
und wieder entschlüpfend, an die Stelle der form= und
leblosen Reifrockglocke. Das Kleid war unverkennbar
mit großer, bedachtsamer Kunstfertigkeit hergestellt, wie
sich's für eine Hoffestlichkeit von besonderer Art geziemte.
Es umgab seine Trägerin mit einem jungfräulichen
Zauber, doch verlieh ihr durch das Wallende seines
Herabfließens und die Farbe, die an schimmernd grünes,
unter der Oberfläche eines Wassers hingebogenes Binsen=
gras erinnerte, auch etwas Nixenhaftes. Das mochte
wohl für einen Zweck beabsichtigt worden sein, denn den
Saum bildete ein eingesticktes Kranzgeflecht weißer Nym=
phäenblüthen, als ob er sich eben aus einem Weiher
heraufgehoben und die schneehellen Teichrosenkelche mit sich
in die Höh' genommen habe. Auch der lockere, verschoben
herabhängende Gürtel bestand aus einem höchst kunstvoll
naturgetreu gearbeiteten, wie noch feuchtglimmernden
Stiel= und Blattgehänge verschiedener Wasserpflanzen.

Die Anprobe fiel merklich zum Wohlgefallen Got=
burgs von Bettendorf aus, mit Befriedigung hafteten
ihre Augen auf dem Spiegelbild. Nicht mit Eitelkeit,
von solcher sprach sich in ihrer Miene nichts aus; die
wäre etwas Thörichtes, den richtig prüfenden Blick Be=
irrendes gewesen, lag als eine schädliche Unklugheit schon
lange abgethan hinter ihr. Sie bezweckte nicht, den
Neid anderer Theilnehmerinnen an dem Fest zu erregen,
nur bei diesem dem Vorhaben des Tages zweckdienlich
entsprechend zu erscheinen. Vielmehr des Abends, denn
es sollte bei Fackelbeleuchtung im Park stattfinden; die
gab ein anderes, jedenfalls für die grüne Farbe noch
günstigeres Licht.

Ein leises Geräusch klang an der Thür des Toiletten=
zimmers, es war, als ob ein Hund leicht mit der
Pfote daran gekratzt habe. Den Kopf vom Spiegel
abdrehend, fragte sie: „Ist Jemand da?" Darauf ertönte
eine närrische Antwort: „Nein, Niemand," und hinterdrein
ein „Wau=wau".

Kurz schien sie sich zu besinnen, ob sie die Kleidung
wieder wechseln solle, aber dann trat sie durch die Thür
in ihr saalartig großes Schlafgemach zurück. In Ge=
danken, denn ihre Augen suchten in der gleichen Höhe
mit ihr selbst, und erst auf ein helles Gekläff: „Ein
Jagdhund fliegt nicht in der Luft, Gevatterin," richtete
sie den Blick zum Boden nieder, von dem sich die
winzige Figur Til Luja's nicht viel höher als die eines
mittleren Hundes aufhob. Doch offenbar noch zerstreut

fragte sie: „Was willst Du in meinem Schlafzimmer, Narr?"

Unerlaubte Kühnheit und Zudringlichkeit Verweisendes lag im Ton; er stand, aus weit aufgerissenen Lidern ihre fremdartige Gewandung anschauend, und antwortete: „Ich will nichts in Deinem Schlafzimmer, Gevatterin. Aber Du willst in's Wasser steigen, scheint's. Genire Dich nicht, ich bin Niemand und lege mich da unter dem blauen Himmel auf die Erde."

Vor einer breiten, reichvergoldeten, von vergißmein= nichtfarbigem Baldachin überdachten Bettstatt breitete sich ein weicher kostbarer Teppich aus; auf dem kugelte der Zwerg sich wie ein Hund zusammen und streckte den Kopf auf seine wie Pfoten vorgeschobenen Hände hin, als ob er schlafen wolle. Der Zuschauerin gerieth jetzt in Erinnerung, daß sie gewußt habe, er werde gegen Abend zu ihr kommen. Aber sie hatte nicht mehr dran gedacht und versetzte gleichgültigen Klang's:

„Deine Farce ennuyirt mich. Hast Du mir etwas auszurichten, so sag's und mach' Dich wieder fort."

Er hob ein bischen den Kopf.

„Pfui, Gevatterin, was für eine Sprache redest Du! Wollt' ich mich auch so unzeitmäßig ausdrücken, würde ich sie eine étourderie und eine ingratitude heißen. Denn ich bin sieben Stunden auf meinen kurzen Beinen gelaufen, aber für Deine langen, Gevatterin. Erst als Windhund, dann als Spürhund, dann als Hühnerhund — da ist die Witterung, das Rebhuhn kann nicht mehr

weit sein — spring' ein, Castor, spring' ein! Das sind
Strapazen, die Du nicht in den Beinen spürst, und Du
bist undankbar, mich nicht schlafen zu lassen."

Sich wieder ringelnd, machte er die Augen zu; die
nachlässige Miene der Freiin Gotburg hatte sich etwas
verändert, sie fragte:

„Was soll's mit dem Rebhuhn? Lohnte sich's der
Mühe?"

„Das ist deutsch gesprochen und klingt klüger. Aber
Du hast so viel Fliegen hier, sie schnurren mir immer
um die Schnauze. Weg! Sieh', da sitzt eine und spitzt
die Ohren. Setz' Dich nahe zu mir, hier auf's Bett.
Gevatterin, sonst erschüttere ich ihr feines Trommelfell
zu stark."

Mechanisch folgte die Aufgeforderte dem Geheiß, doch
erwiderte dann ungeduldig: „Sprich', was Du gesehen
hast!"

Der Narr legte den Kopf in den Nacken zurück und
sah über sich nach dem Plafond auf. Dazu fragte er:

„Ist das Deine Schlafstube? Hu, es ist kalt darin!
Das kommt von dem blauen Eismantel da über Deinem
Bett, man spürt's, als packte er Einem Eisumschläge
auf die Brust. Mich würd's zu Tod frieren, wenn ich
so allein in dem großen Eiskeller schlafen müßte. Du
bist's gewöhnt, da schadet's Deiner Gesundheit vielleicht
nicht mehr, nur zu lange darf man sich nicht so durch=
frieren lassen. Mich schüttelt's, ich komme aus der
warmen Sonne, die mir heiß gemacht. Du warst sehr

unbankbar, Gevatterin, denn sie hat mir auch wieder
für Dich heiß gemacht."

Gotburg von Bettendorf warf ein: „Was heißt
das?"

Til Luja richtete sich jetzt halb auf:

„Heiß heißt das. Weißt Du nicht, wie das thut?
Das ist eine nützliche Mitgift für Dich, aber Andere
kennen, wenn's brennt und kocht. Du meintest, ob sich's
der Mühe lohnte? Deine Bildung ist zu einseitig, Gevatterin, Du giebst zu viel auf die Kunst. Gut gear-
beitete Statuen, meinst Du, müssen den Menschen am
meisten anziehn. Das ist ein Mangel an richtiger
ästhetischer Einsicht. Die Natur solltest Du Dir ansehen, Gevatterin, die junge, einfältige, köstliche Früh-
lingsnatur! Du kannst's mir glauben, ich komme von
ihr. Die blüht und duftet, die lebt, die wärmt, die
berauscht und entzückt! Die Sonne und der Himmel sind
ihre Pathen gewesen und haben ihr den Schmelz von
Schmetterlingsflügeln und die Stimme vom Singvogel
zum Weihnachtsgeschenk gemacht. Von ihren jungen
Blumenlippen athmet mehr Lebensweisheit an, als alle
grauen Köpfe seit Adams Zeit zusammengescharrt haben.
Alle Kunst und die Sculptur ins Besondere, so anziehende sichtbare Dinge sie für das Auge und die Vor-
stellungskraft schaffen mag, ist eine menschliche Erfin-
dung, Gevatterin, spaßhaft, zum Amusement für ein
Weilchen, pour passer le temps, nannte man's vordem.
Aber die Schönheit der Natur umwebt ein geheimniß-

voller Schleier und Duft, ihr Wesen ist dauerhaft und
für ein tieferes Gefühl von ernsthafter, sehr ernsthafter
Art. Gevatterin."

Die Zuhörerin hatte sich von dem Bettrand wieder
aufgehoben und sah aus der Höhe auf das kleine Ge=
schöpf vor ihren Füßen nieder. Mit einem spöttischen
Zug um die Lippen sagte sie:

„Erfindest Du Märchen? Darauf verstehst Du Dich
nicht, Narr. Laß Deine berauschte Zunge deutsch sprechen!"

„Deutsch, das ist's — deutsch wie der Frühling —
ich hab's Dir, als er kam, gesagt, Gevatterin, Deine ist
zu französisch —"

Til Luja arbeitete sich possirlich auf seine Füße,
griff mit der Hand in die Luft und rief, die Finger
zusammenklammernd: „Da hab' ich die Fliege, die macht
keine Ohren mehr! Aber an der Wand sitzt noch ein
Dutzend großer Brummer, Du hast widriges Gezücht
um Dich, Gevatterin. Ein Märchen möchtest Du von
mir hören? Wie das sich trifft! Ich glaube, Du bist
eine clairvoyante, denn unterwegs hat mir grad eine
alte Frau eins erzählt, eins aus der ganz alten Fabel=
zeit, die niemals gewesen. Aber sie schwur natürlich
Stein und Bein drauf, so wär's einmal zugegangen;
wie lang es her ist, kannst Du draus abnehmen, Ge=
vatterin, daß damals Deines hocherlauchten Freundes
hübsches Jagdschlößchen Barteneck noch nicht gestanden
haben soll. Und jetzt sieht's doch so freundlich aus, Du
sollt'st es wirklich einmal besuchen. Freilich, der lange

Grenadier vor'm Thor ließe Dich ohne Passagierschein wohl nicht hinein, denn er hat strenge Ordre, und wie ich zwischen seinen Beinen könntest Du nicht durch. Also es war einmal ein König — so heißt's immer in den Märchen — der hatte eine alte Burg, die fiel in Feindeshand. Das machte ihm eigentlich nicht viel Kummer, denn drin wohnen konnte er doch nicht mehr, weil sie schon lange nur mehr als ein zusammengepolterter Haufen von Steinen dalag. Aber die Leute, die nun statt seiner drin im Quartier lagen, machten wenig Anspruch auf Bequemlichkeit und noch weniger auf guten Ruf bei der Nachbarschaft. Mir thut's leid, doch nach der Ueberlieferung muß ich sagen, sie stahlen, was sie in ihre Finger bekommen konnten, besonders Vierbeiniges und Zweibeiniges, und beim Letzteren sahen sie nicht einmal drauf, ob die Natur es mit Federwerk ausstaffirt habe. Wenigstens in einem Fall, und mit dem hatte es Curioses auf sich. Denn das ungefiederte Geschöpf, das sie in einer Schlinge einfingen, war nicht zum Kochen oder Braten zu gebrauchen, und sie machten sich wahrscheinlich nur deshalb die Mühe, weil es irgend einem Sammler von derlei Raritäten in die Augen gestochen und er dem, der's ihm verschaffe, unter der Hand einen hübschen Lohn dafür in Aussicht gestellt hatte. So griffen sie bei guter Gelegenheit das ahnungslose Ding auf und zogen hurtig bei Nacht mit ihm aus dem alten Steinhaufen davon. Aber da begegneten sie unterwegs dem König, der wohl von ihrem abscheulichen Mädchen-

raub gehört haben mußte, und er war helbenmüthig,
wie's die Könige sind, und fürchtete sich nicht vor der
Ueberzahl, sondern beschloß, sein Leben dran zu setzen, um
die Gefangene zu befreien. Das gelang ihm auch, denn
die feigen Kerle dachten vermuthlich, es wäre ein ganzes
Schock von gepanzerten Rittern hinter ihm, und ließen
ihre Beute fahren, als hätten sie nach einer Abrede nur den
Zweck gehabt, sie ihm auf solche Weise auszuliefern.
Da nahm der gute König das Mädchen vor sich auf's
Pferd und ritt eilig im Dunkel mit ihm nach seinem
Schloß, um es in sicheren Verwahrsam dort zu bringen.
Und dafür erntete er auch den verdienten Lohn, denn
als er die den Räubern Weggenommene bei Licht be=
trachtete, war sie kein Aschenputtel, sondern so schön,
wie nur eine Märchenprinzessin sein konnte. Auch so
blutjung und reizvoll unwissend und kinderhaft einfältig;
natürlich ebenso voll Bewunderung und Dankbarkeit für
den tapferen König, der sie von den häßlichen Leuten,
die wahrscheinlich Menschenfresser gewesen, befreit und
mit eigener Lebensgefahr gerettet hatte, und sie begriff
auch, daß sie eine Zeitlang in dem Schloß bleiben mußte
und ja keinen Fuß vor die Thür oder das Thor setzen
durfte, um dem bösen Volk nicht wieder in die Hände
zu fallen. Damit sie sich in ihrer Einsamkeit nicht
langweilen sollte, kam aber ihr freiwilliger Retter, ob=
wohl er's recht weit hatte, täglich von dem anderen
Schloß, in dem er wohnte, zu ihr in das blumige
Gärtchen vor ihrer Stube und unterhielt und tröstete

sie mit hübschen Geschichten, daß sie immer deutlicher merken mußte, wie gut er's mit ihr meine und nur für ihr Bestes bedacht sei. Denn solchen Kindern kommt trotz ihrer Einfältigkeit zuweilen an fremdem Ort einmal plötzlich ein unheimliches Schreckgefühl, ohne daß sie wissen, warum und woher, und dem muß mit großer Behutsamkeit vorgebeugt werden."

Die Freiin Gotburg von Bettendorf hatte der Erzählung des Narren ohne Regung zugehört, nun stieß sie scharf von den Lippen:

„Ernsthaft, sagtest Du vorher? Geht Dein Märchen weiter?"

Til Luja zuckte die kleinen Achseln. „Die alte Frau — sie trug drolliger Weise Hosen — wußte es nicht weiter. Nur daß der König, der noch in den besten Jahren war, die von ihm so merkwürdig Gerettete vermuthlich gern geheirathet hätte, wenn sie eine wirkliche Prinzessin gewesen wäre. Freilich hatte er schon eine Frau, aber das ist in einem Märchen ja nicht von Belang, bei dem's meistens am Schluß heißt: Und wenn sie nicht gestorben sind, so leben sie noch. Wenn das zuträfe, so wird er wahrscheinlich seinen Kopf in die Weiche legen, wie er am besten dafür sorgt, seinem Schützling eine andere Freude zu machen und sich selbst dadurch mit. Denn das Wohlthun belohnt den Wohlthäter am meisten. Vielleicht könntest Du ihm aus Deiner Erfahrung dabei Rath geben, Gevatterin. Patsch! da haben wir einen Brummer! Oder ist's nur eine gewöhnliche Stubenfliege?"

Es hatte an die Thür geklopft; sich verwirrt um=
blickend, fragte Gotburg von Bettendorf mechanisch: „Wer
ist da?" und die Stimme einer Zofe erwiderte: „Mon=
seigneur läßt fragen, ob Höchstderselbe dem hochgnädigen
Freifräulein eine Visite abstatten könne."

„Natürlich, solche unerwartete Gnade muß man unter=
thänigst mit beiden Armen aufnehmen," raunte wie plötzlich
stimmlos geworden, doch trotzdem in der Nähe verständlich,
der Zwerg, seine kurzen Aermchen mit einer komischen
Geberde=Andeutung vorstreckend. „Sag's der Stuben=
fliege, Gevatterin, daß Du überglücklich bist! Aber Dein
Schwimmkleid paßt hier im Hause nicht für den heutigen
Besuch, das mußt Du aufsparen, denn es soll doch erst
übermorgen Abend im Park seinen Zweck erfüllen. Thu's
hurtig vom Leib, Gevatterin! Hohe Herren werden ver=
drießlich, wenn man sie warten läßt."

Nun trat die einige Augenblicke lang unschlüssig
Gewesene rasch gegen die Thür hinan, durch die ihre
Antwort Seine Erlaucht bitten ließ, eine kurze Ver=
zögerung ihres Erscheinens nothwendiger Toiletten=Er=
fordernisse halber gnädigst zu entschuldigen. Danach sich
zu Til Luja zurückwendend, blickte sie ihn ungewiß an
und fragte:

„Aber wohin — Du kannst nicht hinaus, ohne ge=
sehen zu werden — "

Er rollte sich wieder wie ein schläfriger Hund auf
dem Teppich zusammen. „Mach' nur Deine Toilette, Ge=

vatterin, und sei um mich unbekümmert. Ich warte
hier ruhig, bis Du wiederkommst."

„Hier? Doch wenn —"

„Deine Schlafstube ist doch der sicherste Platz, daß
mich niemand zu sehen bekommt. Da kannst Du völlig
beruhigt sein, größere Sicherheit giebt's garnicht. Schone
Dein Kleid nur gut beim Umziehen, die Wasserrosen
brechen leicht ab, und wenn sie welk werden, bleibt nichts
von ihnen übrig, weil sie keinen Duft haben, wie die
wirklichen Rosen. Der Herr giebt's den Seinigen im
Schlaf; vielleicht stärkt er mir das Gedächtniß, daß ich
bei Deiner Rückkunft Dir von dem wahrscheinlichen Aus=
gang des Märchens noch etwas weiter erzählen kann."

Müde mit den Lidern zwinkernd, legte er den Kopf
hin, während die Freiin Gotburg sich jetzt rasch in das
Toilettenzimmer zurück begab, ihr fließendes grünes Niren=
gewand wieder mit der formlosen Steifigkeit der Reif=
rockglocke zu vertauschen.

— · · ———

VII.

Zu Versailles, am Hofe des allerhöchst selig verstor=
benen Königs Louis XIV. hatte man vor einem
Jahrhundert die Wahrnehmung gemacht, daß sein Name
le roi soleil seine Bedeutung auch auf die andere, am
Himmelsgewölbe stehende Sonne erstreckte. Dies er=
klärte sich daraus, daß sie nicht nach irrigem sprach=
üblichem Ausdruck dort oben thronte, sondern gleichfalls
nur eine Unterthanin darstellte, der die tägliche Aufgabe
zufiel, die Witterung stets der Einsicht und dem Wunsche
Seiner Majestät gemäß zu gestalten. Diese war's, die
nach ihrer Weisheit fruchtbaren Regen auf Frankreich
niederströmen oder sich ein wolkenloses Blau darüber
ausspannen ließ, das letztere begreiflicher Weise an sol=
chen Tagen, die für eine besondere Hoffestlichkeit im
Freien vorbestimmt worden. Den vereinten Anstren=
gungen der ganzen vornehmen Gesellschaft war es ge=
lungen, diese Thatsache als zweifellos festzustellen. Ge=
lehrte hatten sie wissenschaftlich begründet und Dichter
in begeisterten Gesängen ebenso das Königswetter im
Voraus verkündigt, als nachher mit dankbarer Huldi=

13*

gung gepriesen. Seitdem war die Sonne gewöhnt, ihre Schuldigkeit nicht nur über den Schloßgärten von Versailles zu erfüllen, sondern auch ebenso im deutschen Reich, mit Ausnahme des Staates Friedrichs des Großen, churfürstliches, herzogliches, reichsgräfliches, unter Umständen sogar reichsfreiherrliches Wetter zu veranstalten. Im Palais über Wangenfurt benannte man es kurz: Monseigneurwetter.

Ein solches eröffnete denn auch den Tag, von dem jeder wußte, daß Serenissimus ihn durch besonderste Feierlichkeit zu ehren beabsichtigte, da gewissermaßen an ihm eine Olympiade begangen wurde. Die vierte festliche Wiederholung des Geburtstages der Freiin Gotburg von Bettendorf im Schloß war's; ihre hohen Verdienste um die geistige Anregung und Erheiterung des Souverains und damit um die Wohlfahrt des Landes lagen offen vor dem Blick, erhielten sich nicht nur gleicherweise fort, sondern schienen eher noch in einer Steigerung begriffen.

So gab es keine Persönlichkeit am Hof, die nicht die Verpflichtung fühlte, nach Kräften das Ihrige zur festlichen Verherrlichung des Tages beizutragen; die einzige Ausnahme bildete Ihre Erlaucht, der leider ein heftiger Rückschlag ihrer Krankheit nach ärztlicher Anordnung das Verlassen ihrer Gemächer auf's strengste untersagte. Das war freilich von den Urtheilsfähigen erwartet worden, denn sie hatte sich bei der letzten Promenade höchst unvorsichtig gezeigt, mehr herausgenommen, als in ihren

Kräften stand, diese unklug vor dem Hof zur Schau
tragen wollen, sich dabei thöricht erhitzt und in Folge
davon eine schlimme Erkältung zugezogen; Monseigneur
selbst hatte gestern bei einer öffentlichen Kundgabe seines
Bedauerns darüber mit einem leichten Achselzucken hin=
zugefügt, daß seine Gemahlin sich offenbar in einer
irrigen Voraussetzung zu viel zugetraut habe. So konnte
man jenes Bedauern nur theilen, doch sich nicht ver=
hehlen, die hohe Frau müsse den starken Rückfall ihres
Uebels eigener Einsichtslosigkeit und Ueberschätzung zu=
schreiben, und eine in der juristischen Wissenschaft com=
petente Autorität verwies, eine gewisse Tröstigung da=
mit darbietend, auf das alte Rechtsaxiom: Volenti
non fit injuria, das in diesem Falle besage, Ihre Er=
laucht werde in der Erkenntniß der eignen Verschuldung
leichter ihre Unfähigkeit zur Theilnahme an der allge=
meinen Freude ertragen.

Die Thurmglocken von Wangenfurt erklangen in fest=
lichem Geläut, auch die der Sanct Johanniskirche, ob=
wohl Laurentius Meibusch, scrupulos non temere pro-
fessos dagegen gehabt hatte, doch es war vom Consi=
storium so angeordnet worden; Böllersalven erdröhnten
von den Anhöhen hinein, um die Mittagsstunde rückte
die gesammte militärische Macht der Reichsgrafschaft in
Gala mit klingendem Spiel auf den Schloßplatz, und
die Musikcapelle brachte eine von ihrem Dirigenten zu
Ehren des bedeutenden Tages componirte Festhymne zum
Vortrag. Es geschah alles wie am Geburtstage Sere=

nissimi selbst; in den Corridoren bildeten schön frisirte
Pagen lebendige Spaliere, die langen Tressen hastig hin
und her schießender Läufer warfen Silberglanz auf die
Treppen, dazwischen blitzten goldstrotzende Uniformen.
Sämmtliche Inhaber der obersten Hofämter harrten mit
ihren Damen des Stundenschlages, der den anberaum=
ten Zeitpunkt zur Abstattung der Gratulation verkün=
digen werde; die schillernd gestreiften seidenen Röcke der
Cavaliere und die knisternden Brocatkleider ihrer Ge=
mahlinnen, weiße, tiefdecolletirte Schultern und nacken=
umsprühende Edelsteincolliers, mit Juwelenagraffen be=
setzte Dreispitzhüte und blüthenhelle Atlasescarpins misch=
ten eine reiche Farbensymphonie durcheinander, zu der
das leichte Geklirr der eleganten Spieldegen accom=
pagnirte; sogar die fürstliche Jagdmeute erschien mit
Blumen und bunten Schleifen bekränzt. Auf allen Ge=
sichtern prägte sich etwas Feierliches, doch auch freudig
Durchleuchtetes aus, wie ein Rückglanz des wolkenlos
blauen Himmels. Da und dort äußerte ein Mund, das
Baroneßwetter komme an absence de défauts vollkom=
men dem Monseigneurwetter gleich.

Beim Aufklang der Musik drunten auf dem Schloß=
ronbeau trat die Freiin Gotburg von Bettendorf in
den großen, festlich zum Empfang hergerichteten Saal,
an dessen oberem Ende ein purpurüberkleideter Sessel
stand, doch nicht auf, sondern vor der Estrade; das be=
nahm ihm die Wirklichkeit eines Thronsitzes, dessen Ein=
druck er sonst erregte. Ringsum saßen alte und neue

Ahnenbilder des Falkenberg'schen Hauses von den Wän=
den herab, und so befand sich gewissermaßen doch auch
Ihre Erlaucht mit anwesend. Indeß kaum bemerkbar;
die Hand, welche in den letzten Tagen sich um die Saal=
ausschmückung verdient gemacht, hatte ihr Portrait, ver=
muthlich zur Erzielung besserer symmetrischer Wirkung,
von seiner sonstigen Stelle in eine äußerste Ecke hin=
überhängen lassen. Uebrigens konnte man ihm keinen
besonderen Kunstwerth zuerkennen, das mochte seine Ent=
fernung mit veranlaßt haben, damit es an dem schönen
Tage nicht ein feineres künstlerisches Gefühl verletze.

In höchster, glanzstrahlender Festtoilette stand die
Gefeierte allein in dem weiten Raum, ihre Augen be=
saßen einen Ausdruck, als ob die Gedanken dahinter
nach etwas Ungewissem, dem Blick nicht Wahrnehmbaren
suchten. Doch jetzt überflog sich ihre Miene mit einer
Aufhellung reger Antheilnahme, merkbar ging die Hymne
draußen zu Ende, sie begab sich auf eine kleine söller=
artige Terrasse hinaus und hörte, leicht über die Brüstung
vorgebeugt, dem Schluß aufmerksam zu. Dann verneigte
sie sich dankbar zweimal; ihr Gesicht ließ nicht Zweifel,
man habe ihr eine überraschende außerordentliche Freude
und hohen musikalischen Genuß bereitet. Nun wandte
sie sich in den Saal zurück und nahm auf dem Purpur=
sessel Platz.

Das geschah nach genau festgesetztem, die Minute
innehaltendem Programm. Um einen Augenblick später
rissen Lakaien die große Flügelthür so weit als möglich

auf, und Seine Erlaucht trat an der Spitze der ganzen
nachfolgenden, die Außenränder des weiten Raums ein=
nehmenden Hofgesellschaft als erster Gratulant herein.
Der hohe Herr schritt, sichtbar freudig bewegt, rasch auf
die Vollenderin ihres siebenundzwanzigsten Lebensjahres
zu, die sich schnell vom Sitz erhob, um ihm ehrerbietig
entgegen zu gehen. Doch seine Eilfertigkeit kam ihr zuvor,
er nöthigte sie, wie mit zarter Gewalt, wider ihren Willen
auf den Sessel zurück, bückte sich und führte, Eleganz
der Bewegung mit einem Ausdruck natürlicher Herzlichkeit
verbindend, ihre Hand an seine Lippen. In der Linken
hielt er ein Collier von wundervollen, kirschgroßen und
birnenförmigen, bläulich=weißes Licht um sich werfenden
Perlen, deren schneehelle Reihe da und dort von einer
rosenfarbigen unterbrochen wurde; sein überaus kostbares,
fürstliches Geburtstags=Angebinde war's, das er mit den
Worten: „Ein Sinnbild der Freundschaft und ihres
Werthes für mein Leben", der Empfängerin eigenhändig
um den Nacken befestigte. Eine Bewegung, die tiefe
Ergriffenheit kundgab, durchlief die Reihen der Zuhörer
und Zuschauer; mit einer Stimme verhaltener Rührung
sprach die so reich Begabte ihren Dank für das märchen=
hafte Geschenk und mehr noch für die huldvollen Be=
gleitworte. Beider Gaben fühle sie sich nicht würdig,
nehme sie unverdient, — ein vernehmliches Gemurmel
des Protestes klang rund umher — doch sie hoffe, sie
werde danach streben, sich ihrer würdiger zu machen, sie
besser zu verdienen. In ihren Augenwinkeln schimmerte

es nur feucht, denn sie beherrschte sich gewaltsam; manche der Hofherren und Damen aber waren dazu außer stande, und helle Thränen fielen ihnen von der Wimper auf die Wangen herab.

Auch der Oberhofprediger mußte erst eine solche fort= löschen, wie er jetzt die festlichen Ansprachen eröffnete. Alles stand, auch Seine Erlaucht; die Freiin Gotburg allein saß, man sah ihr an, sie wäre, von tiefster see= lischer Erregung überwältigt, unfähig gewesen, sich auf den Füßen zu halten. Der hohe Geistliche, Präses des Consistoriums, stand nicht im schmucklosen schwarzen Kirchensummar, sondern dem Schloßsaal und der Feier des Tages entsprechend in einem rothsammtnen, mit Ordenssternen geschmückten Hoftalar, doch seine Haltung, wenn auch hoch aufgerichtet, war die des Dieners des Herrn, des Verkündigers der ewigen Wahrheit, und seine Stimme ertönte feierlich wie von der Kanzel durch den hallenden Raum. Er pries die Allmacht und die All= güte der Vorsehung, die über der Erde wache und auf dieser aus dem unerschöpflichen Füllhorn ihrer Gnade ausspende, was ein leuchtendes Juwel sei in der Krone der Höchsten und ein balsamischer Thautropfen der Er= quickung auf der Mühsal der Niedriggeborenen. Beides aber habe die Schöpferhand Gottes vereinigt, als er den Rathschluß gefaßt, die hohe Gepriesene und Bewunderte dieses Tages mit dem Lebensodem zu begaben, daß sie, wie es soeben hier erklungen, eine Perle der Freund= schaft und nie wankender Treue bilde in dem Diadem

dessen, der vom Himmel zum segensreichen Vater seines
Volkes auserwählt worden, und eine unabläßig auf
dessen Wohlfahrt bedachte Stellvertreterin der nach un=
erforschlicher Bestimmung für die Erfüllung dieser höch=
sten Aufgabe nicht fähig erhaltenen erlauchten Mutter
des Landes. „Es ist unseren Blicken verschlossen, wa=
rum die ewige Weisheit so Schweres verhängt hat, aber
in ihrem köstlichen Glanze strahlend erhebt sich vor
unseren Augen die uns zur Linderung jener Bekümmer=
niß in irdischer Erscheinung herabentsendete himmlische
Trostgestalt, daß wir die Hände faltend sprechen: HErr,
o HErr, wir danken Dir für die unvergleichliche Gabe,
die Du in Deiner Güte einst an diesem Tage uns zu=
getheilt, und wir flehen zu Dir, erhalte sie uns fort
und fort, wie Deine mächtige Hand die Sterne am
Firmament erhält, auf daß wir nicht in lichtloser Nächte
Finsterniß verzagen! Amen."
Der Redner hatte bei der Schlußbitte, bewegt nach
oben gerichteten Aufblicks, seine Hände zusammengefaltet,
mit fester Stimme gesprochen, doch war er bei dem
Wort „Amen" sichtbarlich selbst zu ergriffen, um noch
einen Glückwunsch in gewöhnlicher Form hinterdrein
fügen zu können. Nur in einer stummen, tiefen Ver=
beugung vor der „Gottgesendeten" brachte er sein welt=
liches Gefühl zum Ausdruck und trat zur Seite unter
die hörbar schluchzende Versammlung zurück. Aber Seine
Erlaucht folgte ihm mit einigen Schritten nach, bot ihm
die Hand entgegen und sprach laut: „Ich danke Ihnen,

mein lieber Oberhofprediger. Sie haben ebenso schön
als wahr zu uns geredet."

Weihe hielt noch einige Athemzüge lang den Saal
mit Schweigen überdeckt, doch dann äußerte Serenissimus lächelnd, es sei wohl billig, jetzt nach dem Erhebenden, auch die Musen und Grazien zu Wort kommen
zu lassen, deren poetische Angebinde er auf den Lippen
der von ihnen Beauftragten schweben gewahre. Der huld-
reichen Aufforderung folgte, seinem obersten Cavalier-
range am Hofe gemäß, zunächst der Oberstallmeister Freiherr von Obentraut. Mit einem Pas von unübertrefflicher Eleganz vortretend, führte er, die Fersen eng zu-
sammenschließend, eine erste tadellose Verneigung vor
Monseigneur, danach eine zweite, nur um eine feinste
Nuance verschiedene vor dem Purpursessel der Gefeierten
aus und las von einem rosenfarbigen und duftenden
Blatt das seit dem Frühlingsanfang von ihm concipirte
und unter wechselnden considérations schließlich zur
Vollendung gereiste „Festcarmen". Er hatte es ur-
sprünglich in deutscher Sprache und der zur Zeit in
vornehmen ästhetischen Kreisen beliebten Tonart des her-
zoglich Gothaischen Geheimsecretairs, Herrn von Gotter
zu imitiren gesucht, dann jedoch bei reiflicher Erwägung
in's Französische und in das Versmaß der Dichter unter
dem großen König transformirt, so daß alle darin zu
diesem Freudentage sich versammelnden Najaden, Dryaden
und Oreaden in einer in Alexandrinern geführten Conversation darüber debattirten, welche von ihnen dem

heutigen Geburtstagskinde die höchste Feenmitgift in die
Wiege gelegt. Am Schluß jedoch einigten die Con=
currentinnen sich dahin, es sei auf der Erde keine höchste
Gabe leiblicher und geistiger Natur vorhanden, welche
die vor allen irdischen Damen Bevorzugte nicht em=
pfangen und zu unvergleichbarer Vollendung in sich aus=
gebildet habe, wie das Erdreich im Frühling das un=
scheinbare Samenkorn zur herrlichsten Blüthenentfaltung
zeitige.

Dankbar lächelnd nahm die bei ihrer Geburt mit so
reichen Geschenken Begabte nach der Verlesung das ihr
überreichte duftige Document entgegen; Monseigneur sagte
anerkennungsvoll: „Sehr hübsch, mein lieber Oberstall=
meister, Sie besitzen ein ausgesprochenes dichterisches Ta=
lent,“ und der Rangstellung gemäß folgten die übrigen
Cavaliere mit der Recitirung ihrer auch in gebundener
Sprache vorgetragenen Gratulation. Die Verfasser län=
gerer Gedichte bedienten sich gleichfalls des Hülfsmittels
ihrer zierlichen Niederschrift, während kürzere Madrigale,
Triolette und Rondeaus frei von den Lippen erklangen;
selbstverständlich bezweckten alle gleicherweise eine Huldi=
gung, doch hier überwog die tief erregte Empfindung
mit offener Kundgabe, dort kleidete sie sich, ihr Auf=
strömen mühsam verhaltend, anmuthig in eine geistreiche
Pointe. Ein Wettbewerb des Gefühls und des Esprits
war's um den nämlichen Preis, bei der in verschieden=
sten dichterischen Formen Besungenen die Ueberzeugung
zu wecken, der ihr dargebrachte poetische Tribut entfließe

aus innerster Herzenstiefe. Daß von Niemandem diese
Wirkung verfehlt werde, gab die Miene der Hörerin
unzweifelhaft zu erkennen; ebenso zollte Seine Erlaucht
jedem der Poeme unter Zutheilung verständnißvoll abge-
wogener charakterisirender Epitheta Beifall. Dann endeten
die festlichen Ansprachen von Seite der Herren, und die
wartenden Damen setzten sich in Bewegung; den Beginn
machte wiederum ranggemäß die Frau Oberstallmeisterin
von Obentraut. Sie statteten keine Gratulation mit
dem Munde ab, sondern brachten diese nur, in Zwischenräumen an dem Purpursessel vorüber defilirend, durch
eine tiefe Verneigung zum Ausdruck; einer jeden antwortete die Freiin Gotburg mit liebenswürdigstem phy-
siognomischen Mienenspiel der Erkenntlichkeit. Eine lange
Courreihe war's, an deren letztem Schluß auch Mademoiselle de Crobath erschien; man sah, sie habe wohl
Unterweisung erhalten, wie sie sich zu benehmen habe,
zur Ausführung indeß reiche ihre Conduite nicht hin.
Doch kam Gotburg von Bettendorf ihrem mißglückenden
Knir freundlich zur Hülfe, indem sie die höfisch Unge-
schickte allein von allen anredete: „Ich danke Ihnen,
liebe Madeleine, für Ihren Glückwunsch, wie überhaupt
für Ihre opferwillige Freundschaft. Meine Gesundheit
hat sich wieder so günstig gestaltet, daß ich Ihrer liebevollen Unterstützung kaum mehr bedarf und recht bald
Ihrem begreiflichen Wunsch, zu den Ihrigen zurückzukehren, nicht länger Widerstand leisten zu müssen hoffe."
Die Sprecherin begleitete ihre Dankworte mit einem

vertraulich hübschen Lächeln, während die Angesprochene
verständnißlos einfältig dreinsah und erst durch einen
Wink des Oberceremonienmeisters erinnert werden mußte,
daß sie sich weiter zu bewegen habe. In dem mittäg=
lich hellen Sonnenlicht des Monseigneurwetters trat augen=
blicklich besonders in die Augen fallend hervor, sie sei
wohl von stattlichem Wuchs und, aus einiger Ferne ge=
sehen, auch den Gesichtszügen nach eine interessante Er=
scheinung, stelle sich in der Nähe indeß doch als eine
recht grobe Schönheit heraus. Zwei der Hofdamen im
Hintergrunde des Saales wechselten leise ein paar auf
sie bezügliche Bemerkungen. „Da werden wir uns wohl
nicht der Hoffnung überlassen dürfen, Mademoiselle de
Crobath für lange mehr ihr Domicil im Palais inne
haben zu sehen." — „So scheint's, elle parait ainsi.
Aber däucht Ihnen nicht auch, daß ihr die résidence
im Schloß gut bekommen ist, und daß sie in der kurzen
Zeit ein wenig an embonpoint gewonnen hat?"

Seine Erlaucht wandte jetzt einmal den Kopf nach
der Flügelthür, als ob er auf eine Meldung warte, und
fast gleichzeitig tauchte auch etwas über der Schwelle
auf, doch so niedrig, daß der Blick zuerst achtlos drüber
hinging. Ueberhaupt wußte im Anfang Niemand recht,
was er draus machen solle, eine Kindergestalt schien's,
ganz im weißen Costum eines der Hofcuisiniers, mit
vorgebundener Schürze und einer riesigen Koch=Rund=
mütze auf dem Kopf. Vor sich hielt sie, wie einen Fächer,
ein ellenlanges, beschriebenes Blatt, doch dann kam da=

hinter das gleichfalls mit Mehl weiß überstäubte Gesicht
Til Luja's zum Vorschein, der pußig auf seinen kleinen
Füßen gegen den Purpursessel hinlief, mühsam einigemal
nach Athem rang und mit noch keuchender Brust zu
sprechen anfing:

„Ich bin der große Tummerjan,
Der Alles fängt von hinten an —
Drum komm' auch immer ich zu spät,
Wenn jeder schon auf Nadeln steht
Und nur noch an die Gabel denkt
Und was in's Glas dazu man schenkt.
Das les' ich Dir auch ab vom Kinn
Und wünsch' Dir nur, Gevatterin,
Die wieder Du geboren bist,
Daß Dir die Supp' gerathen ist
Und nicht im nöthigsten Moment
Noch etwa Handumdrehns verbrennt.
Ich hab', so gut als ich's vermocht,
Den Braten für Dich gargekocht,
Den allergrößten Puterhahn,
Getrüffelt ganz wie ein Fasan,
Daß wer nur den Geruch verschmeckt,
Sich wohl danach die Zunge leckt
Und auch sie streckt nach dem Confect,
Das zum Dessert ihr aufgedeckt.
Nun für den Appetit thu' Du
Die beste Würze noch dazu
Vom eigenen Lavendelbeet,
Das ja bei Dir in Blüthe steht.
Und wenn Dir das Menu ganzhin
Gefallen hat, Gevatterin,
Da laß dem Koch auch für sein Kochen
Ein bischen Fleisch noch an den Knochen!"

Der Narr hatte seine Knittelverse wie ein aufsagender
Schuljunge unter komischem Gesichterschneiden declamirt
und legte jetzt, einen Kratzfuß machend, sein langes Menü=
Blatt auf den Schooß des lavendelfarbigen Reifrocks
vor ihm. Monseigneur lachte, und echoartig klang von
allen Lippen im Umkreis ein Gelächter zurück; dann
äußerte er hinterdrein: „Das ist ein Gratulant, der we=
niger zum Herzen als zum Magen gesprochen, aber wenn
das erstere so reich befriedigt worden, verlangt der letztere
auch nach seinem guten Recht, und wir dürfen aus dem
eben Gehörten wohl entnehmen, daß er uns ankündigt,
seine Zeit sei gekommen.“

Man enthielt sich zwar für gewöhnlich, der Existenz
dieses leiblichen Organs anders, als höchstens unter vier
Augen Erwähnung zu thun, doch der hohe Herr stellte
ein Beispiel auf, daß unter Umständen, in ein humo=
ristisches Gewand gekleidet, auch der Magen einmal öffent=
lich auftreten könne, und jede Miene gab zu erkennen,
der Narr habe, wie schon dann und wann, das Klügste
gethan, denn sein Festspruch sei von allen der zeitge=
mäßeste und am erfreulichsten wirkende gewesen. Nach
der Etikette erschien Seine Erlaucht sonst, aus einer
Seitenthür hervortretend, allein im Speisesaal und gab
durch das Einnehmen seines Sitzes an der Tafel der
seitwärts harrenden Versammlung das Zeichen, sich gleich=
falls niederzulassen; doch heute wich er von dem Brauch
ab und forderte durch eine galante Verbeugung vor dem
Geburtstagskinde dieses auf, ihm den Arm zu reichen.

Das redete deutliche Sprache, wie hoch er seine Freundin
an diesem Tage auszuzeichnen beabsichtige, in jedem
Gesicht prägte sich die Erkenntniß aus, und auch auf
dem der Freiin Gotburg stand ihre innerliche Bewegung
durch die fürstliche Gnadenkundgabe und Freundesgüte
zu lesen. Ein Aufblick ihrer Augen sprach demüthige
Dankbarkeit dafür, dann jedoch trat an dessen Stelle ein
wohlberechtigtes erhebendes Gefühl, und hoch emporge=
richtet durchschritt sie am Arm des Souverains die Flügel=
thür, den teppichbedeckten, breiten Corridor entlang bis
zum Speisesaal. Die zu dem Diner befohlenen obersten
Hofchargen, unter denen sich heute auch der mit besonderer
Hochachtung seiner geistlichen Würde respectirte Ober=
hofprediger befand, folgten nach, während die niedriger
Gestellten, die ihre Tagespflicht bei der Gratulationscour
erfüllt hatten, sich rasch die Treppen hinab ihren ein=
fachen Mittagstischen zu verloren. Denn der Abstand
der letzteren von der Schloßtafel war jedenfalls ein ge=
waltiger; mit hohen silbernen und vergoldeten, mytholo=
gische Scenen darstellenden Aufsätzen entfaltete sie den
vollsten Glanz und Reichthum des Fürstenhauses, kostbares
Sèvres=Geräth, Schüsseln und Teller mit Watteau'schen
Schäferspielen in Reifröcken harrten der Benutzung. Gegen
den Einfall der sich schon etwas schräg wieder neigenden
heißen Sonne waren an den hohen Fenstern die zart
gelbgetönten Rouleaur niedergelassen, und ein abgedämpftes
golbfarbiges Licht überspielte mit einem clair-obscur den
hundertfältig glitzernden Tafelschmuck, die schillernden Sei=

benröcke und Brokatroben, weiße, tiefcolletirte, mit schwar=
zen mouches besternte Büsten und aus künstlichen Blumen
hoch aufgebaute Jardinière=Frisuren, die an Stelle wirk=
lichen Blüthenduftes, eine den großen Raum wie mit
unsichtbaren Wogen durchziehende Fülle mannigfaltigster
Parfüms ausströmten. Einzig die Freiin Gotburg von
Bettendorf trug keine Schönpflästerchen zur Schau, und
ihre Frisur hatte sich noch um einige Nüancen mehr,
als in den letztvergangenen Tagen, einer natürlichen
Haartracht angenähert. Das verlieh ihr, zumal in dem
eigenthümlichen Goldlicht, vor allen übrigen Damen Mäd=
chenhaft=Jugendliches, zu dem nur der steifunförmliche
Reifrock nicht im Einklang stand, ja, einen Mißklang
bildete. Ihr Platz war nicht wie sonst zur Linken,
sondern zur Rechten Monseigneurs angeordnet, und es
konnte nicht Zweifel lassen, wessen zarter Aufmerksamkeit
sie zu verdanken habe, daß ihr Couvert von einem Kranze
wundervoller blaßgelber Theerosen umgeben worden. Die
duftausathmenden Kelche verflochten gleichsam ein Sinn=
bild der Jungfräulichkeit und höchster sommerlicher Blü=
thenschönheit ineinander.

Nach dem hergebrachten Ceremoniell von Versailles
verlief indeß das Diner mit einer gewissen eintönigen
Feierlichkeit. Man vernahm kaum anderes, als das leis
klirrende Geräusch der Gabeln, die sich beeilten, die
Teller von den aufgefüllten Speisen zu leeren, denn
hinter jedem Sitz harrte ein Page zu ihrer schnellen
Wegnahme. So folgten die Gänge der auserlesensten

Gerichte sich rasch, die Erinnerung an den Puterbraten,
den der Koch-Narr angekündigt, hatte äußerst Spaß-
haftes, wie der ganze Inhalt seiner zusammengeknittel-
ten Verse es gehabt. Nur einmal erhob sich Seine Erlaucht mit überschäumendem Glase und brachte unter
hauchloser Lautlosigkeit einen kurzen Trinkspruch auf das
junge Geburtstagskind aus, dem unvergängliche Dauer
der ihm vom Himmel verliehenen Mitgift zu wünschen,
er die Anwesenden aufforderte. Mit Begeisterung Folge
leistend, erhoben sich Alle; man hatte wohl freilich einen
längeren Toast erwartet, da der hohe Herr über ein
allgemein bewundertes rednerisches Talent gebot, mit dem
er bei geeigneten Anlässen zuweilen seine Tafelgäste freigebig in Staunen setzte und entzückte. Doch heut' be-
glückte er sie nicht damit, ihm schien nicht der Sinn danach zu stehn, das Diner unnöthig zu verlängern; sein
Glas zum Anstoßen gegen das seiner Nachbarin neigend,
ergänzte er die Kürze seines Spruches durch einen gleichfalls nur kurzen, doch stummen, seine nicht ausgesprochenen
Empfindungen und Wünsche kundgebenden Blick. Auch
sie hatte sich selbstverständlich ehrerbietig mit von ihrem
Stuhl aufgehoben, aber die Raummenge ermöglichte ihrer
beabsichtigten Dank-Verneigung kein Zurückweichen, so
daß sie bei dem Versuch dazu aus dem Gleichgewicht zu
gerathen drohte und ihre das Glas haltende Hand vor-
schwankend gegen die Monseigneurs traf oder diese wenigstens im Vorübergleiten streifte. Wie sie sich zurück-
setzte, überflog ihre Stirn sich mit einem leichten Roth

14*

der Verwirrung; bisher war sie beredt gewesen, ihren
hohen Tischnachbar durch geistreiche Einfälle und Schlag=
worte zu unterhalten, doch jetzt hatte ihr Wesen eine
Veränderung erfahren. Sie saß schweigend; in den Zü=
gen lag der Ausdruck eines jungen, träumerischen Ge=
danken nachhängenden Mädchens und verlieh ihrer Er=
scheinung etwas Poetisches; die schmalen Finger ihrer
linken Hand spielten mit den Blättchen einer der vor
ihr liegenden Rosen. Seine Erlaucht holte nunmehr bis=
her Unterlassenes nach, richtete über den Tisch hierhin
und dorthin huldvolle Worte an einzelne Persönlichkeiten,
denen er dabei zutrank und sich das Glas von dem hinter
ihm stehenden Pagen wieder mit überquirlendem Schaum
anfüllen ließ, um noch Andere durch die gleiche Aus=
zeichnung zu ehren. Der Mundschenk mußte einmal
rasch zur Seite treten, um von einem Buffet eine frisch
geöffnete Champagnerflasche herbeizuholen.

Dann hob Monseigneur vor der Erwartung die Tafel
auf und bot der Freiin Gotburg wieder den Arm, um
sie zurückzuführen. Im Begriff dazu wandte er den
Blick nochmals auf den Tisch und äußerte: „Sie ver=
gessen Ihre Rosen;" den Kranz erfassend, nahm er diesen
in der freien Hand mit sich. Sie durchschritten die Thür
und den Corridor, auf dem ihnen die Hofgesellschaft in
einigem Abstand nachfolgte, doch bei der Wahrnehmung,
daß Seine Erlaucht den Schritt den Gemächern der von
ihm Geführten zuwendete, anhielt. Ein Mund bemerkte:

„Monseigneur wird eigenhändig Fürsorge tragen wollen, daß die Geburtstagsrosen wohl conservirt werden."

Das traf augenscheinlich das Richtige, denn seine Hand öffnete die von den Beiden erreichte Zimmerthür, doch gleichzeitig streckte lächelnd die Freiin Gotburg ihre Hand nach dem Kranz und sagte:

„Ich bin zu arm an Worten für das Dankgefühl meines Herzens, daß die Huld Eurer Erlaucht mich bis hierher geleitet hat. Nach so viel aufopfernder Anspannung wird Eure Erlaucht wie ich etwas der Ruhe bedürfen, um ausreichende Kräfte für die abendliche Festlichkeit zu sammeln. Wie sehr ich mich auf diesen Abschluß des Tages, als auf sein Schönstes freue, brauche ich Eurer Erlaucht wohl nicht zu versichern, und ich werde sorglich bedacht sein, daß der Kranz für ihn seine duftige Frische bewahrt."

Wie bei dem Trinkspruch der Blick Monseigneurs, drückte gegenwärtig der ihrige das aus, wofür ihr Wortschatz sich zu dürftig empfand, doch mit einer jetzt unbehinderten, tiefen und tadellosen Verneigung gab sie der Ehrfurcht vor dem Souverain Ausdruck und trat mit den Rosen über die Schwelle ihres Zimmers. Der Zurückgelassene stand einen Augenblick, wie unschlüssig auf die sich vor ihm schließende Thür blickend, dann schlug er, offenbar um dem ihm ertheilten Rath zu folgen, die Richtung nach seinen Gemächern ein.

Die Freiin Gotburg von Bettendorf hatte, wenn auch nicht besonders laut, doch so helltönig gesprochen,

daß ihre Verabschiedungsworte bis zu der in einiger Ent=
fernung zurückgebliebenen Hofgesellschaft vernehmbar ge=
worden. Eine der Freifrauen äußerte jetzt gegen die
neben ihr stehende:

„Wir werden raisonnable handeln, ma chère, das
Gleiche zu thun, was die Baronesse Monseigneur re=
commandirt hat. Sie bewährt sich wieder als eine Dame
von der höchsten intelligence und finesse, die ihre pré=
voyance auf die Abend=fête richtet und soignirt ist, einem
sonst zu besorgenden épuisement bei dieser vorzubeugen.“

Der Oberhofmarschall Rothafft von Schottenstein be=
fand sich an der Seite des maître de plaisir, Freiherrn
Herwarth von Startzhausen, an den er die Frage richtete:

„On dit, cher baron, daß Monseigneur für die heut=
abendliche solennité im Park mannigfache Surprisen zu
veranstalten ordinirt hat und der bestgelungenen eine
récompense zuzutheilen gedenkt. Darf Ihre connaissance davon uns etwas verrathen, was wir zu erwar=
ten haben?“

Doch der Oberceremonienmeister versetzte sein lächelnd:
„Quant à ça, cher baron, erstreckt sich meine connaissance leider nicht weiter, als die Ihrige. Ich habe
nur von einem interessanten tableau vivant gehört —
wie man sagt, die „Büßende Magdalena“ darstellend —
vielleicht wird sie so incomparable ausfallen, daß Mon=
seigneur ihr den Preis der am piquantesten gelungenen
Figur zuerkennt.“

*　　*　　*

Die bürgerliche Bevölkerung der Stadt Wangenfurt hatte natürlich an der mittägigen Gratulation im Schloß keinen Antheil gehabt, doch zu dem abendlichen Fest im Park war ihr ausnahmweise der Zutritt verstattet worden, und eine Anzahl von Handwerkern auch schon den Nachmittag hindurch an noch zu treffenden Vorkehrungen emsig beschäftigt. Mit glanzvollster Illumination und besonders kunstreichem feu d'artifice sollte eine venetianische Nacht stattfinden, bei welcher den Zöglingen der Stadtschule die Aufgabe zugetheilt worden, einen großen Fackelkranz herzustellen. So wurden sie von ihren Müttern eifrig in den Sonntagsanzügen herausgeputzt und gemustert; auch ihre Schwestern durften in weißen Kleidern als ein wirksamer Hintergrunds-Abschluß theilnehmen, die Kleinen und mit ansprechenden Gesichtern Begabten sogar vermittelst lichtblauer und rosafarbiger Flügelchen zu schmetterlingsartigen Genien und Amouretten ausstaffirt werden.

Das bildete eine hohe Auszeichnung, und es erfüllte jede Mutter mit ungemeinem Stolz, ihre Tochter jener würdig befunden zu sehen; bei der geschmückten Jugend selbst aber steigerte sich die Spannung und Erwartung mit jeder Stunde. Die ihnen sonst verschlossene hochfürstliche Zauberwelt droben, nach der sie bisher nur aus der Ferne den Blick hinüberwerfen gekonnt, sollte sich ihnen aufthun, und bei dem, was dort Wunderbares vorging, hatten sie selbst eine Rolle zu spielen. In Wirklichkeit nur die einer Folie, gleich dem Laubwerk einer Heckenwand, aber die Einbildungskraft gaukelte jedem

lebendigen Blättchen vor, es werde eine Hauptperson sein,
fand eine Beglaubigung in dem Spiegel der befriedigten
Augen, mit denen die Mütter ihre festlich gewandeten
Kinder betrachteten. Freilich war wohl voraus zu er=
warten, daß die hellen Kleider nicht so sauber nach
Haus zurückkommen würden, und hauptsächlich flößten
die guten Anzüge der Knaben Besorgniß vor dem tropfen=
den Pech der Fackeln ein. Doch — auch die Väter
pflichteten bei — das mußte dann in den Kauf genommen,
durch Arbeit und Sparsamkeit wieder eingebracht werden.
Ein gleicher Tag, der die Kinder in die unmittelbare
fürstliche Nähe brachte, solches Füllhorn der allerhöchsten
Gnadenbewilligung über sie ausschüttete, kam wahrscheinlich
Keinem von ihnen im Leben wieder, und sie konnten
mit weißem Haar noch Kindeskindern von dem, was
ihnen heute vergönnt ward, erzählen.

Auch Berno Lindenblatt war selbstverständlich durch
die Anordnung der Obrigkeit mit zum Fackelträger be=
fohlen worden, als Primus der ganzen Stadtschule fiel
ihm dabei sogar die vorderste Stellung des Anführers
zu. Gegen diese Betheiligung erhob Laurentius Meibusch
auch keinen Einwand, sie galt einer ausschließlich welt=
lichen, in keinerlei Zusammenhang oder Widerspruch mit
kirchlichen Geboten stehenden Veranstaltung, und seine
Vorstellung erfreute sich sogar daran, den von ihm mit
besonderem Wohlwollen ausgezeichneten juvenem formo-
sum gleichsam wie einen altrömischen taedifer an der
Spitze des Zuges zu sehen. Doch der Jüngling trug

keine Neigung dazu in sich; es war in letzter Zeit, un=
gefähr seit dem Tage, an dem der Pfarrer von Steinhagen
im Hause seines Collegen übernachtet hatte, eine Ver=
änderung mit ihm vorgegangen. Man las sie ihm im
Gesicht, und noch mehr machte sie sich in seinem Wesen
erkennbar. Beim Unterricht zeigte er sich zerstreut und
unaufmerksam abwesend, wußte oft die einfachsten Fragen
nicht zu beantworten. Seine Farbe war blasser, als
früher, und etwas Unruhiges lag in seinen Augen. Auch
Kunz Amthor, der sonst nicht viel auf das Aussehen sei=
nes Pflegesohnes Acht gab, drängte sich's auf, und er fragte
einmal, ob ihm etwas fehle. Das ließ Berno im ersten
Augenblick stumm bleiben, als suche er's zu hehlen, aber
dann erwiderte er doch hastig, ja, er fühle sich nicht recht
wohl, und der Schreiner meinte drauf, ihn betrachtend:
„Du hast's unter den Augen wie Einer, der bei Nacht
nicht geschlafen hat." Das wollte der Jüngling freilich
nicht wahr haben, erklärte, sein Schlaf sei völlig gut,
und weigerte sich dagegen, den Arzt zu befragen; es
werde bald von selbst vorübergehen. Aber das that's
nicht, sondern nahm sichtlich eher noch zu, etwas Trübes
in dem vordem immer so frischen und freudigen Gesicht,
und sein Pflegevater gerieth auf die Vermuthung, er
arbeite zu angestrengt, um sein Abiturienten=Examen im
Herbst summa cum laude zu bestehen. Dawider schien
ihm das Beste, Pause zu machen: „Wenn man den
Hobel zu lang nicht aus der Hand legt, wird sie müd
und bringt nur Pfuscherarbeit zuweg;" und ihm kam's

recht, daß Berno mit der Schule als Fackelträger an dem Fest im Schloßpark theilnehmen solle, obwohl er sonst kein Freund davon war, sich zu etwas commandiren zu lassen, was Einen nichts angehe. „Aber Dir thut's gut, 'mal von Deiner Werkbank loszukommen, und Du kriegst dabei was zu sehn, wovon Du keine Ahnung hast. Das muß Einer im Leben mitnehmen, wenn's ihm vor den Griff gehalten wird; Nutzen hat's nicht, aber Schaden bringt's auch nicht. Das heißt, Dir könnt's, anders umgedreht, doch von Schaden künftig sein, wenn Du dem Befehl der allerhöchsten Obrigkeit den Rücken drehtest; Du könnt'st Dir was damit aufpacken, woran Deine Schultern hinterdrein schwer zu schleppen hätten. Weß' Brot man ißt, dessen Lied muß man singen; bei mir im Haus hast Du's nicht nöthig, aber Du bist nicht von der Hobelbank und wirst vielleicht gern 'mal das Brot essen wollen, von dem der Herr Rector heut' seine Frau und Kinder nährt. Das kommt aus der Hand unseres hocherlauchtesten Serenissimus, der noch jung genug ist, daß Dein Leben in der Hauptsache mit seinem zusammenfallen kann, als wär'st Du gleichaltrig mit ihm. Ich mache auch von der gnädigen Erlaubniß Gebrauch, ziehe meinen Sonntagsrock an und gehe mit. Sind bald zwanzig Jahr', daß ich zuletzt einmal da oben gewesen; auch bei Nachtstunde, da war der allergnädigste Herr so was von Deiner Façon, an Jahren mein' ich natürlich, und mir stand's danach, ihn mal vor die Augen zu kriegen."

Ungewöhnliches war's, daß der Schreiner so sein
Augenmerk auf eine möglicherweise künftige, noch in wei=
tem Felde liegende Nützlichkeit richtete; er mochte sie auch
wohl nur als Hülfsmittel benutzen, um seinen Zweck zu
unterstützen und zu erreichen. Jedenfalls hatte er in
bester Absicht gesprochen, und sein Wunsch klang deutlich
daraus hervor, so daß Berno als guter Sohn, wenn
auch innerlich widerstrebend, von seiner Weigerung ab=
ließ. Er wäre durchaus entschuldigt gewesen, nicht mit
den übrigen Schülern sich im Schloßpark einzustellen,
denn er war wirklich krank, mehr als man's ihm an=
sah. Durch seinen Kopf ging unablässig, wie im Fieber,
ein zielloses Umherirren und Treiben von Gedanken;
zuweilen klopfte das Herz ihm plötzlich und hastig laut
an die Brustwandung, danach verfiel es in einen schlei=
chend=matten Schlag zurück. In der That lag er seit
manchen Tagen allnächtlich wachend bis gegen den Mor=
gen, dann kam wohl gewaltsam etwas Schlaf über ihn,
doch nicht als Erquickung, sondern wirre Träume mit
sich bringend, in denen er rastlos etwas im Kopf um=
wälzte und Pläne entwarf, die sich, wenn er wieder
klares Bewußtsein gewann, alle immer als sinnlos und
unmöglich erwiesen. Ein Zustand war's, wie er ihn
nie gekannt, kein Mittel änderte etwas daran, und aus
eigener Kraft konnte er sich auch nicht dagegen aufraffen,
nur ohnmächtig warten, wie es weiter gehe. Aber denen,
die um ihn waren, suchte er's nach Möglichkeit zu ver=
bergen; zu helfen vermochte ihm doch Niemand, und vor

allem wollte er nicht befragt werden, was ihm sei. So
gab er seinen Widerstand auf, als Fackelträger mitzu=
gehen; vielleicht half es ihm noch besser über die Stun=
den weg, die er sonst schlaflos zu Hause im Bette liegen
würde.

Ziemlich weit vom Schloß entfernt aber, dort wo
der Park gegen den herabsteigenden Bergwald hin zu
Ende ging, hörte man an diesem Nachmittag noch viel=
fach hämmern und anb'res Geräusch eifriger Thätigkeit.
An einen großen Pavillon ward noch letzte Hand gelegt,
sein Dach und seine Wandung ringsum mit purpurnem
Stoff überkleidet; ihn im Halbbogen zu umschließen,
trugen zahlreiche Hände weither aus der Orangerie
mühsam Dutzende von rundgeschnittenen, mit weißen
Blüthen bedeckten Bäumchen in schweren Kübeln herbei.
Der für die Nacht hergestellte Aufbau stand inmitten
einer landschaftlichen Scenerie, die völlig wie eine ge=
waltig ausgedehnte Theaterbühne erschien. Hohe Laub=
coulissen schlossen sie an den Vordergrundseiten ab, vor
sich Raum für viele Hunderte von Zuschauern bietend;
nach hinten nahm den Haupttheil der Breite ein großer
und mit großem Aufwand angelegter, durch Zufluß von
der Anhöhe gespeister Weiher ein. Seine Ränder wech=
selten zwischen Einfassungen künstlicher und natürlicher
Art, hellschimmernden Gesteinbalustraden über breit=
stufigen Treppen und dazwischen hochnickenden Schilf=
gürteln; zur Linken hatte in den letzten Wochen unaus=
gesetzt eine mühevolle Erdarbeit stattgefunden, vom Ende

der Wasserfläche war dort mehrere hundert Schritte lang
ein Canal gegraben worden, der sich unter dunklen
Baumwipfeln verlor. Gegenüber an der rechten Seite
des Weihers dagegen erhob sich in Kegelform ein gleich=
falls künstlich aufgethürmter Hügel von ziemlicher Höhe
und geheimnißvollem Aussehen; überall durchspannten
die Luft zu grünen Guirlanden umgewandelte Taue,
von denen Tausende buntfarbiger Glaslämpchen herab=
hingen. Neben dem gegen den See zu geöffneten Parillon
gemahnten Reihen von Sesseln ebenfalls an Zuschauer=
sitze eines Theaters, nur entsprachen sie, aus weißbastigem
Birkengeäst hergestellt, der ländlichen Naturumgebung.
Ihre Bestimmung war, den Damen zum Ausruhen zu
dienen, während nach rückwärts für die Herren dicht
mit Flaschen besetzte Buffets aufgeschlagen standen; doch
das oberste Gebot vornehmer Bildung, die Galanterie,
bürgte dafür, daß die Cavaliere nicht nur selbst von den
Erfrischungen Gebrauch machen, sondern mit regstem
Eifer ebenso die „Blumen der Schöpfung" vor dem
Verschmachten behüten würden. Mit freigebigster Hand
mußte Monseigner für die kurzen Nachtstunden eine ge=
waltige Summe ausgespendet haben, aber die reichen
Einkünfte seines Landes, auf deren Erhaltung die
Arbeitsfreudigkeit seiner Unterthanen bei Tag und Nacht
bedacht war, gestatteten ihm, nicht mit kleinlicher preußischer
Knickerei die Kosten eines poetischen Festspiels in Anschlag
zu bringen.

Selbstverständlich erreichten alle erforderlichen Zu=
rüstungen bis zum Eintritt der Dämmerung noch ihren
Abschluß, nach der die schweißbedeckten Arbeiter sich in
ihren Werkkitteln und Schürzen schleunigst vom Festplatz
verloren und nur Lakaien und Pagen in höchster Parade=
gala sich noch durcheinander tummelten, um überall
das ihnen zufallende feine „Arrangement" zu vollenden.
Als eine Feuerkugel ging dabei die Sonne im Westen
unter, im Niedertauchen den Weiher in eine glutrothe
Spiegelfläche verwandelnd; doch lag diese regungslos,
und unter unbewölktem Himmel rührte kein leisester Hauch
ein Blättchen an der Baumrunde umher. Alles verhieß
eine herrliche Sommernacht; allmählich verdämmerte der
Rückwurf des Bergwaldes im Wasser schattenhafter und
schwand völlig im Dunkel hin. Doch rasch darauf er=
hellte dies sich wieder von tausend Sternen, nicht nur
in der Höhe am Firmament, auch rings um den wieder
im Purpurschmuck auftauchenden Pavillon, denn zahlreiche
Diener entzündeten gleichzeitig die roth und blau, grün
und gelb durcheinander flammenden Lampions. Sie ver=
breiteten Licht, so weit der Erdboden reichte, auf das
Gewässer dagegen drang ihr Flimmerspiel kaum hinaus,
und durch den Contrast schien jener noch tiefer als vorher
von schweigsamem Dunkel überlagert. Die Zeit der längsten
Tageshelle war's; als die Nacht so ihren wirklichen Anfang
nahm, kam durch die stille Luft von der Wangenfurter
Hauptkirche der Vollschlag der zehnten Abendstunde bis
hier herüber.

Bald banach aber ward ein Aufklang vieler Fußtritte
und das Gesumme abgedämpfter Stimmen hörbar, nicht
durch die Parkgänge sich annähernd, sondern an der
rechten Seite des Platzes. Von dort her war die Heran=
kunft der Stadteinwohner befohlen, Aufseher leiteten und
ordneten die dichte Menge, an deren Spitze die Schüler
der Stadtschule mit den ihnen ausgetheilten, doch noch
nicht brennenden Fackeln marschirten. Die Männer und
Frauen der Bürgerbevölkerung erhielten den Laubwand=
coulissen entlang ihre Zuschauerstandplätze angewiesen,
vor ihnen in der ersten Reihe bildeten die weißgeklei=
deten Töchter und beflügelten Kleinen, aus der Entfer=
nung gesehen, eine helle Perlenschnur. Alles ging in
vollkommenster Ruhe und Ordnung zu, ließ erkennen,
es seien Leute, die gewöhnt, den Vorschriften der Obrig=
keit, wenn diese hier auch nur durch Parkwächter reprä=
sentirt ward, unbedingten Gehorsam zu leisten. Nie=
mand drängte oder öffnete den Mund zu einer Be=
schwerde über ungünstigeren Standpunkt; der tiefste Re=
spect vor dem fürstlichen Parkgrund, den ihre Füße heute
betreten durften, beherrschte alle und das gemeinsame
Gefühl der hochgnädigsten Erlaubniß an der bevorstehen=
den Augenweide theilzunehmen. Nur verstohlen raunte
ein Geflüster von den Lippen der Mädchen über die nie
gesehene Wunderpracht der tausend buntfarbig glitzern=
den Lämpchen.

Nun jedoch kam's auch vom Schloß her zwischen
den Heckenwänden und über die eingeschalteten Rondeaus

herangewandelt, Cavaliere, die Windlichter in blumen=
glockenförmigen Behältern mit silbernen Stielen trugen,
um den von ihnen geleiteten Damen die Wege zu er=
leuchten. Rauschend, leicht von Galanteriedegen klirrend
und conversirend, zog's über den nur leis unter den
Atlasschuhen knirschenden Kies der Gänge; hie und da
klangen einige Worte vernehmlicher auf. „Es ist eine
Monseigneurnacht. — Monsieur l'écuyer de la cour
hat uns heut Morgen in seiner delicaten Poesie infor=
mirt, daß die Nacht, in welcher das heutige Geburts=
tagskind der Welt zum cadeau gemacht worden, von
dem gleichen charme wie diese gewesen sein muß. —
Sie wird sicher mit ihrem weiteren progrès noch um
vieles charmanter werden. — Wie mir gesagt, müssen
wir doch wahrscheinlich leider auf das angekündigte
tableau vivant de la Madeleine Verzicht leisten, denn
die Darstellerin soll heut' Nachmittag plötzlich ihren
départ genommen haben. — En effet, ich sehe sie auch
nicht mehr, doch die Einbuße ist nicht zu groß; es war
une actrice bien deplacée.“

Die Vordersten der Hofgesellschaft erreichten den Fest=
platz, und es stellte sich heraus, daß der Oberceremonien=
meister und maître de plaisir, Freiherr von Starßhausen,
doch mehr von dem zu Erwartenden unterrichtet sei, als
er nach dem Diner sich den Anschein gegeben. Das war
eigentlich selbstverständlich, denn das ganze Arrangement
mußte hauptsächlich seiner Erfindungsgabe und Regie
zu verdanken sein, aber um die Ueberraschung nicht zu

beeinträchtigen, hatte er unter seinem Lächeln sowohl seine Kenntniß als seine Verdienste verleugnet. Jetzt dagegen ertheilte er bereitwillig auf einige an ihn gerichtete Fragen Antwort, die zugleich helle Lichtstreifen auf seine classische Bildung fallen ließ. „Wir promeniren hier in die gesegnete Provinz Campanien hinein, un paysage comblé de biens, begabt mit einer douceur de l'air et du climat unter der glückseligsten Himmelszone und dem Regiment des unvergleichlichsten, weisesten, gerechtesten und gütigsten Fürsten, dessen sujets wir dort auf seine beglückende Ankunft harren sehn."

„Ah — und der See devant nous?"

„Ist der lacus Avernus, nommé aujourd'hui lago d'Averno. Die alten Römer glaubten, sein Wasser cachire eine entrée zur Unterwelt und expirire einen giftigen Odem, der die Vögel über ihm todt herabfallen lasse. Mais vous verrez, daß er unter dem gloriosen Scepter des erlauchten Fürsten unsrer Tage von dieser perniciösen malignité vollständig purificirt worden ist und jetzt vielmehr dem Leben zum débarquement an elysischen Gefilden der Oberwelt verhilft."

Eine Hand deutete rechtshin nach dem hochaufgeworfenen Erdkegel am Rande des Weihers. „Et qu'est ce que la colline là?"

„Ah, voilà le mont Vésuve, das Wahrzeichen der campanischen Landschaft."

„Wird er uns vielleicht das Schauspiel einer Eruption vorführen?"

Der merkbar zukunftskundige Ceremonienmeister lä=
chelte geheimnißvoll „Chi lo sà, redet man in seinem
Lande; monsieur de Vulcain hat mich nicht in seine
Intentionen eingeweiht — écoutez, mes dames et
messieurs!"

Durch die Nacht hallte vom Schloß her ein Kanonen=
schlag und gab das Signal, daß Serenissimus dort
zum Fest aufbrach. Die Schüler, welche, einen Haufen
bildend, erwartungsvoll gestanden, geriethen plötzlich in
Bewegung, entzündeten an einem neben ihnen brennenden
Holzstoß ihre Fackeln und schritten aus, sich nach der
Vorschrift rings um den kleinen See aufzustellen. Sie
gingen in Größenabstufungen, die oberste Klasse mit
Verno Lindenblatt an der Spitze voran: ihre Zahl war
so groß, daß die Vordersten, das Wasserbecken umkreisend,
beinahe wieder bis an den Pavillon zurückgelangten.
Ein Kranz von lobernden rothen Flammenzungen deutete
nun in geringen Abständen die Peripherie des Weihers,
während nach der Anordnung des Ceremonienmeisters
die Cavaliere und Damen sich gegenüber ihre Aufstellung
vollzogen, eine breite Bahn für das Hindurchkommen
des Souverains freilassend. Auf den Lippen der städtischen
Zuschauer verstummte jeder leiseste Laut, fast der Athemzug;
hochgespannt nur hielten alle Gesichter sich gleichmäßig
der Richtung zugekehrt, aus der das Auftauchen des
Erharrten stattfinden mußte.

Mit nur kleinem Gefolge von berittenen Garden
hinter sich, kam Monseigneur auf einem prächtigen Rap=

pen durch den Park, vor ihm erhellten fackeltragende
Pagen den Weg, von denen einer ein silbernes Kästchen in
der Hand trug. Eine glanzlose Escorte war's, die anders
dem ländlichen Fest nicht angepaßt gewesen wäre; doch
ebenso mit nur geringem Geleit hatte dann und wann
sich König Ludwig der Vierzehnte bei ähnlichen Anlässen
zu seinem ihn erharrenden Hofe begeben und vielleicht
dadurch, daß er gewissermaßen völlig allein erschien, den
unermeßlichen Abstand zwischen ihm und Allem, was
ihn umgab, am deutlichsten fühlbar gemacht. Serenissi=
mus war ein vorzüglicher Reiter und zeigte sich vor den
Augen seiner Unterthanen kaum jemals anders als zu
Roß; zu kunstvoll tänzelnder Gangart von seinem Leiter
gebändigt, schritt das feurige Thier, manchmal ungestüm
den Kopf aufwerfend, dahin; seine Purpurschabracke und
die vergoldeten Steigbügel glühten und glitzerten im
Fackelschein. Wechselnd fiel dieser auch über die Züge
des hohen Herrn, mit einem erwartungsvollen Glanz
gefüllte, wie ungeduldig voraussuchende Augen anstrah=
lend.

Seine Kleidung war reich, doch von äußerst vor=
theilhafter Wahl; der Blick mußte nicht sie, sondern die
von ihr umhüllte oder richtiger hervorgehobene elastische
Gestalt als das Hauptsächliche empfinden. In seiner
Haltung lag so Jugendliches, daß man einen Mann in
der Mitte des dritten Jahrzehntes zu sehen glaubte;
über der von ihm für die Nacht angelegten spanischen
Hoftracht des siebzehnten Jahrhunderts kennzeichnete das

Weithinleuchten sein Baret überwallender weißer Strauß=
federn ihn als den fürstlichen Gebieter.

Nun tauchte er in den Lichtwurf der zahllos flim=
mernden Lampions ein, wie auf ein unhörbar ertheiltes
Commandowort wichen die Pagen vor ihm, ihre Fackeln
zum Salut niedersenkend, zur Seite, und sein Pferd
leicht mit dem Goldsporn berührend, sprengte Monseigneur
in den freien Raum zwischen den sich tief herabneigen=
den Herren und Damen des Hofes hinein. Hier parirte
er auf dem Fleck das Roß, klopfte mit der Rechten, von
der er den Handschuh abgezogen, begütigend seinem schnau=
benden Rappen auf den Hals und schwang sich, ehe
ein Lakai herzustürzen konnte, elegant=behend selbst aus
dem Sattel.

Wo an der Seine einer versammelten Volksmenge
erlaubt ward, Zuschauer bei solchem allerhöchsten Er=
scheinen zu sein, war bisher stets von allen Lippen der
jauchzend=ehrfurchtsvolle Ruf: „Vive le roi" erklungen.
Hier hätte er wohl für ein französisches Ohr nicht ganz
die richtige Klangfarbe gehabt, aber in der pflichtmäßigen
Grußform zeigten sich auch die deutschen Bürger von
Wangenfurt bis zu ihren jüngsten Sprossen hinunter
sicher eingeschult, denn gleichzeitig mit dem graciösen
Abschwung des Landesherrn vom Pferde, erscholl es,
augenscheinlich nach vorher ergangener Instruction, viel=
hundertfach wie aus einem Munde: „Vive Monseigneur!"
Wohl die einzigen Lippen, die sich nicht an dem Ruf
betheiligten, waren die des Schreiners Kunz Amthor,

obwohl dieser einen Stand ziemlich in der Nähe ein=
nahm. Doch er hatte, seinen Blick grad' nach anderer
Richtung kehrend, so daß er die Ankunft des Souverains
nicht wahrgenommen, den richtigen Moment verpaßt, und
für die Wirkung des Gesammtchors war das Ausblei=
ben einer Einzelstimme auch vollständig bedeutungslos.

Alles vollzog sich nach festgesetztem Programm; mit
grüßendem Kopfnicken die Verneigungen zur Rechten und
Linken erwidernd, durchschritt Serenissimus das Spalier
der Hofgesellschaft und trat in den Pavillon ein, an
dessen gegen den See zu offener Seite er sich auf einem
Fauteuil niederließ, neben den der Page das silberne
Kästchen auf einen kleinen Ebenholztisch gestellt. Ein
Zeichen des Ceremonienmeisters verstattete nun den Da=
men, ebenfalls in den Birkensesseln Platz zu nehmen.
Auch die regungslos linde, fast heiße Nacht gab eine
Erlaubniß, ohne das Risico einer Gesundheitsschädigung
die mitgenommenen leichten Florchâles auf die Sitzlehnen
abgleiten zu lassen.

Selbstverständlich bot sich keine Toilette zur Schau,
die an der Dinertafel theilgenommen, doch die Schul=
tern, Nacken und Busen waren die nämlichen, nur, wie
es schien, noch um einiges stärker decolletirt und reich=
haltiger mit mouches übersät. Ihre schwarze Farbe
hob den weißen Untergrund wirkungsvoller hervor, über=
all, auf der Stirn, dem Nasenrücken und der Oberlippe,
unter den Augen, am Kinn und Mundwinkel. Jeder
der zumeist winzigen dunklen Punkte redete nach der

Stelle seines Sitzes eine allgemein verständliche sym=
bolische Sprache, deutete „le dessin“, „la passion“,
„la discrétion“, „la confiance“ an. Am Halse und
besonders auf den Wölbungen des Busens versammelten
sich „les assasins“ in größerer Gestalt von Sternen,
Täubchen und Amouretten, ihre Bezeichnung nach den
von ihnen geschlagenen töbtlichen Wunden tragend. Alle
schienen sich in dem bunt von den Guirlanden herab=
zitternden Luftspiel zu ringeln; staunend hafteten die
Blicke derer aus der Volksmenge, die sich günstig nicht
zu weit entfernt befanden, auf der schillernden Pracht
der Frisuren und bauschenden Roben, noch staunender
die Augen der Bürgerfrauen auf der tief herab offenen
zur Schau=Stellung dessen, was sie sorglich unter Be=
kleidung verdeckt zu halten gewöhnt werden. Ihre Be=
griffe von weiblicher Zucht und Sitte entsprangen offen=
bar einer niedrigen bürgerlichen Vorstellung; in den
hohen Regionen des Hofes galt völlig Andres als An=
stand und Schicklichkeitsgebot.

Nur zwei Damen fehlten in den Sesselreihen, die
Freiin Gotburg von Bettendorf und Mademoiselle de
Crobath. Mit der Nichtanwesenheit der ersteren hatte
es unverkennbar eine besondere, bald zur Aufklärung ge=
langende Bewandtniß; das Fehlen der zweiten bedurfte
nicht der Erläuterung und des Meinungsaustausches.
Zweifellos war ihr, wie man bei der Gratulationscour
am Vormittag vernommen, der bringende Wunsch, zu
den Ihrigen zurückkehren zu können, schon heute erfüllt

worden. Man dachte kaum mehr an sie, nur eine ein=
zige Bemerkung theilte ihr ein Lob zu: „Sie war eine
aimable Persönlichkeit und wird ein liebenswürdiges sou-
venir an ihren Frühlingsaufenthalt hier mitgenommen
haben."

Trotzdem der Fackelkranz den Weiher rings umgab,
lag dieser doch noch in einem gewissen Dunkel und ebenso
in schweigsamer Lautlosigkeit. Aber fraglos war von
ihm her etwas zu erwarten, und nun ward auch ein
Anzeichen davon hörbar. Aus der Richtung, wo der
neue Canal gegraben worden, scholl das Plätschern eines
Ruderschlages auf, und es kam etwas, ein Fahrzeug,
indeß nicht deutlich unterscheidbar, über die Fläche heran.

Doch mit einem Schlage fiel strahlendes Licht auf
das Mittelstück des kleinen Sees. Ueber dem Pavillon
waren zwei starke Leuchtstrahlen bisher verhängt gewesen,
die jetzt, da der Vorhang weggezogen worden, aus hinter
ihnen angebrachten, großen reflectirenden Hohlspiegeln eine
Strecke weit taghellen Glanz vor sich hinauswarfen. Zu=
gleich ertönte die Stimme des Oberceremonienmeisters,
Freiherrn von Startzhausen:

„Galatea, die Tochter des tyrrhenischen Meersouver=
ains Nereus stattet dem Gefilde von Campanien eine
Visite ab, um plein de respect dem hohen Souverain
des Landes ihr Compliment zu machen."

Unter der Zuschauermenge ward eine allgemeine Kund=
gabe der Bewunderung, wenn auch nicht für das Ohr
vernehmlich, doch dem Blick bemerkbar. Von links her

tauchte in die Glanzbahn der Spiegelstrahlen eine mu=
schelförmige Gondel ein, die von einem mit Tang be=
haarten und Fischschuppen um die Glieder tragenden
Triton gelenkt wurde. Seine linke Hand hielt eine lange
gewundene Muschel am Mund, durch die er trompeten=
rufartige Töne zum Aufklang brachte; vor ihm am Vorder=
bug des Fahrzeuges stand hoch aufgerichtet in ihrem
hellgrün schillernden Gewande die Freiin Gotburg von
Bettendorf. Ihr Haar, auf dem Scheitel mit einem
rothen, natürlichen Corallenkranz gekrönt, war völlig
puderlos und fiel, aufgelöst, in seiner eignen Farbe lang
auf den Nacken und die Schulter herab; um den Hals
trug sie ihr kostbares Geburtstagsangebinde, das wunder=
volle, auf dem grünen Kleidgrunde wie eine königliche
Mitgift der Meerestiefe schimmernde Perlenband. In
Haltung und Ausdruck verband sie Majestätisches mit
Nixenhaftem; als ein lebendes Bild kam sie reglos heran,
in schöner Pose die eine der weißen Hände zu einer
Grußbewegung halb emporgehoben.

Jetzt verließ Monseigneur, der Beherrscher des cam=
panischen Landes, seinen Sitz und eilte der unweit vor
dem Pavillon zum Wasserrande hinunterführenden brei=
ten Sandsteintreppe zu, an der die Gondel landete. Wie
vor einer ihm im fürstlichen Range Gleichgestellten das
Haupt entblößend, bot er galant der Tochter des Nereus
die Hand, ihr beim Aussteigen behülflich zu sein; ihr
Gewandsaum hob sich nun über den Rand, und es nahm
sich täuschend aus, als habe sie einen Kranz blühender

Wasserrosen mit sich vom Seegrunde heraufgenommen. Mit einer tiefen Neigung den Empfangsgruß des von ihr Besuchten erwidernd, reichte sie ihm eine in voller Blüthenentfaltung stehende zartgelbe Rose entgegen. Als Gabe ihres Meerreiches fiel diese etwas aus der Fiction der Schaustellung, doch barg sich andere Bedeutung in ihr, denn es war eine der Rosen von der Dinertafel, von denen die Freiin Gotburg bei der Verabschiebung vor ihrer Zimmerthür zugesichert hatte, daß sie sorglich bedacht sein werde, ihnen ihre duftige Frische zu bewahren. Diese Zusage hatte sie offenbar getreulich erfüllt, und der Empfänger athmete einmal dankbar-erkenntlich dafür den Duft der Blume ein. Dann führte er Galatea, einer Fürstin gleich, die sammetbedeckten Stufen des Pavillons hinan und verharrte stehend, bis sie sich in einen Fauteuil neben dem seinigen niedergelassen. In den Mienen der Hofgesellschaft prägte sich vollste Bewunderung der vorgeführten Scene aus; die Oberstall-meisterin von Obentraut äußerte leise gegen ihre Nachbarin: „Mit ebenso vielem Esprit arrangirt, als mit Grazie präsentirt; es erinnert mich an ein tableau vivant, das ich einmal gesehen, die Visite der Königin von Saba beim Hoflager des Königs Salomo." — „Die soll eine Frau von extraordinair erfinderischer prudence gewesen sein, um den König für ihre Intentionen zu incliniren. Glauben Sie, ma chère baronne, daß die réprésentation sich weit in die Nacht hinein prolongiren wird?" —

„Da sie so agreable zu werden verspricht, läßt sich wohl präsumiren, bis zum lendemain."

Nach dem bis jetzt Vorgegangenen aber lag die Vermuthung nahe, daß die weitere Handlung, dem Tage gemäß, nicht den bescheiden zurücktretenden Herrn des Landes, sondern die Galatea zum Gegenstand einer Huldigung gestalten werde, und diese Annahme fand auch alsbald Bestätigung. Die Stimme des Freiherrn von Startzhausen kündigte an: „Es arriviren à présent die Bewohner des glücklichen Campaniens, die von dem hohen Besuch Cognition erhalten, um diesem submissest Respect zu exprimiren."

Zugleich erschien auch bereits wieder etwas auf dem erhellten Theil des Weihers, ein aus Baumstämmen zusammengefügtes Floß, das mehrere weibliche und männliche Figuren zu einer Gruppe vereinigte. Sichtlich stellten sie die Halbgottheiten der lebenden Natur dar, Dryaden in Gewändern von Bast und Baumrinde neben phantastisch von langen Gräsern umkleideten Dryaden und anderen Nymphen; zu ihnen hatten sich Satyrn und Faune in Ziegenfellen gesellt, behörnt und bocksfüßig, doch nicht von häßlichem Aussehn, sondern mit hübschen, lachenden Gesichtern. Alle Darsteller, junge Mädchen und Jünglinge waren offenbar sorglich nach artiger und geeigneter körperlicher Mitgift ausgewählt und machten in ihrer Erscheinung und Costumirung dem Geschmack des maitre de plaisir viel Ehre, der verschwiegen nach der Vorschrift Monseigneurs das Ganze in-

scenirt hatte. Die Anlandenden brachten Attribute und
Tribute ihrer Lebensführung mit, seltene Blumen und
südländische Früchte, die sie unter Vortragung einiger
Begleitverse zu den Füßen Galatea's niederlegten. Dann
traten sie, sich seitwärts aufstellend, fort, denn das rasch
zurückentschwundene Floß brachte wiederkehrend eine neue
Zahl von Personen. Jetzt Vertreter der menschlichen
Bewohnerschaft, Hirten, Landleute, Fischer in neapoli=
tanischer Tracht, die ebenfalls Gaben ihres Berufes und
Gewerbes darboten, gewundene Büffelhörner, Büschel von
Maiskolben, goldglitzernde Fische und große schillernde
Muscheln. Die Männer machten jungen „contadinetti“
und „villanelle“ in festlichem Putze Platz, die, eine end=
los erscheinende Blumenguirlande tragend, unter dieser
mit wohleingeübten gefälligen Drehungen eine Gavotte
ausführten; das keinen Augenblick rastende Floß trug
eine Schaar kleiner, mit Weinlaub bekränzter Mädchen
herbei, denen es in kaum für möglich gehaltener Weise
gelang, auf italienisch hellstimmig eine Strophe des natio=
nalen Lobliedes zu Ehren der „santa Lucia“ zu singen.
Unverkennbar war viel Eifer und Ausdauer darauf ver=
wendet worden, die Aufführung zu so vortrefflichem Ge=
lingen zu bringen, und die Miene ihres hohen Veran=
stalters zeigte volle Befriedigung. Er hatte das silberne
Kästchen geöffnet und daraus eine kleine, außerordentlich
zierlich aus dünnen Goldblättchen verfertigte Rose her=
vorgenommen, an deren Kelchgrund ein leicht bläulich
angehauchtes Edelsteinchen wie ein Thautropfen schim=

nierte. Zweifellos bildete sie den Preis, den er als Lohn für die am vollkommensten ausgefallene Darstellung zu spenden beabsichtigte.

Nun schien diese ihren Schluß erreicht zu haben, denn der Strahlenwurf der beiden Spiegel verschwand hinter den sie wieder verdeckenden Vorhängen. Ungewisse Dämmerung lagerte sich auf die Wasserfläche zurück, auch die Mehrzahl der Fackeln war abgebrannt und erloschen, nur das bunte Lampenlicht blieb.

Doch da ertönte nochmals ein Ruderschlag, hörbar zur Verwunderung des Ceremonienmeisters; denn seine Stimme klang halblaut auf: „Qu'est-ce-que ça, qui vient encore? Das habe ich nicht arrangirt."

Man gewahrte noch nichts, als daß ein Fahrzeug gegen die Landungstreppe herankam. Aber auf einmal stand es deutlich vor allen Augen, in ganz anderem Licht, als es vorher auf den See gefallen, doch in noch hellerem. Pagen hatten am Uferrand auf zwei Pfannen rothe bengalische Flammen entzündet, und nicht nur von der Volksmenge her, auch aus dem Kreis der Hofgesellschaft ward eine unwillkürliche Kundgabe der Ueberraschung vernehmbar.

In der That stellte sich auch ein entzückendes Bild dem Blick dar. Auf einem ziemlich großen, vollständig einem blühenden Rosenbeet gleichenden Nachen erhob sich ein gleichfalls von einem Baldachin rother Rosenguirlanden überwölbter Thronsitz, den eine weibliche Gestalt in ganz rosenfarbenem Gewande mit einem aus wirklichen Rosen geflochtenen Gürtel einnahm. Ihr Antlitz war nicht unterscheidbar; denn an den Seiten hielten zwei erhöht stehende, wie schwebende kleine geflügelte Genien einen auch rosigen Schleier davor gebreitet; so näherte das Boot sich langsam der Treppe. Vom Munde der Cavaliere wurden Bemerkungen laut: „Ah, la rosière, la fée des roses — une féerie!" während unter den Damen eine Aeußerung fiel: „Une délicatesse de grands égards, die Monseigneur für das ihm präsentirte Rosentableau seinem Besuch erweist."

Ein paar Secunden noch, dann lag das Fahrzeug an den Stufen, und die zur Huldigung vor der Galatea eintreffende Rosenkönigin erhob sich. Man sah, sie war sich dessen, was ihr zu thun oblag, bewußt; vermuthlich sollte sie den Rosenkranz von ihrem Scheitel nehmen und auf die Knie der Gefeierten legen. Doch merklich war sie an die Ausführung solcher Rolle nicht gewöhnt, zaudernd und etwas unsicher setzte sie den Fuß in rosenfarbigem Seidenschuh auf die Treppe. Zugleich ließen die beiden Genien den Schleier vor ihr, wie von einem Lufthauch verweht, fortschwinden, so daß ihr Angesicht unverhüllt hervortrat, und von einem Mund erklang ein Ausruf der Ueberraschung: „Ma foi, das ist ja la pétite du curé, der en punition ins Gebirge geschickt worden. Wie hieß er doch?"

Das beruhte nicht auf einer Augentäuschung, es war so, seltsamer Weise, Dieta Bodmer stand als die Darstellerin der Rosenfee da. Wie das geschehen, sie hierher, zu der Rolle und dem Costüm gekommen, ließ sich nicht begreifen, oder vielmehr, es wäre schwer begreifbar ge= wesen, wenn man Kenntniß davon besessen, daß sie vor bald zwei Wochen von wegelagerndem Gesindel überfallen und fortgeschleppt worden. Aber das wußte unter der ganzen Zuschaueranzahl vom Hof und aus der Stadt Niemand außer Verno Lindenblatt, der es aus dem Munde des Rectors Laurentius Meibusch gehört, da dieser ihm zufällig bei einer lateinischen Interpretion des impulsus zum raptus virginum Sabinarum auch jenes damit vergleichbaren Vorganges aus der Gegenwart Erwähnung gethan hatte. So fanden die übrigen An= wesenden keinen Anlaß zu besonderer Verwunderung, sondern nur zur Verwunderung, und solche verdiente das uner= wartet noch vor ihren Augen aufgetauchte Bild unfraglich auch im höchsten Maße. Das rothe Licht und die Rosen= gewandung erhöhten natürlich den Eindruck, aber sie fielen doch völlig gegen den jungen Liebreiz ab, der von dem Antlitz des Mädchens selbst ausging. Das war in der That die Verkörperung blühender Frühlingsschön= heit, kunstlose, zugleich liebliche und in gesunder Kraft prangende Natur, Anmuth und erste, morgenfrische Ju= gend. Wie beim Sonnenaufgang verblassende Sterne, schwand neben ihr alle durch kunstvolle Hülfsmittel er= zielte Reizwirkung der abligen Damen des Hofes in nichts, doch auch die heutige natürliche Erscheinung der Freiin Gotburg von Vettendorf vermochte keinen Ver= gleich damit zu bestehen. Sie ward zu einer farblosen

Wasserrose vor einer wirklichen, von deren sich eben
erst dem Licht erschließenden Kelch ein köstlicher Duft
die Sinne anzuathmen schien. Und noch eine Hold=
seligkeit dazu legte über das Gesicht, daß es bei dem
jetzt freien Wahrnehmen der ihm entgegengerichteten zahl=
reichen Blicke eine Scheu und Verwirrung kundthat.
Die Wangen färbten sich zu noch rötherer Blüthe, die
Wimpern der sternhellen Augen bewegten sich hastig auf
und nieder. Mit sichtlich schwanken Füßen stieg Dieta
Bodmer die· Treppenstufen weiter hinan.

Offenbar aber kam ihr haltlos=unschlüssiger Zustand
Monseigneur zur Erkenntniß, und um dem Festspiel keine
Störung bereiten zu lassen, ließ er augenblicklich seine
souveraine Würde außer Acht, erhob sich und trat rasch
auf die ungewiß Stehenbleibende zu. Sie war eine
Erscheinung aus dem Feenreiche, die selbst zum Sitz
Galatea's hinanzuführen, der fürstlichen Hoheit nichts
vergab. Und außerdem maß er ihr unverkennbar mit
schneller Entscheidung das oberste Verdienst um die Hul=
digungsfeier zu. In seinen Augen stand's zu lesen, und
seine Hand hielt die goldene Rose gefaßt, mit ihr der
Rosenfee den auszeichnenden Preis zu ertheilen.

Hinter seinem Rücken wälzte sich plötzlich am Boden
etwas Weißzottiges vor den Sessel Galatea's heran, so
daß ihr die Frage vom Mund kam: „Was willst Du,
Narr?" Denn Til Luja war's in lächerlichem Aufzug,
einem Eisbärenfell mit langen Eselsohren am Kopf.
Sich dicht vor ihr hinkauernd, quälte er wie mit einer

Robbenstimme: „Du haſt Deinen Fußſack vergeſſen,
Waſſerbaſe, ich bring' ihn Dir. Mich dünkt, es zieht
kalt vom See her, ſetz' Deine Füße auf mich. Du
könnteſt Dich erkälten, in Deinen Jahren muß man vor=
ſichtig ſein.‟

Seine Erlaucht bewegte ſich auf die Treppe zu, und
noch jemand that von links her das gleiche, Berno Linden=
blatt. Seine erloſchene Fackel war ihm aus der Hand
gefallen, etwas Abweſendes in den Zügen ließ erkennen,
das Vorſetzen ſeiner Füße komme ihm nicht zum Be=
wußtſein; mit groß aufgeweiteten Augen blickte er die
Roſenkönigin wie eine Traumerſcheinung an.

Dieta Bodmer ſtand noch auf der oberſten Stufe,
ſie ſah den hohen Herrn auf ſich zuſchreiten, und die
ſcheue Verwirrung in ihrem Geſicht ſteigerte ſich noch,
oder richtiger, veränderte ihre Art. Ein Ausdruck von
Aengſtlichkeit ward's, ſie bot den Anblick eines, ohne zu
wiſſen warum und woher, von einem unheimlichen Schreck=
gefühl überkommenen Kindes, unruhvoll zitternd ſuchten
ihre Augen umher.

Und nun jählings begab ſich etwas fraglos nicht
zum Programm des Feſtſpiels Gehöriges. Etwas ganz
Unerwartetes, auch von den beiden daran betheiligten
Perſönlichkeiten um einen Herzſchlag früher nicht Ge=
ahntes und Gedachtes. Denn in dem Moment, in dem
Seine Erlaucht galant die Hand vorſtreckte, um ſie der
unſchlüſſigen Roſenfee zur Führung zu bieten, flog dieſe,
einem blitzartigen Impuls folgend, auf Berno Lindenblatt

zu und schlang wie um einen Halt und Schutz fest den
Arm um seinen Nacken.

Das mußte selbstverständlich ein allgemeines begriff-
loses Staunen unter den Zuschauern erregen, doch nicht
minder sprachlos überrascht, athemberaubt, mit hochauf-
glühendem Kopf stand der Jüngling selbst, nur instinktiv
gleichfalls seinen Arm um die bei ihm nach einer Zuflucht Suchende legend. Völlig verdutzt aber sah Monseigneur drein, indeß nur einen Augenblick lang. Dann
trat er rasch wieder gegen die Rosenkönigin hinan und
streckte, ihr die Rolle, die sie zu spielen habe, in's Gedächtniß zu bringen, abermals die Hand nach ihr aus.
Doch Unerhörtes, auf den ersten Blick Unglaubliches begab sich. Offenbar besinnungslos jedes Denkens und
Bewußtwerdens seines Thuns beraubt, stieß Berno Lindenblatt so heftig den Souverain zurück, daß dieser einen
Moment in taumelndes Schwanken gerieth. Gleichzeitig
aber erklangen Ausrufe des Entsetzens: „Un affront in-
excusable! — Un crime de lèse-Majesté!« Cavaliere
und Garden stürzten herzu und bemächtigten sich des
Verbrechers. Kaum eine Minute konnte vergangen sein,
seitdem Dieta Bobmer den Fuß aus ihrem Rosennachen
and Land gesetzt.

Monseigneur sind blaß geworden; etwas diesem
Augenblick nur entfernt Vergleichbares hatte sein Leben
ihm nicht gebracht, die Möglichkeit eines solchen Gescheh-
nisses außer dem Bereich seiner Vorstellung gelegen.
Merkbar fand in ihm ein heftiger innerer Vorgang statt,

doch er beherrschte sich gewaltsam und fragte nach eini=
ger Sammlung mit erzwungener Ruhe laut:

„Wer ist dies Süjet?"

Darüber konnte von der Hofgesellschaft niemand Aus=
kunft geben. Dieta Bodmer hätte es vermocht, doch sie
war zum Sprechen unfähig.

Ihr kam jetzt erst zur Erkenntniß, was sie aus
einem dunklen Trieb plötzlich vor allen Augen umher
gethan; sie selbst begriff's nicht, wie es so geschehn, was
sie dazu gebracht. Rothe Scham überglühte ihr Gesicht,
das sie scheu von dem des Jünglings abgekehrt hielt;
doch bei den Worten des Reichsgrafen fiel ihr jetzt in
jähem Umschlag das Blut aus dem Antlitz, und ein
sichtbares Zittern durchlief ihren Körper. Der Blick
Seiner Erlaucht haftete auf ihr, als ob er die Frage
an sie gerichtet habe. Bei dem Ausbleiben einer Ant=
wort zogen sich seine Brauen, ein Zeichen höher in ihm
anschwellenden Zornes kundgebend, zusammen, und er
gebot scharfen Ton's:

„Bringt ihn in's Gefängniß und legt ihn in Eisen
fest. Morgen will ich sein Urtheil sprechen."

Da trat Jemand mit der Mütze in der Hand herzu,
der aus der Zuschauermenge des Volks herangekommen
und wartend gestanden. Der Schreinermeister Kunz
Amthor war's, der jetzt eine kurze Verbeugung vor dem
Landesherrn machte und ohne Scheu vom Mund brachte:

„Ich kann Eurer Durchlaucht Frage am besten be=
antworten. Der junge Mensch ist mein Pflegesohn und

das Kind eines vor jetzt sechszehn Jahren verstorbenen
Mädchens, das Isolde Lindenblatt hieß. Er wußte nicht,
was seine Hand that, sonst hätte er sie nicht gegen Eure
Durchlaucht aufgehoben, die er nicht gekannt hat —
wahrscheinlich blendete das Licht ihm die Augen, so daß
er nichts sah."

Monseigneur ließ sich nie vom Zorn übermannen,
oder wenn es einmal geschah, bereute er es sogleich als
seiner nicht würdig und zwang sich zur Gelassenheit zu=
rück. So that er's auch gegenwärtig, die im Unmuth
zusammengefalteten Brauen ausglättend; sein Kopf hob
sich und übermusterte den jetzt zum Bewußtsein des sinn=
los begangenen schweren Frevels gerathenen Verbrecher.
Ein Weilchen ließ er den Blick auf ihm ruhen, dann
wandte er sich dem Schreiner zu und sagte:

„Ihr seid sein Vater und bittet für ihn? Nach
Eurem Dafürhalten wußte er nicht, was er that — ich
will Euch Glauben schenken und seinem Gesicht; er sieht
gut aus, nicht von niedriger Art. Das Fest soll nicht
häßlich schließen, mein Beruf ist, Gnade zu üben. Nehmt
ihn mit Euch fort — aber in meinem Lande ist kein
Platz mehr für ihn. Die Wächter bringen ihn noch in
der Nacht über die Grenze, sofort, und er kehrt nicht
zurück. Sonst erwartet ihn das Gericht nach dem Maß
seiner Verschuldung."

Ein ungemein milder Urtheilsspruch war's; schwerste
Leibesstrafe, Tod oder lebenslängliche Einkerkerung stan=
den gesetzlich auf einem thätlichen Vergreifen an der ge=

16*

heiligten Person des Souverains. Kunz Amthor schien allerdings auf einen günstigen Erfolg seiner Fürbitte Hoffnung gesetzt zu haben, aber er athmete doch befreit auf; sich verbeugend, antwortete er: „Ich danke Erlaucht pflichtschuldigst für meinen Sohn." Den Arm Berno's fassend, wollte er ihn fortführen. Doch Monseigneur gebot: „Wartet noch!". Unverkennbar überkam ihn ein Trachten, sich selbst für seinen Zornausbruch eine Buße aufzuerlegen und noch eine Milderung der Strafe damit zu verbinden. Sich dem Oberstallmeister von Obentraut zuwendend, äußerte er schnell: „Leihen Sie mir den Inhalt Ihrer Börse, lieber Baron!" Der Angesprochene beeilte sich, erstaunt und beglückt, der gnädigen Aufforderung nachzukommen, und Seine Erlaucht trat mit dem seidenen Beutelchen in der Hand auf Berno Lindenblatt zu, den er trotz seiner Größe noch als halben Knaben betrachten mußte, denn er redete ihn an: „Ich will nicht, daß Du sagen kannst, ich hätte Dich dem Hunger auf Deinem Lebensweg preisgegeben. Nimm dies für seinen Anfang mit! es diene Dir zur Erinnerung an die Milde eines Fürsten, dessen Pflicht Dein Vergehen bestrafen muß, doch der zugleich Mitleid fühlt, dazu genöthigt zu sein. — Wer seid Ihr?"

Der Sprecher richtete, die Börse in die Hand des Jünglings legend, die letzte Frage an den Schreiner, der mit der Angabe seines Namens und Gewerks darauf erwiderte. Monseigneur schien noch eine weitere Frage auf den Lippen zu tragen, gab ihr indeß nicht

Worte, sondern sprach in Begleitung eines kurzen ab=
schließenden Handwinkes: „So geht, Euer Sohn sei Euch
dankbar, daß Ihr in der richtigen Weise für ihn ge=
beten habt. Er ist jung, und ich wünsche ihm, daß er
außerhalb meines Landes sein Fortkommen finden möge.“

Aus dem Letzten klang noch einmal eine Wieder=
holung, daß ungeachtet der gnädigen Bezeugungen an
der Strafe der Landesverweisung nichts geändert sei, und
Kunz Amthor ging jetzt, seinen Pflegesohn am Arm
fortziehend, davon; die beiden Wächter folgten zur Aus=
führung des Befehls, daß der Schuldige unverzüglich
an die Grenze gebracht werde. Berno bewegte auto=
matisch die Füße, wie in völliger Sinnesbetäubung; er
hatte die ihm gereichte Börse, durch deren Maschen es
von Goldstücken glimmerte, nicht genommen, sondern sie
war in seine Hand gelegt worden und lag noch in dieser.
Nun klirrte es am Boden, denn er ließ sie achtlos
fallen, doch der Schreiner bückte sich, hob sie auf und
sagte: „Behalt sie, mein Sohn, sie gehört Dir und
kommt Dir von Rechtswegen zu. Seine Erlaucht war
überaus gnädig gegen Dich und hat's gesagt, Du wirst
brauchen können, was drin steckt. Gold ist in der
Fremde wie Wasser, das durch die Finger läuft; es giebt
Leute, die meinen, man könnt' damit auch abwaschen,
wie mit Wasser. Ich bleib' bei Dir bis zum Grenzpfahl,
da giebt's unterwegs Zeit zum Besprechen. Wie kam
denn bloß die Tochter des Herrn Pastors dazu, sich so
an Dich zu hängen und die böse Geschichte anzustiften?“

Sie waren aus dem Lichtkreis des Festplatzes fort=
gelangt und schritten durch den nur vom Sternhimmel
matt überhellten Park. Berno Lindenblatt wußte keine
Antwort auf die Frage, wenigstens gab er keine. Er
war offenbar noch immer sinnverworren, denn er er=
widerte stotternd abgebrochen und halbschluchzend: „Ja,
so bös — ich weiß nicht, warum ich's — mir thut's
so leid — um Deinetwillen, lieber Vater — nicht für
mich — ich bin so glücklich, wie ich's noch niemals
war — "

Die Stimmen verloren sich im Dunkel; unter den
farbigen Lampions dagegen klangen laut vernehmliche
Stimmen durcheinander, alle von gleicher Bewunderung
der „magnanimité", „clémence", „noblesse de coeur"
und „générosité" Monseigneurs überfließend. Doch die
Frage, was die Rosensee zu ihrem sonderbaren, unheil=
vollen Thun veranlaßt haben möge, wußte gleichfalls
niemand anders als durch Muthmaßungen zu beant=
worten. Allerdings durch eine sehr wahrscheinliche; sie
war sichtlich fast noch ein Kind, durch den Glanz der
Hofgesellschaft, die auf sie gerichteten Blicke, das gegen
sie Herantreten des höchsten Herrn in Schreckverwirrung
gerathen und hatte, die Besinnung verlierend, bei dem
ersten Besten in ihrer Nähe eine Zuflucht und Stütze
gesucht, sich an ihm aufrecht zu halten. Und eine ähnliche
Beraubung der Sinne war's gewesen, die den jungen
Menschen leiblich und geistig mit Blindheit geschlagen,
nicht zu erkennen und zu wissen, was seine Hand ausführe.

In Bezug auf Beide theilte entschieden Serenissimus
diese Vermuthung, wie sein Verhalten gegen den Misse=
thäter nach der ersten Ueberwältigung durch die unerhörte
That bezeugt hatte.   Seine wieder zu vollster Heiterkeit
ungewandelte Miene gab zu erkennen, er wünsche nicht,
daß man des kurzen, thörichten und bedeutungslosen Zwi=
schenfalls länger gedenke.   In der Linken hielt er noch
die goldene Rose, schritt jetzt gegen Dieta Bobmer hinan
und sprach huldvoll, daß er ihr den Preis für die schönst=
gelungene Darstellung des Abends zuerkenne.   Sie stand
noch immer in halber, willenloser Betäubtheit, ließ sich
ohne Regung die kostbare Blume in dem Rosenstrauß
vor ihrer Brust befestigen; danach faßte Monseigneur
ihre Hand, sie nun zum Sitz Galatea's hinzugeleiten.
Diese hatte ihren Eisbärfußsack mit einer heftigen Be=
wegung von sich gestoßen, daß er, aufspringend, gequält:
„Au, Base! Du hast keine weichen Schwimmflossen, sondern
zu Eisklumpen gefrorene Extremitäten.   Ich sagte Dir's
vorher, Du würdest Dir die Beine erkälten, nun ist's
so weit."

Närrisch hockte er sich mit seinen Eselsohren in einiger
Entfernung von ihr nach Bärenmanier auf die Erde;
sie hatte den Eindruck erregt, daß sie aufstehen wolle,
doch in der Bewegung besann sie sich und ließ sich wieder
auf ihren Sessel zurück.   Der Narr rieb sich die Schnauze
zwischen den weißen Pfoten, nieste und sagte: „Gott
helf! Bleib' ruhig sitzen, Base, mit erfrorenen Füßen darf
man nicht laufen wollen.   Wenn Du neugierig bist, zu

hören, was sich die Unken im Teich zutuscheln, und Deine
kleinen Kopfmuscheln dazu nicht ausreichen, will ich Dir
meine leihen.   Du bist ja meine bärbeißige Base, da
bleiben sie in der Verwandtschaft."

Der maitre de plaisir Freiherr von Starkhausen
war wohl ein bischen zu eilfertig beflissen, dem aus-
gedrückten Wunsch Serenissimi, daß die Festausführung
nicht länger unterbrochen werde, nachzuhandeln.   Denn
er hatte sogleich ein Zeichen gegeben und verkündete
unmittelbar danach mit weit vernehmbarer Stimme:

„Auf die hohe Ordre des Seigneurs von Campanien
wird nunmehr der mont Vésuve zu Ehren der illustren
Meersouverainin Galatea eine Eruption präsentiren, zu
deren Präparation wir dort Gnomen und Pygmeen aus
dem Erdschooß debouchiren gewahren."

Um den großen, künstlich aufgeworfenen Hügel tauchten
kleine Gestalten mit grauen Kapuzen und langbärtigen
Zwergen- und Koboldgesichtern wie aus dem Boden empor,
glühende Stäbchen tragend, die sie geschäftig schwangen
und in die Bergwandung hineinstießen.   Zugleich färbte
sich die Kuppenspitze von einem rothen Schein, und eine
weiße Dampfwolke stieg aus ihr in die Höh'.   Die
Cavaliere und Damen begaben sich der Richtung zu,
von den Randcoulissen des großen Bühnenraums drängte
die städtische Zuschauermenge näher heran.   Durch den
Eifer des Ceremonienmeisters aber fand dieser Beginn
eher statt, als Monseigneur seine Absicht auszuführen
vermochte, die junge Rosensee zur Huldigung vor den

Sitz Galatea's hinzubringen. Ueberrascht sah er auf, fand sich jedoch sogleich ohne Unwillen in den vorzeitigen Anfang des neuen Schaustück's und rief, von seinem Vorhaben ablassend: „Kommt, edle Tochter des Nereus, Vulcan ist außer Stande gewesen, seinen Glutdrang zur Feier Eurer Gegenwart länger zu bändigen." Er hielt noch die Hand Dieta Bodmer's gefaßt und zog diese am Pavillon vorüber mit sich, unverkennbar in dem Trachten, sie an einen günstigen Platz zur Anschau des Bevorstehenden zu führen. Ein wenig Uebereilung und Außerachtlassung des Geburtstagskindes, für das die ‚campanische Nacht' veranstaltet worden, sprach sich darin aus, denn sie hatte wohl erwarten gedurft, daß er ihr als Führer zu der geeignetsten Stelle den Arm bieten werde. Aber Monseigneur war von dem verfrühten Beginn überrascht, so daß er im Augenblick das ihm vom Gebot der Galanterie Vorgeschriebene vergessen. Und nun schoß aus dem sich tiefer roth färbenden Vesuv eine Rakete senkrecht zum Himmel, zerspaltete sich in der Höhe und schüttete eine Garbe leuchtend blauer, silberner und goldener Kugeln herab. Ringsum brach die Volksmenge in willenlos ihr entfahrende Laute der Bewunderung aus.

In diesem Lichtwurf erschien das Gesicht der Freiin Gotburg fast von so weißer Blässe, wie die Wasserrosen an ihrem Kleidsaum. Sie war mechanisch aufgestanden, dem Geheiß des hohen Herrn Folge zu leisten, vor ihr machte Til Luja einen närrischen Buckel und quiekte:

„Jetzt glühst Du wie eine Purpurrose, Gevatterin, Du hast das Fieber. Wird's Dir zu heiß bei dem Feuer= spiel, setz' Dich auf meinen Rücken, ich schwimme mit Dir nach dem Nordpol." Kurz unschlüssig zaubernd, stieg sie nun die Sammetstufen hinunter, gerieth dadurch unter die gleichzeitig vorüberkommende Hofgesellschaft, so daß es erschien, als gehöre sie zu dieser, sei nicht die Hauptpersönlichkeit des Festes, sondern auch nur eine Hofdame und Zuschauerin.

Stärkerer, von feurigen Zungen durchflackerter Rauch entqualmte dem geöffneten Kraterschlund, unter dem ein ungemein kunstvoll und kostspielig vorbereitetes „feu d'artifice" seiner Entzündung harrte. Dumpfes Schüttern, Rollen und Dröhnen im Innern kündigten den Aus= bruch des Vesuvs an, unzählige Raketen, Feuergarben, scheinbare glühende Steine warteten in ihm, aufgeschleudert zu werden. Täuschend sollte sich eine rothe Masse als Lavastrom zum Weiher hinabwälzen, die Wasserfläche, über die Naphta ausgeschüttet worden, zu einer blauen Lohe verwandeln und das Gefieder künstlich verfertigter Schwäne in Flammen setzen, daß sie, an Drähten ge= zogen, brennend umherirrten. Erfinderische Gabe des Hoffeuerwerkers hatte das Ganze so eingerichtet, daß am Schluß der Erdkegel mit gewaltigem Krachen in sich zusammenstürzen und spurlos vor den Blicken verschwinden mußte. So ließ der Maitre de plaisir für die zunächst um ihn Befindlichen Andeutungen fallen, und ein Knattern zeigte nun an, der Ausbruch beginne.

Da plötzlich erzitterte weitum unter allen Füßen der Erdboden, wie vom ungeheuren, schmetternden, knallend= betäubenden Donnerschlag eines unmittelbar über den dichtgedrängten Zuschauern niederfahrenden Blitzes. Mit jäher Gewalt barst das Vesuvabbild auseinander; durch Unvorsicht oder falsche Berechnung hatte sein ganzer Inhalt sich auf einmal entzündet und überschüttete explo= dirend alles in der Runde. Nicht zum ersten Mal geschah Derartiges bei solchen zu kunstvollen Veran= staltungen, die beiden letzten Jahrzehnte hatten zwei furchtbare Ereignisse aus gleichem Anlaß gesehen. Bei der Vermählung des späteren Königs Ludwig des Sech= zehnten mit der Erzherzogin Marie Antoinette, sowie um elf Jahre nachher bei der Hochzeitsfeier des Pfalz= grafen Maximilian von Zweibrücken, des späteren ersten Königs von Bayern, und der Prinzessin Marie Auguste von Hessen=Darmstadt waren in Folge eines nicht be= hutsam genug angestellten Feuerwerks im ersteren Falle Tausende, im zweiten Hunderte von Personen getödtet oder zu lebenslangen Krüppeln verbrannt und verstümmelt worden.

Einen Athemzug lang folgte der Explosion lautlose Starre jedes Mundes, dann übergellte es wie ein wahn= sinnsirrer Schrei den Festplatz. Nach allen Richtungen schossen Raketen, Feuerräder, Leuchtkugeln, Schwärmer, Frösche zwischen die umhergestaute Menge hinein, knat= terten, krachten, zerplatzten mit Donnerschlägen, ent= zündeten die Kleider der Kinder, Mädchen und Frauen.

Zu Tod Getroffene stürzten hin, zu dichtem Knäuel
Geballte erdrückten und erstickten sich; Hülfe rufend,
jammernd, irrten brennende Gestalten hierhin und dorthin, suchten Andere, wie von Feuerschlangen verfolgt
und von Flammenwellen umbrandet, vergeblich hinter
Bäumen und Büschen Zuflucht. Das Naphtawasser ward
zur Brandfläche, der Pavillon loderte auf; immer neue
Geschosse zischten, blitzten, donnerten unter die Flüchtenden.
Die Hofgesellschaft war noch nicht bis zum nächsten
Umkreis des verderbenschwangeren Berges herangekommen,
wurde verhältnißmäßig am wenigsten bedroht. Aber
die gleiche Panik der Todesangst ergriff sie, wie die
bürgerliche Volksmenge. Die Galanterie fiel von den
Cavalieren ab, wie ein vom Sturm zerrissener Flitter-
behang, Jeder suchte einzig sich zu decken und zu retten,
Niemand dachte an den andern, noch an Monseigneur.
Sie erschienen in den Naturzustand und Drang eines
blindlings fortrasenden Thierrudels zurückgefallen, sich
über einander wälzend, bekämpfend, niederstoßend, unter
die Füße tretend. Die Brocatröcke der Damen wurden
von den leer aufstarrenden Reifgestellen heruntergerissen,
am aufgewirbelten Haar schleiften die kunstvollen Frisur-
gebäude im Nacken, bedeckten zersetzt den Boden. Im
wilden Ringen packte eine Hand zum Zurückreißen das
Collier der Freiin Gotburg von Bettendorf, daß es
zersprang und die kostbaren Perlen umherflogen; doch
nur für ihre Lebenserhaltung bedacht, achtete sie nicht
darauf. Der Ausgang ihrer Geburtstagsfeier war's
und der ‚campanischen Nacht'.

Einmal ertönte durch das Gepraſſel der Feuerwerks-
körper ein lauter Ausruf. Er kam vom Munde des
zur Aufſicht für ſeine Schüler mitanweſenden Rectors
der Stadtſchule und Predigers an der Sanct Johanniskirche Laurentius Meibuſch. Von dem entſetzlichen Bild
des Jammers überwältigt, ſtieß er unwillkürlich und
auch wohl unbewußt weithallend hervor:

„Mene, mene, tekel, upharsin!“

Gezählt, gezählt, gewogen, zu leicht befunden. —

Wer drunten in Wangenfurt geblieben war, vernahm
den Donnerkrach und das ihm nachfolgende Getöſe, doch
die Hörer glaubten, es geſchehe nach den Regeln der
Feuerwerkskunſt, und das verworrene Geſchrei der Sterbenden und Verwundeten klang ihnen als Rufe der
Bewunderung in's Ohr. So auch faßten's Kunz Amthor und Berno Lindenblatt auf, oder eigentlich berührte
es ihr Gehör ohne Anknüpfung eines Gedankens. Vor
den hinter ihnen dreinfolgenden Wächtern gingen ſie
durch die Sternennacht der Grenze der Reichsgrafſchaft
Falkenberg auf dem Wege zu, den Berno vor einigen
Wochen an einem Sonntag-Morgen eingeſchlagen. Es
war viel für ſie zu bereden; der Jüngling gab ſchließ-
lich auf mehrfache eindringliche Forderung ſeines Pflegevaters mit einer leiſen, öfter ſtockenden Stimme eine
Erklärung der ihm entflogenen ſonderbaren Worte, daß
er ſo glücklich ſei, wie noch niemals im Leben. Schweig-
ſam hörte der Schreiner zu, ſagte erſt, als Berno ſchwieg:

„Das ſchlägſt Du Dir beſſer aus dem Kopf, mein

Sohn. Du haft Schreibtiele an den Fingern und teine
Krallen; damit holt man einem Falten teine Taube
aus dem Fang. Laß Dir Dein junges Leben nicht
davon verhobeln! Es toftet was, aber man muß die
Zähne zusammenbeißen und tann's verwinden. Du bift
nicht der Erfte, der den Balten liegen laffen muß, den
er nicht heben tann. Das geht nicht anders, wenn
man teine Art hat, ihn tlein zu machen."

Handwertsmäßig gesprochen war's und mit ruhiger
Verftändigteit gedacht; dem Wefen Kunz Amthor's ent-
fprechend, drüdte es aus, man müffe nicht Unmögliches
in's Wert fetzen wollen, und ließ ertennen, er fei vor-
berhand voll befriedigt, daß die fchlimme Sache noch fo
abgelaufen. Einen Vorwurf hatte er Berno mit teinem
Worte gemacht, das hätte am einmal Geschehenen nichts
gebeffert. Ihm war auch der prattifche Gedante in den
Kopf getömmen, der Landesverwiefene folle zunächft feinen
Fuß auf den Boden der Reichsfreiherrnfchaft Velberg
fetzen und bei ihrem fouverainen Herrn, der ihm in fo
gnädigem Wohlwollen Erlaubniß gegeben, wieder einmal
im Schloß vorzutehren, fich einen Rath fuchen, was er
thun und wohin er fich wenden folle. Deshalb hatten
fie diefe Richtung gewählt, daß fich überhaupt etwas
Anderes thun laffe, blieb außer aller Frage. Der Reichsgraf von Falkenberg-Hochberg hatte das Urtheil fo aus-
gefprochen, gegen das es teine Berufung an eine höhere
Inftanz gab; in feinem Lande war fein Gebot mächtiger,
als das des Kaifers.

Die Zeit der längsten Tage war's, und als sie den Grenzpfahl erreichten, begann es im Osten schon zu dämmern. Der Schreiner hielt an und sagte, die Hand Berno's fassend:

„So, nun laß ich Dich allein gehen, ich muß zurück zur Mutter. Sie ist nicht Deine; Du hast gehört, daß ich droben gesagt, Deine Mutter wäre nicht verheiratet gewesen; es war nöthig, daß ich's sagte. Wer Dein leiblicher Vater war, weiß ich nicht; er geht Dich nichts an. Aber Du bist mein Sohn, denn ich habe Deine Mutter sehr lieb gehabt. Schreib mir, wenn Du kannst und was Du brauchst. Wir machen's kurz. Auf Wieder= sehen, mein Sohn."

Fest drückte Kunz Amthor ihm die Hand, wandte sich um und ging rasch zurück. Der Jüngling sah ihm nach, dann machte er ein paar Dutzend Schritte vorwärts auf dem Gebiet der Reichsfreiherrnschaft Velberg. Aber die Füße wollten ihn nicht tragen, und er warf sich haltlos in das hohe Gras am Wegrand hin.

Er hatte gesagt, daß er so glücklich sei — doch das war wie aus einem Traum gewesen, von dem ihn eine selige Empfindung noch eine Strecke weit begleitet gehabt. Nun ward er wach, oder wenigstens begann's aus manchem in den Worten seines Vaters vor ihm auf= zudämmern, daß er in Wirklichkeit hoffnungslos von allem Glück verlassen hier liege. Seine Finger ballten sich zusammen, preßten die Nägel krampfhaft in die

Handflächen. Doch ohnmächtig lösten sie sich wieder, und als ein hülflos schluchzender großer Knabe fiel Berno Lindenblatt vor Uebermattung des Kopfes und des Herzens in dumpfen Schlaf.

Ende des ersten Bandes.

Zweiter Theil.

Um die
Wende des Jahrhunderts

(1789—1806)

Roman

von

Wilhelm Jensen.

Zweiter Band

Dresden und Leipzig
Verlag von Carl Reißner
1899

Druck von H. Klöppel, Gernrode a. H.

VIII.

Weit brunten im Süden am campanischen Ufer des tyrrhenischen Meeres färbte sich seit anderthalb Jahrhunderten die Gipfelhöhe des wirklichen Monte Vesuvio fast allabendlich mit einem rothen Glühschein, ohne daß die Hinüberschauenden diesem Anblick eine Bedeutung zumaßen. Wenigstens thaten's nicht die Bewohner der großen Stadt Neapel, die Hunderttausende, die in ihr sorglos und gedankenlos vom Heute zum Morgen hinüberlebten; sie wußten nichts von der Vergangenheit und dachten nicht an Künftiges, Zeit war für sie nur der Augenblick mit seinem wechselnden und immer gleichbleibenden Trachten und Treiben. Die Geschlechter vergingen und entstanden, doch die neuen unterschieden sich in nichts von den alten; stets dieselbe Menge war's, aus lauter Einzelnen bestehend, von denen jeder nur die möglichste Befriedigung seines Lebensbedarfs an Nahrung und Genuß im Sinn trug. Sie lärmten und füllten die Straßen mit Geschrei, weil sie sich unablässig als ein wimmelnder Haufen darin drängten; aber sie boten nur den Schein eines solchen, kein Verband zwi-

schen ihnen schloß sie zu einem wirklichen gemeinsamen
Körper zusammen. Tausendfache Gelüste und Begierden
lauerten wohl im Verborgenen, mit Raubthierzähnen eine
Beute zu packen, und hier und da gelang's ihnen. Doch
die Wächter der staatlichen Ordnung und Satzung ergriffen
den, der diese durchbrochen, nahmen ihm seinen Raub
wieder ab, schmiedeten ihn an die Ruderbänke der Galeeren. Dabei standen alle die, welchen die gleiche Beutegier im Blut kochte, als unthätige Zuschauer; keinem
kam der Gedanke, dem gemeinschaftlichen Widersacher, der
gesetzlichen Macht Gewalt entgegenzusetzen. Jeder war
ein Einzelner und fühlte sich als solcher ohnmächtig.

Bald aber nach der Zeit, in der das kleine Vesuvabbild im reichsgräflich Falkenberg'schen Schloßpark hundertfältig Jammer und Leid unter die Bewohner Wangenfurts geschleudert hatte, begann der wirkliche Vesuv die
Anzeichen eines sich in seinem Innern bereitenden Aus-
bruches zu mehren und zu verstärken. Dichter ward
der aufqualmende Rauch, den feurige Zungen durch-
loderten, dumpfes Dröhnen erschütterte weithin den Boden, im Glutkessel flüssig zerschmolzene Masse über-
brodelte den Kraterrand. Doch einige Jahre vergingen
noch so, in denen diese Vorboten immer häufiger kehrten, immer drohender groß wuchsen. Durch ihre Andauer aber gewöhnten sie Auge und Ohr an sich, die
im täglich herkömmlich gewordenen Schauspiel die all-
mähliche Steigerung nicht mehr empfanden, nicht dachten, daß die gährende Kraft sich zur Herbeiführung einer

tragischen Katastrophe mächtiger ansammle. Wie zuvor lebten die Hunderttausende ihrem sorglosen Tagesgenuß weiter, nach schon altem Wort tanzten sie auf einem Vulcan.

Da jählings entlud mit einem Donnerschlag sich der Feuerschooß des Vesuvs, Lavaströme auswälzend, ungeheures glühendes Gestein bis zu den Wolken aufschleudernd, mit ihm und mit dichtem erstickenden Aschenregen, wie einst Pompeji Neapel überschüttend. Mit betäubten Sinnen starrte, plötzlich erst das Drohen des allgemeinen Untergangs erkennend, die Menge drein, dann stürzte sie, von wilder Panik erfaßt, in irrer Flucht davon, suchte sich in Schlupfwinkeln zu bergen, das Leben zu retten. Aus dieser Kopf- und Sinnverlorenheit aber gebar sich mit hastigem Hervorsturz noch eine andere Erkenntniß, die der tausend im Verborgenen lauernden Begierden, daß sie gleichen Ursprungs seien, zusammengehörig, weil sie nach dem nämlichen Ziel trachteten, langersehnte Beute an sich zu reißen. Die allgemeine Gefahr ließ auch die Hüter der Ordnung nur an die eigene Rettung denken, und der Instinkt der Raubthiere verband mit Blitzesschnelligkeit die schwachen Einzelglieder zu einem zweckbewußten, einheitlich handelnden Körper, vielarmigen, umklammernden Polypen im Meerbusen Neapels gleich. Sie rotteten sich zusammen, jetzt ein geschlossener, übermächtiger Haufen, mit nur einem Willen, gemeinsam die Ohnmachtslähmung der großen, ihnen an Zahl unendlich überlegenen, rechtschaffenen Be-

1*

— 4 —

völkerung zu nützen. So warfen sie sich auf ihre Opfer, plündernd und raubend; die Widerstand zu versuchen wagten, stießen sie mit ihren Dolchen nieder, schleiften sie auf die Straßen, unter dem Hohngebrüll der Umhergedrängten die Ueberwältigten als „Feinde des wahren Volkes" zu richten, zu martern und zu zerstückeln. Der Blutdunst erzeugte den Blutdurst, trunkene Gier, ohne Zweck und Gewinn zu morden, um sich an der Todesangst, den Zuckungen der Sterbenden zu berauschen. Der lang in der Stille vorbereitete, unabwendbar gewordene Ausbruch des Vesuv hatte den Schrecken auf die Stadt heruntergeworfen, doch Menschenthun ihn zu entsetzensvollerem Schrecken verzehnfacht, denn die entzügelte Bestie war zur Herrschaft gekommen.

So geschah's in Neapel, indeß nur wenige Tage hindurch. Rasch erschöpfte der alte Krater seine dämonische Kraft, und mit dem Aufhellen des nächtlich verfinsterten Himmels kam den Geängstigten die Besinnung zurück. Sie erkannten, welche schwerer drohende Gefahr, tödtlichem Giftkraut gleich, aus ihrer leiblichen und geistigen Betäubung aufgewuchert sei; den allgemeinen Untergang abzuwehren, verband sich ihre große Ueberzahl mit der wieder zum Bewußtsein ihrer Aufgabe erwachenden staatlichen Macht, vereint überwältigten sie die zwischen ihnen aus Kellerhöhlen und Spelunken losgebrochene Raubthiermeute, das Schafott färbte sich roth und die Galeeren bevölkerten sich. Zu verdanken war dieser Ausgang dem Ermatten des alten Unheilberges;

hätte er seine lähmende Schreckensthätigkeit länger fort=
gesetzt, so wäre zweifellos die ganze Stadt von einem
Blutbad überschwemmt worden.

Doch trotz allem nur ein kleines, räumlich beschränk=
tes, seine Einwirkung lediglich auf einen geringen Um=
kreis ausdehnendes Ereigniß war's. Zu anderer Zeit
zwar hätte man wohl auch in der Ferne daran theil=
genommen, wenn die ein= oder zweimal in der Woche
erscheinenden Zeitungsblätter eine Nachricht davon ge=
bracht. Aber dafür besaßen ihre kleinen Spalten zur
Zeit des Geschehens nicht den Raum, der schon seit
Jahren nicht mehr ausreichte, die täglichen Botschaften
über die Thätigkeit eines anderen feuerspeienden Kraters
aufzunehmen. Der war von besonderer Art, in einer
Landschaft aufgeklafft, deren Boden seit Menschengeden=
ken kein Gähren vulcanischer Glut unter ihm kund=
gethan. In der Tiefe mochte es wohl schon geschlechter=
lang dumpf gemurrt und gegrollt haben, aber zu laut
und lustig hatte auf der Oberfläche das Leben gelärmt,
um den unterirdischen Ton vernehmen zu lassen. Und
da geschah's fast plötzlich; kurz nur schlugen in seltsamer,
nie gekannter Weise aus der todesruhig vermeinten Erde
ankündigende Rauchsäulen und Flammenzungen herauf,
dann zerbarst jählings an der Seine der Grund, und
die Riesenstadt Paris hatte sich gleichsam über Nacht in
einen Kraterschlund verwandelt, wie der Erdkreis und
die Menschengeschichte noch keinen gesehen.

So unerwartet kam's, daß im Anfang Niemand

ten Vorgang begriff. Man sah und hörte das un=
ermeßlich anschwellende Getöse, ohne noch an seine Wirk=
lichkeit zu glauben, und man tanzte auf dem schwankenden
Boden fort.

Ob aber das Gleichniß vom campanischen Ufer in
manchem zutraf, im Bedeutungsvollsten fehlte die Ueber=
einstimmung. Der Vesuv an der Seine erlosch nicht in
wenig Tagen; seinen Ausbruch hatte nicht absichtslos=gleich=
gültige Naturkraft veranlaßt, sondern im Verein blinde
und klug berechnende Menschenleidenschaft. Denn die
Bevölkerung von Paris war zugleich der Lava erzeugende
Krater und das Menschenleben, das sein Auswurf mit
Untergang bedrohte.

Sein Auswurf in zwiefacher Bedeutung; hier bot
der Vorgang in Neapel wieder ein getreues Abbild. Wie
dort erkannte mit raschem Instinkt die niedrigste Volkshefe,
daß ihre Zeit gekommen sei, aus tausend machtlosen
Einzelnen einen geschlossenen in die Verwirrung ein=
brechenden Phalanxhaufen zusammenzuballen; Führer ohne
Menschengefühl und Gewissen, doch sich ihres Selbst=
suchtziels klar bewußt, stellten sich an die Spitze, ent=
flammten die Gier, die Wuth, thierischen Sinn der
Pöbelrotte. Diejenigen aber, die sich zur Errettung
Frankreichs in eigennutzlosem, redlichem Kampf wider
die jahrhundertalte Mißwirthschaft der königlichen Gewalt
erhoben hatten, glaubten in der Entfesselung jenes Aus=
wurfs eine Hülfsmacht für sich zu gewinnen, die sie
zur Erreichung ihres edlen Zweckes leiten und nutzen

könnten. Ihr Ausgang zeigte ihre erfahrungslose, verblendete Kurzsichtigkeit, hielt der Zukunft aller Zeiten ein warnendes Vorbild vor, wie das menschliche Raubthier die zerfleische, die es thöricht aus seinem wohlvergitterten Zwinger befreit.

Nun Jahre des Tag um Tag unwiderstehlicheren Anschwellens der dämonischen Abgrundskräfte. Blut überschwemmte die Straßen vom Schafott, das nicht Ordnung und Gesetz, das Willkür, Habgier, Selbstsucht und Rachdurst errichtet; zu Tausenden fielen die Köpfe derer, die als die Höchsten gegolten, unter dem Beil. Zerrissen alle Zügel, umgestürzt alle Schranken; Recht und Pflicht, Redlichkeit und Menschlichkeit hohnverlachte Worte. Wie in Neapel Hunderttausende vernünftig Gesinnter, nur das Gute Wollender ohnmächtig beherrscht von einer verhältnißmäßig kleinen, nach Blut brüllenden Meute, sich zitternd vor ihr verkriechend; der Schrecken in Paris, in ganz Frankreich. Doch nicht für Tage und Wochen, Jahr um Jahr, und mit jedem seine thierische Wuth noch steigernd.

Drüben über'm Rhein machte man an den Abbildhöfen von Versailles keine Bonmots mehr über die Frage: Qu' est-ce que le tiers état? und ihre narrenhafte Beantwortung durch den Abbé Sieyes. Als ein Ungeheuer hatte er sich entlarvt, seine Stimme mit für die Hinrichtung, die Ermordung Königs Ludwig des Sechzehnten in die Wagschale geworfen. Doch er selbst war kein Führender mehr, sondern ein willenlos Geschleppter; nicht mehr der von ihm entdeckte, aus dem

Dunkel in's helle Tageslicht gerückte dritte Stand herrschte, sondern der vierte. Und wenn die Cavaliere an den deutschen Fürstenhöfen ihre Lippen durch das Aussprechen des eklen Namens Sieyes befleckten, so thaten sie's mit der Hoffnungsäußerung, ein Gutes möge jener vierte Stand vollbringen, auch dem verruchten geistigen und geistlichen Vater des tiers état, wie so vielen seiner Genossen aus der „assemblée nationale" den Kopf vor die Füße rollen zu lassen. Denn mit angeborenem Instinkt haßten sie doch immer die enthaupteten Girondisten noch tiefer, als die lebenden Jacobiner.

Starr, in Betäubung blickte ganz Europa nach Paris; man wußte nicht, was man wolle und solle, vielfach selbst nicht, was man denke und fühle. Auf allen großen und kleinen Thronen freilich war man sich darüber klar, ihr unerschütterlich geglaubtes Felsenpostament sei zum Wanken gebracht, durch den vom Volke gefällten Richtspruch über die Heiligkeit des von Gott gesetzten Herrn die Scheu vor allen Kronenträgern unter die Füße getreten. Doch deutsche Dichter hatten im Anfang dem Befreiungsdrang aus menschenunwürdigen Sclavenketten begeistert zugejubelt, von Westen her den Anbruch einer neuen Zeit verkündigt, und nicht zu verkennen war's, daß ihnen das deutsche Volk gespannten Ohres zuhörte. Und nach manchen Tausenden mochten Solche zählen, die im Stillen, ob in der Sprache der Gelehrsamkeit oder in ungelehrter, empfanden: Tua res agitur!

Am Schwersten durch den Thronumsturz in Frank-

reich betroffen, zu höchstem Zorn und Haß gestachelt,
war das kaiserliche Haus in Wien, dessen erlauchte
Tochter gleichfalls auf dem Blutgerüst geendet. Bei ihm
verband sich am stärksten bringende politische Nöthigung
mit einem menschlichen Trieb, rächende Vergeltung zu
üben; die österreichischen Vorlande am Rhein wurden
am nächsten von dem lobernden Brande der Revolution
bedroht. So brängten Leidenschaft und Gefährdung den
Kaiser Franz den Zweiten als Vorbersten zur Kriegs-
rüstung, als Oberhaupt des Reiches bot er auch die
Heerkräfte des letzteren auf. Preußen schloß sich ihm an,
eine erhebliche Zahl der nach Teutschland geflüchteten
vornehmen französischen Emigranten gesellte sich hinzu.
Die Armeen rückten in Frankreich ein; das Gefühl des
gemeinsamen Interesses aller Monarchieen an der Nieder-
werfung der Volksherrschaft in Paris griff ringshin um
sich, auch England, Holland, Spanien und Sardinien
traten dem Bunde zur Wiederaufrichtung des bourbo-
nischen Thrones bei. Sie mußten leichtes Spiel haben;
die neue Republik vermochte ihren wohlgeschulten, krieg-
erprobten Truppen nur wirre Haufen zerlumpten, schlecht
bewaffneten, disciplinlosen Gesindels entgegen zu stellen.
Und von allen Seiten brangen die Verbündeten siegreich
vor, mit Hohnlachen die kläglichen Gegner zersprengend.
Verächtlich tauchten sich die aristokratischen Degen der
Emigranten in das Blut des jämmerlichen Pöbels.

Da bewährte der seltsame neue Vesuv an der Seine
die dämenische Gewalt seines Ursprungs. Gleich dem

wirklichen warf er ungeheure Massen aus, nicht Brand=
steine, sondern Menschenleiber, doch ebenso glutdurchloht
von Befreiungsdrang, wilder Begeisterung, Kraftgefühl
und Todesmuth. Von der erfahrenen Kriegskunst, den
besseren Waffen ließen sie sich zu Tausenden nieder=
strecken, aber ungeschreckt vom Drohen des gleichen Schick=
sals sprangen Zehntausende vor, die Lücken zu füllen.
Die Erde Frankreichs ward zum Antäusboden für ihre
Söhne, und der Krieg schuf aus lockeren Reihen feste
Glieder. Todverachtend begannen sie, Bollwerke wider
den Ansturm zu bilden, den Siegern das weitere Vor=
bringen gegen Paris zu verschließen. Sie erlitten noch
Niederlagen, doch fügten auch solche zu, und ihr Kraft=
bewußtsein schwoll. Staunend sah die Welt auf die
Verwandlung: Die „sansculottes" hielten den kampf=
gewöhnten Soldaten des vereinten Europas Stand.

Und nicht nur Stand hielten sie. Allgemach wendeten
sie das Blatt, gingen von der Vertheidigung zum Angriff
über, drängten die deutschen Heere gegen den Rhein
zurück, hurtig vielfache Feldherrnbegabung aus ihrer
Mitte gebärend. Das scheinbar vereinte Europa aber
war innerlich zerspalten, heimlich beobachteten die Ver=
bündeten sich mit argwöhnischen Blicken, hielten sich
wechselseitig im Verdacht verschwiegener Pläne. England
zog sich zurück; Preußen gewann die Ueberzeugung, daß
es von einer versteckten Vorbereitung Oesterreichs, Polen
an sich zu reißen, bedroht werde, und schloß urplötzlich
im Beginn des Jahres 1795 einen Separatfrieden mit

Frankreich. So standen diesem an seinen Ostgrenzen nur noch Oesterreich, das Reichsheer und Sardinien gegenüber, und durch eine gewaltige Ueberzahl ersetzten die Kriegsmassen der Republik, was ihnen noch an Ausrüstung und Schulung gebrach. Holland ward von ihnen erobert, die deutschen Festungen am linken Rheinufer, mit Ausnahme von Mainz, geriethen in ihre Hand; vom Süden bis zum Norden stand ihnen an vielen Punkten der Uebergang über den Strom offen. Ein Friedensschluß auch mit Spanien ermöglichte Frankreich das Herbeiziehen zahlreicher neuer Truppen.

So tobte, mit jedem Winterausgang neu beginnend, der Krieg unterlaßlos in der Vendée und an den Rheingrenzen. In Paris war die Schreckensherrschaft seit Jahren gestürzt, durch dasselbe Fallbeil beendet worden, das ihr zu schrankenloser Macht verholfen. Das Directorium hielt die Gewalt in Händen, Gesetz und Ordnung erneuernde Betraute des wieder zur Besinnung gelangten französischen Volkes; sie führten auch die Oberleitung bei ungeheuren, immer sich noch mehrenden Heermassen, deren Fahnen nicht nur die Söhne des Landes zuströmten. Ebenso thaten's zahlreiche Angehörige aller anderen Länder Europas, vom Ungestüm jugendlicher Begeisterung für das neu verkündigte Freiheitsevangelium Irrgeführte, mehr noch solche, die von einem Schiffbruch ihres Lebens ausgeworfen, sich blindlings in die Sturmwogen der Revolution hineingestürzt hatten, zum Untergang oder zum Aufringen durch die Brandung nach

einem neuen Daseinsziel. Die Meisten versanken wohl,
aber Manchen, die kraftvolle Arme und Glücksgunst
mitgebracht, gelang's; das Wort, daß der gemeine Soldat
den Marschallstab im Tornister trage, war noch nicht
gesprochen, doch eine Ahnung von ihm begann bei dem
Anblick vieler, kaum noch dem Jünglingsalter entwachsener
und schon mit Auszeichnungen begabter Officiere der
republikanischen Armeen in den Köpfen aufzudämmern.

Heraufgekommen aber über Frankreich mit dem wilden Kraterausbruch, in kaum mehr als einem Dutzend
von Jahren eine Ueberfülle an Umgestaltungen bringend,
war eine neue Zeit mit neuen Menschen, neuen Gedanken und Gefühlen. Wandlungen gewaltigster Art
hatten die Ueberdauernden der ungeheuren tragischen Katastrophe entstehen sehen, doch daneben auch mannigfache
seltsame Veränderung der täglichen Lebensführung und
Gewohnheit. Die neue Zeit hatte ebenfalls eine neue
Zeiteintheilung geschaffen, einen neuen Kalender, neue
Namen der Monate, neue Taganzahl der Woche; auch
an die alte Sonnenordnung, das ‚ancien régime‘ des
‚roi soleil‘ sollte nichts mehr erinnern. Freilich nahm
der Blick hiervon nichts gewahr, denn die Sonne setzte
trotzdem ihren Gang unbeirrt fort, wie von jeher; auf
andres wundersam Neues aber trafen die Augen überall, wo Menschen gingen und standen. Der allgemeine
Umsturz hatte auch den Thron der alten Kleidermode
umgeworfen und eine neue zur unumschränkten Herrscherin berufen; gleichfalls eine, die gebieterisch in schroff-

stem Gegensatz zu ihrer Vorgängerin auftrat. In den Staub der Rumpelkammer warf sie die Seidenröcke und gestickten Schooßwesten, die Puderhaarbeutel und Kniestrümpfe der Cavalierstracht, nahm sich für ihre neue Schöpfung die unterste Volksklasse, deren Schooß die Freiheitskämpfer geboren, zum Vorbild. Sie trugen keine culottes, sondern lange pantalons aus grobem Stoff, keine künstlichen Frisuren, sondern kurzgeschnittenes natürliches Haar, keine Atlasschuhe, sondern zweckdienliche derbe Stiefel mit hohen Stulpschäften. Dies Modell verfeinerte die neue Gebieterin, bekleidete es mit einem hochkragig bis zu den Ohren aufklappenden Rock, grub das Kinn in gesteifte Leinwandspitzen ein. Eine wunderliche und unschöne Tracht war's, doch niemand leistete Widerstand gegen sie; sie entsprach der Pflicht einer Umgestaltung auch der äußeren Erscheinung von Grund aus, der Absicht, die Gleichheit Aller in der neuen Zeit zum Ausdruck zu bringen. Und gleicherweise waren die bauschenden Reifröcke, die Brokatroben, die thurmhohen Aufbauten und Blumenbeethüte über den Köpfen der Damen spurlos vom Erdboden verschwunden, Alles hatte gleichfalls danach getrachtet, sich in den stärksten Gegensatz zu verwandeln, die Unnatur durch die Natur zu verscheuchen. Doch angeborener weiblicher Instinkt war dabei sorglich und klug bedacht gewesen, nicht an die Stelle der alten Künstelei Geschmackloses und Unvortheilhaftes gerathen zu lassen; die neue Vorschrift der Natürlichkeit wußten die Frauen günstiger, als es die Männer ver-

ſtanden, für ſich auszulegen. Um zwei Jahrtauſende
zurückgreifend, holten ſie aus dem Schrank der Ver=
gangenheit die Gewandung der Zeit des Perikles und
ſeiner Freundin Aspaſia hervor. Die helleniſche Republik
leuchtete der franzöſiſchen als Vorbild, die Pariſerinnen
empfanden ſich den Athenerinnen ebenbürtig, ſo kleideten
ſie ſich auch dieſen ähnlich. Während der Umwälzungs=
jahre hatten die Frauen vielfach bedeutſame Rollen ge=
ſpielt, die ihnen die Wiederherſtellung der bürgerlichen
Ordnung nicht mehr zu Theil werden ließ; aber ver=
einigt ſtemmten ſie ſich dagegen, ganz von der Schau=
bühne abzutreten, ſuchten ſich auf ihr wenigſtens durch
ihre äußere Erſcheinung, die Blicke anziehend und feſſelnd,
zu behaupten. Und ſie nutzten, was die Natur ihnen
verlieh, legten antike Goldſpangen um die bis zur Achſel
entblößten Arme; Schultern und Nacken ſtrahlten in un=
beeinträchtigtem Farbenreiz, denn die Schönpfläſterchen
waren als etwas Abſurdes, eine nicht mehr begriffene
Entſtellungsnarrheit weggeſchwunden. Die Bekleidung
trug der weiblichen Sittſamkeit Rechnung, unter ihrer
Hülle verbarg man mehr, als zuvor, doch nur eine ſchein=
bare Decenz war's, in Wirklichkeit noch mehr offen=
barend. Die engumſpannenden Gewänder ließen alle
Schönheitsreize des Körpers in deutlicher erkennbaren
Formen hervortreten, und nicht die feſtgewirkten Kleid=
ſtoffe der ehrbaren Frauen des Alterthums umgaben
Leib und Glieder, ſondern die locker=durchſichtigen koiſchen
Gewebe, die einſt neben dem Tempel der knidiſchen Aphro=

bite gefertigt worden. So hatte die thespische Phryne
sich den bewundernden Augen Athens zur Schau gestellt,
und die Frauen und Töchter der neuen Zeit eiferten ihr
nach, als Hetären zu erscheinen. Doch vollster Schicklichkeit entsprach's, denn die neue Mode schrieb es allen
so vor, und alle gehorchten ihrem Gebot. In zahllosen
kleinen Löckchen ringelte sich das Haar über die vordem
frei getragene Stirn bis zu den Augenbrauen herab,
statt mit weißem Puder jetzt vielfach mit Goldstaub überstreut, wie's die vornehmen Römerinnen gethan, ihrem
Gelock die Modefarbe der blonden germanischen Weiber
zu verleihen, und mit Laubgewinden, nicht künstlich nach-
gemachten, sondern frischen aus der Hand der Natur
umkränzte man bei freudigen und festlichen Anlässen die
Scheitel.

Eines aber war merkwürdig, oder richtiger schien es
zu sein. Nicht nur in Frankreich bemächtigte sich die neue
Tracht beider Geschlechter, mit unglaublicher Schnelligkeit
hielt sie auch einen Siegeszug durch alle benachbarten
Länder, und willenlos huldigten ihr auch überall die von
tiefstem Abscheu vor der neuen Zeit, dem Pariser Volk
und den Königsmördern Erfüllten. Was da zwischen
den Bayonetten der Sansculotten-Heere im Triumph-
wagen über den Rhein herüberbrauste, war die räthsel-
volle unumschränkteste Souveränin aller Zeiten, die
Mode, von der niemand je gewußt, wer sie zur gekrön-
ten Herrscherin erhoben, doch vor der sich von jeher aus-

nahmslos alle, auch die sonst Selbständigsten und Freiesten in gleicher Unterthänigkeit gebeugt.

*   *   *

So bot auch der Park des Residenzschlosses der Reichsgrafschaft Falkenberg-Hochberg einen seltsam über= raschenden Anblick, ober hätte es für Jemand gethan, der ihn seit sieben Jahren nicht mehr betreten. Die Natur in ihm war unverändert, sie stand noch immer, gleicherweise von der Scheere gebändigt, in der nämlichen steifen Parabehaltung; auf dem großen Platz warfen die Fontainen rauschend ihre Wassergarben auf, von den weißen Marmorgliedern der Statuen rieselten die Sonnen= lichter. Promenirende Hofherren und Hofdamen erfüllten die Wandelgänge zwischen den regelrecht beschnittenen Heckenwänden, alles war, wie es nicht anders sein konnte, seit dem Gedenken von Generationen immer gewesen, und nur die äußere Erscheinung der Auf= und Abwan= belnden erregte den befremdlichen Eindruck. Waren das noch die Cavaliere, die vordem hier in bunter Farbenpracht gestrahlt und geschillert hatten? Sie mußten's wohl sein, denn sie boten in der Mehrzahl dieselben Gesichtszüge zur Schau, höchstens ein wenig gealtert und ein bischen anderen Ausdrucks durch das ungepuderte, die eigene Farbe zeigende, halbkurz getragene Haar. Was sie haupt= sächlich auf den ersten Blick nicht erkennen ließ, war ihre Jacobinertracht, als kämen sie aus einer Sitzung des Convents oder des Wohlfahrtsausschusses, die langen

Pantalons mit den hochbestulpten Stiefeln, der sonderbare
steifrandige Hut statt des Dreispitz, der Spazierstock statt
des Degens. Doch sie selbst sahen sich gegenseitig ohne
alle Verwunderung an; das konnte auch nicht anders
sein, war, als ob es immer so gewesen, das allein schickliche
Costüm de bon ton, so selbstverständlich wie ihre Stellung
am Hofe, ihr Lebenszweck, ihre Existenz überhaupt. Woher
diese äußere Veränderung gekommen, ging Niemand an
und war auch völlig gleichgültig, denn innerlich hatte
sich nichts an ihnen verwandelt, nicht mehr, als an ihrer
Umgebung oder drüber hinaus im deutschen Reich. Mit
Ausnahme von seiner Westgrenze, in den Landstrichen
am Rhein, wo seit vier Jahren stets vom Frühling bis
zum Herbst kriegerische Operationen vollzogen wurden.
Aber so wenig man den Kanonendonner von dort bis
hierher vernahm, so wenig auch ward man von den
Vorgängen drüben in irgendwelcher Weise unangenehm
afficirt. Sie lieferten Themata für die Conversation,
gaben Anlaß zu espritvollen Anzüglichkeiten über die
strategischen Talente der österreichischen Feldmarschälle
und Generäle, die sich zu „inférieurs“ für ihre Aufgabe
zeigten, die zusammengelaufenen französischen Pöbelrotten
rasch zu züchtigen und mit Bajonetten in ihre Pariser
Schmutzspelunken zurückzupeitschen. Doch im Ganzen
begann die Sache durch ihre Monotonie ennuyant zu
werden, und guter Geschmack wählte sie nicht häufig
mehr zum Gegenstand der Unterhaltung. Nur die sansculottes erhielten noch ein Interesse für sich wach; es

war schade, daß man nie einen von ihnen vor Augen
hatte, um die Meinungsdifferenz entscheiden zu können,
ob sie wirklich ohne „inexpressibles" umherliefen oder
ihren Namen nur davon erhalten, daß sie keine culottes,
sondern bis auf die Füße herabreichende pantalons trugen.
Einige der Cavaliere behaupteten das letztere, während
die Damen sich in der Mehrzahl der ersteren Ansicht
zuneigten; dieser spaßhafte Glaubensunterschied gab Ge=
legenheit zu allerhand piquanten Plaisanterien. Aber
die Hosenfrage gehörte doch gleichfalls zusammt den andern
in's Bereich der Bagatellen, mit denen sich zu beschäftigen
man nur nebenher Zeit fand. Denn jeder Tag brachte
so viel an wichtigen Affairen oder neuen Beleuchtungen
solcher, die sich in den letzten Tagen zugetragen, daß die
Stunden der üblichen Parkreunion für den Meinungs=
austausch darüber kaum hinreichten. Neue Tracht bewegte
sich über den unter den jetzigen Schuhen vernehmlicher
als früher knirschenden Wegkies, doch der ungeheure Aus=
bruch, der im Westen alle Grundfesten einer tausend=
jährigen Vergangenheit umgestürzt, sie wie sturmverwehte
Spreu in die Lüfte gewirbelt, hatte hier das ‚ancien
régime' mit keinem Hauch der Veränderung angerührt.

Nur eines noch außer der Kleidung war anders
geworden, jedoch zur Erhöhung des Hofglanzes und
Bereicherung der täglichen Lebensführung dienend. Von
jeher hatte das Schloß ab und zu die Einkehr eines
vornehmen Besuchs aus Frankreich gesehen, meistens indeß
auf der Durchreise Begriffener oder nur vorübergehend

kürzeren Aufenthalt Nehmender. Jetzt dagegen, seit Jahren
erwiesen ihm ein Dutzend emigrirter Comtes, Vicomtes
und Marquis die Ehre, sich als ständige Gäste darin
niederzulassen, die Atmosphäre im Palais und Park mit
einem noch feineren Parfüm zu durchwürzen. Sie brachten
noch von der Sonne des roi soleil ausgegangenen echte,
getreu' fortüberlieferte Strahlen mit, die sich zauberhaft
leuchtend in der unvergleichlichen Eleganz ihrer Manieren,
der Grazie ihrer Galanterie kundgaben; jede Bewegung,
jedes Wort verriethen ihre Abkunft aus dem wirklichen
Versailles. Freilich mußten sie demgemäß hohe An=
sprüche an ihren zeitweiligen Wirth stellen, denn ihr
Leben hatte die Befriedigung jeglichen Genußverlangens
nur als etwas Selbstverständliches, gleich dem Einathmen
der Luft, gekannt. Aber dieser berechtigten Forderung
konnte die Schatulle des Reichsgrafen Genüge leisten,
da es lediglich einer verstärkten Steuerbelastung seiner
Unterthanen bedurfte, um die Erhöhung der Ausgaben
durch Vermehrung der Einnahmen auszugleichen, und
außerdem warteten die hocharistokratischen Gäste ja nur
auf die täglich bevorstehende Niederpeitschung des plebe=
jischen Gesindels, um ihre von diesem in einer lächerlichen
Comödie momentan usurpirten großen Herrenrechte und
Besitzthümer wieder an sich zu nehmen. Die männliche
Hälfte der vornehmen Emigranten hatte der neuen Mode=
tracht aus Paris bis heut noch Widerstand geleistet, um
bei ihrer demnächst erfolgenden Rückkehr der niedrigen
Masse ihrer Landsleute die alte Seigneurerscheinung ent=

gegenzuhalten; so flimmerte doch noch da und dort ein buntfarbiger Seidenrock, klirrte ein Spieldegen im Park. Denn sie waren nicht nur bewunderte und hochaus= gezeichnete Gäste, auch wichtig an der Kriegführung Be= theiligte, Officiere von hohen Rangstufen, Colonels und Generale, die zwar augenblicklich keine gemeinen Soldaten zur Verfügung hatten, doch durch ihre hohe militairische Begabung Bürgschaft von höchster Bedeutung für die baldige Wiederaufrichtung des Königsthrones in Frank= reich leisteten. So fuhren sie in den Prunkwagen des Reichsgrafen ab und zu bis nach Mainz hinüber, zwischen dessen Festungswällen auch das Falkenberg'sche Reichs= contingent, mit Ausnahme der zurückgebliebenen Schloß= garde, lagerte. Dort hielten sie Besichtigungen der Bastio= nen ab, ertheilten strategische Rathschläge und kehrten nach solchen anstrengenden Pflichterfüllungen wieder an die Schloßtafel und zur Parkreunion zurück.

Um die Stunde der letzteren war's nun an einem Juli=Nachmittag des Jahres 1796. Trotz dem Nieder= gang der Sonne brütete die hochsommerliche Hitze noch auf dem Springbrunnenplatz fort und gab an mehreren Stellen den Damen Anlaß, durch eine Bemerkung das Gedächtniß an etwas Vergangenes wachzurufen. „Wie insupportable müßten bei solcher Temperatur die jupes= cage d'autrefois sein." — „En effet étouffantes de chaleur". Die Unterhaltung beharrte ein Weilchen bei dem Gegenstand; Niemand begriff mehr, wie es möglich gewesen, etwas so Unförmliches, jede freie Bewegung

Hinderndes, geradezu Incroyables wie die ehemaligen
Reifröcke zu tragen. Ein Cavalier lächelte: „Une ab-
surdité, wie wenn man la statue der Venus dort in
einen Käfig consigniren und das Gitter mit Tüchern
couvriren wollte." Von weiblichen Lippen kam eine
Ergänzung: „En sus konnte das Costüm bei einem
mouvement imprévu pleinement gegen die Decenz ver-
stoßen." — „Certainement, die angeborene délicatesse
unseres Geschlechts hat vollen Grund, für die réformation
jener impudence dankbar zu sein."

Man bediente sich am Hof entweder ganz der Sprache
Frankreichs, oder mischte in die deutsche noch mehr
französische Vocabeln als früher ein; Courtoisie und
Politesse legten es um der Anwesenheit der distinguirten
Gäste willen als Verpflichtung auf. Auch die Gemahlinnen
und Töchter der vornehmen Emigranten hatten sich der
alten, durch unvorsichtige Bewegungen mit einer Gefährdung der weiblichen Sittsamkeit drohenden Reifrocktracht
entäußert und sich aus formlosen Glockengestalten zu
schlank-schmächtigen Sylphiden umgewandelt. Der drücken-
den Hitze halber waren die engumschließenden Gewänder
der Jüngeren von ihnen sämmtlich aus den halbdurch-
sichtigen koischen Geweben angefertigt, und etwas aus
der Entfernung gesehen, erregten alle den Eindruck, als
gewahre man mit leichten Schleierfloren drapirte weiße
Marmostatuen sich lebendig durcheinder bewegen. Einem
der Herren gerieth eine Reminiscenz vom Munde: „Erinnern Sie sich, wem à vrai dire la mérite angehört

hat, unsere Augen als la première mit dieser graciösen
Mode der Damen zu enthusiasmiren? Je ne me sou-
viens pas au moment — ich meine des Namens der
Persönlichkeit — aber sie trug eine Robe, couleur de
jones, bei einer fête champètre mit einem feu d'artifice —"

In den Mienen der zuhörenden Damen zeigte sich
ein beleibigtes Feingefühl; eine von ihnen unterbrach
den Sprecher: „Excusez, cher baron, mais on ne
remette en mémoire de pareils."

„Sie meinen à cause du malheur d'alors —"

„Pas, monsieur, en considération de la personnage
d'alors."

Doch die Conversation brach ab, eine von der Gruppe
plötzlich eingenommene Paradestellung ließ erkennen, daß
sich etwas von hoher Wichtigkeit zutrage. Aus der
Richtung des Schlosses her näherte sich mit einer Be=
gleiterin eine sehr große, wohl kaum zwanzigjährige Dame
heran, deren Wuchs eigenthümlich mädchenhaft Schlankes
mit einem beginnenden Uebergang zu junonischer Forment=
wicklung vereinigte. Deutlich stellte sich's dem Blick dar,
denn die ganze Gestalt trat wie ein plastisches Bildwerk
durch den Florstoff des Gewandes hervor, der drüberhin
mit einer binsengrünen Farbe flimmerte und schillerte.
Es erinnerte sehr an das Najadenkleid, in dem vor sieben
Jahren die Tochter des Nereus dem campanischen Ufer
einen Besuch abgestattet hatte, der durch den Vesuvaus=
bruch so unvorgesehenen Abschluß gefunden, und aus

einiger Weite konnte man glauben, die Freiin Gotburg
von Bettendorf erscheine zur abendlichen Promenade. Doch
das Näherkommen brachte die Täuschung rasch zum
Zergehen, verdeutlichte völlig andere Gesichtszüge. Sie
standen auch in einem Gegensatz zueinander; um einen
weichen Kindermund spielte das Lächeln eines halb er=
wachsenen Mädchens, während unter sehr schweren dunklen
Brauenbogen merkwürdig zwei schwarze Augensterne eines
sieggewiß sich seiner Schönheitsmacht bewußten Weibes
aufleuchteten. Zu ihnen trat ein rosigduftiger Teint und
fast goldblondes, feinsäbiges Haar in wirkungsvollen
Contrast; mit allem, auch der ungewöhnlich oblongen
Antlitzform, sprach die ganze Erscheinung nicht von deutscher
oder mindestens nicht von rein deutscher Abkunft. Nun
trat sie zu der verstummten Hofgesellschaftsgruppe heran,
und gleichzeitig verbeugten die Cavaliere sich respectvoll
und bogen die Damen sich mit tiefem Reverenzknir herab.
Die Bewegung erzeugte nicht mehr das ehemalige Knistern
und Knattern der brokatenen Reifröcke, sondern ging fast
lautlos von statten. Nur ein Zurückfließen der Ge=
wänder und ihres durchschimmernden Inhaltes war's,
aber es legte nicht mindere Ehrerbietung als die ge=
räuschvollen Verneigungen der früheren Zeit an den Tag.

Die so Empfangene erwiderte auf den Gruß mit
einem Kopfnicken, das ebenfalls eine eigenartige Mischung
von kindlichem und selbstbewußtem Wesen verband. Sie
hieß eigentlich Freifräulein Abeline von Nortenberg, ward
jedoch, wo man von ihr sprach, stets Miß Abeline be=

nannt, da ihre Mutter eine Engländerin gewesen. Erst
seit dem letzten Frühling hielt sie sich im Schloß auf;
der Reichsgraf hatte sie bei einem Besuch am unweit benachbarten Hofe des Fürsten Oettingen-Wallerstein kennen
gelernt, wo ihr durch Verarmung herabgekommener freiherr-
licher Vater eine nur untergeordnete Stellung bekleidete,
und hatte sie durch eine Einladung hierher wenigstens
für eine zeitlang ihren fast bedrückenden Verhältnissen
enthoben. Eine Handlung der Mildthätigkeit war's, doch
nicht gänzlich ohne einen Nebengedanken, denn Monseigneur interessirte sich neuerbings lebhaft für englische
Literatur und suchte dafür nach einer Unterstützung seiner
etwas vernachlässigten Sprachkenntnisse. So hatte sich
mit der Wohlthat, die er erwiesen, allerdings ein bischen Eigennützigkeit verknüpft, und im Grunde verdiente
Miß Adeline sich ihre gastfreie Aufnahme als englische
Sprachlehrerin. Doch war man von Anfang an fein-
fühlig beflissen gewesen, sie dies nicht empfinden zu lassen,
ihr altadeliger Geschlechtsname wies ihr die gebührende
Beachtung zu, und diese steigerte sich rasch zur allgemeinen Hochachtung vor den Eigenschaften und Verdiensten, welche die junge Dame sich um die Förderung
des erwachten Interesses Seiner Erlaucht erwarb. Unverkennbar enttäuschte sie die Erwartungen, die er auf
sie gesetzt, nicht, sondern übertraf dieselben noch, besaß
die Fähigkeit, dem hohen Herrn für seine neue Neigung
immer neue Anregung zu bieten. Sie bewohnte die
Appartements, die ehemals die Freiin von Bettendorf vor

ihrer Erkrankung innegehabt, und Monseigneur verbrachte
oft dort die Abende bis Mitternacht, um sich durch ihre
Hülse in der englischen Conversation zu vervollkommnen.
Doch hatte sie, wie es schien, von mütterlicher Seite —
man wußte nicht recht, wie man es bezeichnen sollte —
eine gewisse englische Prüderie geerbt, die ihr zur Vorschrift machte, niemals in einem geschlossenen Raum mit
einem Herrn allein unter vier Augen zu verweilen. Davon machte sie, in beinah lächerlicher Weise, auch bei
Monseigneur keine Ausnahme, ertheilte ihm die Unterrichtsstunden stets in Gegenwart einer Gesellschafterin.
Man fand dies mit Recht ein wenig befremdlich, und
zu vermuthen war, daß auch Seine Erlaucht es im
Stillen so empfinde; aber es mußte dem Umstand zu
gut gehalten werden, daß die junge Dame keine höfische
Erziehung genossen hatte. Das trat auch sonst in ihrem
Benehmen zu Tage, doch nicht als prüde Steifigkeit,
vielmehr in umgekehrter Art durch die Ungenirtheit, mit
der sie sich über die Regeln der Etikette hinwegsetzte.
Sogar Monseigneur selbst gegenüber; sie sprach mit ihm,
manchmal kaum die äußere Form wahrend, wie eine
Gleichgestellte, als ob sie nicht die Empfängerin einer
Wohlthat, sondern die Spenderin sei. Aber augenscheinlich nahm er ihr diesen Mangel an Hofbildung nicht
übel auf, erfreute sich im Gegentheil daran, als an
einem Ausfluß unbeengter, frischer Natürlichkeit. Sie
war eben von englischer Herstammung, nach der sie be-
urtheilt werden mußte; in der letzten Zeit begann man

von ihr nicht mehr als Miß, sondern Lady Abeline zu
sprechen, denn aus einer Aeußerung, die Seiner Erlaucht
entfallen, ließ sich entnehmen, ihre Mutter sei die Tochter
eines Lords gewesen. So lag ihr begreiflich etwas
Selbstherrliches als Erbtheil im Blut, und ihr Behaben
richtete sich nicht nach deutschen Etikettevorschriften, son=
dern danach, was ihr selbst von ihnen zu thun und
lassen, zu erfüllen oder zu verweigern gutdünkte.

Aus einem der Wandelgänge her kam jetzt gleich=
zeitig auch Monseigneur herzu, natürlich durch die gegen=
wärtige Tracht ebenfalls in der äußeren Erscheinung ver=
ändert, doch keineswegs unvortheilhaft. Sein ästhetischer
Geschmack hatte an ihr das Steif=Ungefällige bis zum
Verschwinden gemildert und das günstig Wirksame her=
vorgehoben. Der ausgeschnittene, lichtbraune, nur eine
leichte Andeutung des aufgeschlagenen Kragens zeigende
Frackrock schmiegte sich in glattem Fall eng dem Ober=
körper an, wie gleicherweise der Unterhälfte das perl=
farbige lange Beinkleid, das seinen Abschluß handbreit
unter dem Knie in Stulpen von weichem, hellgelbem
Corduanleder fand; der weite Ausschnitt einer nur bis
zur Taille hinabreichenden, künstlich leger sitzenden orange=
farbigen Weste ließ vor der Brust ein feines Spitzen=
jabot schneeigen Glanz werfen. So diente die Kleidung
mehr als früher zur deutlichen Ausprägung des kräftig=
geschmeidigen Wuchses der ganzen Gestalt, und ohne
Frage hob sich Seine Erlaucht noch ebenso zwischen allen
Cavalieren als der Eleganteste hervor. Die Naturfarbe

des kurz getragenen Haares verlieh seinen Zügen Jugendliches, doch bedurften sie dieser Beihülfe nicht. Er mußte
seit mehreren Jahren in die Vierziger getreten sein, indeß sein Gesicht war völlig unberührt davon geblieben.
Der hohe Herr zählte unverkennbar zu den auch von der
Natur Auserlesenen und Begünstigten, an denen die Zeit
vorüberschritt, ohne ihnen, wie andern, ihr Gepräge auf-
drücken zu können.

Auch die schattenlos strahlende Heiterkeit seiner Augen
hatte sich unverändert erhalten, in der Rechten trug er
ein gertenartig dünnes, diamantbeknauftes Stöckchen, mit
dem er, leicht nach Art eines Reitenden salutirend, auf
die tiefe Reverenz der Versammelten erwiderte. Einer
der anwesenden Emigranten stellte, sich aus der Verbeugung aufrichtend, in französischer Sprache die Frage, ob
Monseigneur eine neue Nachricht vom Kriegsschauplatz
erhalten habe. Lächelnd entgegnete der Befragte: „Mayence
est à nous, mon cher vicomte, et nous n'avons bésoin
de plus; je suis faché, mais je crains qu'en peu de
temps vous voudrez retourner à votre belle patrie
sans pareil." Nach dem letzten Wort drehte er sich mit
leichter Wendung den Damen zu und sagte in einem
Ton der Ueberraschung:

„Ah, erweist Lady Aba einmal unserm Park die
Ehre, ihn ihren Büchern vorzuziehen? Das ist ja eine
ungewohnte Auszeichnung."

Kein ironischer Klang lag drin, nur ein neckischer,
wie einem Kinde gegenüber. Und gleich einem solchen

entgegnete die Begrüßte auch darauf, nicht mit hofmäßiger tiefer Verneigung, sondern drollig=graciös den Knir eines halberwachsenen Mädchens nachmachend. Dazu fragte sie in ebenso fröhlicher Unbefangenheit:

„What did you pluck there, Sir? Will you make to me a present of it?"

Die Anrede kam ihr in einem Mittelton zwischen „Sir" und „Sire" vom Mund, man konnte beides heraushören. Die Frage aber bezog sich auf eine von der Linken des Reichsgrafen gehaltene gelbe Sternblume, die er jetzt Abeline von Nortenberg entgegenbot.

„Ich habe sie auf meinem Weg mitgenommen, um von Ihnen zu lernen, wie sie auf englisch genannt wird."

Die junge Sprachlehrerin nahm die Ringelblume und rief: „Oh, merrigold — merrigold is the name, Highness. How beautiful!"

Sie lachte wie ein erfreutes Kind und zupfte mit ihren langen, schmalen Fingern eines der Goldblättchen aus dem gefiederten Rund —

„You can ask a question to the little flower and she will reply you. Look on — yes — no — yes — no —"

Ein bischen unbarmherzig war's, die niedliche Blume so zu zerpflücken, aber die Hand vollführte es mit so viel Grazie und gedankenloser Naivetät eines großen Kindes, daß alle Zuschauer sichtlich von dem reizvollen Anblick bezaubert wurden.

Nun blieb nur ein Blättchen noch übrig, und die Zerpflückerin stieß mit einem frohlockenden Ton von den Lippen: „Yes — she says yes — do you wish back the little flower?"

Etwas Neues, noch niemals am Hofe Dagewesenes war's, so völlig sans façon, daß es eigentlich an Unschicklichkeit grenzte und Zweifel erregte, ob es noch als köstliche Unbefangenheit angesehen werden könne, oder nicht eine verdiente beschämende Zurückweisung erfahren werde. Die Ohr- und Augenzeugen standen lautlos mit einem unsicheren Mienenausdruck, doch Monseigneur entzog sie rasch ihrer Ungewißheit, streckte die Hand aus und versetzte, den entblätterten Kelch zurücknehmend, ohne einen Anhauch von Mißfallen:

„Wozu sagt das übrig gebliebene Blatt denn „ja", Mylady?"

Die Befragte blickte ihn verständnißlos mit groß aufgeschlagenen Augen an und wiederholte: „Wozu? Must it say, for what? I don't know."

Seine Erlaucht lachte. „So will ich's als Orakelspruch annehmen, es habe „ja" zu der Hoffnung Ihres Schülers gesagt, daß er heut' Abend in der Unterrichtsstunde von seiner gestrengen Lehrerin keine Strafarbeit aufgelegt bekommt. Bon soir mes dames et messieurs! Ich habe noch Anordnungen für mein Bataillon zu treffen, wenn es von Mainz zum Vormarsch gegen Paris aufbricht. Auf Wiedersehen, Mylady, hoffentlich in nicht zu rigoroser Stimmung mit der Ruthe in der Hand!"

Monseigneur grüßte huldvoll und setzte den Fuß zum Fortgang vor, doch hielt ihn noch einmal an, sich gegen den Oberceremonienmeister und maitre de plaisir, Freiherrn Rothafft von Startzhausen zurückwendend: „A propos, lieber Baron, was halten Sie bis zum nächsten Sonntag vom Wetter?"

„Wenn Eure Erlaucht den Wunsch hegt, daß es sich bis dahin wie in den letzten Tagen forterhalte —"

„Es wäre mir erfreulich, aber Wünsche eines schwachen Menschen finden nicht immer Erfüllung."

Ein leichter Seufzer klang mit den letzten Worten über die Lippen des Sprechers, während sich eine respect-volle, doch entschiedene Verneinung in allen Zügen umher ausprägte. Nur Abeline von Nortenberg ließ abermals ihrer nicht durch Erziehung in den richtigen Schranken gehaltenen Natürlichkeit freien Lauf, denn sie äußerte gradezu: „Why do you sigh? I don't like a groan of a man." Und lachend fügte sie ein englisches Sprich-wort hinterdrein: „I have been told, where is a will, there is a way."

Auch Monseigneur mußte über die naive Aeußerung lächeln und antwortete: „Glauben Sie, daß es einen Weg giebt, den Himmel für die Erfüllung eines Wun-sches geneigt zu machen? Dann bitte ich Sie, Ihren starken Willen mit meinem nicht ausreichenden zu ver-einigen, damit wir den erfreulichen Weg finden. Denn, mein lieber Baron" — Serenissimus wandte sich an den Ceremonienmeister zurück — „es ist meine Absicht,

bei günstiger Witterung am Sonntagabend auf dem
Weiherplatz eine kleine Unterhaltung zu arrangiren. Na=
türlich unter der Voraussetzung, daß die Damen eine
ergebene Einladung dazu nicht refüsiren."

Hörbar befand sich Seine Erlaucht heut' in einer
köstlichen humoristischen Stimmung, seine Erwiderung
auf das englische Sprichwort hatte nicht minder Zeugniß
dafür abgelegt, als die letzte scherzlustige Besorgniß einer
möglicherweise ihm von Seiten der Damen widerfahren=
den Ablehnung. Nun begab er sich endgültig daran,
seine militairischen Anordnungen im Schloß zu erledigen;
das unbegreiflich lange Verschieben der Bestrafung und
völligen Vernichtung der Sansculottenhaufen nöthigte
ihn öfter zu solcher landes= und kriegsherrlichen Thätigkeit.
Aber seine heitere Laune ward durch diese ihm aufge=
brängte Obliegenheit nicht beeinträchtigt; ein heller Glanz
in den Augen ließ erkennen, daß er sich noch nicht mit
den Maßnahmen für seine Truppen beschäftige, sondern
vermuthlich die Gedanken auf das geplante Parkfest vor=
aufgerichtet halte, wie dies sich am besten dem Zweck
entsprechend einrichten lasse. Er ging allein, nur eine
kleine zwerghafte Gestalt, von seitwärts herangekommen,
schritt als Gefolge hinter ihm drein. Til Luja war's,
der nicht zu den von der Natur Auserlesenen und Be=
günstigten zählte, denn sein früher schon ziemlich faltiges
Koboldgesicht zeigte sich von stark vermehrten Runzeln
durchzogen, und eine breite Brandnarbe lief, ihn entstellend,
über die linke Stirnseite. Doch kam er unverändert

Tag für Tag den Pflichten seiner Stellung wie früher nach und erregte in jüngster Zeit vielfach die Lachlust, da er seit der letzten Woche beständig in der hochgradig carikirten Tracht eines englischen groom erschien. Die stand seiner winzigen Figur äußerst burlesk, zumal da er sie mit höchst gravitätischem Behaben verband, und dementsprechend führte er auch ab und zu ein Kauderwelsch einiger zusammengestoppelter englischer Vocabeln im Mund. Davon machte er gegenwärtig Gebrauch und redete, aus der Hörweite der Hofgesellschaft herausgelangt, seinen ehemaligen ‚Gevatter‘ an: „Godfather, ich habe ein wish.“

Monseigneur sah achtlos auf ihn herunter. „Was willst du, Narr?“

„To better mich, ich möchte mich auch wie Du in meiner Sprache verbessern, und bitte Dich, laß mich mit von Deinen Schulstunden Profit haben. Den hat dann auch die Gesellschafterin Deiner shoolmistress und kann ihre alten müden Augen früher zu Bett legen. Oh the old weary eyes, ich habe so viel pity mit ihnen.“

Der hohe Herr hatte offenbar, mit seinen Gedanken beschäftigt, nur halben Ohrs auf das närrische Gesuch Acht gegeben und versetzte: „Du bist ein unkluger Stallknecht, geh zu Deinen Pferden und lerne ihre Sprache.“

Der Kleine machte eine selbstbewußte Miene. „Oh, die kann ich schon, godfather. Ich habe täglich mein stone-horse zu warten, der hat's mich gelehrt, und ich bin ein gelehrter groom, ein großer linguist. Nur mit dem Englischen möcht' ich gern noch etwas mehr ins Reine kommen. Aber wenn Du fürchtest, ich könnt's drin weiter bringen, als Du, daß Du jealous auf mich würdest — "

Serenissimus antwortete nicht mehr auf das Gerede, sondern trat ins Schloßportal ein. Doch unter diesem klang die Stimme des Zwerges noch einmal: „Godfather — "

„Du wirst langweilig mit Deinem englischen Gepieps. Was willst Du noch?"

„Ich will nichts, aber im Stall hat eine Stute mir erzählt, Du willst am Sonntag in Campanien ein Fest geben. Da möcht' ich Dich bitten, mir zu sagen, ob wir dabei nah an den Mount Vesuvius herankommen, damit ich mir vorher ein paar Eisaufschläge um den Kopf machen kann."

Er glitt sich mit der Hand wie zufällig über die Stirnbrandnarbe, die von einer, ihm vor sieben Jahren bei dem mißglückten Feuerwerk am Weiher grad über'm Auge in's Gesicht gefahrenen Rakete herrührte. Doch im nächsten Augenblick buckte er sich possierlich zusammen, denn die Rechte Seiner Erlaucht hatte unwillkürlich das Stäbchen mit dem strahlenwerfenden Diamantknauf aufgehoben, ließ es indeß wieder sinken, und Monseigneur sagte nur mit einem scharfen Ton: „Du wirst nicht blos ein langweiliger, auch ein geschmackloser Narr. Nimm Deine Späße besser in Acht, sonst — "

Rasch trat er in's Schloß, ein Mißmuth verschattete ihm die bisherige Heiterkeit des Gesichts. Er trug im Sinn, ein anmuthiges Fest im Park zu veranstalten, und wohl begreiflich war's, daß es ihn peinlich berührt hatte, an die unheilvolle Nacht erinnert worden zu sein, in der mehr als hundert Personen, besonders Frauen, Mädchen und Kinder durch die falsche Berechnung des Feuerwerkers den Tod gefunden oder Verstümmelung und entstellende Brandwunden davongetragen. Es hatte in der That Selbstbeherrschung dazu gehört, das tactlose Aufwecken dieses Gedächtnisses nicht mit einem Schlage, sondern nur mit dem unwilligen Wort ‚geschmacklos' und einer Anbrohung zu bestrafen.

Doch diese schüttelte der Possenreißer gleichmüthig von sich ab und ging in seinen fast bis an den Leib reichenden Reitkanonenstiefeln mit gravitätischer Würde das Gesicht unbeweglich zwischen den riesigen gesteiften Kragenspitzen haltend, auf den Fontainenplatz zurück. Hier hatte nach dem Fortgang Seiner Erlaucht die Gruppe sich zum größten Theil aufgelöst, und die Meisten promenirten zu Zweien, eine Dame von einem Cavalier escortirt, in der weichen, noch hellen Abendluft hin und wieder. Fast ausschließlich drehte sich die Conversation en deux um die ausgezeichnete „bonne humeur" Monseigneurs, und man versprach sich von dieser ein besonderes wohlausgesonnenes Arrangement der angekündigten fête champêtre. „Sûrement, alle Dispositionen

werden so getroffen werden, daß der Abend seine Intention
complétement erfüllen muß.“

„Croyez vous, monsieur? Aber wenn der Himmel
nicht sein consentement giebt — Monseigneur schien
darüber doch noch nicht ganz plein de sécurité zu sein.“

„Oh, le ciel ne sera pas si cruel, madame, sondern
wird Monseigneurwetter arrangiren.“

„Bien entendu glaube ich auch, daß es opportun
von ihm gehandelt wäre. Er könnte sonst riskiren,
daß die fête de nuit überhaupt nicht zu Stande käme.“

Selbstverständlich war's, daß der groom die ‚Lady
Abeline‘ als seine Herrin ansah, der er zur Bereitschaft
für etwaige Aufträge auf Schritt und Tritt zu folgen
habe. Gewissermaßen war er ebensowohl Engländer,
wie sie Engländerin, denn er geberdete sich so, und es
kam nur darauf an, eine gewählte Rolle so durchzu-
führen, daß sie die Zuschauer dahin brachte, sie anzu-
erkennen. Offenbar hegte man allgemein den Wunsch,
sich der jungen Sprachlehrerin bei ihrer Promenade
anzuschließen, aber sie nahm keine Notiz davon, in ihrem
Benehmen lag eine ungesprochene Ablehnung der an-
gebotenen Begleitung. Das war das Selbstherrliche,
das ihr als Erbtheil von dem Lord-Großvater her im
Blut lag; als Behaben der Tochter des verarmten Herrn
von Nortenberg wäre es eine lächerliche Anmaßung gewesen, aber sie besaß die Mitgift, die ihr ein Handeln
ganz nach eigenem Bemessen verstattete und keine Kritik
daran legen ließ.

So schritt sie, sich absondernd, mit ihrer Begleiterin einen Heckengang entlang, nur Til Luja bewegte sich nach seinem allgemeingültigen Vorrecht in gemessener Haltung mit einem Weidenschößling als Reitgerte in der Hand hinter ihr drein. Eine Weile schweigsam, bis er einmal piepste:

„Godmother —"

Sie drehte ohne Verwunderung den Kopf, die närrische Anrede von ihm war ihr schon bekannt; doch sie antwortete ihm nicht wie Monseigneur in englischer Sprache, sondern als Freiin von Nortenberg auf deutsch: „Was willst Du von Deiner Gevatterin?"

Er machte ein ängstliches Gesicht. „I am in fear vor ihr, sie ist keine weichherzige Gevatterin, sie ist eine hard-hearted stroug shool-mistress. Ihr Schüler hat auch dread vor ihr und wartet gewiß schon mit klopfendem Herzen."

Die junge Dame lachte hell. „Let him wait."

„Of course, wenn's Dir nicht beliebt. Du bist die governess und kannst thun, was Du willst. Aber wenn Du on horseback willst, to set out, mußt Du ein Pferd haben und Deinem groom Auftrag geben, daß er's Dir vorführt."

Der Sprecher unterbrach sich plötzlich mit einem laut ausgestoßenen: „Au!" Er hatte seinen Weidenschoß klein zusammengeringelt, doch ein knallender Ton ließ ihn mit einer putzig-verblüfften Miene dreinsehen. Unwillkürlich kam Adeline von Nortenberg vom Mund:

„Was machst Du benn da, Dickopf?"

Mit weinerlicher Stimme gab er Antwort:

„Ich wollt' einen Ring machen, einen weddingring für meine Leibstute. Aber ich bin so clumsy, godmother, und hab' die schöne horse-whip zu stark gebogen, und nun ist sie entzwei gebrochen. Die Stücke sind nichts mehr werth, blos to cast away, ober weißt Du noch etwas mit ihnen anzufangen, godmother?"

Kläglich hielt er ihr die zerknickte Gerte hin, auf die sie kurz ben Blick niederrichtete. Dann sagte sie, mit ber Schulter zuckend:

„Warum bist Du ein so ungeschickter Narr?" boch wendete sie sich banach zu ihrer Begleiterin: „Es fängt schon an zu dämmern, und wird wohl Zeit zum Umkehren. Sie können noch zur Stadt hinuntergehen, mir die Essenz aus der Apotheke herauf zu holen, von der ich Ihnen gesprochen. Ich warte brauf; klopfen Sie bei Ihrer Rückkunft gleich an meine Thür, sie mir zu bringen."

Sich umkehrenb, schritt sie gegen das Schloß zurück, während ber groom beglückt ausstieß: „Oh, ich wußt's wohl, Du bist doch pitiful und reasonable, godmother. Nicht wahr, ich kriege auch etwas von Deiner Essenz, daß ich damit meine schöne Gerte wieder heil machen kann. Ich will auch more prudently sein und keinen Ring mehr braus zu biegen versuchen."

Nun folgte er wieder in einigem Abstand grotesk seiner englischen Herrin nach, die, ihre Promenade been-

benb, zum Schloß zurückkehrte und die Treppe zu ihren
Gemächern hinanstieg, während ihre Begleiterin sich, dem
ertheilten Auftrag gemäß, auf den Weg nach Wangenfurt
hinab begab. Sie war schon bei Jahren und ging
langsam; aber das konnte ihre junge Gebieterin im
Voraus wissen und mußte sich auf ein längeres Ausbleiben
der Alten gefaßt machen, die eine Mittelstufe zwischen
einer Dienerin und Gesellschafterin einnahm. Als solche
hatte die etwas übermäßige britische Prüderie ihrer Herrin
sie für die Dauer des Aufenthaltes am Hofe Seiner
Erlaucht von Oettingen mitgebracht.

Noch jemand befand sich auf dem Wege zur Stadt,
der Freiherr Rothafft von Startzhausen. Er war von
der kundgegebenen Absicht Monseigneurs, am Sonntag
ein Parkfest zu veranstalten, überrascht worden, und es
that Eile noth, sich der für die Vorkehrungen jedenfalls
erforderlichen Hülfskräfte zu versichern. So schickte er
keine Diener aus, sondern unterzog sich selbst der Mühwaltung, noch en passant verschiedene Handwerkmeister
zu avertiren, daß sie sich für die nächsten Tage bereit
zu halten hätten. Wie er die vorderste Straße erreicht,
begann auch in ihr ein Zwittern des Taglichtes, ließ
indeß die Dinge in der Nähe noch deutlich wahrnehmen
und hätte es dem Oberceremonienmeister ermöglicht, die
Gesichtszüge einer ihm in der schmalen Gasse begegnenden
weiblichen Person noch zweifellos zu unterscheiden. Doch
er nahm sie nicht gewahr, sein Kopf hielt sich nach der
anderen Seite gedreht, und zugleich belästigte ihn etwas

im Hals, das er durch ein Räuspern heraufholte und
über die Lippen von sich weggab. So blieb er in Un=
wissenheit davon, daß es die Freiin Gotburg von Betten=
dorf gewesen, der er achtlos vorübergegangen; sie wohnte
seit bald sechs Jahren in einer engen Gasse von Wangenfurt.
Damals war sie von der gleichen Krankheit befallen
worden, an der Ihre Erlaucht so lange gelitten und
leider auch gegenwärtig immer noch fortlitt, und der
Leibarzt hatte mit vollster Entschiedenheit auf eine Orts=
veränderung gedrungen. Zum größten Bedauern Mon=
seigneurs, der sich jedoch selbst der Einsicht nicht ver=
schließen geburft, daß die schärfere Luft auf der Anhöhe
den angegriffenen Athmungsorganen der Erkrankten nicht
dienlich, sondern der gesicherte Aufenthalt in der weniger
den Winden ausgesetzten drunten für sie unerläßlich
sei. Vorsorglich hatte er deshalb in möglichst geschützter
Lage zwei Stuben für sie miethen lassen und durch
eine Anweisung auf seine Privatschatulle auch in den
ersten Jahren für die Bestreitung ihres Unterhalts Sorge
getragen. Aber dann waren die Kriegsjahre mit ihren
vielfachen geistigen Anforderungen und militairischen Maß=
nahmen gekommen und die weitere Aushändigung des
Pensionsbezuges darüber in Vergessenheit gerathen. Seit=
dem fristete Gotburg von Bettendorf ihr Dasein nur
in höchst dürftiger Weise, allerdings durch ihre eigene
Verschuldung, denn sie wäre früher reichlich in der
Lage gewesen, sich für solche Eventualität Ersparnisse
zurückzulegen. Doch sie hatte nicht an die ernsthafte

Möglichkeit einer dauernden Erkrankung und dadurch
herbeigeführte Unfähigkeit zum Weiterversehen ihres Hof-
dienstes gedacht, und für diese Unbedachtsamkeit mußte
sie jetzt eben mit zu später Erkenntniß büßen. Das
ließ sie natürlich schnell altern, sie sah völlig verblüht
aus; indeß waren Anzeichen davon schon im letzten Jahre
ihres Aufenthalts im Schloß zu Tage getreten, eine
Vergröberung des Teints und Bildung eines Spältchens
auf der Oberlippe. Man hatte es — wie den Keim
ihrer Krankheit überhaupt — wohl mit Grund einer
Wirkung des Schrecks zugemessen, der ihr bei dem mißglückten Feuerwerk das Nervensystem geschädigt, denn sie
war damals von der Panik unter die Füße getreten
und vielleicht — wie man gemuthmaßt — auch sonst
noch verletzt worden. Ihre äußere Erscheinung zeigte
herabgekommene Eleganz; sie besaß nicht die Mittel, sich
nach der Mode der neuen Zeit zu kleiden, und trug
zum neugierigen Gaffen der Stadtjugend den Rest ihrer
alten Hofcostüme auf. Um die Dämmerzeit begab sie
sich stets aus ihrer ärmlichen Behausung fort, um in
einem Laden das unumgänglich Nothwendige für ihr
Abendessen einzukaufen, und so war sie jetzt mit einem
kleinen Papierpäckchen in der Hand auf dem Rückweg
von ihrem Gang begriffen.

Da begegnete ihr noch jemand, eine Andere ihres
Geschlechts, sehr groß, von üppig quellendem Wuchs und
mit einem Gesicht von einer groben Schönheit der Züge.
Male Erobath war's, man erkannte sie auf den ersten

Blick, denn sie war eigentlich unverändert, nur noch
mehr in's Volle gegangen. Sie mußte von auskömm=
lichem Erwerb leben, sah wohlgenährt aus und trug,
wenn auch bürgerliche, doch in einer gewissen Weise
elegant angefertigte, sie von andern Frauen ihres Stan=
des abhebende Kleidung; neben ihr ging, angestrengt
einen offenbar ziemlich schweren, eingekauften Gegenstand
tragend, ein etwa sechsjähriges Mädchen, dessen Züge
mit den ihrigen augenfällige Aehnlichkeit zeigten, doch
von einem nicht nur durch das kindliche Alter bedingten
verfeinerten Gepräge. Eine Nichte Male Crobath's war
es, welche diese, da ihre Mutter gestorben, aus einem
entlegenen Orte her zu sich genommen und in ihrem
Hause aufwachsen ließ; nun traf sie mit ihrer ehemaligen
Herrin im Schloß zusammen, indeß nicht zufällig, wie
eben zuvor der Oberceremonienmeister von Startzhausen,
den Kopf abgedreht haltend, sondern Gotburg von Bet=
tendorf aus nächster Nähe grad' in's Gesicht sehend.
. Doch mit einem respectlos frechen Blick und mit einem
lachend höhnischen Aufwerfen der Lippe ging sie grußlos
vorüber, ihrer Wohnung am Lindeneck zu. Hier hatte
der Schreiner Kunz Amthor des Lichtmangels halber
Feierabend gemacht, aber stand noch, über den allmäh=
lich verdämmernden Platz wegsehend, vor seiner Werk=
statt. So ward er der mit dem Kinde heimkehrenden
Croatentochter ansichtig, und ihm flog vernehmlich durch
die Zähne: „Da kommt sie mit ihrem Balg, die —"
    Doch das noch nachfolgende Wort verschluckte oder

vermurmelte er unverständlich und sprach in den Bart
hinterdrein: „Ein armer Jammerwurm ist's, den sie
zur Giftkröte großfüttern wird, wenn ihr selbst mal die
Gulden nicht mehr in's Maul tropfen." Seine Finger
zogen sich um den Hammerstiel, den er in der Hand
hielt, zusammen: „Dem sollt' man an den Kragen können,
der das Geschmeiß dazu macht — aber wir singen in der
Kirche: Herr Gott, Dich loben wir, und erhalte in Deiner
Gnade uns unseren —"

Das Weitere verschluckte Kunz Amthor wieder; an
ihm war die Zeit nicht spurlos vorübergegangen. Im
Gegentheil, sie hatte ihn stark verändert, gealtert, sein
Haar völlig grau gefärbt, ihm den Rücken etwas gekrümmt. In den Augen lag statt der früheren kräftigen Lebensfrische ein trüber und müder Ausdruck; seine
Frau war verstorben und er lebte allein im Hause.
Aber die Nachbarn meinten, das habe ihn nicht so arg
mitgenommen, als daß er seit vier Jahren schon nichts
mehr von seinem aus der Reichsgrafschaft ausgewiesenen
Pflegesohn erfahren. Im Anfang hatte dieser öfter geschrieben, daß er über den Rhein in's Französische gegangen sei, weil sich ihm dort durch die Empfehlung
des Reichsfreiherrn von Velberg eine gute Stellung geboten, in einer vornehmen elsässischen Familie als Hauslehrer seinen Unterhalt zu verdienen, und wahrscheinlich
werde er mit ihr nach Paris gehen. Dann jedoch war
keinerlei Nachricht mehr von ihm gekommen, allerdings
wohl begreiflich, da während des unterlaßlosen Kriegs-

zustandes aller Briefverkehr zwischen Frankreich und
Deutschland aufgehört. Nur ein Gerücht, niemand wußte
woher, war einmal am Lindeneck umgelaufen, Berno
Lindenblatt sei in Paris in die Schrecken der Revolution
hineingerissen und ihm der Kopf vom Fallbeil abgeschla-
gen worden. Man nahm sich in Acht, seinen Pflegevater davon erfahren zu lassen, aber es kam ihm doch
zu Gehör, und mehr und mehr machte er den Eindruck,
wie die andern selbst auch daran zu glauben. Nach
seiner Art sprach er mit Keinem darüber, arbeitete gewohnheitsmäßig Tag um Tag fort, doch stand's ihm im
Gesicht, seine Lebensfreudigkeit war weggeschwunden und
sein Thun in der Werkstatt hatte keinen Zweck mehr.
Wortlos hantirte er herum, nur der Anblick Male Crobath's versetzte ihn jedesmal in eine Grimmaufwallung.
Seit dem Tode ihrer Mutter wohnte sie allein mit dem
kleinen Mädchen in dem schräg hinüber liegenden Häuschen, aber nur bei Tage lag es still, wie ausgestorben
da, nach Eintritt der Dunkelheit stellten sich regelmäßig
Gäste drin ein, mannigfach auch niedrige Beamten und
Bedienstete, die vom Schloß herunterkamen, und es ging
bis nach Mitternacht laut und lustig zu. Male Crobath hatte von der Behörde die nachgesuchte Concession
erhalten, einen Weinausschank bei sich einzurichten, da-
her entsprangen ihre ausreichenden Einkünfte. Doch
wenn Kunz Amthor sie vorbeikommen sah, brachte es ihn
für einen Augenblick aus seinem schweigsamen Hinbrüten

und ließ ihm allemal ein erbittertes Wort vom Mund
fahren.

Jetzt drehte er sich um, in die Thür seines Hauses
zu treten, doch gleichzeitig klang hinter ihm eine Stimme:
„En passant, Euer métier, wenn ich nicht irre, ist das
eines Menuisier. Peut-être geht Euch morgen eine
Ordre vom Palais zu, daß Ihr Dienst zu leisten habt.
Haltet Euch vom lever du soleil in jedem Moment
parat!"

Der Schreiner wandte sich um und sah in's Gesicht
des Freiherrn von Startzhausen. Einen Athemzug lang
stumm, dann erwiderte er, seinen Hammer etwas auf=
hebend: „Wenn's Nägel in einen Sarg zu klopfen giebt,
bin ich immer bereit, Herr. Dazu können Sie mich
um Mitternacht rufen lassen."

Der Ceremonienmeister rümpfte die Nase. „Fi
donc, Eure Späße haben eine odeur ordinaire. Es
ist vraisemblable, daß Ihr zu einem Arrangement
für eine fête champêtre heraufbefohlen werdet. Dann
habt Ihr Euch à l'instant mit Eurem Werkzeug einzu=
stellen."

Kunz Amther machte unwillkürlich ein paar kurze
Schläge mit seinem Hammer durch die Luft. „Soll
ich mithelfen, einen feuerspeienden Berg zu zimmern?
Da will ich mir Müh' geben, daß er's besser macht,
als ehemals, und seine Brandsteine nach der richtigen
Stelle auswirft."

Doch der maître de plaisir vernahm die Antwort

kaum mehr, er hatte seinen Fuß bereits weiter fortgesetzt
und wiederholte nur noch einmal für sich: „Fi donc,
welch' eine ordinaire Atmosphäre." Diese unangenehme
Empfindung schien ihn gleichmäßig von zwei Seiten her
anzurühren. Aus dem flüchtigen Worttausch mit dem
Handwerker, wie aus der von seiner Brust eingeathmeten
Luft des Platzes am Lindeneck. Es war doch thöricht
gewesen, daß er nicht einen Lakaien beauftragt, sondern
in zu großem Emouvement über die unerwartete Kundgabe der Festabsicht Monseigneurs selbst sich in diese
unästhetischen Regionen herunter begeben hatte. Schleunig
stieg er jetzt wieder zu der distinguirten und reinen
Atmosphäre des Schlosses hinan, während die Gesellschafterin der Freiin Adeline von Nortenberg sich dazu
gemächlich Zeit ließ. Sie war das ihren alten Beinen
schuldig und mochte auch dafürhalten, daß ihre Herrin
der eingekauften Essenz nicht so rasch bedürfe.

Der schöne Sommerabend hatte manche Stadtbe-
wohner in's Freie hinausgelockt, die nun nach und nach
durch das alte Thor zurückkehrten und an der blühenden
Linde vorüber ihren Häusern zuschritten. Doch der
Rector der Stadtschule und Prediger an der Sanct
Johanniskirche, Laurentius Meibusch befand sich nicht
unter ihnen; er hatte propter senectutis infirmitatem
seinen abendlichen Wandelgang schon seit Längerem aufgegeben und im vorigen Herbst überhaupt seinen exitum
von allen zeitlichen Wegen, Thätigkeiten und Angelegenheiten genommen, um sich unter einer mit einem aus-

gemeißelten Lorbeerzweig verzierten großen Sandstein=
platte neben der Mauer der Sanct Johanniskirche zur
Ruhe zu legen und den ihm vom Evangelio verheißenen
rebus aeternis mit einstweilen freilich nicht mehr be=
wußter Zuversicht entgegen zu harren.

———

IX

Monseigneur hatte noch am Abend ben Plan bes Park=
festes zu weiterer Entwicklung gezeitigt unb über=
mittelte am nächsten Morgen seine Ibee bem Ober=
ceremonienmeister von Startzhausen zum sofortigen Be=
ginne ber Vorbereitungen. Das veranlaßte rege Thätig=
keit zahlreicher Hände von früh bis spät am Ranb bes
Parkweihers, boch versetzte nicht minber eine Anzahl ber
Bürgerhäuser ber Stabt in eifrige Geschäftigkeit. Die
herangewachsenen Söhne unb Töchter berselben waren
zu Mitwirkenben bei einer Darstellung bestimmt wor=
ben unb hatten Befehl erhalten, sich schleunigst zur
Musterung in einer ber großen Schloßremisen einzu=
stellen. Hier wurden sie sorglich geprüft, ausgelesen, bie
als geeignet Befundenen nach ben Geschlechtern in ge=
sonberte Räume gebracht unb ihnen aus bem für solche
Zwecke überreichten Garberobenvorrath passenbe Costüme
hervorgesucht. Selbstverständlich erhielten unter ben jungen
Burschen bie bestgewachsenen, von ben Mädchen bie hüb=
schesten ben Vorzug; lange Zeit war vergangen, seit=
bem Keinem mehr ber Zutritt in ben fürstlichen Garten

verstattet gewesen; ein Theil von ihnen erinnerte sich
nur unbeutlich noch einer schreckensvollen, überallhin
Flammen ausschleubernden Nacht, die sie als Kinder
broben miterlebt hatten. Das Gebächtniß daran machte
ihre Eltern bei der ersten Ankündigung ängstlich, doch sie
wurden, einer fürsorglichen Anorbnung Seiner Erlaucht
gemäß, alsbald beruhigt, baß kein Feuerwerk stattfinden
werbe, und die Mütter konnten besorgnißlos=erwartungs=
voll der Theilnahme ihrer Töchter an bem Fest entgegen=
sehn. Frohlockend kehrten diese mit der Nachricht heim,
sie bekämen wunbervolle, nur bis eben über bie Knie
heruntergehenbe, mit künstlichen Blumenkränzen aufge=
schürzte Röcke, lange fleischfarbige Strümpfe und Zwickel=
schuhe, während bie jungen Burschen zur einen Hälfte
von buntbebänberten Bauern=Sonntagsanzügen erzählten,
zur andern bagegen von wunberlichen Jacken und Hosen
aus langhaarigen, schwarzen Ziegenfellen, die sie an=
probirt hatten. Was vor sich gehe und sie in ben Klei=
bern thun und lassen sollten, wußte noch Niemand; ber
Herr Baron werbe es ihnen erst später einschulen; nur
einige von ben Mäbchen steckten flüsternb bie Köpfe zu=
sammen. Sie mußten schon gleich heut' am Abend wie=
ber zum Schloß hinaufkommen, burften aber nicht sagen,
wozu, bas war ihnen streng verboten. Doch ganz bicht
zu halten, waren sie nicht im Stanbe, und es kam so
viel von bem Geheimniß heraus, sie hatten tagelang
etwas einzuüben, zweierlei, einen Tanz und ein Lieb,
bas sie bazu singen sollten.

Auch mehrere von den jüngeren Damen und Herren
des Hofes hatte der Regisseur der Aufführung um ihre
Mitwirkung ersucht, so daß nicht ganz verborgen bleiben
konnte, was zu erwarten sei; außerdem erhellte es sich
in etwas aus dem Anblick der Vorkehrungen auf dem
Weiherplatz. Dort ward geschäftig die Fläche durch aus-
gehobene Bäume und Büsche, zwischen denen man Fels-
stücke übereinanderschichtete, zu einer Gebirgslandschaft
en miniature umgewandelt; da und dort überdachte das
Gezweig eine kleine, ländlich-einfach, doch zierlich hergestellte, mit Bast und Rinde bekleidete Hütte. Augenscheinlich war die Scenerie für eine idyllische Handlung
bestimmt und bot mancherlei Spielraum für interessante
Muthmaßungen. Allein, sich in solchen zu ergehen, fand
man zunächst doch wenig Zeit, da ein plötzlicher Erkran-
kungsfall die allgemeine Theilnahme beanspruchte. Er
hatte die alte Gesellschafterin Lady Abeline's betroffen und
allerdings nicht ganz unerwartet, da schon hin und wieder die Behauptung geäußert worden, ihre schwächliche
Gesundheit werde auf die Dauer durch das tägliche späte
Nachtwachen bei den von ihrer Herrin Monseigneur ertheilten englischen Lectionen stark angegriffen werden.

So war das Bedauerliche vorauszusehen gewesen;
wie übel es mit ihr stehe, ließ sich nicht genau ermitteln,
aber es hieß, sie sei vorderhand zu ihrer Dienstausübung
unfähig und bettlägerig. Seine Erlaucht solle deshalb
die abendlichen Unterrichtsstunden aufgegeben haben —
man nahm wenigstens als zweifellos an, daß es sich

derartig verhalte, da die wunderliche Prüderie der jungen
Dame wohl keinen anderen Ausweg ermögliche. „Cela
va sans dire, ma chère, qu'on ne le peut pas affirmer
par serment, denn es kann ja möglicherweise des éven-
tualités geben, die Unsereinem ne viennent pas à l'idée."
— „Vous pourriez bien avoir raison; etwas so Heiliges,
wie's ein Eid ist, vermöchte nur ein témoin oculaire
auf sich zu nehmen, und il est dans la nature des
choses, daß ein solcher nicht existiren wird."

So ließ die Natur der Sache einen völlig klaren
Einblick nicht gewinnen, nur die Indisposition der alten
Gesellschafterin stand mit Sicherheit fest, und man benannte ihre Krankheit einen „interessanten Fall", vermuthlich nach einer Bezeichnung, die der Leibarzt ihr
beigelegt. Unbestimmt ging noch ein andres, von diesem
herstammen sollendes Gerücht um, der Zustand Ihrer
Erlaucht habe sich in der letzten Zeit derartig verschlimmert,
daß keine Genesung mehr zu erhoffen sei und ihre Verbringung in eine Heilanstalt nöthig falle, was einer
thatsächlichen Trennung und Aufhebung der Ehe Monseigneurs gleichkommen würde. Doch fand diese Prophezeiung
nicht recht Glauben, man hielt die Besorgniß für zu
weit gehend, zumal da Seine Erlaucht sich eigentlich
von Tag zu Tag frohsinniger zeigte und bei dem Be-
vorstehen einer so betrübenden und wichtigen Entscheidung
sicherlich nicht mit solchem Eifer auf die Veranstaltung
des Parkfestes bedacht sein werde. Das liege nicht in
der Art de son Altesse — man hatte neuerdings vielfach
diese Anrede der Emigranten an den hohen Herrn adop-

tirt — die Andauer der Vorbereitungen lasse außer
Zweifel, daß es eine andere Bewandtniß damit haben
müsse und eine so ernsthafte Befürchtung ausgeschlossen
sei. Ihre Erlaucht werde sicherlich diesen Unfall wie
so manchen vorhergegangenen überstehen.

Transpirirt war, daß auch Lady Adeline eine Rolle
bei der Aufführung übernommen hätte, welche die An=
fertigung eines besonders kunstvollen Costüms erfordere.
Ein oftmaliges Anprobiren desselben falle unerläßlich, da
es während des Festspiels eine Umwandlung ermöglichen
müsse; Monseigneur verspreche sich davon eine außer=
ordentliche Wirkung und vergewissere sich deshalb zu=
weilen selbst über das richtige Functioniren des eigen=
thümlichen Gewandes für den beabsichtigten scenischen
Zweck. Das waren allerdings nur undurchsichtig ver=
schleierte Andeutungen, und ebenso ließ sich bis zum Ende
der Woche über die Gesammtheit der Darstellung nichts
Deutliches in Erfahrung bringen. Doch dann gelang
es der Klugheit und Liebenswürdigkeit einer der jungen
Hofdamen, unter vier Augen den maître de plaisir zu
einer Indiscretion und Offenbarung seines Amtsgeheim=
nisses zu bewegen. Selbstverständlich, „sous le sceau
du secret“, und sie verschwieg auch gegen jedermann,
durch wen und wie sie zu ihrer Kundigkeit gelangt sei.
Dagegen legte sie sich nicht die gleiche Reserve bezüglich
des Gegenstandes ihrer Wißbegier auf, so daß um ein
paar Stunden später der chambellan de la cour, Frei=
herr Vogt von Kallenfels sich in der erfreulichen Lage

4*

befand, wenigſtens im Großen und Ganzen mit gedämpfter Stimme auch der „curiosité" einer im Park um ihn angeſammelten Damengruppe einigermaßen genügen zu können:

„Wir haben eine comédie pastorale zu erwarten, die ſich in der paysage antique, nommé Arkabien zu= trägt. Sie werden au bord du lac eine bergerie ge= wahren, deren männliche Bewohner ſich à temps abſentirt haben, um im Gebirge Holz zu fällen, ſo daß nur les jeunes femmes et filles ſich en présence befinden. Pour passer le temps, erfreuen ſie die Zuſchauer durch chansons champêtres und graciöſe sauterie; die vor= nehmſte und ſchönſte unter ihnen, mit Namen Daphne, la fille eines Waſſergottes, iſt in einem Coſtume éton- nant plein de charmes vom See heraufgekommen, um dem Geſang zuzuhören. Aber es lauert das Unheil im Verborgenen — ou disons mieux la passion — denn die Faune und Satyrn der Landſchaft haben durch Spionage den départ der Männer en expérience ge= bracht und brechen plötzlich, um die Mädchen zu rauben, comme une troupe de brigands, seulement revêtis en peau de chèvre, herein —"

Die Stimme einer der Zuhörerinnen unterbrach den Berichterſtatter: „Charmant! Wir werden alſo endlich einmal sansculots zu ſehen bekommen!"

„Cela s'entend d'une manière parfaitement décente. Wir hören Gelärm, Aufſchreien und cris de détresse, aber völlig à l'improviste eilen noch im richtigen Moment

die abwesenden bergers au secours herbei. Sie ent=
reißen die Schönen den zottigen Armen, un tableau
plein de vie et très bouillant. Nur die größte beauté
von ihnen, la nommée Daphne, ist von ihrem Räuber
auf ein radeau de bois fortgetragen worden, das er
vom Uferrand abstößt. Niemand kann ihrer angoisse
zu Hülfe kommen — mais, voilà un libérateur —
nach seinem Costüm scheinbar un campagnard wie die
andern. Aber es ist surprenant, daß ein Schwan d'une
périphérié étonnante sich ihm vor den Fuß heranbewegt
und ihn auf seinem weißen plumage rapid wie ein
Pfeil dem Floß nachträgt. Dies ergreift er — à present
une lutte d'un clin d'oeil — der bocksfüßige Satyr
plumpst in's Wasser, grotesk an's Ufer schwimmend, et
la belle Daphne est délivrée."

Die Damen hörten mit lebhaftem Interesse zu, eine
von ihnen fragte: „Und wer wird die Daphne reprä=
sentiren?"

Lächelnd versetzte der Oberkammerherr: „Aujourd'-
hui personne ne le sait pas, madame."

„Aber wer wird der acteur sein, der ihr au secours
kommt?"

„La même chose, madame; personne ne le sait
pas aujourd'hui. Nur zu der confidence bin ich im
Stande, daß es en réalité kein paysan ist, plutôt un
être divin, le sublime dieu Apollon im habit eines
Schäfers. Er legt den Arm um die Gerettete, sie mit
sich zum Himmel zu eleviren — denn, entre nous, man

soupçonnirt nicht ganz ohne Grund, er habe die Faune en secret zu ihrer attaque auf die bergerie angestiftet, um als sauveur erscheinen zu können, weil er eine passion für die Tochter des Wassergottes hegt —"

Eine Stimme warf ein: „Est que ça veut dire, un dieu de la mer d'Angleterre?"

Doch der Freiherr von Kallenfels erwiderte nicht darauf, sondern fuhr fort: „Mais à présent, mes dames, un miracle! Daphne, dans un péril nouveau et plus menaçant, hebt nach Hülfe die Arme zum Himmel auf — da transformiren ihre Finger sich zu rameaux mit grünen Blättern, ihr Kopf wird zu einer kleinen Baumkrone, tout enveloppé de feuilles, ihr Costüm changirt sich de pied en cap zu grauer Rinde, et voilà un laurier à la place de la pucelle. La métamorphose à la vue de tous, die monsieur Ovide so charmant beschreibt."

Ein allgemeines: „Ah!" belohnte den Auskunftgeber für seine Mittheilung, doch zeigte sich die Wißbegier noch nicht vollständig befriedigt, ließ aufklingen:

„Und was wird Apollo in seiner désillusion mit dem Lorbeerstrauch beginnen?"

„Le bruit court, daß er ihn an's andere Seeufer hinüberbringen wird, um dort seine plantation zu vollziehen."

„Cela va sans dire, was ließe sich mit einem Baum andres thun?"

„En tout cas un spectacle très piquant. Welchen
Titel mag es führen?"

„Ich denke mir nach der Scenerie: Une heure
du berger."

Eine Bewegung entstand in der conversirenden Gruppe
und eine Frage scholl: „Qu' est-ce-qu' il y a?"

„Ich glaube, die schöne Daphne kommt dort, noch
nicht transformirt — doch nein, je me suis trompé,
es ist Lady Abeline. Wie betrübend, daß ihre Gesell=
schafterin, la pauvre, sie morgen nicht zu der comédie
wird begleiten können!"

Der nächste Morgen brachte in der That Monseig=
neurwetter so strahlender Art, wie's nur ehemals —
„ci-devant" nannte man's jetzt seit Jahren westlich
vom Rhein — die Sonne als Unterthanin Seiner Ma=
jestät des roi soleil über Versailles zu bereiten ver=
pflichtet gewesen. Doch stach sie schon bald nach ihrem
Aufgang ziemlich heiß herab, so daß vielleicht um Mittag
ein Gewitter zu erwarten stand. Vermuthlich entsprach
ein solches dem Wunsche seiner Erlaucht, damit für das
abendliche Festspiel die Luft gereinigt und erfrischt werde,
und die Sonne traf Vorkehrungen, gleichfalls nach dieser
Richtung ihre Schuldigkeit zu thun.

Das setzte sie auch früher als nach sonstigem Tages=
brauch in's Werk, denn bereits um die sechste Morgenstunde
vernahm man in Wangenfurt nach Nordwest hinüber
dumpfe, langhinrollende Donnerschläge, die sich rasch
wiederholten und stundenlang andauerten. Es mußte

ein sehr heftiges Gewitter dort stattfinden, doch in großer
Ferne, unter dem Himmelsrand, da der Blick an diesem
nichts als weißes, leichtes Sommergewölk gewahrte.
So blieb's auch, obwohl das Grollen sich bis gegen
Mittag hin fortsetzte; dann ward es allmählich schwächer
und verstummte. Wie es schien, war das Unwetter,
im Norden vorbeiziehend, nach Osten zu verbraust; man
hörte nichts mehr, und das wolkenlose Blau hatte sich
keinen Augenblick getrübt.

Im übrigen gab auch in der Stadt wie im Schloß
kaum ein Ohr auf das ferne Rollen Acht, denn in beiden
herrschte eifrige Geschäftigkeit. Die Bürgertöchter konnten
schon am Vormittag nicht länger widerstehen, ihre Schäfer-
costüme anzulegen und von den stolz dreinblickenden
Müttern zurechtzupfen zu lassen; sorglich memorirten sie
dabei, was ihnen zu sprechen oblag. Es betrug nicht
viel, die ganze Vorstellung war im Wesentlichen als
„lebendes Bild" gedacht, das vor Allem die Augen durch
idyllische Scenerie, farbige Reize und anmuthige Bewegung
einnehmen sollte. Und dieser Absicht entsprechend, nicht
bei künstlicher Beleuchtung, sondern von der natürlichen
des zum Ende gehenden Tags umflossen. Mit genauer
Berechnung war für den Anfang der Sonnenuntergang
bestimmt, so daß die letzten Strahlen ein kurzes Weilchen
noch die „bergerie" vergoldeten, während des Gesangs
und Tanzes absanken und das Hereinbrechen der Satyrn
mit dem leisen Einbruch des Zwielichts zusammenfiel.
Dann vollzog sich in diesem auch das Hauptschaustück

des Spiels, die Verwandlung der Daphne zum Lorbeer=
strauch, noch sichtbar, doch zu Gunsten der Wirkung
schon ein wenig überschleiert, und tiefere Dämmerung
kam heran, danach das über den Weiher fortziehende
Floß dem Blick entschwinden zu lassen. So hatte der
Entwurf Seiner Erlaucht den Verlauf der Aufführung
angeordnet, die bei richtigem Innehalten der Zeit auch
bezüglich der Lichtübergänge in der geplanten Weise von
statten gehen mußte.

Der heiße Tag ließ eine schwüle Nacht voraussehen
und machte für die Zuschauer, besonders für ihre weibliche
Hälfte leichteste Bekleidung wünschenswerth. Die richtige
Wahl nahm deshalb den Nachmittag hindurch die Damen
im Schloß und in den Cavalierhäusern voll in Anspruch.
Allerdings war die Herstellung der Toilette nicht so
zeitraubend=mühsam, wie in früheren Tagen, es galt nicht
mehr, kunstvoll thurmhohe Frisuren aufzubauen und sorg=
fältig über die geeignetsten Stellen zum Aufkleben von
Schönpfläsderchen nachzudenken. Doch die neue Mode
theilte dafür andere Aufgaben zu, durch die Gewandung
das Vortheilhafte der Körpergestaltung möglichst ins Licht
zu stellen und das minder Günstige unauffällig zu ver=
schatten. Nach manchen Richtungen zeigte sich deshalb
die Kunst der Toilette gegenwärtig schwieriger als ehe=
mals, forderte reiflichere Erwägung, so daß die Zofen
überall sich stundenlang in eifriger Geschäftigkeit befanden.
Sie thaten gut daran, was die Natur ihnen an Geschick
und Geschmack zubemessen, ohne Rückhalt aufzubieten,

da ihre Leistungen beständig schärfster Controle durch
den Spiegel unterlagen. Indeß fast ausnahmlos war
jede durch langes und genauestes Studium mit der
„disposition naturelle" ihrer vornehmen Gebieterin so
bis ins Detail vertraut, daß von keiner eine Unachtsamkeit,
geschweige denn ein difformirender Mißgriff zu befürchten
stand. Ein leichtes, doch ausdrucksreiches Achselzucken
über eine unmöglich erfüllbare Anforderung lief freilich
dann und wann hinter dem Rücken der an Jahren
schon weiter Vorgeschrittenen mit unter.

Als der erste für den Abend fertig Angekleidete erschien um die Mitte des Nachmittags auf dem sonst noch
völlig leeren Fontainenplatz der Hofnarr. Durch seine
angelegte Tracht kennzeichnete er sich gewissermaßen als
einen Vorboten des zu Erwartenden, denn er hatte sich
eine Jacke und bis zum Knie reichende Hosen aus braunem
Ziegenfell zurechtgemacht, dazu auf dem Kopf ein paar
kurze Faunhörner zwischen dichtstruppigem Haar befestigt.
Er schien sich auf eigene Faust zu belustigen und für
sich selbst allerlei Späße zu betreiben; mit affenhaft burlesken Sprüngen flüchtete er davon, wenn er einem über-
schießenden Wasserstrahl zu nahe gekommen, blickte, eine
verblüffte Satyrmiene aufsteckend, wie schreckhaft darauf
zurück und schlich sich doch neugierig behutsam wieder
gegen die schaumsprühende Cascade hinan. Nach einiger
Zeit erhielt er indeß eine Zuschauerin, die Freiin Adeline
von Nortenberg trat droben im Schloß an eins der
offenen Fenster ihrer Gemächer und sah hinunter. So-

nahm sie ihn gewahr und er sie; ihr Gesicht zeigte einen halb lachenden Ausdruck über seinen Anblick, und einer ihrer Finger bog sich einmal leicht wie zu einem Wink zusammen.

Wenigstens mußte Til Luja einen solchen in der Bewegung auffassen, denn von den Springbrunnen fort= schlendernd, begab er sich auf seinen gleichfalls haarbe= deckten Schuhen dem Schloßportal zu und stieß um eine Minute später, den Kopf niederbiegend, zum Anklopfen mit seinen Hörnern gegen die Thür der jungen Dame.

Diese öffnete und fragte, den Hereintretenden be= trachtend: „Was für ein Geschöpf bist Du denn?"

„Ein Vetter von Dem, der darauf wartet, Dich auf seine zottigen Arme zu heben, Gevatterin. Aber hab' nicht Angst, er wird Dich nicht beißen und auch mit den Hörnern Dir nichs zu leid thun; vor dem brauchst Du Dich nicht in Acht zu nehmen. Uebrigens bin ich gar kein Geschöpf, sondern nur ein Begriff mit einer Zunge; die guten Leute, die Du heute Abend in Ar= kadien mit Deinem Besuch auszeichnen willst, gaben mir den Namen „Prolog", und eigentlich müßt' ich griechisch mit Dir reden, wie's der große Perikles mit Aspasia that. Aber ich bin kein Perikles und Du bist — ich meine willst heut' keine zimperliche Engländerin sein, darum heiße ich Dich auch nicht godmother, sondern spreche deutsch mit Dir und nenne Dich meine liebe Gevatterin. Ach, ich habe manche liebe Gevatterin gehabt und könnt' weinen, wenn ich daran denke, wie sie alle,

eine um die andere von mir weggegangen sind und mich,
doch zum Glück nie für lange, allein gelassen haben.
Ihre Vergänglichkeit liegt ja freilich in der Natur, aber
meistens waren sie unvorsichtig und zogen sich vorzeitig
eine Erkältung zu. Allerdings auch das Gegentheil;
eine Gevatterin hätt' ich beinah einmal bekommen —
nimm's nicht übel, sie wäre die Schönste von Allen
gewesen — doch die verlor ich durch zu große Hitze,
man könnte sagen, noch vor ihrer Confirmation. Dich
aber schätze ich besonders, als die klügste Gevatterin, die
der Himmel mir bescheert, und prophezeie Dir ein langes
Leben, wenn Du vorsichtig bist und Dich vor der Erkältung gut in Acht nimmst. Ich bin ja nur ein arm-
seliger Faun, der sich kümmerlich von ein bischen Ziegen-
milch nährt, doch ich kenne das Land hier mit seinem
Temperaturwechsel seit geraumer Zeit und hoffe, Du
schlägst Rath und Warnung von mir nicht in den
Wind."

Aus der Miene der Angesprochenen ließ sich entnehmen, daß sie schon manchmal in ähnlicher Weise mit
dem Narren unter vier Augen zusammen gewesen sein
müsse. Sie hatte, auf jedes Wort achtend, schweigsam
zugehört, trat jetzt an einen Schrank, aus dem sie einige
neufunkelnde Goldstücke hervornahm und ihm in die
Hand legte. „Damit Du Dir etwas Zukost zu Deiner
Milch verschaffen kannst und zum Dank für Deine gute
Prophezeiung. Ich weiß, Du sprichst aufrichtig und
wirst Deiner Gevatterin ein treuer Faun bleiben, so

lang als das lange Leben, das Du ihr gewünscht, an=
hält. Es wird Zeit, daß ich mit meiner Toilette an=
fange. — Haſt Du noch einen weiteren Rath für mich?"

Der Zwerg machte eine drollige Grimaſſe. „Ich
hatte recht, Deine Klugheit zu preiſen, Gevatterin. Du
biſt nicht überſchwänglich, wie's ſonſt die Jugend leicht
iſt, weißt ſchon, daß Treue nur bis zum Tod reichen
kann, und verlangſt es nicht anders. Und Deine Hand iſt
ſo mildthätig, hat ſolches Mitgefühl mit den Hungrigen:
ich habe Dich immer vertheidigt, der kenne Dich nicht,
der Dich für hartherzig halte, Du werdeſt niemanden
verſchmachten laſſen, nur Dich erſt verſtändig darüber
vergewiſſern, ob Deine reiche Gabe auch mit dem richtigen
Dank aufgenommen und gelohnt werde. Davon biſt
Du bei mir überzeugt; ich will fleißig für Dich beten,
Gevatterin, daß Du an Keinem eine weniger gute Er=
fahrung machſt. Aber jetzt haſt Du Wichtigeres zu
thun, und ich will wieder zu meinen haarigen Vettern,
Deine Ankunft bei ihnen zu erwarten."

Doch er blieb noch, einigemal mit der Naſe um=
witternd, ſtehn, ſo daß die Freiin Abeline fragte:

„Wonach riechſt Du?"

„Ich weiß nicht, liegt's in der Luft oder ſteckt's in
mir — ſchon ſeit heut' früh hab' ich's in den Nüſtern,
einen curioſen Geruch wie von Schwefel, als läg' am
blauen Himmel ein Gewitter auf der Lauer. Hoffentlich
kommt's nicht zu früh, wie's der Veſuv einmal that und
die Pointe an dem ganzen Feſtſpiel verdarb. Wartet

der Regen aber bis zum richtigen Moment, kann er
vielleicht zweckdienlich sein, denn zum Einpflanzen eines
jungen Lorbeerbusches ist ein guter Tropfenfall eher von
Nutzen. Recht biegsam und schmiegsam muß er dabei
sein, er hat ja keine Ahnung, was mit ihm vorgehen
soll, und erst wenn er's merkt, wird er ein bischen die
Wurzeln sträuben; natürlich nicht zu stark, sonst könnt'
er sich schädigen. Aber mich däucht, ich bin ein Narr
und trage Eulen nach Athen oder Arkadien; wer so
gut sich auf's Englische versteht, dem wird auch das
Griechische nicht schwer fallen. Schlaf wohl, Gevatterin!
Wenn wir uns wieder begegnen, ist die Nacht vorbei
und die neue Sonne über dem Reich meines Gevatters
aufgegangen."

Nun faßte der kleine Faun nach dem Thürgriff,
doch die junge Dame hielt ihn mit einer Frage zurück:

„Du sagtest vorhin, daß Du einmal beinahe eine
Gevatterin bekommen hättest, von der ich Dir nicht
übel nehmen solle — ich denke umsonst nach — ist sie
noch —?"

Lachend fiel Til Luja ein: „Strenge Deinen schönen
Kopf nicht unnöthig an, Gevatterin, er hat heut' noch
genug klugen Aufwand zu machen. Die ist unschädlich,
wie meine Physiognomie trotz ihrem Schönheitsmal es
heut' Abend den hübschen Schäferinnen in dem idyllischen
Hirtendorf sein wird."

Possenhaft strich er mit der Hand einmal über die
breite Narbe auf seiner Stirn, fügte noch hinterdrein:

„Die Sonne steht schon schräg, es ist hohe Zeit, Dich mit der weichen Rinde zu panzern, Gevatterin," und trollte sich aus der Thür.

*   *   *

Tiefer stieg die Sonne abwärts, und die Damen und Cavaliere des Hofes versammelten sich an einem dazu bestimmten Rendezvousplatz des Parkes. Die Darstellung bei Tageslicht machte diesen Zwischenaufenthalt vor dem Einnehmen der Zuschauersitze erforderlich, das erst auf ein gegebenes Zeichen erfolgen sollte. Im Ganzen war es die nämliche Gesellschaft, die vor sieben Jahren der Huldigung Galateas bei ihrer Visite am campanischen Ufer beigewohnt, der Tod hatte keine Lücken hineingerissen. Nur die Officiere in den goldfunkelnden Uniformen fehlten zum größten Theil, sie bereiteten sich in Mainz auf den Vormarsch nach Paris zur Wiederaufrichtung des französischen Königsthrones vor. Doch ihre Stelle ward reichlich von den vornehmen Emigranten und manchem jungen Nachwuchs ausgefüllt, so daß die heutige Zahl eher die damalige übertraf. Anders allein im äußeren Anschein der Kleidung, ihrem Inneren war die Zeit vorübergegangen, ohne an ihm auch nur leiseste Veränderung auszuüben. Für sie hatte sich jenseits des Rheins nichts zugetragen, das hier auf irgendwelche Bedeutung Anspruch machen konnte; in der Modetracht der neuen Zeit promenirten und conversirten sie als wandellose Repräsentanten der alten, die in den Gärten von Versailles,

gleich sturmzerschmetterter Treibhaus-Blüthenpracht, spurlos vom Boden ihrer Geburtsstätte weggeschwunden
war. Von den Lippen klang aus Connivenz für die
Anwesenheit der distinguirten Gäste fast ausschließlich
die Sprache Frankreichs; die Rohheit der vom ordinairen
Volk gesprochenen deutschen begoutirte in den letzten
Jahren das feine Gefühl noch mehr als früher. So
warf, in Erwartung des Schaustückes, der Esprit seine
Federspielbälle von Bonmots und Impromptus hin und
zurück; unter allen befand sich niemand mehr, der nicht
mehr oder minder genaue Kenntniß von dem Inhalt
und Verlauf der bevorstehenden Aufführung besaß. Man
war so vorbereitet, daß eine Überraschung ausgeschlossen
blieb, aber dennoch glänzte eine Spannung in den sich
begegnenden Augen; was die Vorstellung bezwecke und
bringe, wußte jeder, aber wie die Absicht zur Verwirk-
lichung gelange, flößte höchstes Interesse ein. Besonders
der Ausgang; vielfach ward die Frage hörbar, ob man
glaube, daß der Himmel beim Schluß des Festspiels
einen Regenvorhang herabfallen lassen werde. Denn
wie am Morgen hub es jetzt wieder an, ab und zu
dumpf aus der Ferne zu grollen, doch nicht im Norden,
sondern von Süden her. Ein Wettereinbruch gehöre
deshalb nicht zum Unmöglichen, indeß die allgemeine
Anschauung kam darin überein, Monseigneur würde
wahrscheinlich nichts dawider haben, da ein Gewitter
mit Blitzgefunkel und Donnerrollen solche fête champêtre
zu prächtigem und stimmungsreichem Abschluß bringe.

Die Damen fürchteten sich nicht davor, Pagen hielten
für den Fall Schirme in Vorrath, und die Arme der
Cavaliere boten sichere Stützen bei etwa eintretender
Finsterniß auf dem Parkrückweg zum Schloß. Die
Conversation über das auf der ländlichen Scene Vor=
gegangene gewann dadurch vielleicht etwas über das
Alltägliche hinaus Lebhaftes und Anziehendes; ungewisse
Dunkelheit beschleunigte den Pulsschlag, regte die Phantasie
an, und zuckende Wolkenfunken entzündeten auch ein
Funkensprühen auf den Lippen. Die französischen Comtes
und Marquis fanden die mögliche Aussicht auf eine
derartige lichtlose Promenade unter den Schirmen ent=
zückend und engagirten im Voraus die Damen, sich
ihrem Schutz anzuvertrauen. Auf Cavalierswort solle
kein Tropfen sich eines kecken Angriffs auf den Liebreiz
der von ihnen Beschirmten erdreisten. Diese Zusicherung
rief mannigfach geistreiche Repliken und lächelnde Un=
gläubigkeit auf die Lippen der jungen Damen; es bot
fast den Anschein, als wünschten sie den Eintritt des
Regens herbei, um eine Probe auf die Zuverlässigkeit
der ihnen verheißenen galanten Beschützung anstellen zu
können.

Nun gab der Oberceremonienmeister, Freiherr von
Starzhausen, ein Zeichen, Stille trat ein, durch die aus
geringer Entfernung das Spiel einer Hirtenflöte ver=
nehmbar ward, und die Versammelten setzten sich in
Bewegung. Es bedurfte für sie nur kurzen, eine dichte
Laubwandcoulisse umbiegenden Weges, auf den Zuschauer=

plaß zu gelangen und ihre Seſſel aus gekrümmtem
Naturholz einzunehmen. Außer ihnen befand ſich kein
Publicum zugegen, den Stadtbewohnern war heute der
Zutritt nicht verſtattet worden.

Getreu nach der Schilderung des Oberkammerherrn
von Kallenfels bot ſich die Scenerie dem Blick dar,
das zierliche Hüttendörfchen im lichten Felswald, deſſen
Baumwipfel vorſchriftsgemäß von den letzten Strahlen
der untergehenden Sonne in Gold getaucht wurden.
Doch verweilten die Augen der Ankömmlinge kaum da=
rauf, ſondern richteten ſich eigenthümlicher Weiſe nach
flüchtiger Muſterung ſämmtlich über die Weiherfläche
fort zum jenſeitigen Ufer hin. Nicht recht erklärbar
fiel's, weshalb, denn dort drüben war eigentlich nichts
zu ſehen. Von der Anhöhe ſtieg dunkel der wirkliche
Wald zum Schilfgürtel herunter, und zwiſchen Stämmen
und Laubgezweig ließ ſich etwas nicht wirklich unter=
ſcheiden, nur ungewiß ahnen, das den Eindruck eines
kleinen, künſtlich hergeſtellten, mit grauer Baumrinde
überkleideten Bauwerks erregte. Vielleicht flößte dies
eben durch die Nöthigung zum Anſtrengen der Sehſchärfe
Intereſſe ein; unter den Damen wurden mehrfach halb=
laute Vermuthungen darüber ausgetauſcht. Es habe
bisher ſich nicht dort befunden und müſſe im Zuſammen=
hang mit der Komödie zu einem Zweck aufgerichtet ſein.
Wahrſcheinlich ſei es eine Schutzhütte, bei etwaigem
Eintritt von Regen eine Unterkunft zu bieten. Andre
Meinung neigte dahin, den Bau für räumlicher zu halten,

als er von fern bedünkte. Dem entsprechend werde auch
sein Inneres wohl hübsche und zweckdienliche Ausstattung
bergen, Tisch und Sessel und eine bequeme Lagerstätte,
denn vermuthlich gewahre man drüben den Wohnsitz
Daphne's, in dem sie bei ungünstiger Witterung die
Nacht zu verbringen pflege. Bis jetzt sei sie ja aller=
dings noch eine Wassernymphe, doch bestimmt, sich heut'
Abend zur Dryade umzuwandeln; so lasse sich kaum
sinniger Ausgedachtes vorstellen, als daß ihre Metamor=
phose im Wald in einer Rindenhütte zur Vollendung
komme.

Diese Conjectur über den Zweck des nur undeutlich
wahrnehmbaren Bauwerks fand, wo sie von einem Munde
weiter verbreitet wurde, allgemeine Beipflichtung; auf
der zunächst die Handlung eröffnenden Bühne aber be=
gann jetzt das Spiel nach dem zur Kenntniß gelangten
Programm. Aus den Dorfhütten kamen die hochge=
schürzten jungen arkadischen Schäferinnen hervor und
gaben besonders den französischen Emigranten zu sach=
verständigen, mannigfach anerkennenden Bemerkungen
über die kräftige Körperentwicklung des deutschen weib=
lichen Geschlechts aus den unteren Volksschichten Anlaß.
Die gut eingeschulten Mädchen vollendeten halbgeflochtene
Blumenkränze, sammelten sich zu kleinen Gruppen, riefen
neckisch fröhliche Worte herüber und hinüber; unter Lachen
begann eine Anzahl von ihnen auf ebenem Boden am
Weiherrand einen Reigen zu schlingen. Hinter diesen, wie
dann andere zwischen den Felsen einen Gesang anstimmten,

5*

hob sich plötzlich Daphne herauf; man sah nicht, woher sie
gekommen, sie mußte sich in einer Erdversenkung unsichtbar
verborgen gehalten haben, doch es erzeugte geschickt inscenirt
und ausgeführt, völlig die Täuschung, als sei sie, ihrem,
dem feuchten Element entstammenden Wesen gemäß,
aus dem See heraufgestiegen. Wirkungsvoll ward ihr
Emportauchen von einem starken Accord begleitet, den
der Regisseur nicht mit in Rechnung zu ziehen vermocht
hatte. Ein ziemlich naher Donner überrollte den Park
und schien kundgeben zu wollen, Ungewöhnliches, etwas
von hoher Bedeutung, eine Halbgöttin hebe sich vom
Wassergrund in die Höh'.

Selbstverständlich erzeugte es in keiner der Zuschau=
erinnen eine Überraschung, daß Daphne die Gesichtszüge
der Freiin Adeline von Nortenberg aufwies. Nur ihre
Kleidung ließ alle Augen sich weit öffnen, doch trachtete sie
selbst offenbar danach, dieselbe einer genauen Prüfung zu
entziehen, ließ sich auf einen Steinsitz nieder, vor welchem
Laubgezweig den größeren Theil ihrer Gestalt überschleierte.
So glimmerte ihr Gewand nur, wie aus silbernen Fisch=
schuppen zusammengesetzt, hindurch, und höchstens war
noch zu unterscheiden, daß es die Figur der Trägerin
nicht gerade vortheilhaft schlank erscheinen lasse. Merkbar
überdeckte es etwas unter ihm Verborgenes, das erst
später zum Vorschein gelangen sollte; deshalb achtete sie
vorderhand darauf, sich möglichst wenig den Blicken aus=
zusetzen. Ihr Kopf indeß und strahlend weiße Schultern
hoben sich klar sichtbar über das Blattwerk; eine höchst

eigenartige Schönheit war's, bei der, den Fischschuppen
um ihre untere Hälfte ähnlich, noch naiv Mädchenhaftes
des Ausdrucks und der Entwicklung mit mannigfachem
Reiz schon vollendeter weiblicher Reife durcheinander=
glimmerte. Wie sie, das Antlitz auf die Hand stützend
und dem Gesang zuhörend, dasaß, thaten Haltung und
Miene eine ihr von Natur verliehene seltene schauspie=
lerische Begabung kund. Flüsternden Tons ward dies
auch allseitig auf den Zuschauerplätzen anerkannt; sie
besitze ein so außerordentliches Talent für die von ihr
gewählte Rolle, daß kein Zweifel an ihrem glänzendsten
„succès“ bestehen könne.

Die Sonne war abgeschwunden, und das Licht be=
gann sich über Erwartung rasch mit grauen Einschlag=
fäden zu durchsetzen. Der maître de plaisir und Re=
gisseur gab deshalb ein wenig früher, als beabsichtigt,
ein Zeichen, auf das von links her aus einer Buschwand
die kurzbehörnten Faune in ihren Ziegenfellen hervor=
brachen; hinter ihnen in possenhaften Sprüngen, wie
ein erst halbwüchsiger Satyrbube, kugelte sich Til Luja.
Gezeter und Gekreisch erhob sich unter den überfallenen,
auseinander flüchtenden Schäferinnen, doch konnten ihre
Gesichter nicht ganz verhehlen, daß es ein lustiger Spaß
sei. Zum Schein wehrten sie sich vergeblich gegen die
Räuber, wurden von diesen auf die Arme gehoben. Ein
buntes Getümmel war's für Auge und Ohr; in die
Hülferufe mischte sich ein knatternder Donnerschlag. Der
Narr machte Daphne in ihrem halben Versteck ausfindig

und quälte: „Was bist Du für ein Goldfisch? Du mußt meines großen Onkels Schatz werden! Komm hieher Onkel!" Der Ruf galt dem längsten der Faune, der herzulaufend, seine Arme um ihre Taille schlang. Sie sträubte sich kaum, verfuhr unverkennbar mit Vorsicht, um ihr Verwandlungscostüm nicht in Unordnung zu bringen, und ebenso war merklich ihr Entführer ange= wiesen, sich ihrer mit großer Behutsamkeit und Ehrer= bietung zu bemächtigen. Es machte nicht den Eindruck einer Gewaltthat, ohne Widerstand ließ sie sich sorglich auf die behaarten Arme nehmen. Das glitzernde Kleid fiel ihr dabei etwas von den Füßen, und man gewahrte, daß sie fast unfähig sein mußte, sich auf diesen zu be= wegen, denn sie zeigten sich von den Knöcheln aufwärts scheinbar von grauer Baumrinde eng zusammengeschnürt, offenbarten den Lorbeerstamm ihrer bevorstehenden Meta= morphose.

Aber nun, auch gerade rechtzeitig, kamen die ab= wesenden Männer und Jünglinge des Schäferdorfs vom Walde hergestürzt, an ihrer Spitze in ländlicher Tracht, die jedoch der hohen, eleganten Gestalt keinerlei Abbruch that, augenscheinlich der verkleidete Sonnengott. Monseig= neur war's, der ihn darstellte, und der kleine Satyrbube schrie zeternd auf: „O weh! Da kommt erst mein wirklicher großer Onkel! Nun jucken die Buckel nach Schlägen!"

Mit burlesken Angstgeberden verkroch er sich unter Buschwerk. Ueberall rangen die Männer den Faunen ihre Beute wieder ab, Daphne jedoch war schon von dem Räuber nicht mehr erreichbar auf das Holzfloß fortgetragen worden. Aber jetzt sträubte ein weißer Riesenschwan, ein kunstvoller Mechanismus, sein Gefieder über den Weiher gegen die Stelle heran, der Apollo zueilte.

Da knatterte abermals ein Donner, doch seltsamer Art, einer dutzendfachen Entladung von Feuergewehren gleich, daß der Freiherr von Startzhausen, mit dem Kopf auffahrend, rief: „Qu'est-ce que ça? Machen die Dummköpfe aus der Stadt die bêtise und schießen mit Flinten in Arkabien?"

Zugleich aber dröhnte vom Schloß her der Boden unter dumpfen hastigen Schlägen, daß die Köpfe aller Zuschauer starr-ungläubig aufflogen. Nicht Faßbares begab sich; Pferdehufe mußten es sein, doch Monseigneur befand sich hier zugegen, und Niemand außer ihm konnte sich unterfangen, im Park zu reiten.

Und trotzdem geschah's — zwei Augenblicke noch, da jagte ventre à terre ein dichter Reiterhaufen über die zerstiebenden Kieswege, im Nu hielten schnaubende Nüstern die zurückfahrenden Damen und mechanisch mit der Rechten nach dem Griff der zierlichen Galanteriedegen fassenden Cavaliere im Halbkreis umschlossen, und vom Sattel des vordersten Rosses herab erscholl eine gebietende Stimme:

„Im Namen der Republik! Jede Waffe auf die Erde! Wer Widerstand leistet, ist des Todes!"

*　　　*　　　*

Auf diesem nämlichen Platz hatte vor sieben Jahren
das kleine Vesuvabbild zwischen die Zuschauer eines
Festspiels Feuerkugeln und Blitzflammen ausgeschleudert,
aber mit so sinnberaubender Verworrenheit schlagend
und betäubend war kaum das damalige Verderben über
sie gekommen, als der heutige unerwartete Abschluß der
idyllisch-mythologischen Comödie jählings auf alle her-
einbrach. Wie in einem tollen Traum starrten sie die
mit blankem Säbel in der Faust vor ihnen wie aus
dem Erdboden heraufgetauchten Reiter an. Gesichtszüge
und dunkles Haar gaben kund, nicht Deutsche seien's,
und einzelne Rufe in französischer Sprache klangen aus
ihren Reihen. Doch auf den ersten Blick war es eine
gleichmäßig uniformirte und soldatisch disciplinirte Schwadron, außer der Hiebwaffe noch mit Pistolen in den
Halftertaschen ausgerüstet. Wortlos ungläubig aber hafteten noch die Augen der Hofgesellschaft darauf, nur
dem Munde eines Emigranten entflog unwillkürlich:
„Ce sont des sansculottes!"

Der das Gebot gesprochen, die Degen auf die Erde
zu werfen, war unverkennbar der Befehlshaber der Reiter-
schaar, seine Uniform kennzeichnete ihn als einen Officier
schon nicht mehr unteren Ranges, obwohl er erst ungefähr in der Mitte der Zwanziger stehen mochte. Hoch-
wüchsig, fest und stolz saß er im Sattel, eine pracht-
volle kriegerische Erscheinung; sein Blick suchte rasch umher, und fast unmittelbar nach dem Verklingen seines
Rufes sprengte er weiter, gegen Seine Erlaucht vor, der
vereinzelt, das Anlanden des Schwanes erwartend, am

Weiherrande stand. Leicht mit dem Säbel salutirend,
sprach der Officier kurz: „Sie sind mein Gefangener,
Herr Reichsgraf, denn Ihre Truppen befinden sich im
Kriege mit der Republik." Er rief ein paar franzö=
sische Worte zurück, auf welche die Entgegnung ertönte:
„Oui, mon capitaine!" und zwei der vorderen Dragoner
ritten herzu, Stellung zu den Seiten Monseigneurs
einnehmend. Dieser kam erst jetzt aus sprachloser Ver=
dutztheit zur Besinnung, doch nur zu halber, noch nicht
zu voller Erkenntniß der Sachlage, denn er machte eine
Bewegung dem an's Ufer herankommenden Schwan
entgegen. Aber gleichzeitig legte sich ihm die Hand
einer der Reiter fest auf die Schulter: „Restez, monsieur! Vous êtes arrêté. C'est la guerre, monsieur".
Die Cavaliere legten ihre Degen ab, von einer
Gegenwehr konnte nicht die Rede sein; sichere und kurz
angebundene Entschlossenheit prägte sich in den Hand=
lungen und Mienen der Soldaten aus. Ueberraschend
war, daß der junge Anführer sein Gebot nicht auf
Französisch gesprochen, sowie daß er den Reichsgrafen
obendrein ungeachtet der Schauspiel=Verkleidung sofort
erkannt hatte; doch in der allgemeinen Bestürzung und
Verwirrung kam Niemand dies Seltsame klar zum Bewußt=
sein. Uebrigens erklärte das erstere sich wahrscheinlich
durch sein Aeußeres, helles Haar und blaue Augensterne;
vor allem indeß nach dem reinen, jeden fremden Accent
entbehrenden Klang seiner deutschen Sprache mußte er
selbst von dieser Seite des Rheins herstammen. Nun

ließ er den Blick einmal über den verdämmernden Weiher
und die ländliche Bühne hinschweifen, auf der das unterbrochene Festspiel stattgefunden, und ein flüchtiges
Zucken ging ihm um den Mund; dann ertheilte er
Befehl, den Reichsgrafen in's Schloß zu führen und
dort zu bewachen. Seine Erlaucht fügte sich jetzt schweigend in das Unabänderliche, schlug zu Fuß zwischen
seinen berittenen Wächtern den Weg durch den Park
ein, und der Officier folgte in geringem Abstand nach.

So war der hohe Herr noch niemals im Leben
hier gegangen und hätte noch vor wenigen Minuten
den für einen Tollhäusler erklärt, der ihm vorausgesagt,
er werde es jemals so müssen. Nicht minder aber befand sich die Hofgesellschaft in völlig sprach= und denk=
unfähigem Zustand. Schnell brach jetzt unter schwer
den Himmel überziehenden Wolken Dunkelheit herein,
und es begann zu regnen; alle Pagen hatten sich in
kopflosem Schreck mit den Schirmen davongeflüchtet.
Ein andersartiger Rückweg ward's für die Damen, als
die heitere Conversation ihn sich vorher ausgemalt.
Keiner von den Cavalieren bot ihnen den Arm, dachte
gegenwärtig an galante Verpflichtung und Belohnung;
stumm=mechanisch die Füße vorsetzend, brüteten alle über
dem Unbegreiflichen, das sich ereignet, und dem Unge=
wissen, das geschehen werde. Heftiger schoß der Losbruch
aus den Wolken herab, die Damen schleppten sich in
frostig nässeschweren, triefenden Kleidern fort, oft scheu
vor den Pferdehufen sich zur Seite in die stachlig häkelnden

und kratzenden Heckenwände hineindrückend. Eine wilde
Panik hatte einst der campanische Vesuv über sie ge=
bracht, doch nicht so ihr Innerstes mit lähmender Be=
täubung überwältigend, wie dieser Auswurf, den der Riesen=
kraterschlund Paris heute hierher geschleudert.

Nur ein Emigrant richtete Fragen an den neben
ihm reitenden Dragoner, auf welche dieser, französisch
angesprochen, in militairischer Knappheit, doch auskunft=
gebend erwiderte. Der General Moreau war mit seiner
Armee bei Straßburg über den Rhein gegangen, durch
den nördlichen Schwarzwald vorzubringen; auf die Nach=
richt hin hatte auch die Maas= und Sambrearmee unter
den Generalen Jourdan und Kleber weiter abwärts den
Fluß überschritten und heut' Morgen am Nordrand des
Mains ein österreichisches Heercorps des Erzherzogs
Carl zu wilder Flucht nach Osten zurückgeworfen. Die
zahlreiche französische Cavallerie erhielt Befehl, unver=
züglich nach der gewonnenen Schlacht sich südwärts zu
wenden und eine Verbindung mit der Moreau'schen
Armee herzustellen. So war die Schwadron bei Sonnen=
untergang in Wangenfurt eingeritten, hatte die geringe
Schloßgarde mit wenigen Pistolenschüssen auseinander ge=
sprengt und ihr Anführer, auf eine Benachrichtigung hin,
die er in der Stadt empfangen, ohne Aufenthalt den
Weg durch den Park genommen. Auf eine Erkundigung,
wer ihr Anführer sei, erhielt der Frageſteller Antwort:
„Mon capitaine? Monsieur Bernard Tilleul. Ah, un
brave, malgré sa jeunesse!“ Doch fügte der Dragoner

seiner kurzen Entgegnung noch bei, wie er gehört, habe
sein Capitain den General gebeten, ihn mit der Ein=
nahme der Stadt Wangenfurt zu betrauen. Drollig
klang im französischen Munde die Aussprache des Namens.

So näherte der regenüberschüttete Zug sich langsam
dem Schloß; die Cavaliere wußten nicht, ob sie gleich=
falls Gefangene seien und was ihnen für die Nacht be=
vorstehe. Seltsam aber war der Wunsch der Damen
erfüllt worden, endlich einmal Sansculotten vor Augen
zu bekommen. Nur allerdings in unerwarteter Weise
und dazu auch durch den Anblick enttäuschend. Denn
die französischen Reiter boten keine nackten Beine zur
Schau, sondern trugen sie mit langen und langweilig=
uninteressant aussehenden pantalons bedeckt. Nach diesem
Bekleidungsstück hätte man keine Neugier zu hegen ge=
braucht. Aber nur Wenigen kam zur Zeit noch dieser
Gedanke, wie ingleichem ein andrer, daß der Capitain
der Schwadron ein ausnehmend stattlicher und schöner
junger Mann sei.

Auf dem Festspielplatz war Niemand zurückgeblieben
als die bei'm Herannahen des verkleideten Apollo zeternd
unter einen Busch gekrochene Zwergfaungestalt Til Luja's.
Von seinem Versteck aus hatte er den sonderbaren pro=
grammwidrigen Verlauf der Aufführung mit angesehn
und im ersten Augenblick kein erkünstelt, sondern so voll=
kommen natürlich verblüfftes Gesicht wie alle übrigen
dazu gemacht. Doch das Possentreiben in Haltung und
Geberden war ihm zur andern Natur geworden; als

der schnell abgespielte Vorgang vorüber war, setzte er
sich auf einen Stein, kratzte sich zu närrischer Grimasse
hinter den Ohren und rieb sich an der Nase, wie wenn
die Augen von Zuschauern auf ihn gerichtet seien. Dann
stieß er ein quiekendes „Au!" vom Mund, denn ein
Tropfen fiel ihm auf die Nasenspitze; er blickte zum
Himmel auf, um sich in die stille Leere und über die
verdämmernde Wasserfläche hin. Danach aber sprang
er in die Höh' und trottete am Schilfgürtel entlang um
den Weiherrand davon, wie ein Faun, der im Berg=
wald seine schützende Lagerstätte aufsuchen wollte.

So kam er an die Stelle, nach der sich vor dem
Beginn des Spiels aufmerksam alle Blicke über den
See hinübergerichtet hatten, und das mit grauer Baum=
rinde bekleidete Bauwerk hob sich, ein wenig seitwärts
vom Weg, unter hängendem Gezweig deutlich erkennbar
vor ihm vom Boden. Es war einfach, doch hübsch
aus rohen Stämmen hergestellt; in der That mußte
die Schutzhütte drinnen ziemlich geräumig sein. Die
nach der Seite belegene Thür stand geöffnet, und unter
ihr lehnte im glimmernden Schuppenkleide Daphne, die
dem Ankommenden ungeduldig entgegenrief: „Du bist's?
Weshalb — was ist denn drüben geschehen?"

Der Regen hatte stark niederzuschlagen begonnen,
und sich wie ein nasser Pudel schüttelnd, antwortete der
Narr: „Laß mich bei Dir unterschlüpfen, arkadische
Wassertochter, Du hast überflüssigen Platz in Deinem
Hause. Dein guter Vater, scheint's, hat die Hand über

Deinem Floß oder brunter gehalten, daß Du glücklich
bis hierher gekommen."

In die Thür eintretend, rief er lachend hinterbrein:
„Ah, wie nett Du eingerichtet bist, Gevatterin! So hübsch
haben's nur die Halbgöttinnen. Schade, daß alles so
zu Wasser geworden."

Das Licht reichte noch eben hin, die Ausstattung
des Raumes unterscheiden zu lassen. Ein weicher Teppich
überdeckte vollständig den Boden, zwei Sessel und ein
Tisch, auf dem einige Flaschen und fein geschliffene
Crystallgläser standen, nahmen die Mitte ein, während
an der Rückwand sich ein äußerst bequemer, niedrig-
breiter Divan mit purpurfarbigem Ueberzug hindehnte.
Das Ganze schien die geäußerte Vermuthung zu be-
stätigen, der Bau unter den Waldbäumen sei eine Zu-
fluchtsstätte Daphne's zur abendlichen Unterkunft bei
ungünstiger Witterung.

Die junge Freiin Abeline stieß jetzt mit gesteigerter
Ungebuld heftig von den Lippen: „So steh' nicht glotzend
da wie ein Frosch! Rede! Was ist geschehen?"

Doch Til Luja erwiderte gleichmüthig mit saunischem
Mundspiel: „Wir sind alle in die Traufe gekommen,
Gevatterin; Du hast's am besten, denn in dieser com-
fortablen Stube kannst Du's wohl aushalten. Freilich
wirst Du heut' nicht mehr verwandelt werden, darin
mußt Du Dich trotz Deinem altgriechischen Heidenthum
christlich schicken. Mein Gevatter ist zwar der Sonnengott, aber das Wetter wollte ihm heut' Abend nicht

pariren; es hat eben von Natur etwas Wetterwendisches.
Auch ein ganz guter Dichter ist Apollo sonst, er soll
sogar die Leier ganz besonders zu schlagen verstehen,
doch mit dem letzten Act seiner Stücke hat er kein rechtes
Glück. Wenn er sich zu Tisch setzen will, bekommt er
einmal die beste Schüssel verbrannt aus der Küche und
das andere Mal mit kaltem Wasser verplatscht. Bei'm
zweiten Fall ist dann freilich noch nicht alles verdorben
und läßt das Gericht sich vielleicht durch bessere Kochkunst
noch wieder mundgerecht machen, aber einstweilen heißt's,
den Schmachtriemen umthun und das Magenknurren
aushalten. Ich sagte Dir heut' Nachmittag, ich hätt'
einen kuriosen Geruch in der Nase; so halb wird mir
jetzt klar, woher die Schwefelluft gekommen, es ist immer
ein feuerspeiender Berg dabei im Spiel. Diesmal scheint
er mir aber nicht so rasch wieder still zu werden, und
es könnt' in Frage stehen, ob Du nicht etwa klüger
daran thätest, Deinen Schönheitssinn wenigstens vorderhand mit langen Pantalons in Einklang zu bringen,
denn die Kniehosen sind entschieden außer Gebrauch gerathen. Lass' mich Dir einen Vorschlag machen, Gevatterin! Ich lege mich hier auf den schönen Teppich,
und Du spielst mir die unterbrochene Comödie zu Ende.
Das heißt, Du siehst mich gewissermaßen als Ovidius
Naso an und vollziehst für mich allein Deine hübsche
Metamorphose; ich bin immer ein Freund vom Anblick
gutgewachsener Lorbeerbäume gewesen, und man bekommt
sie in unserm Land leider nur in fürstlichen Treib-

häusern zu Gesicht. Dann will ich Dir zum Dank
dabei von den Sansculotten erzählen, die sich drüben
an der Sonne vergriffen und unsern allergnädigsten Herrn
ins Cachot weggebracht haben. Pfui, das ist ein gar=
stiges überrheinisches Wort, aber es sind eben kniehosen=
lose französische Wilde, die nichts von zarten Gefühlen
wissen, sonst hätten sie sich nicht !heute Abend einer so
grausamen That schuldig gemacht."

Drollig kugelte der Faun sich wie ein Hund auf
dem weichen Teppich zusammen. Er hatte dies auch
in früherer Zeit ab und zu ebenso bei seiner ehemaligen
Gevatterin Gotburg von Bettendorf gethan, doch un=
verkennbar stand er zu der Freiin Abeline von Norten=
berg in noch näherer Gevatterschaftsvertrautheit, als
einst zu jener.

Eine gewaltige Aufregung aber herrschte drunten
in den Straßen der Stadt Wangenfurt. Wie ein vom
blauen Himmel niederfahrender Blitzschlag waren die
französischen Reiter durch das Thor am Lindeneck her=
eingesprengt und noch anderes, sonderbar Unerklärliches
dabei geschehen. Allerdings nur von einem Augen=
zeugen mit angesehen: daß der Anführer sein Pferd
sogleich auf dem Platz jäh zum Halten gebracht, vom
Sattel gesprungen und auf den grade vor seiner Werk=
statt stehenden Schreinermeister Kunz Amthor zugelaufen.
Dem sei er mit beiden Armen um den Hals gefallen
— das eben klang unglaublich und mußte auf Augen=
täuschung beruht haben — doch offenbar hatte er jenen

in der That angeredet, eine Erkundigung von ihm ein=
zuziehen, sich danach hastig wieder in den Bügel ge=
schwungen und einer Anzahl inzwischen herzugekommener
Bürger laut auf Deutsch zugerufen: Niemand in der
Stadt solle sich fürchten, Keinem werde Uebles geschehn,
der sich den Soldaten der französischen Republik nicht
widersetze. Und abermals blitzgleich war, von ihm ge=
führt, der mehrhundertköpfige Reiterhaufen wieder davon=
galoppirt, durch die Straßen donnernd, auf dem gera=
desten Weg zum Schloß hinan. Dann hörte man von
drobenher Feuerwaffen knattern und krachen.

Nach begrifflosem Staunen und anfänglich vergeb=
lichem Fragen umdrängten die am Lindeneck Zusammen=
gelaufenen das Haus des Schreiners. Der war nach
innen verschwunden, kam indeß nun wieder heraus mit
dem Hut auf dem Kopf im Sonntagsanzug, doch wunder=
lich dazu mit einem schweren Werkhammer in der Hand.
Aus seinen Augen flackerte es seltsam wie ein Flammen=
spiel, und wie im Einklang damit flog ihm ein ab=
sonderliches krampfhaft=frohlockendes Zucken um den
Mundwinkel. Auf das ihn empfangende Stimmenge=
schwirr antwortete er nur: „Franzmänner sind's, weiter
weiß ich nichts. Der Hauptmann fragte, wo der Hoch=
gnädigste wär'."

Rufe erwiderten: Soll'n wir ihm zur Hülfe? Die
Garden sind weg. Aber wenn wir alle uns Waffen
suchen —

Doch Kunz Amthor fiel ein: „Seid Ihr Narren?

Habt Ihr noch nicht Schweiß genug laufen und wollt Blut dazu schwitzen? Was geht's mich an? Freunde sind's, Ihr habt's von ihm gehört, und so sag' ich's auch. Wenn sie wieder kommen, macht Eure Thüren auf und setzt das Beste auf den Tisch! Ihr müßt für den Wein zum Gläserklingen sorgen, die Wirthschaft oben wird zugemacht und Eure Töchter brauchen nicht mehr den Unrath vom Boden zu wischen."

Die Mienen der Hörer drückten kein Widerstreben aus, der ihnen gegebenen Weisung Folge zu leisten. Nur so unvorgesehen war der fremde Reitertrupp her= eingestürmt, daß in der ersten Verdutztheit niemand ge= wußt, was er daraus machen solle, ob Schlimmes von ihnen zu erwarten und befürchten sei. Doch nach den Worten des Schreiners klang's von da und dort bei= pflichtend: „Der Meister hat recht. — Was könnten sie uns Böses thun?" — Mit bejahender Entschieden= heit fielen Stimmen drein: „Zum Wegnehmen haben wir nichts. — Schlimmer können's die Franzmänner nicht machen." Deutlich herauszuhören war, es koste niemand Ueberwindung, den Gedanken, sich gegen die Franzosen zu bewaffnen, fahren zu lassen. Kunz Amthor bahnte sich durch die Anstauung Platz. Auf die Frage: „Wohin wollt Ihr, Meister?" gab er nur kurz Antwort: „Ich bin bestellt, es giebt was zu richten," und laufend verschwand er aus dem Thor.

Hinter diesem draußen bog er um, stieg einen ab= kürzenden Fußweg dem Schloß zu aufwärts. Er sprach

laut vor sich hinaus, abgerissene Worte, manchmal lachte
er plötzlich dazwischen. „Steine sammeln," sagt er, „Steine
auseinander werfen — es hat seine Zeit. Zähne zusammen beißen, Zähne aufreißen — es hat seine Zeit.
Geschrieben steht's, Aug' um Auge, Zahn um Zahn.
Den Balken, den man nicht heben kann, muß man
liegen lassen. Aber da kommt Einer, der hat die Kraft —
von mir hat er sie. Sieben Jahre diente Jakob um
Lea — haha, sieben Jahre sind's — und achtzehn dazu.
Das macht ein Viertelhundert — da stieg ich hier herauf.
In der Nacht — den hatt' ich auch in der Faust. Mond
giebt's heut nicht, aber der Blitz hat eingeschlagen, das
macht's noch heller. Mein Sohn ist er, von mir hat
er das Handwerk im Blut. Aber kein Schreiner, ein
Zimmermann ist er geworden. Mit der Art fährt er
zu, das giebt andre Späne als vom Hobel. Krach!
Krach! Da liegt der Balken! Schlag zu! Herunter mit
dem ganzen Schandgerüst! Die gesammelten Steine übereinander, sie haben ihre Zeit gehabt!"

Unverständlich kamen dem bergan Laufenden die
Worte vom Mund, seine Brust keuchte, auf ihn herunter
strömte der Regenguß, ohne daß er's fühlte. Das Schloß
erreichend, trat er durch's Portal, durchmaß hallenden
Fußes die weite Erdgeschoßhalle, niemand wehrte ihm,
in den Winkeln zusammengedrückte Lakaien starrten ihm
wortlos nach. Wie er nach rückwärts aus dem Palais
auf den Springbrunnenplatz gelangte, wälzte sich ihm
eine dunkle Masse von Pferden und Fußgängern ent-

6*

gegen, voran der Reichsgraf zwischen den berittenen
Wächtern, die jetzt sich vom Sattel schwangen. Gleich
darauf erklang laut die Stimme des Capitains Bernard
Tilleul, gebot in französischer Sprache, den Gefangenen
in ein Schloßgemach zu bringen und dort zu bewachen.
Auf deutsch fuhr er fort: „Den Andern steht frei, zu
gehn, wohin sie wollen, doch niemand betritt das Schloß."

Die Cavaliere und Damen athmeten zum erstenmal
aus etwas befreiter Brust, machten schleunig von der
Erlaubniß Gebrauch und verloren sich in ihren triefenden
Kleidern nach rechts und links durch's Dunkel dem Halb-
rund der Hofchargenhäuser zu. Kunz Amthor aber
drängte sich nach der Stelle durch, von woher das Gebot des Befehlshabers aufgetönt, griff mit beiden Händen
nach der Rechten desselben und stieß von freudezitternden
Lippen: „Berno, Berno!" Der Officier antwortete: „Bist
Du's, Vater?" und Berno Lindenblatt sprang gleichfalls
vom Pferd und schlang den Arm wieder wie drunten
am Lindeneck um den Hals des Schreiners.

Seltsam anderen Anblick als sonst bot das Innere
des Schlosses. Die Lichter waren bei dem frühen Däm-
merungsbeginn schon angezündet gewesen, als die französischen Reiter, im Nu die zu Tod bestürzte Wache
zersprengend, herübergebraust. Aber keine Pagen und
Läufer glitzerten in bunten Tressen auf den Treppen und
Vorplätzen, alle ware wie sturmzerstoben, keine seidenen
Gewänder rauschten. Nur Waffen klirrten in den Cor-
riboren, und schwere Fußtritte dröhnten auf den Par-
quetböden.

In einem Saalraum saß Monseigneur, ihm kam
alles noch wie ein unsinniger, toll die Wirklichkeit auf
den Kopf stellender Traum vor. Um ihn, das Zimmer
taghell erleuchtend, flammten wie immer die Wachskerzen
in den vergoldeten Lüstres und Girandolen, doch neben
jeder der beiden Thüren des Gemaches standen zwei
Dragoner mit gezogenen Säbeln. Sie zergingen nicht
als eine Sinnestäuschung vor den Augen, sondern blieben,
sagten, es sei kein Traum.

Was hatte sich ereignet? War Mainz von den
Franzosen genommen worden? Unfaßbar erschien dieser
jähe Ueberfall.

Doch Serenissimus hatte öfter zur Verwunderung
des Hofes bewährt, daß er Philosoph sei und das im
Augenblick nicht Abzuändernde mit der Würde des
Gleichmuths zu tragen wisse. Allerdings beleidigte der
Anblick plumper Gewalt, die Nöthigung, sich ihr zu
fügen, das seine Gefühl, doch es. war Vorübergehendes,
in seiner Hand lag's, dem rasch ein Ende zu machen;
er konnte Frieden mit Frankreich abschließen, wie Preußen
es gethan. Und nach einer Richtung hatte die Sache
sogar Belustigendes; eine amüsante Vorstellung war's,
wie die Damen der Hofgesellschaft überall jetzt, von
Schreck und Nässe an den Gliedern zitternd und mit
den Zähnen klappernd, sich aus ihren Kleidern heraus=
wanden und wahrscheinlich heut' ohne Anreiz zu galanten
Abendunterhaltungen sich schleunig in den Betten ver=
krochen. Einen Augenblick kam Monseigneur ein äußerst

merkwürdiger Gedanke, es sei ein erbärmliches Gesindel, das keine Hand zu seinem Beistand rühren würde, wenn er von einer wirklichen Gefahr bedroht oder nicht mehr der Ausspender aller Gaben und Gnaden wäre. Aber danach gerieth ihm doch ein leichter Seufzer über die Lippen. Er hatte sich diesen Abend sehr anders gedacht, von ihm durch hübsches Gelingen des arkadischen Schäfer= spiels eine erfreuliche Belohnung für viele aufgewandte Mühe erwartet. Das erlitt freilich eine häßliche Ent= täuschung, um so stärker, als seine Phantasie sich lebhaft den beabsichtigten Weitergang der so unliebsam unter= brochenen Aufführung vor Auge und Empfindung ge= staltete. Bei dieser Vorstellung hielt die philosophische Gemüthsruhe doch nicht stand; eine brutale, wallende Empörung im Blut aufregende Gewaltthat war's, zu= mal von Franzosen ausgeübt, dem Volk, das den ersten Rang in der Courtoisie einnahm, allen andern als Vor= bild galanter Manier diente. Allerdings diese rohen Kerle an den Thüren stammten sichtlich aus den nie= drigsten Schichten, bei ihnen war kein feineres Ver= ständniß zu erwarten.

Doch ihr Officier hatte einen vortheilhafteren, bei= nahe vornehmen Eindruck gemacht, als ob er von edler Abkunft sein müsse. Seine Erlaucht sah in kurzen Zwischenpausen nervös=ungeduldig auf seine von Rubinen umrandete Uhr — der französische Capitain mußte doch kommen, um diese entrüstende Situation des Souverains zu beendigen, ihm freie Verfügung über sich zurückzu=

geben. Dann war's noch nicht zu spät — der Zeiger
ging erst auf elf —

Und nun endlich geschah's, die Thür öffnete sich und
der Erharrte trat herein, sonderlicher Weise in Begleitung
eines simpeln, wie es schien unterstem Bürgerstande an=
gehörenden Mannes. Aber dem schenkte Monseigneur
keine Beachtung; das Erscheinen des Officiers überfloß
ihn mit so angenehmer Empfindung, daß er beinah vom
Sitz aufgestanden und ihm entgegengetreten wäre. Noch
eben rechtzeitig besann er sich, wer er selbst und welche
immerhin niedrigstehende Persönlichkeit der andere sei,
und behielt seinen Platz inne. Doch mit einer leichten,
bewilligenden Kopfneigung brachte er eine wohlwollende
Annahme des Besuchs zum Ausdruck.

Mit kurzem Wink hieß der Capitain die Wachen
den Raum verlassen; ihre Säbel salutirten, und sie traten
ab. Merkwürdig prägte der kleine Vorgang einen Zug
knapper und strafferer Disciplin aus.

Der da aber jetzt in dem taghell erleuchteten Saal
zum erstenmal deutlich unterscheidbar stand, war das
wirklich Berno Lindenblatt, der ehemalige Lateinschüler
des Rectors Laurentius Meibusch? Niemand hätte ihn
wieder erkannt, vermuthlich nur aus dem Anblick selbst
sein Pflegevater nicht. Die Grundzüge seines Gesichtes
mochten sich in ihren Linien wohl nicht verändert haben,
doch was von ihnen abgeschwunden und was sich über
sie gelegt, ließ sie kaum mehr herausfinden.

Nicht das Antlitz noch die Gestalt des schüchternen,

unsicheren, leicht erröthenden Jünglings war's; wetter=
gebräunt stand er als ein kraftvoller Mann von schlankem
Hochwuchs in fest geschlossener Haltung mit einem Ge=
präge unbeirrbarer Selbständigkeit und Willensentschieden=
heit da. Er konnte erst die Mitte der Zwanziger erreicht
haben, und dem entsprach sein frisch=jugendliches Aussehen.
Aber sein Auftreten und Wesen bekundeten, daß für
seine innere Entwicklung die Kriegsjahre doppelt und
die Revolutionsjahre vielleicht dreifach gezählt.

Seine Erlaucht trug noch immer ein wenig ver=
worren Durcheinandergehendes im Kopf, entsann sich
indeß jetzt ebenfalls, daß er nicht angeredet werde, sondern,
indem er das Wort an jemand richte, diesem die Er=
laubniß zum Sprechen ertheile. Daneben gerieth ihm
zugleich eine Aeußerung in's Gedächtniß, die bei einer
Gelegenheit über die Lippen des roi soleil gekommen:
„Ich habe gewartet," und mit einem leichten Lächeln
sprach er den sich kurz verbeugenden französischen Officier
an:

„Je vous ai attendu, monsieur —"

Doch der Capitain fiel ihm auf deutsch in's Wort:
„Ich habe meine Ordre vollzogen, Herr Reichsgraf, und
Sie als Kriegführenden gegen die Republik in Haft ge=
nommen. Morgen wird Infanterie unter einem Com=
mandanten höheren Ranges eintreffen und dieser ent=
scheiden, was weiter geschehen soll. Als Officier der
Republik habe ich das mir Obliegende beendigt und er=
suche Sie, sich meiner Sprache zu bedienen, denn Sie
hören, ich bin kein Franzose, sondern ein Deutscher."

Mit einer gewissen Höflichkeit, aber keineswegs höf-
ischer Etikette gemäß kam's vom Munde des Sprechers,
und aus dem bestimmten Ton klang unter der äußeren
Formwendung des Ersuchens eine Forderung.

Merklich empfand der hohe Herr diese und ward
widerwärtig von dem Gefühl, sich getäuscht zu haben,
berührt. Doch er beherrschte sich und erwiderte mit
einer Frage, deren Ton seinerseits hören ließ, daß er
die Audienz beendige:

„Und was wünschen Sie noch?"

„Ihnen zurückzuerstatten, womit Ihre großmüthige
Gnade mich einst begabt hat. Ich bin Ihnen dankbar
dafür; es ward mir nützlich, verhalf mir zu dieser Stunde.
Denn ich hatte keinen anderen Gedanken seit sieben
Jahren in mir, als wieder vor Ihnen zu stehn und
meine Schuld abzutragen."

Wortlos erstaunt sah der Hörer, wie der junge
Officier eine hervorgezogene Börse neben ihn auf den
Tisch legte und, einen Schritt zurücktretend, fortfuhr:

„Sie kennen mich nicht mehr, Monsieur; das wäre
eine Auszeichnung, auf die ich keinen Anspruch machen
kann. Auch bin ich ein sehr Anderer, als der, welcher
damals von Ihnen ging, und ich habe verstehen gelernt,
was ich zu der Stunde in knabenhafter Unwissenheit
nicht begriff. Als Ihr Unterthan kam ich zur Welt
und beging ein Verbrechen, wie's in jener Zeit schwerer
nicht gedacht werden konnte, denn meine Hand vermaß
sich in einem bewußtlosen Augenblick, meinen Landes-

herrn mit einem Stoß gegen seine Brust zurückzuwerfen. Seitdem hat die Zeit sich verändert, die That wäre heute nicht mehr so Unerhörtes. Damals aber war sie's, mein Arm vergriff sich an dem mir von Gott unantastbar gesetzten Gebieter über Leben und Tod. Er hätte mich bis zum Ende meiner Tage in Eisen schmieden, mir den Kopf von der Guillotine abschlagen lassen können — nicht von der, man kannte sie damals noch nicht, vom Beil seines Henkers. Doch er war gnädig, schickte mich nur für immer aus seinem Lande davon, gab mir noch ein Almosen mit auf den Weg. Das habe ich hierher zurückgelegt, Herr Reichsgraf, und die Schuld, daß ich Ihr Verbot gebrochen, Ihren Boden wieder betreten, trägt die französische Republik, die mich als ihren Bürger hergesandt."

Monseigneur tauchte eine dunkle Erinnerung auf, daß ihm einmal etwas Derartiges, Unglaubliches widerfahren sei, indeß sehr verschwommen, zu viel war darüber hingegangen. Der Aufwecker dieser Erinnerung aber flößte ihm immer mehr ein entschiedenes Mißfallen ein, obwohl er eben von der damaligen unverdienten Gnade seines Souverains gesprochen. Doch seine Einflechtungen über die veränderte Zeit, die Worte Guillotine und Bürger hatten suffisant Fatales, und der ganze Ton war hier im Schloßsaal so unangemessen, wie denkbar. Nicht das nur, wie ein Hohn klang er, und zugleich doch barg sich etwas unangenehm Ernsthaftes unter ihm. Serenissimus hegte den dringenden Wunsch, dies tête-à-tête nicht länger andauern zu lassen, und versetzte:

„Es ist gut, die Umstände haben es so mit sich ge=
bracht und entschuldigen Ihre Uebertretung meines Gebots.
Ich werde morgen Ihrem Vorgesetzten meine Entschlüsse
mittheilen und bedarf Ihrer Anwesenheit nicht länger."

Doch der unzweideutig Entlassene gab Antwort:

„Ich bedaure, sie Ihnen noch weiter aufnöthigen zu
müssen. Nicht in meiner Eigenschaft als heutiger Be=
fehlshaber im Schlosse, sondern der spricht zu Ihnen,
den Ihre damalige Macht aus Ihrem Lande in die
Frembe verwiesen. Er hat eine Frage an Sie zu stellen:
Weshalb thaten Sie's? Und er selbst weiß heut' die
Antwort darauf: Nicht um seiner unbewußten Knaben=
handlung willen, die hätten Sie ihm vielleicht nachge=
sehen. Aber er mußte fort, Sie duldeten ihn nicht,
weil Sie an dem Abend eine Rosenfee empfingen, die
Sie unter Ihren Schutz genommen hatten. Sie war
von ihren Eltern gewaltsam fortgeschleppt worden, was
die Räuber dazu veranlaßt, wußte Niemand. Doch ich
weiß es jetzt, weshalb die Verschwundene plötzlich in
einem zauberhaften Rosengewande bei Ihrem Festspiel
wieder erschien, weshalb Sie ihr die Ehre erwiesen, selbst
der Ankommenden entgegen zu gehen, ihre Hand zu
fassen. Und ich weiß, daß ich fortgejagt wurde, weil
ein plötzlicher Schreck über sie kam, bei dem sie sich von
Ihrer Hand losriß und ihr Arm, ihre Besinnungslo=
sigkeit bei mir nach einem Beistand suchte. Der zer=
brach wie Rohr unter Ihrer Uebermacht, ich konnte sie
nicht schützen und wußte nicht wovor. Aber ich bin

heute hierher zurückgekommen, um die Frage an Sie
zu stellen: Was ist seit dem Abend unter Ihrem Schutz
aus ihr geworden?"

Nicht nur vermessen Forderndes, etwas Drohendes
dazu klang aus den letzten Worten. Monseigneur aber
schoß plötzlich ein erhellender Strahl durch das Dunkel
der aufgeweckten Erinnerung, auch das Gesicht des wortlos zur Seite zurückstehenden Menschen in der bürgerlichen Tracht verknüpfte sich ihm mit dem deutlicheren
Erwachen seines Gedächtnisses, und unwillkürlich flog
ihm ein Lachen vom Mund, dem er nachfügte:

"Das ist eine plaisante Wiederbegegnung — Sie
sind der? — wie war doch Ihr Name?"

Das Gesicht des jungen Capitains jedoch zeigte
keine spaßlustige Neigung, nahm vielmehr einen finsteren
Ausdruck an, mit dem er entgegnete:

"Daß Ihnen meine Frage zum Lachen sei, hätte ich
mir voraussagen können. Aber Sie thäten besser, es
nicht zu zeigen, denn ich lache nicht mit. Ich verlange
von Ihnen, daß Sie mir das junge Mädchen, das so
unbegreiflich verschwand und wiederkam, so zurückgeben
wie es an dem Abend mit seinem Arm bei mir Schutz
suchte. Sie verstehen mich, Monsieur — ungeschädigt
an Leib, an Seele — so schön, wie der Himmel und
die Erde nur dies eine Menschenbild geschaffen! Können
Sie meine Forderung erfüllen? Auf Ihr Ehrenwort!"

Der Sprecher hatte wohl etwas aus seinem Inneren
kundgegeben, was er nicht bloßlegen gewollt, denn Seine

Erlaucht faßte es offenbar in der Erwiderung auf: „Oh, war das niebliche Ding wirklich Ihr — ich bedaure, Ihrem Wunsch nicht nachkommen zu können, denn ich weiß nicht, wo sie geblieben ist. Aber ich bilde kein Hinderniß für Sie, zu nehmen, was ich nicht zu geben vermag."

„Das ist keine Antwort auf meine Frage. Ich verlange sie unverletzt aus Ihrer Hand, wie sie war — dann werde ich sie suchen und finden."

Die Augen des jungen Officiers flammten in's Gesicht Monseigneurs, dessen Lippen wieder der Anflug eines Lächelns umspielte. Er versetzte: „Mir scheint, ich lasse mich einer sonderbaren Inquisition unterziehen" — doch er stockte plötzlich vor dem auf ihn gerichteten Blick, seine Züge entfärbten sich ein wenig und er murmelte: „Auf mein Ehrenwort? Unverletzt — was wollen Sie damit —?"

Aber der Capitain hörte nicht weiter, wandte sich mit kalter Entschlossenheit in der Miene um, trat zur Thür, die er öffnete und durch die er ein Wort hinausrief. Von draußen ward ihm etwas gereicht, er kehrte mit zweien der von den Cavalieren abgelegten Degen zurück, warf den einen vor die Füße des Souverains und sprach gebieterisch:

„Da Sie die Antwort verweigern, fordere ich andere Rechenschaft von Ihnen, monsieur. Hätte nicht die Zeit den Reichsgrafen dem Bürger gleichgestellt, so thäte es Ihre Schuld. Wir sind hier Mann gegen Mann;

mein Vater wird dem Ueberlebenden bezeugen, daß er in ehrlichem Zweikampf die Waffe geführt."

„Dein Vater?" Mit einem unwillkürlichen Ton der Belustigung flog's vom Munde des Reichsgrafen. „Bist Du toll, Bursche? Ich sollte mich mit Dir schlagen?"

„Also nur tapfer als Jungfrauenschänder und ein Feigling vor Männern!"

Das schlug Monseigneur das Blut roth ins Gesicht zurück. Er war nicht feig, und die tödliche Beschimpfung von einem Jungen nahm ihm im Augenblick die Besinnung. Vom Sitz auffahrend, bückte er sich und griff nach dem Degen.

Doch gleichzeitig faßte Kunz Amthor, rasch herzugetreten, nach dem Berno Lindenblatt's und sagte:

„Das sollst Du nicht, mein Sohn! Ich war einmal dran, es zu thun, und mir hätt's zugestanden. Aber Deine Hand soll's nicht."

Der Officier suchte den Arm loszumachen. „Laß mich, Vater! Was heißt das?"

„Das heißt — wart' ein paar Augenblicke — ich will Dir erst etwas erzählen, was Du nicht weißt, und dem da ebenso, was er auch nicht weiß. Es ist lang her, ein Viertelhundert Jahre, ich hatt' eine junge Braut, eben siebzehn, wir hatten uns sehr gern und wollten gern heirathen. Aber es ging nicht, wir waren beide zu arm; da kam das Glück, das bracht' ihr einen Dienst im Schloß, der gut bezahlt wurde. Für uns über die Maßen, wenn sie das Geld sparte, brauchten

wir nicht länger als zwei Jahre mehr zu warten. Doch
sie kam eher wieder vom Schloß herunter, schon bald
nach einem halben Jahr, und nicht zu mir, ich kriegt's
von anderen zu hören, hab' sie mit Augen nicht mehr
wiedergesehen. Man hätt' sie oben nicht mehr brauchen
können, sagten die Leute, sie wär' zu unanstellig geworden. Aber erst mußte man mit ihr zufrieden gewesen sein, denn sie hatte einen kleinen Sack voll Thalern
mit heruntergebracht. Wie das zugegangen, darüber
zerbrach ich mir so den Kopf, daß ich bei Nacht nicht
mehr schlafen konnte. Und zuletzt bracht' ich's heraus,
wenigstens das, worauf's ankam, und weil's mit dem
Schlafen nicht ging, macht' ich einmal am Abend einen
Gang in's Freie und nahm den Hammer da aus meiner
Werkstatt mit. Dabei kam ich von rückwärts in den
hochfürstlichen Garten hinein, ich kann's nicht sagen,
wie, zum erstenmal, alles war mir fremd drin. Ganz
warm war's, eine Mondnacht im Sommer, und viele
vornehme Leute in Seidenröcken gingen miteinander
hin und her, Herren und Damen, meist zu zwei'n.
Ich gehörte nicht dahin und durft' mich nicht sehen lassen,
darum drückt' ich mich in den Schatten. Der lag
schwarz wie Tollkirschenbeeren, das Auge ward stumpf vor
ihm und blind. Aber heraussehn konnte man aus ihm
und alles hell erkennen, beinah' wie am Tag. Freilich
kannt' ich niemand von Gesicht, als nur Einen, das
war unser allergnädigster Herr, seit gut einem Jahr
erst, als sein Herr Vater gestorben, noch ganz jung,

wohl erst um die achtzehn oder neunzehn. Den kannt'
ich und sah ihn mit einer ebenso jungen schönen Dame
zusammengehn, zwischen den andern, auf und ab. Ich
weiß nicht, Sommer war's, aber so frostig dabei, daß
ich mir die Zähne im Mund festhalten mußte, denn
sie klapperten mir so wie vom kalten Fieber. Auf ein=
mal aber warb's mir heiß, wie von kochendem Wasser
im Blut, die Beiden kamen an mir vorbei, nicht so
weit, als die Stube hier breit ist, und die anderen blieben
alle zurück. Sie sprachen franzmännisch und lachten und
gingen allein einen Weg zwischen geschorenen Wänden
hinunter. Wo der zu Ende lief, war ein runder Platz
mit weißen Steinfiguren, da lag an der einen Seite
auch der pechschwarze Schatten. Im Mond blieben
die zwei vor einer von den nackten Figuren stehen, und
der allerhöchste junge Herr redete etwas davon. Was,
verstand ich nicht, denn es war in der fremden Sprache,
aber die mit ihm war, antwortete so halb, als wüßt'
sie nicht recht, was sie sagen sollte, und ihr Gesicht
wurde etwas roth dabei. Das konnt' ich sehen, denn
ich stand so dicht bei ihm, wie jetzt, hatte nur zwei Schritt
zu thun und den Arm in die Höh' zu heben. Und das
wollt' ich auch, nur wie ich den Stiel fest mit der Faust
packte, fühlt' ich ihn nicht zwischen den Fingern, oder
als hätt' ich gar keine Finger an der Hand. Bloß mein
Kopf konnt's und that's, die Hand nicht, denn die Finger
waren weg und der Hammergriff auch. Darüber aber
kamen die Beiden vor meinen Augen auch weg, ich sah

sie im Monblicht nur noch als ein paar bunkle Schatten
unb hörte sie von weitem lachen, unb am anbern Morgen
haben sie mich am Parkranb in einem Graben gefunben
unb heruntergetragen. Der Doctor sagte, ich hätt' wohl
am Abenb etwas zu viel getrunken gehabt unb wär'
von Sinnen in bie Nacht hinaus gewesen, bas säh' man
auch, weil ich ben schweren Hammer mitgeschleppt, unb
ba hätt' ich einen kleinen Schlaganfall bekommen. Denn
mein rechter Arm war lahm unb blieb's auch so wohl
ein Vierteljahr, unb im Kopf brannte mir lange bas
Fieber, baß sie glaubten, ich käm' nicht wieder in bie
Höh'. Das war aber mein Freund, benn so lang es
bei mir blieb, glaubte ich immer, nicht mein Kopf hätt's
nur gewollt, sonbern meine Hand hätt's auch gethan,
unb ich lag zufrieben in meinem Bett, hatte gar keinen
Wunsch mehr. Unb ber Mensch hat an ber Einbilbung
wohl genug ober bran, etwas thun gewollt zu haben,
benn als ich gesunb wurbe unb bie Finger wieber biegen
konnte, bin ich nicht wieber nach bem hochfürstlichen
Park hinaufgegangen, nicht bei Tag unb nicht bei Nacht.
Meine vormalige Braut — sie hieß Isolbe Linbenblatt —
war zwischenhinein gestorben, nachbem sie Deine Mutter
geworben, mein Sohn. Unb barum sagte ich, mir hätt's
bamals zugestanben, Berno Linbenblatt, aber Deiner
Hanb heut' nicht."

Monseigneur war währenb bes Weitergangs ber
Erzählung bes Schreiners, ber mit seinem Hammer
ein paarmal krampfhaft kurze Schläge burch bie Luft

geführt, sehr blaßfarbig geworden und mechanisch einige
Schritte hinter seinen Sessel zurückgetreten. Der junge
Officier dagegen hatte ohne Regung den Sprecher aus
groß aufgeweiteten Lidern angestarrt, lautlos und athemlos
zuletzt, und wie Todesstille lag es jetzt einige Augenblicke
lang im Schloßsaal. Dann fuhr Berno Lindenblatt,
wie von einem Frostschauder durchrüttelt, zusammen und
rang tief nach Luft. Sein Arm hob sich, warf den
Degen klirrend vor den Fuß des Reichsgrafen, vom Mund
flog ihm: „Komm, mein Vater!" und die Hand Kunz
Amthor's ergreifend, fest von der seinigen umklammert
haltend, schritt er rasch mit dem Schreiner durch die
Thür hinaus.

X.

Nun ertönte im Schloß und Park die französische
Sprache vom Munde Solcher, die sie nicht als
höchsten Ausdruck der Bildung erlernt hatten, sondern
schon gewissermaßen in ihrem Erbbesitz zur Welt ge=
kommen waren, doch die Hofgesellschaft fand wenig Ge=
nuß an der natürlichen Echtheit der Aussprache. Ihr
Gehörssinn trachtete auch nicht danach, sie suchte sich eher
die Ohren dagegen zu verstopfen. Obwohl der Morgen
nach der Gewitternacht in vollster Heiterkeit strahlte,
ließ sich nirgendwo eine Dame, noch ein Cavalier ge=
wahren. Alle saßen in ihren Häusern, deren Fenster
sie trotz der köstlichen, warmen Luft fest geschlossen hielten;
sie fürchteten offenbar eine Erkältungsfolge der gestrigen
Durchnässung, manche hüteten vorsichtig das Bett. Die
hochbenamten Emigranten waren sämmtlich in der Nacht=
stille unter Vermeidung jedes Geräusches zu Fuß auf=
gebrochen, hatten erst in ziemlicher Entfernung von der
Stadt die ihnen behutsam nachgeführten Pferde und
Wagen bestiegen, um ihren zeitweiligen Wohnsitz an weiter
im Osten befindliche Fürstenhöfe zu verlegen; das Klima

7*

in der Reichsgrafschaft Falkenberg-Hochberg erschien ihnen
vorderhand für die Gesundheit nicht zuträglich. Einzig
auf den Zustand Ihrer Erlaucht hatte der Witterungs=
umschlag einen merkwürdig günstigen Einfluß geübt; sie
allein promenirte den Vormittag mit ihrer Gesellschafts=
dame stundenlang zwischen den Heckenwänden des Parks.
Und wenn in diesem sonst jemand zugegen gewesen wäre,
hätte er Unbekanntes, doch erfreulich das Wohlbefinden
der hohen Frau Bekundendes zu hören vermocht, daß
ihr ab und zu beim Gespräch mit ihrer Begleiterin ein
heller, lachender Ton über die Lippen flog.

Was eigentlich geschehen sei und was man zu er=
warten habe, lag im Dunkel; man wußte nur, Mon=
seigneur werde im Schloß als Gefangener mit gezogenem
Säbel bewacht. Über den Aufenthalt der Freiin Abe=
line von Nortenburg konnte Niemand Auskunft geben;
ein Gerücht sagte, sie solle zurückgewiesen worden sein,
wie sie in der Morgenfrühe Zugang im Palais zu er=
langen gesucht. Doch bedünkte das letztere wenig glaub=
lich, man maß ihr mehr Klugheit zu, als daß sie au=
genblicklich etwas so Zweckloses unternommen habe; im
übrigen indeß beschäftigte man sich kaum mit der Frage
nach ihrem Verbleiben, es flößte gegenwärtig kein In=
teresse ein. Von Wangenfurt kam eine seltsame Nach=
richt herauf; die Bürger sollten die drunten in Quartier
gelegten Sansculotten wie Freunde aufgenommen haben,
in bestem Verhältniß zu ihnen stehen. Das klang un=
glaubhaft, aber bestätigte sich und fand auch Erklärung.

Das Gemeine encanaillirte sich mit dem Gemeinen; diese Geschöpfe kannten kein höheres Gefühl der Beglückung und Dankbarkeit, die Unterthanen ihres Souverains zu sein. Wahrscheinlich muthmaßten sie, Seine Erlaucht habe aufgehört, als Landesherr über sie zu gebieten, und die niedrige Vortheilsgier ihrer rohen Gemüther hielt sich aller Treue und Pflicht gegen den entbunden, von dem weder Belohnung noch Strafe zu erwarten sei. Wo sich eine Anzahl dem Hof Angehöriger zusammenfand, kam man hierüber mit lauter Empörung und moralischem Abscheu überein, zugleich die Kurzsichtigkeit und Selbstschädigung der verstandlosen unteren Bevölkerung in's richtige Licht stellend. Denn es lasse sich nicht daran zweifeln, Monseigneur werde binnen Kurzem durch die österreichische Armee seine unumschränkte Souverainetät zurückgewinnen und den verblendeten Thoren den verdienten Lohn ihrer Dummheit zumessen. „Ihr Verhalten, mon cher, est plus qu'un crime, c'est une faute, une erreur de calcul."

Erst am Nachmittag begab sich Neues, das die Einwohner der Stadt zusammenströmen und die Insassen der Cavalierhäuser aufhorchen ließ. Trommelschlag wirbelte und klingendes Spiel tönte; durch's Thor zog ein Regiment französischer Infanterie an den Lindeneckplatz. Der Capitain Bernard Tilleul hatte im Hause des Schreiners Kunz Amthor übernachtet und es den Tag hindurch nicht verlassen; nun trat er heraus und erstattete dem eingetroffenen Oberst Rapport. Dieser

war mit weiteren Befehlen versehen, übernahm das
Commando in Stadt und Schloß, dem Schwadrons=
führer den Auftrag ertheilend, am andern Morgen früh
gen Süden aufzubrechen und Fühlung mit der vordrin=
genden Armee des Generals Moreau zu gewinnen. Mit
seinem Vorgesetzten begab der junge Officier sich zum
Schloß hinauf, ihm dies und seinen Gefangenen auszu=
liefern; das Fußvolk löste die Reiter ab und nahm
die Wachtposten ein. Auf die Benachrichtigung von
dem guten Einvernehmen der Bürger ertheilte der Oberst
Ordre strengster Manneszucht; die Soldaten der Republik
seien überall Freunde des Volks, kämen, es vom Joch
seiner Bedrücker zu erlösen. Binnen Kurzem, nach kaum
einer halben Stunde kehrte Berno Lindenblatt, seiner
bisherigen Verantwortung enthoben, in das Haus des
Schreiners zurück. Bis gegen den Morgen hin hatte
er hier mit diesem noch aufgesessen und ihm sein Lebens=
schicksal seit der Trennungsnacht erzählt, das ihn hart
an der Guillotine vorbeigeführt. Auf die Empfehlung
des Reichsfreiherrn von Velberg von einer vornehmen
elsässischen Familie als Hauslehrer angenommen, war
er mit dieser nach Paris gekommen, wo jedoch ihre
sämmtlichen Angehörigen, auch die Kinder, als Aristokraten
auf's Schafott geschleppt worden. Er selbst entrann
nur durch ein Wunder dem Fallbeil; mit zum Tode
verurtheilt, rettete ihn ein Ausruf, es sei thörichte Ver=
geudung, einen so langen Burschen um einen Kopf kürzer
zu machen, statt ihn damit in Uniform zu stecken und

nützlich in der Revolutionsarmee als Kanonenfutter ver=
wenden zu lassen. So ward er an der Schwelle des
Grabes noch lebend von dem großen Krater ausgeworfen,
in die Vendée geschickt, und weiter, hierhin und dorthin,
kam er nach Holland und allmählich wieder am Rhein
aufwärts. Jahr um Jahr unablässig im Knattern der
Gewehre und auf blutgedüngten Feldern, aber, als sei
er unter einem besonderen Stern zur Welt gerathen,
von keiner Kugel getroffen, nur ein paarmal sein Rock
von solcher durchlöchert. Zufall nöthigte ihn einmal in
den Sattel, und er behauptete sich auf dem Pferd, wie
wenn die Reiterkunst ihm angeboren worden; so ver=
blieb er bei der Cavallerie, nahm mehrfach an fast un=
ausführbar scheinenden Angriffen theil, kühn und um=
sichtig zugleich, und sein Oberst beantragte beim Directo=
rium, ihn zum Officier zu befördern. Im letzten Frühling
war er durch seinen entscheidenden Eingriff in ein beinah
verlorenes Gefecht zum Capitain aufgerückt; er gehörte
zu Denen, die den Marschallstab der Zukunft im Tor=
nister trugen. Doch nicht das erfüllte ihm die Vor=
stellung; sein ganzes Denken war unverwandt auf das
eine Ziel gerichtet, eines Tages hier so einzureiten, wie's
jetzt gescheh'n. Unerreichbar bis vor Kurzem hatte es
geschienen, da führte der Hin= und Herwurf des Krieges
ihn plötzlich doch in diese Gegend. Nach der Schlacht
sollte eine Schwadron zur Besetzung Wangenfurts ab=
commandirt werden: er erfuhr's und bewarb sich darum,
ihn als Ortskundigen mit der Ausführung zu betrauen.

Und anhaltlos, in gestrecktem Lauf bis an's Thor sprengend, hatte er seine Reiter hierher gebracht, denn er fürchtete, andere könnten ihm zuvorkommen.

Das berichtete der so unverhofft und seltsam umgewandelt in die Heimath Zurückgekehrte seinem Pflegevater, nachdem sie in der Nacht vom Schloß herabgekommen, und dann erst berührte er, was er droben aus der Erzählung Kunz Amthors erfahren. Doch nur kurz; es hatte ihn im Augenblick schreckhaft überwältigt, so daß er den Degen von sich geworfen, aber im Innersten ging es ihn und sein Leben nicht an. Daß dies ihm erhalten geblieben, was er geworden und war, dankte er dem, an dessen Seite er im alten Heimathhause hier saß, und mit innigem Gefühl hielt er die Hand seines Vaters in der seinigen.

Von dem aber, was ihn dahin gebracht, seinen ehemaligen Landesherrn zum Zweikampf zu fordern, sprach er nicht. Daß es so geschehen werde, hatte er vorhergewußt, nur deshalb um jeden Preis hierher gewollt. Denn er war kein Knabe mehr, hatte alles begriffen, was ihm vor sieben Jahren unverstanden geblieben, und bei seiner Ankunft die Gewißheit in sich getragen, er werde seine innere Erkenntniß bestätigt finden. Das war ihm im Schloß zu theil geworden; für die Selbstherrlichkeit des Reichsgrafen mochte nichts sonst in der Welt Geltung besitzen, doch die verlangte Antwort auf sein Ehrenwort zu geben, hatte er sich geweigert. Seine „parole d'honneur“ war ihm etwas, das keinen Flecken bekommen durfte, und ließ ihn eher einer Gefährdung seines Lebens trotz bieten. Freilich sah er wohl voraus, daß er diese vermeiden, mit einem Wort die Degenspitze in der Hand seines Gegners abstumpfen könne. Die Goldstücke, die er damals freigebig dem von ihm aus seinem Lande Verbannten in die Hand gelegt, redeten, daß er gewußt, wer sich des Majestätsverbrechens an ihm schuldig gemacht.

Auch diese Erkenntniß war dem jungen Capitain heut' aufgegangen, und daß sein Pflegevater ihn an dem Abend durch Nennung des Namens seiner Mutter vor schwerster Strafe behütet. Doch von ihr zu sprechen, widerstand ihm, heut' wenigstens noch, und ebenso mehr noch von Derjenigen, deren Namen er auch im Schloß nicht genannt. Nur als der anbrechende Morgen zum Endigen des Beisammenseins mahnte und ihn vom Sitz aufstehen ließ, kam ihm halb unbewußt doch eine Frage vom Mund: „Weißt Du, wo sie geblieben ist, Vater?" Und Kunz Amthor verstand, wer gemeint sei, in den Augen des Fragestellers war's zu lesen, sie ergänzten die Worte. Aber er schüttelte den Kopf, denn er konnte keine Auskunft geben. Nach der Trennung von Berno hatte er sich in seinem Haus und seiner Werkstatt von allem Verkehr abgeschlossen, um nichts mehr bekümmert, was in der Stadt oder auf dem Schloß geschehen. So wußte er nichts von ihr und wie lange sie droben — er sprach nicht aus, sagte kurz abbrechend: „Wir wollen

nicht weiter — Du haft Schlaf nöthig. Sie geht Dich
ja nichts mehr an, mein Sohn."

Doch das letzte war sichtlich kein Hammerschlag des
Schreiners, der den Nagel richtig getroffen, denn jählings
aus den Lidern des jungen Mannes hervorstürzende
Thränen sprachen deutlich, sie gehe ihn doch noch an.
Nicht der auf Schlachtfeldern hart gewordene Soldat
und französische Reiterhauptmann Bernard Tilleul stand
in dem Augenblick da, sondern wieder der Schüler Berno
Lindenblatt mit todestraurigem Blick im weichen Knaben=
gesicht. Und wie einst erschrak er über die Offenbarung,
die aus seinem Innern hervorkam, wandte sich schluchzend
hastig um und ging zur Stube hinaus. Nach der Schlacht
und dem anstrengenden Tagesritt hatte er in der That
den Schlaf hochnöthig, doch fand ihn stundenlang noch
nicht, bis die frühe Sonne kam und ihm über die vor
Ermattung zugefallenen Lider hinglitt. Da brachte ein
Traum ihn auf eine Bergeshöhe, mit weißen Blüthen
hob sich ein Dornstrauch neben ihm, dahinter duckte er
sich plötzlich in seligem Schreck nieder, denn drunten in
einer Thalmulde ging die Thür eines Hauses auf, und
es trat etwas heraus, einen Glanz um sich breitend,
so goldhell fielen die Sonnenstrahlen auf lichtbraunes
Haar. Und zwei helle Augensterne drehten sich der
Richtung zu, in der er stand, doch ohne ihn wahrzu=
nehmen; nur ihn selbst ließ eine kleine Lücke des blü=
henden Busches die hohe, schlanke Gestalt deutlich er=
kennen. Nun wandte sie sich um und schritt davon,

eine Hügelwelle hinan, verschwand hinter dieser und
tauchte kleiner wieder empor. Dunkel von einem Berg-
kegel herabblickenden Ueberresten einer alten Burg ging
sie zu — sein Herz klopfte, immer schneller, zuletzt fast
zum Zerspringen, drängte und sagte mit jedem Schlag:
„Lauf ihr nach — ihr nach, hol' sie ein — um alles
hol' sie ein, eh' sie an die schwarzen Trümmer hinkommt.
Sie zürnt Dir nicht, wenn Du's thust — nur roth
werden wird sie wie Du — denn sie denkt auch an
Dich — hol' sie ein — hol' sie ein!" Aber er konnte
nicht, ihm war's, Ketten hielten seine Füße am Boden
fest, und reglos sah er ihr nur nach. So klein ward
sie, als husche in der Weite ein Rebhuhn über's Gefild. Jetzt in eine Senkung nieder, aus der es nicht
mehr herauskam; zu dicht woben die Sonnenstrahlen
einen Goldschleier davor.

Schwerathmend lag Berno Lindenblatt; er wußte,
nun war's zu spät, und dumpfer, traumleerer Schlaf
fiel über ihn. Dann fuhr er nach Stunden verworren
auf, vom Platz draußen klangen französische Rufe und
riefen ihn in die Wirklichkeit zurück. Nach ihm zu sehen,
kam sein Vater, mit dem er, Vieles beredend, den Vormittag verbrachte. Doch von seinem Traumbild sprach
er nicht, und nach Dieta Bodmer fragte er nicht wieder.
Sie war nicht mehr das braune Rebhuhn im Sonnen-
gold auf dem Hochland, hatte sich zur Rosenfee im
rothen bengalischen Licht des Parks verwandelt. Was
sie im Verschwiegenen sein Herz noch angehen mochte,

die Lippen mußten es verschlossen halten, es war zu
spät.

So kam der Nachmittag, das Einrücken der französischen Infanterie; er hatte sein Commando in der
Stadt und im Schloß abgegeben, war von diesem,
ohne den Reichsgrafen wieder gesehen zu haben, in sein
Vaterhaus zurückgekehrt. Doch verweilte er hier jetzt
nicht lange, sondern ließ sein Pferd satteln, um noch
einen Ausritt zu machen. Der Schreiner hielt der
französischen Uniform halber für rathsam, daß er einige
seiner Dragoner als Bedeckung mitnähme aber Berno
wollte draußen allein sein und antwortete, kurz auf
seinen Säbel deutend: „An dem Begleiter habe ich genug.“
Auf sehr anders gearteten Feldern hatte er sich durch-
geschlagen, und Furcht war das letzte, was bei ihm Ein-
laß fand. Auch bestand Kunz Amthor nicht weiter
darauf; schwerlich drohte ihm von der Landbevölkerung
der Reichsgrafschaft eine Gefährdung, so wenig wie von
den Einwohnern der Stadt.

Vor dem Thor bog er nach Westen um, schlug den
Weg ein, den er vor sieben Jahren an einem Sommer-
Sonntagfrühmorgen gegangen. Damals hatte er sich
kein Ziel vorgesetzt — oder doch — er wußte deutlich
heute, daß er in sich selbst Versteck damit gespielt, eilig
vor Sonnenaufgang fortgewandert sei, um bis zu der
fernen blauen Bergwand hingelangen zu können. Jetzt
am schon ziemlich späten Nachmittag, wo die Sonne
vor ihr herstand, war sie nicht in der Weite sichtbar.

Doch er betrieb heute auch kein Versteckspiel mit sich, war sich in harter Klarheit bewußt, daß er nicht zu ihr hinwolle.

Aber ein anderes Ziel hielt er im Vorsatz, auf halbem Weg bis zu jener. Es drängte ihn, eh' er wieder von Wangenfurt neuen Schlachtfeldern entgegenritt, dem alten Reichsfreiherrn von Belberg die Hand zu reichen; außer seinem Vater, dem als besten Sohn er sich empfand, hatte die Welt keinen Menschen für ihn, den sein inneres Gefühl so hoch stellte, als den weißköpfigen, krauswunderlichen Schloßherrn mit den französischen Vocabeln im barsch grabzu sprechenden deutschen Munde. Nur zweimal war er mit ihm zusammengewesen, das letztemal die Nacht unter seinem Dach zubringend, doch er hegte eine tiefe Ehrerbietung vor ihm, wie vor keinem sonst. Nicht vor dem souverainen Reichsfreiherrn — den Respect hatte der Sturm in Paris ihm wohl aus dem Blut fortgepeitscht — sondern vor einem Menschen, an dem er mit dem Herzen hing. Denn der Alte war nicht edel um seiner Geburt willen, unter dem schroffen Wesen barg sich ein edler, gütiger Mann, und an den Worten, die ihm vom Munde kamen, war nicht zu zweifeln und zu deuteln; sie sprachen Wahrheit, wie er sie erkannte und fühlte, und ob sie rauh klingen mochte, der Hörer mußte sich ihr beugen, ihr zuerkennen, sie sei die Wahrheit. Daß er sie kundgebe, brauchte man von ihm nicht auf sein Ehrenwort zu fordern — ein bitterer Zug umfuhr kurz die

Lippen des jungen Reiters — stärkerer Gegensatz an Menschenwerth sei auf der Erde kaum denkbar.

Unwillkürlich ließ er sein Pferd in langsamem Schritt gehen; seltsam, halb geisterhaft überkam's ihn aus allem umher. Wie stand die Erinnerung am Wegrand und sah ihn an! Da lief ihm etwas entgegen — er selbst war's, das Herz schwellend von knabenhaft seliger Frühlingsschönheit, die er auf der Berghöhe am blühenden Dorn tief in die Brust hineingeathmet. So kam er laufend von dort zurück, die ferne Stadt noch vor dem Nachteinbruch zu erreichen, denn am andern Morgen mußte er sich frühzeitig auf die Bank unter dem Katheder des Rectors Laurentius Meibusch setzen. Hier in den Wegstaub hatten seine Füße sich eingedrückt, doch keine Spur deutete es mehr. Ein Wirbelsturm war drüber gefahren, der ihn selbst wie ein Staubkorn in die Luft aufgerissen, durch endlose Strecken und Schrecken umhergeschleudert. Nun ritt er wieder auf derselben Straße, aber Alles lag überweht, wie seine Fußspur. Welch' unermeßliche Ernte hatte seitdem die Sense des Todes geschnitten, auch alle lateinische Gelehrsamkeit Laurentius Meibusch's mit unter die Erde eingescharrt. Dort zu liegen, war kein Unglück, leiblos und ruhvoll; Schlimmeres gab's, Todte, die noch fortlebten, ein getödtetes Herz, das noch von ruhloser Qual weiterzuckte. Besser wär's gewesen, der große Schnitter hätte es mit schlaglos still gemacht.

Plötzlich durchschoß ihm ein Gedanke den Kopf.

Vielleicht befand sich auch der alte Reichsfreiherr nicht
mehr unter den Lebenden, er mußte den Siebzigern
nahe sein. Auch von ihm hatte Kunz Amthor nichts
gewußt, seit Jahren sich gegen Alles der Außenwelt
gleichgültig in seinem Hause verschlossen gehalten.

Berno trieb sein Pferd zu rascherem Gang, die
Vorstellung durchfuhr ihn mit einem Schreck. Ihm
griff's wie mit einem Krampf in die Brust, er mußte
durchaus den Alten noch einmal sehen und hören, eher
konnte er nicht wieder von hier fort. Warum, wußte
er nicht zu sagen, aber es mußte, durfte nicht anders
geschehen.

Wundersam lag der schon gen Abend neigende Hoch=
sommertag um ihn her; unvermerkt war er über die
Grenze gekommen, Ranken und Laubwerk hatten die
Hoheitswappenpfähle der Reichsgrafschaft Falkenberg und
der Reichsfreiherrnschaft Velberg noch dichter umsponnen,
fast unsichtbar verschwand ihr morsches Gebälk unter
den grünen Kranzgewinden der Natur. Nicht weit ent=
fernt mehr hoben sich über einem Waldsaum die Spitze
eines Kirchthurmes und das oberste Stück eines steilen,
braunen Helmdachs; ein Erinnerungsbild trat dem Hin=
überschauenden vor Augen, das Schloß von Velberg
war's.

Doch unbewußt ließ er das Pferd seiner Neigung
folgen, den Schritt wieder zu mäßigen. Die Luft umfing
ihn so weich, Feldblumen erfüllten sie mit einem süßen
Duft, und ihn überkam's zum ersten Mal heut' mit

einem Empfinden, wie schön die Welt sei. Daraus
umgaukelte es ihm zugleich die Sinne mit verwandelten
Gedanken und Vorstellungen. Wenn alles, seine Gewiß=
heit und sein Leid nur ein Wahn wäre, ein eisiger,
dichter Nebel, der von der Hand einer Fee berührt,
auf einmal zerreißend, um ihn wegschwinde? Nicht sein
Kopf dachte, doch ein Gefühl, ein Wogen von Sehnsucht
in seiner Brust. Es widersetzte sich dem Spruch des
erkennenden Verstandes, drängte ihn übermächtig zurück.
Und mit einer Stimme aus dem Herzen herauf sprach's,
unmöglich sei, was vor jenem als zweifellos dastehe.
Er täusche sich, denn ein Menschenantlitz von solcher
Holdseligkeit könne nicht so täuschen. Alles fremde Zeug=
niß falle nichtig von diesem ab, sei nur trügerisches
Blendwerk. Selbst müsse es seine Schuld bekennen,
sonst sei sie nur leerer, inhaltloser Schein vor getrübten
Augen —

Halblaut sprach Berno Lindenblatt vor sich hin:
„Unmöglich." Er wußte, daß er nicht denke, sondern sich
traumhaften Vorstellungen des Herzens überlasse; über
ihn fiel von beiden Seiten tiefer Schatten des jetzt
durch einen Wald fortlaufenden schmalen Weges. Doch
da öffnete sich zwischen den Bäumen eine Lichtung, in
die noch die untergehende Sonne hineinfunkelte. So
grell war beim ersten Hinblick der Gegensatz, daß es
das Gesicht blendete, dann unterschied er einen kleinen,
von hohen Blüthen bedeckten Wiesengrund, über den ein
Fußsteig führte. Und nun ward der junge, unwill=

türlich anhaltende Reiter sich deutlich des Gaukelns seiner
Sinne bewußt: nicht nur über seine Empfindungen und
Gedanken übten sie Herrschaft, sondern sie riefen ihm
auch seine Traumerscheinung der letzten Nacht wach und
stellten sie ihm wie leibhaft vor die Augen. In nur
geringer Entfernung ließen sie auf dem Wiesenpfad eine
hochschlanke, ihm den Rücken zuwendende Mädchengestalt
gehen, deren lichtbraunes Haar so hell im Sonnenauffall
leuchtete, wie er's durch die Dornbuschlücke gewahrt,
und auch die Haltung und der Gang waren die gleichen.
Wie einst in der Wirklichkeit und wie's genau der Traum
ihm wiederholt, so bewegte langsam die Erscheinung
sich zwischen den hohen Wiesenblüthen fort.

Da hatte Berno Lindenblatt plötzlich etwas ohne
Wollen und Wissen gethan, einen Ausruf vom Mund
gestoßen: „Dieta!" Er selbst erschrak über den Ton in
der tiefen Stille, fuhr zusammen, wie Einer, der im
Schlaf fällt und wach wird. Denn ihm kam's zum
Bewußtwerden, das wesenlose Bild müsse damit vor
seinem Blick zergehen.

Doch es blieb, und es besaß einen Gehörsinn, der
den Ruf vernommen. Sein Kopf wendete sich, sah
zurück; das Gesicht ward von dem Geflimmer der Sonnen=
strahlen wie mit einem leichten Goldnetz übersponnen,
aber zwei sternhelle Augen durchleuchteten dies und
ließen nicht Zweifel, es seien die Augen Dieta Bodmer's
und sie sei kein Bild der Phantasie, sondern Wirklichkeit.
Ihr Blick suchte nach dem, der ihren Namen gerufen

und heftete sich auf ihn, doch nur für eines Augenblickes
Dauer. Da zuckten ihre Wimpern zusammen, sichtlich
von jähem Schreck übermannt, preßte sie sich eine Hand
auf's Gesicht, wandte sich hastig wieder um, ihren Weg
fortzusetzen. Aber sie ging nicht weiter, sie lief, bog
vom Pfad querein in das dichte Wiesenkraut dem nächsten
Waldvorsprung zu und verschwand zwischen dem Laub.
Leis rauschte dies herüber, wie von einem scheu flüchtenden
Wild durcheilt; nur der Bruchtheil einer Minute war
vergangen, und die grüne Lichtung lag einsam still im
letzten Sonnenglanz.

Der Reiter starrte noch in die Leere hinein, dann
brach krampfhaft jäh ihm ein lautes Auflachen von den
Lippen. Was war's gewesen, das sein Herz eben der
Vernunft des Kopfes entgegengeschlagen, als einziges
glaubwürdiges, untrügliches Zeugniß gefordert? Sie selbst
müsse es gegen sich ablegen —

Und wie ein schneidender Hohn war's der Bethörung
seines Verstandes zu Theil geworden. Dieta Bodmer
hatte vor ihm gestanden, ihn erkannt und sich selbst gerichtet. Bei seinem Anblick hatte sie die Hand über
die aufbrechende Schamglut ihres Gesichtes geschlagen,
war fortgestürzt, ihre Schande im Wald zu verbergen.

Ihre Schande — ihren Treubruch —

Er lachte noch einmal bitterscharfen Klangs. Mit
sich selbst trieb er Spott, war ein Narr, der sie rechtlos
beschuldigte. Schuldete sie ihm denn Rechenschaft für
ihr Thun — was ging er sie an? Sie hatte ihm keine

Treue zugesagt und keine gebrochen — nur als ein Hei=
ligthum in seinem Knabenherzen gestanden, ein Götter=
bild, zu dem er nie zu sprechen gewagt, dessen Name
ihm hier zum erstenmal laut über die Lippen gekommen.
Was wußte sie davon — und wenn — was ging
seine Narrheit sie an! Sie wollte anderes und war die
Rosenfee — ein sardonisches Zucken schnitt um seine
Mundwinkel — er mußte Respect vor ihr haben, sie
war eigentlich seine Stiefmutter.

Wie kam sie hierher in den Wald? —

Das war etwas, das ihn nicht mehr anging. Sein
Sporn schlug sich heftig dem Pferde ein, das unerwartet
von dem Stachel getroffen, jäh vorsprang. Bei seinem
Fortsprengen jagte ein Gedanke ihm im Kopf mit: So
war vor einem Vierteljahrhundert seine Mutter vom
reichsgräflichen Schloß heruntergekommen und hatte ihrem
Bräutigam nicht mehr vor die Augen treten können.

Da hob sich zur Linken sein Wegziel dicht neben
ihm in die Luft, der alte würfelförmige Bau mit den
wetterschrundigen Mauern und den vier halbabgerun=
deten Flankenthürmen; Ginster und Pfriemstrauch nickten
von den Simsen, auf dem hohen, mit grünem Moos
überpolsterten Dachfirst gurrte im letzten Sonnenroth ein
Taubenpaar. Der Ankömmling sprang ab, verschlang
die Zügel seines Rosses um einen Pfahl am Ende der
alten, nicht mehr auflüftbar verklammerten Zugbrücke und
schritt über diese der Bohlenthür des Schlosses zu. Ein
mechanisches Thun war's, sein Denken befand sich nicht

8*

dabei, aber er war zu einem Zweck hierhergeritten, und
seine Füße führten diesen ohne Auftrag des Kopfes aus.
Auch seine Hand, die mit dem Klopfer an's Eichenthor
schlug; öffnend erschien der eisgraue Diener, nur stärker
gekrümmt als vor sieben Jahren, sah verwundert den
Einlaßheischenden an, dem vom Mund flog: „Lebt Euer
Herr noch?" Aus dem Blick des Alten redete eine selbstverständliche, nur stumm bejahende Antwort; der Frage-
steller fügte schnell nach: „So meldet ihm meinen Besuch, ich heiße —." Er nannte seinen Namen, glaubte,
Bernhard Lindenblatt zu sprechen, doch er hatte „Bernard
Tilleul" gesagt.

Dann indeß kam er doch etwas zur Besinnung, wo er
sei. In dieser großen, hohen Stube mit den alten
Hellebarden und Streitkolben am schwarzbraunen Getäfel
und dem einzigen, als helleren Fleck abstechenden Brustbild unter dem Dreispitzhut hatte er zweimal gesessen.
Abendlicht fiel durch die Fenster; an einem Tisch bückten
sich zwei Köpfe über ein Puffbrett beim Toccadillespiel,
ein weißhaariger und ein von langer, dunkler Allongen-
perrücke bedeckter. Der Mann, dem der erstere angehörte,
hielt einen kleinen Zinnbecher in der Hand, den er auf
die Tischplatte umstülpte. Ein paar Würfel rollten daraus
hervor, er zählte laut die Augen: „Neun — die surpassirt
Er nicht, Magister." Nun stand er auf und trat dem
an der Schwelle stehen Gebliebenen entgegen, die langhagere, noch völlig ungebückte Gestalt des Reichsfreiherrn
Fold von Velberg war's. Mit den scharfen, grauen
Augen den Gemeldeten musternd, sagte er:

„Ich kenne Seinen Namen nicht. Ist Er ein französischer Refügié? Was für eine demande hat Er an mich?"

Der Angesprochene stand verdutzt, ihm gerieth undeutlich zur Vorstellung, daß er seinen Namen anders angegeben, als er gewollt. Aber nicht das ließ in seinem Mund die Antwort stocken. Was er durchlebt und geworden, seitdem er zuletzt in diesem Raum gewesen, fiel plötzlich von ihm ab. Vor dem großen, erlauchten Reichsgrafen hatte er mit kalter, sicherer Festigkeit als der Schwadronscapitain, ein sich ihm Gleichachtender gestanden, doch hier war's ihm, er sei wieder der zum erstenmal vor einem souverainen Herrn stehende weltfremde, nichtsbedeutende Schüler, und halb befangenen Tons brachte er nur hervor:

„Ich bin kein — ich bin ein Deutscher."

„Weshalb geht Er denn französisch uniformirt mit dem Säbel, und was will Er?"

„Ich wollte — es macht mich glücklich, daß ich Eure reichsfreiherrliche Gnaden noch wieder —"

Unbedacht entfuhr dem Sprecher, was er innerlich empfand, er stockte, ohne auszureden. Der Alte fiel ein:

„Meinte Er, man hätte mich schon enterrirt? da kann Er noch warten. Aber von woher kennt Er mich?"

Nun überwand der junge Officier die Knabenschüchternheit, die ihn befallen. Er versetzte: „Von hier. Zweimal saß ich in dieser Stube zu Gast und habe die Dankbarkeit dafür im Herzen mit mir getragen." Und er nannte seinen rechten Namen.

Den wiederholte der Reichsfreiherr: „Bernhard
Lindenblatt — ist Er? — kommt mir en mémoire
— habe Ihm einmal Apfelwein von meiner Fabrikation
eingeschenkt und nachher eine Nacht Logis gegeben, als
mein Territorialnachbar, Erlaucht, Ihn wegen lèse-majesté aus seinem Lande chassirt hatte. Machte mir ein
plaisir. Setz' Er sich zu uns. Warum heißt Er sich
heute Tilleul?"

Er wies auf einen leeren Stuhl am Tisch und setzte
mit einem Kopfnicken nach seinem Spielpartner hinzu:
„Da kennt Er den homme d'Eglise wohl auch von
autrefois — meinen Kanzelprediger seit sieben Jahren.
Informire ihn so lange im Triktrak jeden Abend, aber
pour le roi de Prusse. Hat nicht die Capacität dazu.
Nun setz' Er sich!"

Berno hatte bisher auf den zweiten im Zimmer
Anwesenden nicht Acht gegeben, jetzt sah und erkannte
er ihn plötzlich. Der vom Consistorium damals auf's
Gebirge nach Steinhagen versetzte Pastor Damian Bobmer
war's, sehr gealtert, dem Ausdruck seiner Züge ließ sich
ansehen, daß er vor einem Jahre seine liebwerthge=
schätzte und höchlichgeachtete eheliche Hausfrau Ernestine
mit priesterlichem Segen auf ein baldiges frohes Wieder=
sehen in die Erde gebettet hatte; aber trotz der gewissen
Zuversichtlichkeit dieses Abschiedswortes konnte sein Gesicht
doch eine trübe Kümmerniß nicht hehlen. Zu fühlen
war's, daß der alte Reichsfreiherr ihn dieser durch täg=
lichen Verkehr und wohlthätige Scherzreden möglichst

zu entziehen suche; er hatte den Pfarrer aus seiner Stein=
und Dornöde zu sich als Pastor von Velberg herab=
geholt, ohne daß seine pflichtschuldige Vorfrage deshalb
bei dem Landesherrn desselben auf einen Einwand ge=
stoßen war. Der Reichsgraf schien es mit bereitwilliger
freundnachbarlicher Zustimmung durchaus begreiflich ge=
funden zu haben, daß dem Prediger ein Verlassen seiner
Stelle in der Abgeschiedenheit des rauhen Hochlandes
erwünscht falle.

So fand der Officier plötzlich eine Erklärung seines
Zusammentreffens mit Dieta Bodmer im Walde. Mit
schreckhafter Verwirrung hatte der unerwartete Anblick
ihres Vaters ihn überkommen, doch aus der Art, wie
dieser ihn begrüßte, ging zweifellos hervor, daß er keine
Ahnung davon hege, welches Besitzthum seine Tochter
im Herzen Berno Lindenblatt's innegehabt habe. Er
entsann sich desselben als eines ehemaligen Schülers
und Famulus seines selig verschiedenen Freundes Lauren=
tius Meibusch, auch daß er ihn in seinem eigenen Hause
zu Wangenfurt als hochgewachsenen puerum und später
als juvenem wohl dann und wann gesehen. Aber aus
der Erinnerung klang eine müde Gleichgültigkeit, die
kein Interesse an dem jetzt neben ihm Sitzenden nahm,
und über dessen auffällige Kleidung er achtlos wegsah.
Ein in ihm nagender Gram war unverkennbar und
für Berno nur zu wohl verständlich. Begreifbar dagegen
war's ihm nicht, daß der Reichsfreiherr mit seiner strengen
menschlichen Pflichtforderung die Tochter des Pfarrers

in Velberg aufgenommen habe. Freilich durfte sie das Schloß wohl nicht betreten, und tiefes Mitleid des Alten mit ihrem schuldlosen Vater hatte ihr die Unterkunft im Pfarrhause verstattet.

Von diesen neu auf ihn hereinbrechenden Gedanken suchte er sich dadurch zu befreien, daß er jetzt auf die Frage, weshalb er sich gegenwärtig Tilleul nenne, Antwort gab. Kurz berichtete er seinen Lebensgang, wie er in Paris dem Tod entronnen, Soldat der Republik geworden und als solcher gestern nach Wangenfurt gekommen sei. Dem hörte der Reichsfreiherr mit Aufmerksamkeit und sichtbarem Anzeichen der Befriedigung zu; es war bereits eine Kunde zu ihm gedrungen, was in seinem Nachbarstaate vorgegangen sei, und daß der Reichsgraf in seinem Schlosse als Gefangener gehalten werde. Nun jedoch ward er durch die genauere Mittheilung überrascht und fiel ein:

„Da ist Er es also gewesen, welcher drüben der Cochonnerie ein Ende gemacht hat. Daran hat Er recht gethan und wohl von Rechtswegen die Vocation dazu gehabt. Wäre mir ein Plaisir gewesen, als Spectateur dabei zu sein, wie Sein Klopfstock zwischen die jupons gefahren ist. Auch die Physiognomie von meinem Herrn Nachbar, Erlaucht, hätt' ich gern dabei inspicirt. Aber was will Er nun weiter mit seinem Habit?"

Der Befragte hatte während des Erzählens allmählich die Verwirrung und befangene Unsicherheit von sich abgethan. Er war nicht mehr Berne Lindenblatt,

sondern der französische Capitain Bernard Tilleul, vor
dem die Welt in anderem Licht dalag, als ehemals vor
dem Lateinschüler, ihn anderem Ziel entgegen winkte,
und er erwiderte:

„Ich habe Befehl erhalten, mit meiner Schwadron
morgen früh weiter südwärts zu reiten, Verbindung
zwischen unsrer Armee und der des Generals Moreau
herzustellen."

Daran schien. indeß der Reichsfreiherr kein weiteres
Interesse zu nehmen, sondern wandte sich seinem Spiel=
partner mit der Aeußerung zu: „Er ist am Wurf,
Magister." Aufmerksam sah er drein, wie dieser me=
chanisch den Zinnbecher umstürzte, und zählte laut die
Würfelaugen: „Acht — Er hat sich diesmal Mühe ge=
geben, aber ich sagte Ihm, er werde meine Neun nicht
surpassiren." Danach faßte er mit der knochigen Hand
den Becher, doch drehte, noch innehaltend, den weißen
Kopf dem jungen Officier zu und fragte:

„Was will Er?"

„Weiter ausführen, was mir befohlen wird. Es
giebt noch viel im deutschen Reich für den Klopfstock
zu thun." Die Hand des Sprechers legte sich dabei um
den Säbelgriff, und der Alte entgegnete: „So, das ist
Seine Intention?" Jetzt stülpte er den Wurfbecher und
zählte: „Fünf — diesmal kann Er sich revanchiren,
Magister." Dann jedoch stand er auf, daß seine lange
Gestalt sich hoch gegen die Stubendecke emporreckte, heftete
die grauen Augen zweien stählernen Spitzen gleich in das

Gesicht des französischen Capitains und sprach ruhigen,
doch den jetzt halbdämmernden Raum mit einer scharfen
Klarheit durchklingenden Ton's:

„Ich habe Ihm gesagt, daß Er recht gethan hat,
die selbe Wirthschaft da drüben zu enleviren. Doch
wer den Degen gegen seine Nation führt, ist ein Filou
und Cujon. Wenn Er in Frankreich gewesen ist, weiß
Er, was das heißt. Aber ich will es Ihm auch in
Seiner Muttersprache appliciren. Auf deutsch benennt
man es einen Hundsfott."

Unwillkürlich hatte Berno Lindenblatt sich gleichfalls
vom Sitz gehoben; das Blut fiel ihm aus dem Gesicht,
regungslos, leichenblaß hörend, stand er da. Erst beim
letzten Wort fuhr sein Arm jäh aufzitternd empor, und
die Hand riß blitzartig den Säbel aus der Scheibe.
Doch fast zugleich durchschnitt ein scharfer metallener
Klang die Luft, er hatte die Klinge über seinem Bein
zerbrochen, ihre beiden Hälften klirrten zu Boden, und
hochaufgerichtet sprach er mit fester, lauter Stimme: „Ich
bin ohne Waffe, Herr Reichsfreiherr."

Und im nächsten Augenblick hallte sein Schritt draußen
auf dem Steinflur, das Schloßthor fiel dröhnend hinter
ihm zu, er schwang sich auf sein Pferd, dem er die
Sporen einschlug, und jagte gegen Wangenfurt zurück.
Dämmerung fiel über ihn und Nachtdunkel; nur die
kleine Lichtung im Wald schimmerte noch unterscheidbar,
doch er sah sie nicht, dachte nicht mehr an Dieta Bod=
mer. Achtlos, dumpf verworrenen Kopfes, ritt er vor=

über, ohne zu wissen wohin; sein Pferd fand, sich selbst überlassen, den Rückweg, brachte ihn unter funkelndem Sternhimmel durch's Thor am Lindeneck und hielt vor dem Hause des Schreiners an. Lautes Gelärm über= tönte den Platz; aus der Thür und den offenen Fenstern der Behausung Male Crobaths scholl Gläserklirren zu trunkenem Gesang unfläthiger französischer chansons, ihre eigne Stimme mischte plump zweideutige Zurufe hinein. Draußen klang Aufkreischen junger Bürgertöchter, die sich neugierig auf die Straße begeben, ängstliche Rufe um Beistand, denen spöttisches Soldatengelächter antwortete. Es warf Reden von „liberté" und „égalité" umher, von deutschen Gänsen, die stolz drauf sein müßten, französische Eier zu legen. Unter der Linde stand die Freiin Gotburg von Bettendorf bei zwei Soldaten; sie sprach französisch mit ihnen, hatte irgendwo zu trinken bekommen und lachte laut in halbirrer Lustigkeit. Einer riß ihr den Schleier, den sie vor'm Gesicht trug, weg, so daß von der Wirthschaft Male Crobath's her ein Strahl darauf fiel, und stieß in seiner Sprache einen Fluch aus: „Pfui Teufel, die alte Vettel! Gebt ihr einen Tritt sur les fesses!" Das Gebot des Regiments= obersten der republikanischen Infanterie, strenge Manns= zucht zu halten, zeigte die Nacht in eigentümlichem Licht. Der heimgekehrte junge Capitain warf einen Blick des Widerwillens und Zorns über das ungezügelt seinen Be= gierden fröhnende Fußvolk, und er griff instinctiv mit der Rechten nach seinem Säbel. Doch seine Hand traf nur auf die leere Scheide, kurz durchfuhr ihn ein Zucken, dann schwang er sich hastig vom Sattel und schritt in's Haus seines Pflegevaters. Kunz Amthor hatte ihn noch kaum zurückerwartet, stand freudig auf, ihn zu empfangen, doch die verstörte Miene des Eintretenden ließ ihm vom Mund fahren: „Was hast Du? Bist Du überfallen worden? Wo ist Dein Säbel?" Berno riß die Scheide ab und schleuderte sie von sich. „Zerbrochen, Vater."

Er begleitete die Antwort mit einem sinnlosen Auf=lachen und stieß hinterdrein: „Der Gegner war mir über — gestern brach mein Degen auch — ich bin nicht zum Sieger geboren. Aber durstig bin ich, Vater — gieb mir zu trinken — so viel Du hast! Deine Schuld ist's, daß ich's heut' brauche, warum ließt Du mich nicht verdursten an der todten Mutterbrust! Einen Hundsfott soll man umkommen lassen — der ist's, dem das Wort Schimpf in's Gesicht schlägt, und der keine Waffe für seine Ehre hat."

Verständnißlos blickte der Schreiner auf den Irr=redenden, der sich auf eine Bank hinwarf und das Gesicht unter den Armen begrub. So lag er, wie in töbtliche Betäubung gefallen, nur wie Schüttelfrost stieß es ihm manchmal durch den Körper. Am andern Morgen aber ward dem französischen Obersten gemeldet, die Schwadron sei zum Aufbruch versammelt, doch der Capitain Tilleul nirgendwo zu finden. Da gleichzeitig vom Hauptcom=mando der Nordarmee eine Ordonnanz mit dem erneuten Befehl eintraf, ohne Verzögerung die Fühlung mit dem

General Moreau zu gewinnen, so wurde das Cavallerie=
Detachement schleunig dem zweiten Officier unterstellt,
und die Reiterei verließ sofort in süblicher Richtung die
Stadt.

Mit großer Schnelligkeit aber vollzog sich auch in
wenig Tagen eine allgemeine Verwandlung der Ver=
hältnisse. Von dem jähen siegreichen Verstoß der republikanischen Heere und dem Rückzug des österreichischen
erschreckt, beeilten sich die am stärksten gefährdeten Staaten
Baden und Württemberg unter schweren Bedingungen
einen Waffenstillstand zu schließen, dem der Frieden auf
dem Fuße nachfolgte; auch Bayern sah sich unmittelbar
darauf zu gleichem genöthigt. Das schloß selbstverständlich
alle souverainen Herrschaften des schwäbischen und frän=
kischen Kreises mit ein, so daß mit dem Anbruch des
August auch der Reichsgraf von Falkenberg=Hochberg
von der Besetzung seines Landes durch französische Truppen
erlöst wurde und nicht mehr als Gefangener, sondern
wieder als unumschränkter Gebieter in seinem Schloß
residirte. Nach der beruhigenden Voraussicht der Hof=
gesellschaft war es nur ein kurzer Zwischenfall gewesen,
ein kleiner burlesker ,entr'acte', dessen Rückerinnerung
zu mannigfachen amüsanten Pläsanterien Anlaß gab.
Im höchsten Maße herrschte allgemeine Empörung, ein
tiefer sittlicher Abscheu über das Verhalten der bürgerlichen Bevölkerung von Wangenfurt, die allerdings durch
die von ihnen wie Freunde aufgenommenen Sansculotten
selbst gerechteste Strafvollziehung an Hab und Gut,

Frauen und Töchtern erlitten hatten. Doch die Erwartung, daß Seine Erlaucht dieser verdienten Züchtigung
noch ein anderes Gericht nachfolgen lassen werde, bestätigte sich nicht; Monseigneur schien von einer Abneigung
erfaßt, sich der Tage, die dem unterbrochenen Park-
schäferspiel gefolgt, zu erinnern. Nach der Zurückerlan-
gung seiner Souverainetät befahl er nur eines Abends,
ihm zu späterer Stunde von drunten den Schreinermeister Amthor entweder gutwillig oder gefesselt, doch
unter Vermeidung allen Aufsehens in sein Arbeitscabinet
heraufzubringen. Aber die abgesandten Wachen kehrten
unverrichteter Sache mit der Meldung wieder, der Gesuchte
sei nicht auffindbar. Wie sie am Lindeneckplatz erfahren,
habe er schon vor acht Tagen sein Haus und seine Werkstatt unter der Hand für billigen Preis verkauft und
vor dem Abzug der französischen Besatzung die Stadt
verlassen.

Dritter Theil.

XI

Ueber das alte Europa aber nun mit ehernem Fuß= tritt, Jahr um Jahr schwerer wuchtend, schritt die an der Seine geborene neue Zeit. Nur ein langes Wetterleuchten mit fernem Grollen hatte bisher über den Rhein gefunkelt; jetzt bewegten die schwarzen, schwer= geladenen Wolken sich vom westlichen Himmel herauf, vorwärts gegen Osten. Zu einem unablässig wilden auflodernden Flammenmeer verwandelten sie die Luft, überall gleicherweise fuhren die grellen, zuckenden Blitze nieder, augenblendend, von sinnbetäubendem Donnerge= polter umtobt; bleierner Hagelschlag schoß tödtlich auf alle Gefilde herab. Kein Abbild eines Vesuvausbruches mehr war's und Paris nicht mehr mit Neapel vergleich= bar. Zu einem neuen, vom Wolfsblut genährten Rom wuchs es groß und schleuderte seine erzdröhnenden, un= bezwinglichen Legionen über die morsch zusammenbrechenden Reiche, Throne und Kronen Europa's. Wie eine Vor= auskündigung der Geschehnisse des neuen Jahrhundert= beginns hatte in der kleinen Stadt Weimar ein großer Seher gesprochen: „Die Weltgeschichte ist das Weltgericht."

Doch vollstreckt ward dies von dem, immer seit dem
Anfang der Menschengeschichte gleich Wiedergesehenen.
Nicht die vielköpfige, im eignen Innern sich widerstrei-
tende Masse behauptete die errungene Herrschaft und
vollendete das von ihr begonnene Werk, sondern ein
Einzelner; nicht der schwärmerische, für Völkerglück und
Freiheit blindbegeisterte Sinn, sondern die kaltrechnende
Selbstsucht. Das neue Rom gebar auch einen neuen
Cäsar. In dem unermeßlichen Brandungsgähren von
einer Welle des Glücks gehoben und als starker Schwimmer
sich oben erhaltend, von der Natur mit seltenem kriegerischen Genie, unbeirrbarem Willen, scharf sich einboh-
rendem Verstand und alles nutzender, gewissenloser Klugheit ausgerüstet, faßte er ehernen Griffs die ungeheure
Kraft des entfesselten Aufruhrs für sich zusammen, schwang
er sich auf das reiterlos in unbändiger Wildheit umher-
jagende Roß der Republik, das sich bäumte, ihn wie
einen sinnlos vermessenen Knaben abzuwerfen. Doch
er schmeichelte ihm, wußte es mit streichelnder Hand
und Zureden zu beruhigen, bis er die Füße in den Bügel
gestemmt, sicher die Zügel gefaßt. Da riß er die Stange
in's Gebiß des gekirrten Wildlings, schlug ihm die
Sporen blutig in die Weichen, peitschte es mit schnei-
dendem Gertenhieb. Das bethörte Pferd knirschte, stieg
senkrecht in die Luft, sich aus den pressenden Knien
zu befreien, aber zu spät war's. Denn er war ein
geborener Reiter und wußte, wenn er im Sattel nicht
wankte, furchtlos Peitsche und Sporn noch tiefer einschlage,

da breche er Muth und Widerstand des Rosses, daß
es zitternd seinem Willen gehorche.

Fast noch zu gleicher Zeit mit Berno Lindenblatt
hatte er in der Wiege gelegen. Doch es war keine
deutsche, vom Amsellied eines stillen Gärtchens umklun=
gene gewesen, sondern von andonnernder Brandung des
sturmgejagten Gallischen Meeres umschüttert. Und er
war kein träumerischer Ideologe geworden, in dem das
Herz die Oberherrschaft über den Kopf behauptete, nicht
vor dem eigenen Gefühl im Innern zagend und er=
röthend. Ihm war der Degen nie aus der festentschlossenen
Hand gefallen, und nichts auf Erden hätte ihn über=
wältigt, seine Klinge zu zerbrechen, um sie nicht mit dem
Blut eines ihm Schimpf in's Gesicht Werfenden röthen
zu müssen. Auf der Militairschule von Brienne hatte
er in Wirklichkeit den Marschallstab der Zukunft bei
sich getragen, unglaublich Höheres, Gewaltigeres noch
als ihn, das Scepter eines neuen Kaiserreichs. Und ein
neuer Alexander, theilte er, als Berno Lindenblatt in
sein viertes Lebensjahrzehnt eintrat, Marschallstäbe und
Fürstenkronen zum Lohn an die willenlosen Werkzeuge
seiner Allmacht aus.

Nun lag zitternd nicht Frankreich allein, sondern
das halbe Europa unter seinem Fuß. Von ihm mit
dem Schwert getroffen, veränderte es sein tausendjähriges
Gesicht. Der österreichische Kaiser legte die lang schon
zu nichtigem Schein vergangene Krone des deutschen
Reiches vom Haupt, und es verschwand auch mit dem

9*

Namen. Doch neue Kronen überhöhten andere Scheitel;
mit den vom Machtwort des neuen Weltbeherrschers
geschaffenen belehnte er seine Geschwister und Verwandten.
Er war der Gebieter in Italien und auf der Pyrenäen=
halbinsel; zu kraftloser Demüthigung lag das besiegte
Oesterreich von ihm niedergeworfen, alle deutschen Staaten,
mit Ausnahme Preußens, waren ihm durch Zwang ver=
bündet; ihre Selbständigkeit, die Souverainetät ihrer
Fürsten hing nur an seiner Gnade und Willkür. Noch
beließ er sie ihnen, erhob in seinem Interesse die ihm
unterthänig ergebenen Herzoge von Bayern und Würt=
temberg zu Königen, den badischen Markgrafen zum
Kurfürsten. Ein Weiterverfolgen der alten französischen
Staatskunst war's, das deutsche Reich durch Zerspaltung
und Verstärkung seiner Einzelglieder zur Ohnmacht zu
zerreißen. Aber jedes von ihnen war nur ein Spiel=
zeug einer Faust.

Eine dumpfe Betäubung lag über dem deutschen Volk.
Mit vielen seiner Besten hatte es heimlich oder offener
den Beginn und Fortgang der Revolution in Paris
freudig begrüßt, auch während der Schreckensherrschaft
noch die Hoffnung auf eine dort blutig angebrochene
Morgenröthe eines neuen Menschheits=Frühlings bewahrt.
Es hatte die mit dem Ruf: „Liberté, fraternité, égalité!" anrückenden Soldaten der Republik als Freunde
empfangen, in ihnen auch für sich Erlöser aus hart=
drückender alter Leibeigenschaftsfessel mit unbeschränkter
Willkür gebietender großer und kleiner Machthaber ge=

sehen. Das aber war ein Wahn gewesen, dem es hurtig
entriffen worden. Der Name Republik hatte die Söhne
Frankreichs nicht zu sanften Palmenträgern umgewandelt,
sondern die gleichen Nachkommen der waffenklirrenden
Schaaren waren's, die sich zur Vorväterzeit unter dem
„großen" Conbé und Turenne, unter Melac und Crequi
verwüstend über die Länder des deutschen Westens ge-
wälzt. Zwar brachen sie nicht wie damals in unver-
hüllter Nacktheit als mordbrennende Horden herein; sie
kamen nicht in Feindesland, in die der „Verbündeten"
ihres Kaisers, und die Führer legten ihnen mit dem
öffentlich erlassenen Gebot, im befreundeten Staat Disciplin zu bewahren, einen überschleiernden Anstandsmantel
um die lüsterne Beutegier unter ihm. Sie stießen nicht
Wehrlose mit dem Schwert zu Boden, fachten keine
hellsichtbaren Feuersbrünste an; ihre Generale und Obersten füllten nur unter dem Namen von Contributionen
im Großen mit Millionen ihre Börsen, und der gemeine
Mann folgte dem Beispiel seiner Hauptleute im Kleinen,
nahm im Verschwiegenen mit Drohung und Gewalt
den Einzelnen, was jene ben Säckeln der Städte und
Gemeinden entpreßten. Was Officieren und Soldaten
gleichmäßig gehörte, waren Frauen und Töchter ihrer
Quartiergeber, das kam jedem Franzosen im deutschen
Barbarenland selbstverständlich als Recht zu. Nach spar-
tanischer Weisung stand das Nehmen frei, nur das Entstehen von Aufsehen, Lärm und Klage war zu vermeiden,
und die alte gallische Findigkeit verstand sich darauf,

mit dieser Vorschrift nicht zu häufig in Conflict zu ge=
rathen. Ohnmächtig jedem französischen Gelüst preis=
gegeben, erkannte das deutsche Volk von Jahr zu Jahr
deutlicher seine mit offenen Armen aufgenommenen Be=
freier. Zu den alten Ketten umschnürten ihm nur noch
neue die Glieder, erstickten den Rest seiner Lebenskraft.
Und alles gemeinsam mit Eisenklammern reglos gebändigt
hielt die Faust eines Despoten, gegen den die tausend
kleinen Zwingherren des heiligen römischen Reiches deut=
scher Nation nur ein Knabenspiel souverainen Hochmuths
und seiner gewissenlosen Machtübung betrieben.

So hatte ein Jahrzehnt durch einen Einzelnen die
Karte und die Zustände Europas umgestaltet, seitdem
die Armeen der Republik zum erstenmal über den Rhein
vorgedrungen waren. Nur dort, wo dieser in den
Marschniederungen an der Nordsee sein unrühmlich selt=
sames Ende nahm, lag noch ein in den großen Um=
sturz nicht mit hineingerissenes Land. Zwar nicht unbe=
rührt waren die Generalstaaten der Niederlande von dem
wilden Sturm geblieben, blutige Kämpfe zwischen Eng=
land und Frankreich hatten auf ihrem Boden stattge=
funden. Aber die große französische Republik fühlte
vor der Welt die Verpflichtung, der kleinen batavischen
nicht offene Gewalt anzuthun, und auch der neue Allein=
herrscher beließ sie in ihrer Selbständigkeit. Freilich
nur in einer scheinbaren, thatsächlich war sie willenlos
von ihm abhängig; nach seiner Bestimmung wählte und
ernannte sie ihre Behörden, und diese führten aus, was

er vorschrieb. Seine Politik oder seine Laune trieb noch ein Spiel mit ihr, bei dem Jeder wußte, es bedürfe nur eines Federstriches seiner Hand, auch den inhaltleeren Schein ihrer eigenen Landeshoheit auszulöschen. Dieser Federstrich drohte gleich einem Wetterlosbruch über jeglicher, von dem neuen Cäsar innerhalb seiner Allmachtgrenzen noch als Phantom weitergebuldeter Souverainetät.

Dort aber, wo der „alte Rhein" wie in greisenhafter Schwäche mit letztem Kraftaufgebot kaum noch die Nordsee erreichte, hatte die ehemals bevölkerungsreiche, doch im Gange des achtzehnten Jahrhunderts nach und nach seltsam still gewordene Stadt Leyden vor bald zehn Jahren um zwei fremd von Deutschland her eingewanderte Bewohner zugenommen. An einem Herbsttage waren der Schreiner Kunz Amthor und sein Pflegesohn Berno Lindenblatt auf einer Utrechter Treckschuit gekommen, sich dort niederzulassen. Im Lande der bürgerlichen Freiheit befragte Niemand sie um einen Ausweis; sie brachten so viel Geldbesitz mit, sich für billigen Preis an einer Gracht der herabgesunkenen, für ihre derzeitige Einwohnerschaft weitaus zu viele Gebäude zählenden Stadt ein kleines Haus zu kaufen. Darin richtete der Schreiner eine Werkstatt ein und errang sich bald durch Geschick und Zuverlässigkeit für den Lebensbedarf ausreichende Kundschaft, während Berno die ihm zu Gebote stehenden Fähigkeiten mit freilich langsamerem Erfolg als Erwerbsquelle zu verwerthen suchte. Er war nicht

in französischer Officiersuniform gekommen, sondern in
der schlichten, bürgerlichen Kleidung des deutschen Ge-
lehrtenstandes, die er, einer Wandlung in seinem Inneren
gemäß, wieder angelegt. Im Schloß zu Velberg hatte
er mit instinctiv blitzschnellem Handeln seinen Säbel zerbrochen, um waffenlos dazustehen, ihn nicht gegen den
Beschimpfer seiner Ehre heben zu müssen. Doch die
rückhaltlosen Worte des alten Reichsfreiherrn hatten
einen noch stärkeren Bruch vollzogen, ihm nicht nur die
Hand entwaffnet. Er wehrte sich dawider, aber sein
Gegner war über ihm, und er unterlag. Er sagte sich,
daß er mit der auf ihm haftenden Schande unwürdig
geworden sei, den Capitainsrock weiterzutragen, doch in
Wirklichkeit warf er ihn von sich, weil er im Innersten
schreckvoll fühlte, die französische Uniform sitze als eine
Schande auf seinem Leib. Denn er mochte sich's deuten,
begründen, wie er wollte, Alles brach als morsche Stütze
zusammen vor dem ihm ohne Unterlaß im Ohr nach-
hallenden scharfen Stimmenklang des weißköpfigen Alten:
Wer den Degen gegen sein Volk führe, sei ein Hundsfott!
Unbezwingbar, drohend reckte sich's vor ihm auf wie
die lange Gestalt des Reichsfreiherrn, der immer die
Wahrheit sprach und sie auch hier kundgethan. Und
brennende Schamglut brannte bei der Erkenntniß in
den Schläfen Berno Lindenblatt's. Er hatte nur das eine,
jeden andern Gedanken in ihm auslöschende Ziel im
Auge gehalten, so, Rechenschaft fordernd, vor den Reichsgrafen hintreten zu können. Aber schwerer war er selbst

zur Rechenschaft gezogen worden, und als einen miß=
rathenen, vor dem inneren Schuldbewußtwerden ver=
stummenden Knaben hatte sein strenger Lehrmeister ihn
mit gerechter, unbeirrbarer Hand gezüchtigt.

So entkleidete er sich des wirklichen Schimpfs, den
er selbst sich an= und umgethan, und kam mit dem, der
in Wahrheit sein Vater war, hierher; rasch hatte sich
erkennen lassen, die Besetzung Wangenfurts durch die
Franzosen werde nicht lange andauern und Kunz Amthor
müsse, ehe der Reichsgraf seine souveraine Macht wieder
erlange, die Stadt verlassen. Wohin er fortgehe, wenn
er mit seinem Sohn zusammenbleibe, galt ihm gleich;
doch die Entscheidung Verno's ward nicht durch Zufalls=
wahl bestimmt. Er war im Anfang seiner kriegerischen
Laufbahn von der Vendée aus ins Niederland geschickt
worden, hatte zum erstenmal das Meer gesehn, nur
kurz, aber eine bleibende, nachhaltig wirkende Erinnerung
davon mitgenommen. Sie trat ihm winkend vor die
Seele, als er seinen neuen Entschluß ausgeführt; ein
Vorsichtsgebot kam hinzu, daß er sich nicht in einem
deutschen, unablässig von französischen Truppen durch=
zogenen Lande dem Erkanntwerden als Deserteur aus=
setzte. So hatte er sich rasch für den Fortgang nach
Holland entschieden und in diesem Leyden um der See=
nähe willen zum Wohnort ausgewählt.

Mühsamer im Beginn, als dem tüchtigen Hand=
werker, fiel ihm der Erwerb seines Unterhalts durch
Zurückgreifen auf seine ehemalige Hauslehrerthätigkeit.

Er hatte an dem Rector Laurentius Meibusch einen
guten lateinischen Sprachmeister gehabt, aber das Bedürfniß dieser Wissenskunde in den Bürgerhäusern Ley-
dens war nicht groß und wurde außerdem von den
Professoren der altberühmten Universität, sowie durch
die Lehrer des Gymnasiums vollständig befriedigt. Die
Ertheilung von etwas Unterricht im Deutschen und Französischen und Nachhülfe bei den Schularbeiten bei einigen Knaben reicher bemittelter Eltern boten sich dem
fremden Ankömmling in der ersten Zeit allein zur Er-
langung einer geringfügigen Einnahme dar. Er selbst
mußte sich erst Manches wieder in seinem Kopf zusam-
mensuchen, was die Stadtschule von Wangensurt ihm
auf seinen ersten Weg in die Fremde mitgegeben, doch
vom Sturm der wilden Jahre fortgewirbelt schien, und
schwer fiel's im Anfang dem französischen Schwadronscapitain, statt mit kurzem Commando zu gebieten, in
geduldiger Ausdauer bei halbwüchsigen Zöglingen, deren
Sprache er selbst noch erst erlernen mußte, grammatische
Regeln zu befestigen. Aber er besaß feste Willenskraft
und wollte nicht, daß die Arbeit seines Vaters ihn wieder
mit ernähre; als eine Sühne seiner jugendlichen Ver-
irrung, des Kampfes gegen sein deutsches Heimathland,
erschien ihm die fügsam-klaglose Ergebung in die neue
Lebensthätigkeit, und er trachtete danach, sich für seinen
Hausgenossen einen Anschein heitren Sinnes aufzuzwingen.
Im Fortschritt der Jahre besserte sich langsam seine
äußere Stellung; unermüdlich arbeitete er als Selbst-

belehrer an seiner eigenen geistigen Weiterbildung, die
große Bibliothek der Universität bot ihm dafür ausgie=
bigste Mittel. Er war von der Natur reichhaltig begabt
worden und gewann Beachtung auch unter den Gelehrten,
auf deren Empfehlung ein Buchhändler ihm schwierige
Correcturen wissenschaftlicher Werke anvertraute; einkömm=
lichere Stellung ward ihm geboten, setzte ihn in Stand,
seine mühselige Plage mit unreifen Knaben aufzugeben.
Was ihm erreichbar ward, nahm er, nicht aus eigenem
Verlangen, um seines Vaters willen, den zu erfreuen
die einzige Freude seines Daseins ausmachte. Ihm war
bei seiner Geburt kein Lebensrecht zugefallen; daß sie
ihn nicht sofort wieder dem Vergehen überliefert hatte,
dankte er der aufopfernden Wohlthat und Liebesfülle
eines von seiner Mutter betrogenen schlichten Menschen=
herzens, und sein Leben besaß nur den Zweck, sie diesem,
soweit seine Kraft reichte, durch Sohnesliebe zu vergelten.

Was ihn aber neben der stillen, traumhaften Ruhe
der weltabgeschiedenen Stadt hauptsächlich bestimmt, sich
in Leyden niederzulassen, war die Nachbarschaft der Nordsee.
In anderthalb Stunden vermochte er zu dem einsam
belegenen Dorfe Katwyk hinüber zu gehen, und mehr=
mals in jeder Woche legte er am Nachmittag den Weg
dorthin zurück. Auch im Winter, der hier an der Küste
nur selten einmal Eis und Schnee brachte, doch in der
guten Jahreszeit fast täglich. Dann streckte er sich immer
an gleicher Stelle auf einem Dünenwall zwischen den
leis vom niemals rastenden Wind bewegten falbgrünen

Halmen des Strandhafers hin; in viertelstündiger Weite
ihm zur Linken hoben sich die grau-blauen Dächer des
Fischerdorfes, zumeist vom Rauch ihrer Schornsteine überschleiert, nur niedrig vom weißgelben Sandboden auf.
Verwetterte Seeleute im derben Friesrock arbeiteten am
Uferrand an der Ausbesserung von Netzen, zogen ihre
flachen, einmastigen Tjalken herauf oder schoben sie dem
Wasser zu; Frauen und Mädchen mit sonderbar be-
spangten Hauben machten sich an den ihnen zufallenden
Beschäftigungen nützlich. Alles ging fast wortlos von
statten, ohne Gelärm, mit ernsthaften Gesichtern gruben
auch die spielenden Kinder Canäle in den feuchten Sand.
Doch wenn einmal Stimmenschall und Zurufe aufklangen,
so verloren sie sich in der Luft, eh' sie bis an den Sitz-
platz Verno's hingelangten. Um ihn war nur das Ge-
summ des Windes und ein leiser Ton des unterlaßlos
rieselnden Sandes. Er richtete seinen Hierhergang gern
danach ein, daß er zur Zeit des Wiederbeginns der Flut
eintraf. Weithin dehnte sich bei seiner Ankunft noch der
graue, vom abgeebbten Wasser verlassene Bodengrund
unter ihm, aber bald begann es spielend und blinkernd
drüber heranzukommen, mählich in rascherer Folge und
höher aufschwellend. Und dann rauschten die lang-
anrollenden Wellen immer gleichen Tons zu seinen
Füßen, einzelne Möwen zogen, ab und zu einen wie
klagend verhallenden Schrei ausstoßend, weitklafternden
Flügelschlags am Ufersaum hin und wider, und in der
Ferne tauchte da und dort ein weißes Segel über der

enblosen grauen Meerfläche herauf, verblaßte und ver=
schwand.

Das umgab Berno Lindenblatt mit der ersehnten
Stunde des Tags. Nicht schön im bräuchlichen Sinne
und nicht sonnenfreudig war sie, im Gegentheil schwer=
müthig und meistens von einem nebelnden Schleier um=
sponnen. Aber mit dem Nebel und der Schwermuth
stand's im Einklang, die das Menschenleben umflorten.
Wie die gleichmäßig von der Flut angerauschten Wellen,
brachte die Zeit aus ihrem Schooß die Tage herauf;
sie kamen ohne Zweck und machten, vorübergehend, zweck=
los neu von ihr geschaffenen Platz.

Wie er so Tag um Tag, Jahr um Jahr, auf der
einsamen Düne des Katwyker Strandes dasaß, war er
ein noch junger Mann, seine äußere Erscheinung gab es
zweifellos kund. Doch in ihm lag seine Vergangenheit
wie nicht mehr ausdenkbar, als ob sie einem Vorleben
in einer andern Welt angehört; bei dem dumpfen Rohren
der See überkam's ihn manchmal, als habe er nur da=
von geträumt. Er fühlte, keine Güte einer Vorsehung
walte über dem Menschengeschick, das nur der Zufalls=
willkür anheimgegeben sei; der Natur war ein Menschen=
herz mit seinem Inhalt nicht mehr als eines der Myriaden
von Sandkörnern, die sie der Flutwelle zum Hin= und
Herschleudern überließ. Müd' gleichgültig bewegte sich
ihm der Schlag in der Brust; in seiner Seele lag ein
verdeckter Gram, eine Wunde, die nicht mehr blutete,
nur zuweilen empfand er sie, von der Erinnerung be=

rührt, noch als eine dumpf schmerzende Narbe. Er
hätte ein Aufringen gegen diese Stumpfheit versuchen
können, wenn er einen Lebensdrang in sich getragen,
aber er hatte keinen Wunsch als so hier zu sitzen; das
Bewußtsein der Zwecklosigkeit des Daseins lag bleiern
auf allem seinem Fühlen und Denken. Von der Bibliothek nahm er manchmal einen Band mit sich heraus
und vertiefte sich darin in die Lehren der altgriechischen
Schule der Stoiker. Vor zwei Jahrtausenden hatten
ihre Anhänger an den leuchtenden Gestaden des Aegäischen
Meeres das Gleiche gedacht und empfunden, wie er heut',
und wenn er aufblickte, war's, als klängen ihre Stimmen
ihm aus den grauübernebelten Wellen der Nordsee an's
Ohr. Er baute sich nicht gleich ihnen ein philosophisches
System auf, doch alles durchdrang ihn mit entsagender
Erkenntniß der Werthlosigkeit des Erdenseins. Wenn
die Dämmerung herannahte, kehrte er zur Stadt zurück,
schlug eine von Gräben durchschnittene Richtung ein,
deren Ueberspringung jugendliche Kraft und Beharrlichkeit erforderte. Ueber die gebot wohl sein Körper, aber
sein Gemüth besaß sie nicht mehr. Nur seinem Geist
wohnte noch der Sammeltrieb nach Vermehrung seiner
Kenntnisse inne, und heimgekommen saß er bis nach
Mitternacht bei den Büchern, die ihn mit einem Vergessen der Inhaltsleere seiner Lebenstage täuschten und
lohnten.

· So gingen den beiden Hausgenossen am unbewegten
Gewässer der dunklen Gracht in stiller Gleichförmigkeit

die Jahre vorüber, die mit immer erneuertem Sturm=
getose über das halbe Europa hinfuhren. Zu ihnen
gelangende Kunde von Schlachten und umgestürzten
Thronen nahmen sie gleichgültig auf, ebenso auch, was
die Botschaften aus dem deutschen Reich berichteten. Um
seiner selbst willen hatte Berno die Waffe von sich ge=
worfen, mit der er gegen sein Vaterland gekämpft, doch
das Geschick desselben berührte kein Gefühl in ihm, und
Kunz Amthor empfand nur als Befriedigung, daß ein
Stärkerer die gewissenlose Hochmuthswillkür der kleinen
Machthaber, wenn auch ebenso kaltselbstsüchtig, mit über=
gewaltiger Faust zerdrückte. Einzig des alten Reichs=
freiherrn gedachte Berno Lindenblatt mit einer Ehrfurcht
und Antheilnahme des Herzens, und um einige Jahre
nach der Jahrhundertswende schrieb er einmal einen
Brief an ihn, um Kunde darüber zu erlangen, ob der
einsame, weißköpfige Insasse des Velberger Schlosses
noch unter den Lebenden sei. Es dauerte geraume Zeit,
eh' eine Antwort eintraf, aber dann kam sie, mit großer
fester Handschrift auf graukörnigem Papier verfaßt. Ihr
nicht langer Inhalt lautete:

„Mein lieber maitre d'école oder welcherlei Titu=
lirung Ihm zusteht. Es ist mir ein agrément gewesen,
von Ihm zu hören, insonders daß Er wieder ein respec=
tabler Mensch geworden ist; existiren von der Sorte
heute nicht viele mehr. Daß ich Ihn provocirt habe,
Seinen malproperen Habit auszuziehen, hat mich con=
tentirt. Einem gehörig den Kopf mit Lauge waschen,

sait son effet, wenn er zu was taugt. Bin obligirt
für Seine Erkundigung nach meinem Wohlbefinden. Kann
mit 75 nicht mehr viel prätendiren, wäre aber eine
„bétise", mich zu beschweren. Denke auch noch so lange
zu persistiren, bis ich in meine Schlafstelle an der Kirchen=
wand eine Satisfaction mit mir nehmen kann. Ich re=
grettire nur den vorzeitigen Abgang des Magisters Dami=
anus bahier, der mit der Justification seines antiken Na=
mensvetters nicht mehr fertig geworden ist. War zu stark
im Gemüth chargirt durch das Abscheiden seiner bonne
ménagère und noch anderweitig, darum wohl auch nicht
mehr dazu conditionirt, die Toccabille noch richtig zu
capiren. Will Er denn Sein Lebelang Seinen Sejour
unter den Käsefabrikanten nehmen? Ich verhoffe, Ihn
noch einmal wieder bei mir im Schloß einkehren zu
sehen und zu einer anderen Conversation mit Ihm zu
kommen, als beim letzten Male. Seine Annoncirung
mit Seinem deutschen Namen soll mir jederzeit con=
venable sein. Allzulange hinaus darf Er sie freilich
nicht mehr prorogiren, wenn Ihm daran gelegen ist,
noch einmal zusammen die Füße unter den Tisch zu
setzen mit Seinem

Ihm wohlaffectionirten

Jold Reichsfreiherr von Velberg."

Sonderbar sah der Brief den Empfänger an, der
ihn mit auf die Düne hinausnahm, um ihn dort noch=
mals zu lesen. Das Blatt hielt ihm eine Urkunde
seiner eigenen Vergangenheit vor Augen, daß es kein

Traum gewesen sei, er habe an einem märchenhaften Frühlingstag als ein halber Knabe noch im Schloß zu Velberg gesessen. Ihm kam in Erinnerung, wie der Alte einmal plötzlich aufgesprungen war, nach einer Flinte zu greifen und mit ihr draußen etwas Braunes aus der Luft herunter zu holen. Einen Edelfalken, der ihm auf seine Tauben niederstoßen gewollt, von dem er sagte, sein edler Name bupire, denn er sei ein filou und coquin. Und dem Vogel eine Schwungfeder ausziehend und sie seinem jungen Gast reichend, hatte er nachgefügt: „Wenn Er eine amitié in der Stadt hat, kann Er ihr sie mit-bringen. Zur Warnung, soll sich vor dem Falken en garde halten."

Wie aus den Schriftzügen des Reichsfreiherrn her-ausklingend, erwachten die Worte Berno im Gedächtniß. Unverständlich waren sie ihm damals gewesen, kraus-wunderlich, wie so Manches im Munde und Gehaben des Alten. Aber seltsam rauschten ihm heut' zu der aufgeweckten Erinnerung die Wellen der Nordsee.

Gleichgültig zwecklos rollten sie die Sandkörner dichter auf den Strand, und so häufte die Flut der Zeit die Tage und Wochen zu Jahren an, die sich wieder über den Tag deckten, an dem Berno Lindenblatt den Brief des Reichsfreiherrn empfangen und auf dem Dünenhang gelesen. Was ihn äußerlich umgab, hatte sich mählich verändert; wenn er durch die Straßen der Stadt ging, begrüßten ihn viele der ihm Begegnenden; der stille deutsche Privatgelehrte war eine bekannte und angesehene

Perſönlichkeit geworden. Auch im wörtlichen Sinne, die Augen der Frauen und Mädchen richteten ſich auf ihn, und in ihrem Blick ſtand zu leſen, er ſei ein noch junger Mann, der ungewöhnlich gewinnenden Eindruck auf jede übe. Doch er ſah's nicht, oder wenn ſich's ihm zu wahrnehmbar aufdrängte, ward er nur unlieb davon berührt. Kein Zweifel blieb, bei Mancher bedürfe es nur eines Wortes von ihm, um ein auf der Zunge bereites Jawort als Erwiderung zu erhalten und ihn in günſtige Lebensumſtände zu verſetzen. Aber Keine flößte ihm Zuneigung ein, er trug eine Abneigung gegen das ganze weibliche Geſchlecht in ſich. Ihm verleidete es den Verkehr in einem reichen Hauſe, daß die einzige Tochter deſſelben ſich eines unverkennbaren Entgegen= kommens gegen ihn befliß. Befreundung verband ihn mit ihren Eltern, ſein liebſter, geiſtig ihn am meiſten anregender Umgang war's, doch er befürchtete von der jungen mit großer Schönheit begabten Dame einmal zu einer peinlichen offenen Zurückweiſung genöthigt zu werden, die ihre Eltern tief verletzen müſſe. Und um dieſen die Aufnahme, die er in ihrem Hauſe gefunden, nicht mit Kränkung zu lohnen, ging er mit dem Gedanken um, Leyden zu verlaſſen, ſich einen anderen Aufenthalts= ort in Holland zu ſuchen.

Doch hielt ihn die Rückſicht auf ſeinen Pflegevater von der Ausführung ab. Kunz Amthor hätte den Zweck eines Ortswechſels nicht begriffen, und ein ſolcher wäre ihm ſchwer und beſchwerlich gefallen. Seit bald

zehn Jahren war er an seine Werkstatt gewöhnt, in
der er Tag um Tag gleichmäßig unverdrossen in der
Aussicht auf das stille Beisammensein mit Berno am
Feierabend fortschaffte. Aber nicht zu verkennen war's,
daß die Jahre ihm auf Leib und Geist zu lasten begannen und daß in der letzten Zeit seine früher so
hurtig rege Hand sich langsamer bei der Arbeit bewegte.
Seine Augen bekamen einen müden Ausdruck, nur wenn
er Abends mit Berno am Tisch saß, hellte ihr Blick
sich manchmal zu einem eigenen traumhaften Glanz
auf. Dann wiederholte er öfter: „Du wirst Deiner
Mutter immer mehr ähnlich — die war doch die Allerschönste, die's gab." Täglich redete er von Isolde Lindenblatt, und was er sagte, weckte manchmal ein Gefühl,
als schwinde ihm mehr und mehr das Gedächtniß, an
dessen Stelle der Glaube trete, sie sei seine Frau geworden und ihr Sohn wirklich auch der seinige. Sichtlich
erfüllte ihn das mit einem inneren Glück, und sein Zuhörer sprach nichts dawider, befestigte ihn eher in seiner
Ueberzeugung. Nur ab und zu einmal kam's Kunz
Amthor mit einem schluchzenden Ton vom Munde: „Ja,
sie war schön, darum mußte sie so früh sterben."

An einem für das Land an der Nordsee schon ungewöhnlich heißen Mainachmittag des Jahres 1806
kehrte Berno Lindenblatt früher als sonst von seiner
täglichen Dünenwanderung zurück. Er trat in die offen-
stehende Werkstattthür, wo der Schreiner an einer Arbeit
beschäftigt, sich kurz zuvor zum Ausruhen auf einer

Bretterschicht niedergesetzt hatte. Mit einem sonderbaren
Blick hob er dem Ankommenden den Kopf entgegen, als
erkenne er ihn nicht gleich. Doch dann sagte er: „Ja,
Du bist es, mein Sohn — erst meint ich, Deine Mutter
wär's — aber Du kommst mir gerufen. Ich weiß
nicht, der Hobel ist heute so schwer, kannst Du ihn vielleicht heben?" Seine rechte Hand lag auf dem Geräth,
doch wie daran heruntergeglitten, und er fügte der letzten
Frage mit gedämpfter Stimme, halb geheim raunend,
nach: „Das ist merkwürdig, so wie damals in der Mondnacht. Aber sag' Keinem was davon, sonst könnt's
uns Beiden den Kopf kosten. Bloß umgekehrt ist es, der
Hammer war so leicht geworden, daß ich ihn nicht in
den Fingern spürte —"

Drei Tage nachher begrub Berno seinen Pflegevater
im Dünensand des kleinen Katwyker Kirchhofes; Kunz
Anthor war einmal mit dort gewesen und hatte gemeint:
„Hier wär's eigentlich am besten mit dem Wind über'm
Bett zu schlafen, wenn's mal kein Aufwachen mehr giebt."
Das „Bett" hatte er selbst schon im Jahr vorher für
sich accurat und sauber angefertigt; die Linden an der
Gracht standen in erstem frischen Grün, und sein Sohn
legte ihm einen Kranz von ihren weichen Blättern mit
in den Sarg. Von der Gruftstätte ging der allein
Zurückgebliebene nach seinem unfernen Dünensitz hinüber
und sah auf die ihm zu Füßen anrollende Flut hinunter.

XII.

Der Tod hielt große Ernte auf blutigen Schlachtfeldern
wie kaum je zuvor, und wie immer kehrte er allerorten auch an den stillen Abseiten ein. Gleich einem
zermorschten Riesenbaum hatte seine Sense das 18. Jahrhundert abgemäht, dessen zerfressenes Mark und innere
Modersäulniß offen vor jeden Blick gelegt. Aber, der
größte aller Souveraine, verfuhr er auch mit der höchsten
Willkür. Hier streckte er mit einem Hieb die noch jungen
Halme in Schwaben zu Tausenden hin, dort ließ er,
wie blind vorbeischreitend, schon lang überjährig vergilbte
unbeachtet stehn. Und er traf keine Auswahl nach tauben
und Fruchtkorn bergenden Aehren, Werth und Unwerth
galten ihm gleich. Was reifte, um Nutzen zu bringen,
fällte er ab, und dem Unkraut vergönnte er Zeit, noch
fortzuwuchern.

Die letztere dagegen, seine uralte Genossin, die Zeit
handelte unverrückt nach ihrem gleichmäßigen Brauch.
Sie gab und nahm, schuf Blüthen und entblätterte sie,
verlieh bunte Farben und ließ sie verbleichen. Das
that sie nicht über Nacht, manchmal konnte es lange

ben Anschein bieten, als lasse sie etwas unverändert be=
stehn. Doch unvermerkt thätig, bildete sie's im Innern
um, und in ihm ging Schritt um Schritt eine Wandlung
vor, eh' es auch nach außen ein andres Gesicht aufwies.
Dann aber hatte die Zeit ihr heimliches Werk vollbracht,
deutlich trat's jedem Blick zu Tage, und es war die
Gegenwart, die ihr beständiges Recht behauptete, allein
gültig zu sein, alles der Nichtigkeit zu überliefern, was
vor ihr gewesen.

Den Pastor Damian Bobmer hatte der Tod dem
großen Lebenswerk seiner Gelehrsamkeit und der schweig=
samen Bekümmerniß seines Gemüths enthoben, doch am
Velberger Schloß war er stetig noch ohne Hinblick vorüber=
gegangen und gleicherweise auch kaum einmal, flüchtig
den Arm ausreckend, in das Versailles=Abbild über der
Stadt Wangenfurt eingetreten. Offenbar herrschte dort
ein der Forterhaltung förderliches Klima um ein zählebig
ausbauerndes Geschlecht. Die hohen Hofämter befanden
sich sämmtlich noch in den Händen der nämlichen Cava=
liere, deren Gemahlinnen und Töchter Schloß und Park
mit dem lebendigen Blüthenschmuck anfüllten. Nur die
farbig leuchtenden Blumen, welche die vornehmen Emi=
granten eine zeitlang in den Kranz eingeflochten, waren
spurlos vom Sturm der Jahre verweht, und nur Ihre
Erlaucht, die Frau Reichsgräfin verweilte schon seit langem
nicht mehr im Palais. Man wußte nicht, ob sie sich
noch unter den Lebenden befinde, doch der betrübende
Ausgang, den sie genommen, war von den Einsichts=

begabten mit Gewißheit vorausgesehen worden. Der
plötzliche Hereinbruch der republikanischen Sansculotten
hatte auf ihr Nervensystem eine zu stark erschütternde
Wirkung geübt, die sich deutlich darin kundgegeben, daß
sie während der Gefangenschaft ihres Gemahls täglich
stundenlang mit ihrer Begleiterin laut lachend Promenaden
durch den Park gemacht. So durfte Monseigneur nach
dem Friedensschluß und Abzug der Franzosen sich nicht
länger der bringenden Anforderung des Leibarztes wider=
setzen, daß die Verbringung der Bedauernswerthen in
die Stille einer Heilanstalt zu ihrem eigenen Besten un=
erläßlich und unaufschiebbar geworden sei, und mit einem
schmerzlichen Seufzer mußte Seine Erlaucht sich der Er=
kenntniß der Nothwendigkeit einer hoffentlich nur vor=
übergehenden weiten räumlichen Trennung von seiner
Lebensgefährtin fügen. Damals hatte in freundlicher
Weise die Freiin Abeline von Nortenburg auf den Wunsch
des hohen Herrn die unumgängliche weibliche Repräsen=
tation am Hofe übernommen und diese mit außeror=
dentlicher Befähigung eines ihr innewohnenden Berufs,
von allgemeiner bewundernder Ehrerbietung umgeben,
geführt. Mehrere Jahre hindurch, bis eines Tages
kindliche Pflicht, das unwiderstehliche Verlangen ihres
alten Vaters nach ihr, sie plötzlich nach Oettingen zu=
rückgerufen, seiner Dürftigkeit mit den Erübrigungen
ihres stets für eine derartige Nöthigung bedacht gewe=
senen sparsamen Sinnes pietätvoll den Lebensabend zu
verschönern. Aber auch das lag bereits so weit zurück,

daß kaum noch das Gedächtniß bis dorthin reichte und
eine zufällige Erwähnung ihres Namens nur einem Achsel=
zucken begegnete, man könne sich nicht mehr an sie er=
innern.

Wenn aber der Tod im Schloß kaum eine Einkehr
gehalten, so hatte doch seine Gevatterin, die Zeit, nicht
von ihrer gewohnten, mählich umändernden Geschäftigkeit
Abstand genommen. Klar ließ sich das Ergebniß der=
selben auch an der Hofgesellschaft erkennen, wie diese
sich jetzt an einem heißen Juni=Spätnachmittag des
Jahres 1806 auf dem Springbrunnenplatz versammelte.
Zunächst nicht mehr in der Kleidung wie vor einem
Jahrzehnt, denn selbstverständlich hatte die Directorial=
tracht derjenigen der neuen Kaiserzeit Platz gemacht.
Doch auch in den Gesichtszügen offenbarte sich die un=
unterbrochene Thätigkeit eines Decenniums; wohin das
helle Tageslicht fiel, vermochten rothe Schminke und weißes
Reispulver nicht die drunter eingegrabenen Falten und
Furchen völlig zum Verschwinden zu bringen, und das
Haar, das die Mode nicht mehr zu pudern erlaubte,
erschien dennoch, allen Färbebemühungen zum Trotz da
und dort grau wie ehemals angehaucht. Die älteren
Damen hielten auch dort, wo die Sonne den Teint
nicht bedrohte, große purpurne Schirme über sich ge=
spannt, deren Schatten der zu scharfen Beleuchtung wehrte
und zugleich mit einem rosenrothen Schein überfloß.
Die älteren Cavaliere trugen ein sorglich gekräuseltes
Gelock seiner eigenen Farbe, aber genauer Hinblick unter=

schieb meistens, daß es doch kein natürliches sei, sondern
ben berühmten Werkstätten von Pariser Haarkünstlern
entstamme. Dagegen schien die Sprache der Conver=
sirenden keine Wandlung erlitten zu haben, ober wenn,
so brachte sie eine noch gesteigerte Hochachtung vor der
Unvergleichlichkeit und einzig angemessenen Vornehmheit
der französischen Zunge zum Ausbruck; kaum vergaß
sich ein Mund mehr, einen deutschen Laut über die
Lippen zu lassen. Doch gab es wie früher klingende
Worte, die ihre Bedeutung völlig verändert hatten; wo
ein Gespräch stattfand, vernahm man oftmals „l'empereur", aber Niemand verstand mehr barunter den Kaiser
des deutschen Reiches ober von Oesterreich, sondern den
Frankreichs, und wer seiner Erwähnung gethan, blickte
sich um, ob die in Hörweite Befindlichen die tiefe Ehr=
furcht vernommen, die er in den Klang des kurzen
Wortes gelegt. Noch häufiger indeß tauchte in der Unter=
haltung ein anderes auf, immer wiederkehrend, für einen
Uneingeweihten von räthselhafter Art: „Un coup de plume". Doch wer es in der Hofgesellschaft hörte, beburfte
keiner Erläuterung und das Wort selbst nicht der Aus=
sprache. Man verstand es auch in der Frage: „Croyez
vous, qu'il sera fait prochainement?" Der Antwortende
pflegte nur in Begleitung eines kaum merklichen Schulter=
zuckens zu entgegnen: „A Dieu ne plaise! mais il
peut tout." Und das, worüber man ungenannt die
Tagesmeinung ausgetauscht, war jenes „un coup de
plume", das wichtigste aller Worte, das garnicht aus=
gesprochen zu werden brauchte.

Buntschillernd bewegten sich die Cavaliere und Damen zwischen den rauschenden Fontainen und weißleuchtenden Marmorstatuen auf und ab; von der Gewandart abgesehen, erschien alles aus der Weite unverändert wie seit Menschen-altern. Doch für den näher Kommenden verlor sich dieser Eindruck der wandellos gebliebenen Gleichartigkeit. Die Stimmen klangen gedämpfter als früher, der Con-versation fehlte die Lebendigkeit; niemand gab sich Mühe, den andern durch Esprit zu überbieten, vielfach kehrten sich die Gesichter einander nur stumm und augenscheinlich das Nämliche fragend entgegen. Etwas sonderbar Schemen-haftes konnte aus den Versammelten anblicken, als seien sie eigentlich abgeschiedene Gestalten, die nur noch ein blutloses Schattenleben führten, nicht mehr in die helle Sonne gehörten und plötzlich aus ihr zerrinnen könnten. Sie erinnerten an bunte Schmetterlinge, die ihre Flügel noch in der Abendsonne auf den Kelchen eines herbst-lich verwelkenden Blumenbeetes gewohnheitsmäßig hin- und herwiegten, doch innerlich von der Vorahnung des Frostes angefaßt, mit dem vielleicht schon die nächste Nacht winterlich hereinzubrechen vermöge, ohne daß sie einen bergenden Unterschlupf gegen die Kälte gefunden. Denn mit solcher Fürsorge gab die geschäftige Zeit sich nicht ab, überließ alles ihr jeweilig Angehörige durch-aus der eignen Bedachtnahme auf sein Wohl und Weh.

Nun tauchte vom Schloßportal her niedrig über dem Boden etwas Eigenthümliches auf, eine kleine Figur, die wie ein um die Hälfte zu kurz gerathener evangelischer

Predigtamtscandidat erschien. Denn ein faltenreicher
schwarzer Summar umschloß sie vom Halsrand bis zu
den Füßen, nur unter dem Kinn bogen sich zwei kurze weiße
Bässchen über, und langes, sichtlich falsches Haar wallte,
reichgesalbt glänzend, zu beiden Seiten dunkel auf die
Schultern herunter. In würdevoller Haltung mit geme=
senen Schritten kam die augenscheinliche Caricatur heran,
in der Nähe auch eine mit der Tracht in Einklang ge=
brachte Maske aufzeigend, zu einem höchst einfältigen,
doch verklärten Ausdruck geschminkte Züge, unter denen
nur bei genauerem Hinblick das uralt erscheinende, hun=
dertfach durchrunzelte Koboldgesicht des Hofnarren Til
Luja hervorschimmerte. In der Hand trug er, leicht
an die Brust gedrückt, ein schwarzes, goldschnittblinkendes
Buch und sprach die ihm Begegnenden der Hofgesellschaft
mit näselndem Stimmenton an: „Gott erhalte Euch
die Gesundheit Eurer Leiblichkeit, meine Brüder und
Schwestern im Herrn. Bauet auf ihn in frommem
Gemüth, er wird Euch nicht dürsten lassen. Und prüfet
er Euch nach seinem unerforschlichen Rathschluß, meine
Theuren, so sprechet: Der Herr hat es gegeben, der Herr
hat es genommen, der Name des Herrn sei gepriesen!“
Eine blasphemische Narrethei war's, doch merkbar
nicht das Lästerliche darin, was bei den Angesprochenen
einen Anstoß erregte. Hier und da umspielte einen Mund=
winkel leichtes Zucken, aber es blieb bei einer halben
Lachanwandlung, die rasch wieder unter achtloser Gleich=
gültigkeit verschwand. Der gottselige Candidat der The=

ologie ließ sich inbeß badurch nicht zum Verstummen bringen, sonbern fuhr fort: „Bemesset mich in Eurem Urtheil, meine Geliebten, nicht nach ber Antlitzbilbung, welche mir bie Vorsehung in ihrer Weisheit verliehen. Vor ihr gilt nicht bie äußere Gestaltung einer Creatur, sonbern ber Gehalt ihres Innern, unb ob sie mir gleich zur Begnabigung mit einfältig nach ben ewigen Freuben trachtenbem Gemüth, bas Angesicht eines Hammels ge= geben hat, bin ich boch kein solcher. Nein, meine Brüber, so sehet mich nicht an unb lasset Euch nicht täuschen burch ben Schein. Wenn Ihr in mich hineinblicken könntet, würbet Ihr gewahren, baß er nur von außen ben Blick trügt unb ich völlig gleichgeartet mit Euch bin."

Man führte keine beutsche Sprache mehr im Munb, aber man besaß noch ihr Verständniß, unb bie Narren= rebe warb trotz ihrer scheinbaren Witzarmuth biesmal burch ein wirkliches kurzes Auflachen einiger Cavaliere belohnt; auch bie Lippen ber Damen verzogen sich zu einer Kunbgabe innerer Belustigung. Einer von ihnen hielt Til Luja jetzt sein golbschnittgeränbertes Buch mit aufgeschlagenem weißen Blatt hin, inbem er zugleich eine schwarze Rabenfeber hinter seiner großen Ohrmuschel hervorzog unb bat: „Erbaue mein Herz, o Genossin meines unsträflichen irbischen Wanbels, burch Eintragung eines Deiner frommen Leibsprüche in mein Stammbuch! Ich befürchte an einer unheilbaren Krankheit zu leiben unb trage Tobesahnungen in mir. Drum erfülle mit christ= licher Nächstenliebe meine Bitte, so lang Du's noch

kannst! Morgen könnt' es für mich zu spät sein und
vielleicht auch für Dich, denn wir sind ja alle in der
Hand des Allmächtigen und stehn bei jedem Athemzug
mit einem Fuß auf der Schwelle der ewigen Glückseligkeit. Die erfleht Dir mein inbrünstiges Gebet; gewähre
mir dafür diese Kleinigkeit, die Dir so leicht fällt —
nur un coup de plume —"

Die mit der Stammbuchbitte Angegangene hatte
dieser nachlässig zugehört, doch unverkennbar von dem
letzten Wort widerwärtig berührt, stieß sie unwirsch die
ihr entgegen gehaltene Rabenfeder zurück, und ihrem
Mißmuth entflog in deutscher Sprache: „Dein Spaß
ist abgeschmackt, Narr!" Betrübten Mienenausdrucks erwiderte er mit einem Wehmuthston der Stimme: „Das
liegt nicht an der Rede meines Mundes, sondern an
Deinen Geschmacksnerven, geliebte Schwester in der
Zuversicht unserer Verheißung. Du hast sie noch nicht
richtig gebildet für die köstliche Speise, die Deiner harrt.
Möge der Herr Deine überwürzte Zunge bessern, daß
sie den rechten Wohlgeschmack daran finde, wenn wir
uns miteinander an den neuen Tafelfreuden ergötzen."

Doch der salbungsvolle Sprecher brach ab und rief
frohlockend: „Siehe da kommt das irdische Abbild der
himmlischen Mildthätigkeit, die göttliche Liebe, die unsrer
sündhaften Schwäche noth thut, die Samariterin des
Leibes und der Seele. Beuget Euch auf Eure Knie,
meine andächtigen Hörer, auf daß es Euch wohl er-
gehe im Himmel und noch ein Weilchen auf Erden!"

Die Köpfe wandten sich um, der Richtung nach dem Schloß zu. Von dorther erschien, durch einen reichgal= lonirten Lakaien geschoben, ein leichtgebauter, eleganter Rollsessel, und ein flüsternder Austausch fand kurz in den Gruppen statt. „Elle vient. — Qui vient? — Madame de Maintenon."

Neben dem langsam herankommenden Rollstuhl ging eine Dame, die gleichfalls ein schwarzgebundenes Buch in der Hand trug. Sie war von großstattlichem Wuchs, ein dunkelfarbiges und einfaches Kleid, nur von äußerst geschmackvollem Zuschnitt, überhüllte augenscheinlich eine kräftige Fülle der Glieder, doch mit sorglicher, fast an puritanische Strenge gemahnender Decenz. Eine ähnlich gegensätzliche Mischung boten ihre Gesichtszüge von klassisch regelmäßiger Bildung mit blühend gefärbten und leicht vorschwellenden Lippen, denn ein ernstblickender Aus= druck entkleidete gleichsam das Gesicht alles Sinnlichen, verlieh ihm etwas von einem mit Farben des Lebens ausgestatteten marmornen Venusantlitz. Oder mehr noch von einem schönen, halb leiderfüllten, halb über= irdisch verklärten Marienbildniß einer Pietà, obwohl alles an der Dame, wenngleich nicht mehr auf erste Jugend, doch darauf hinwies, daß sie die Grenze der zwanziger Jahre noch kaum überschritten haben könne. Es war die jungverwitwete Freifrau von Memleben, deren Tauf= namen ‚Pia Beata' schon vorahnend auf eine Pietà und ihre Gemüthsabwendung vom Irdischen hingedeutet hatten. Nach dem Tode ihres Gemahls war sie, um in stiller

Abgeschiedenheit nur ihrer seelischen Erbauung zu leben, nach Wangenfurt gekommen, wo sie sich in einem bescheidenen Häuschen am Rande der Stadt niedergelassen. Doch hatte sie in der Kirche mehrfach durch ihre Andacht die Aufmerksamkeit Seiner Erlaucht auf sich gezogen und dem von ihm geäußerten, ihr hinterbrachten Befremden, daß sie sich nicht ihrem Stande gemäß bei Hofe vorstellen lasse, auf die Dauer nicht Widerstand entgegensetzen können. Das göttliche Gebot schrieb ihr als Pflicht vor, auch den üblen Schein der Verletzung von Anstandsbrauch und Sitte zu meiden, so kam sie, ihr inneres Widerstreben bezwingend, der berechtigten Forderung des Souverains nach und zugleich zu der Erkenntniß, daß nicht die schuldige Achtung vor dem letzteren, sondern eine Bestimmung des Himmels sie in's Schloß geführt, weil er ihr dort die Erfüllung einer Aufgabe zuertheilen gewollt. Denn das erste Verweilen droben enthüllte ihr, unter den Damen und Cavalieren herrsche nicht der echte gläubige Sinn, der in der stürmisch bewegten Zeit allein innerlichen Frieden und erhebenden Trost gewähren könne, und mit sicherem unverzagten Muth zeichnete sie sich als ein Lebensziel vor, zur beglückenden Glaubensbotin unter den allzusehr von der Weltlichkeit Umstrickten zu werben. Das ließ sie nach einigen Monaten auch dem Angebot des hohen Herrn entsprechen, die ihrer unwürdige Wohnung in der Stadt zu verlassen und eine Anzahl leerstehender Gemächer im Schloß zu beziehen. In der Nähe und im täglichen Verkehr ward sie befähigt, nachhaltigere und erfolgreichere Einwirkung zu üben, ohne daß sie damals — jetzt vor drei Jahren — ahnen konnte, welche höchste Gewinnerzielung ihrer frommen Opferwilligkeit von der Vorsehung bestimmt sei. Freilich, wenigstens zeitweilig, auch mit einem irbischen, anbauernbe christliche Gebulbs= prüfung auferlegenden Samariterbienst verbunden.

Dies offenbarte der von ihr begleitete Rollsessel, in welchem, leicht zurückgelehnt, der Reichsgraf von Falken= berg=Hochberg saß. Die Zeit war auch an ihm nicht ohne Bekundung ihrer stillen Thätigkeit vorübergegangen, hatte ihn sogar in besonderer Weise zu einem Para= bigma ihrer rastlosen Beflissenheit erwählt. Zwar be= zeugte zum Glück seine gesunde Farbe, daß er nicht von einer schweren, die Lebenskraft gefährbenben Krankheit heimgesucht sei, aber sein Kopf erschien völlig mit grauer Asche überstreut, und ein sorglich aufgelegter, dicht von seibenen Decken umwickelter Fuß wies auf den Sitz seines Uebels hin. Er litt stark an der Gicht; zwar erfreulicher Weise nicht ohne Unterbrechung, es traten gute Zwischen= zeiten ein, in benen er vollständig Herr seiner Glieder war, und sie ganz wie vorbem zu gebrauchen vermochte. Doch banach kehrten heftige und äußerst schmerzhafte Anfälle meistens für längere Dauer wieder, gegen bie der Leibarzt kein Linberungsmittel aufzubieten wußte, und so hatte bie vom Himmel Gesendete hier bas lohn= reichste Wirkungsfelb ihres hohen Lebenszweckes gefunden. Es war ihr gelungen, Monseigneur zu christlicher Hin=

gebung in den über ihn verhängten Rathschluß zu bewegen,
und sie bewährte sich als die ihm auch von diesem zu=
gewiesene allseitige Heilbringerin.   Denn ihre Fürsorge
verband ihm Pflege des Leibes und der Seele; während
seiner Schmerzen erhob sie ihm das Gemüth durch immer
stärkere Festigung seines Glaubens an die unvergänglichen
Freuden, die dem frommen Sinn im Jenseits verheißen
und bereitet seien; doch zugleich ließ sie nicht außer Acht,
ihn beschwichtigend auch auf den noch zeitlichen Trost
hinzuweisen, den die Unterbrechung seines Uebels ihm
bringen werde.   So war sie ihm unentbehrlich geworden,
gleicherweise in schlechten und guten Tagen, er ließ sie
den Tag hindurch nie von seiner Seite; aber man rühmte
ihr nach, sie gehe in ihrer Aufopferung so weit, wenn
sein Leiden ihm zu unerträgliche Peinigung verursache,
auch die Nacht tröstlich in gemeinsamem Gebet oder
aus erbauenden Büchern vorlesend, bei ihm zuzubringen.

In solcher Weise hatte noch Niemand Verdienste
um den hohen Herrn vereinigt, sie nöthigten ausnahms=
los Jedem am Hofe Ehrerbietung ab.   Diese erwiesen
auch die auf dem Fontainenplatz Versammelten der Be=
gleiterin des jetzt herangekommenen Fahrstuhls ebenso
wie dem Insassen desselben.   Aber es ließ sich in den
Verneigungen eine Andersartigkeit gegen früher, wenn
auch nicht geradezu mit dem Blick auffassen, doch empfinden;
sie brachten den Respect mit einer gewissen ernsten Reserve
zum Ausdruck, boten, so zu sagen, einen minder welt=
lichen Anstrich.   Man konnte ihnen entnehmen, sie

galten hochgestellten Inhabern des irdischen Regiments,
über denen jedoch eine höhere und höchste Allmacht stehe,
der die wirkliche Devotion des innersten Gemüths zu-
komme. Nur vor ihr sei es geboten, sich in der tiefsten
Demuthsunterwürfigkeit zu beugen, und dem Ehrfurchts-
ausdruck liege die Pflicht ob, sich vor den nur zeitlichen
Repräsentanten jenes allbestimmenden obersten Lenkers
der Menschengeschicke in gemäßigten Grenzen zu halten.
In dieser, dem echten Christenthum entsprechenden, unter-
scheidenden Erkenntniß und Nachahmung war wohl ein
segensvolles Aufsprießen der Heilsaussaat durch die ernste
Glaubensbotin zu gewahren.

Monseigneur befand sich in nicht unfreudiger Stimmung; augenscheinlich litt er gegenwärtig nicht stark und
mochte schon in einem tröstlichen Vorausblick auf nah
gerückte erquicklichere Tage Labung empfinden. Er trug
das Haupt mit einem von der neuesten Mode in Paris
aufgebrachten hohen und steifen Hut aus schwarzem, glänzendem Filz und von cylindrischer Form bedeckt; ihn
leicht ablüftend, erwiderte er die Begrüßung der Hofgesellschaft. Der Oberstallmeister von Obentraut erlaubte
sich, eine Frage nach dem heutigen Befinden an Seine
Erlaucht zu richten und zwar in deutscher Sprache,
denn Serenissimus selbst bediente sich dieser seit den
letzten Jahren ausschließlich, weil seine Gebete sich in
ihr zum Thron des Herrn der Ewigkeit erhoben und
auch das fromme deutsche Gemüth seiner treuen Helferin
die französische als eine Versuchung zur Frivolität von

sich wies. So entgegnete er leutselig: „Ich danke Ihnen, mein lieber Oberstallmeister. Wir stehen alle in der Hand Gottes, und sie bestimmt nach Seiner Weisheit, was zu unser'm wahren Besten gereicht. Ich empfehle Ihnen allen, nach dem Frieden zu streben, der uns nur aus geduldiger Ergebung in Seine Fügungen erblüht. Diese Fürbitte für Ihre zeitliche und ewige Wohlfahrt schließe ich stets in mein abendliches Gebet mit ein."

Doch Monseigneur hatte sich nicht in den Park herabführen lassen, um ein längeres Gespräch mit seinem Hofe zu führen; sich zur Seite wendend, brach er ab: „Wo meinen Sie, liebe Beata, daß der geeignetste Platz für mich wäre, Ihrem Lesen zuzuhören? Mich däucht, es geht heute an manchen Stellen ein wenig kühler Luftzug für meinen Zustand."

Darauf antwortete die Stimme Til Luja's, sich an die Freifrau von Memleben richtend. Doch er sprach diese nicht als Gevatterin an und buzte sie allein nicht; ihre ernste Würde hatte ihn, sobald sie dauernden Aufenthalt im Schloß genommen, zurückgehalten, sie zum Gegenstand seiner Narrenspäße zu machen. Ehrerbietig redete er sie an: „Gestrenge Frau, ich weiß einen Platz, der völlig vor allem Zug geschützt ist; wenn Sie selbst sich erst davon vergewissern wollen —"

Mit einem in ihr Gesicht gerichteten kurzen Aufblick ergänzte er den unvollendeten Satz; sie nickte und folgte seiner Führung an einer Heckenwand entlang, bis er, diese umbiegend, vor einem stillen Winkel anhielt und

11*

auf eine Bank brin hindeutete: „Hier, meine ich — haben Sie in Ihrem Buche auch ein weißes Blatt mit= gebracht, meine Schwester im Glauben, wie ich es Ihnen anempfahl?“

Seine Gewandung bildete eigentlich eine Travestie der ihrigen, ebenso das schwarze Erbauungsbuch in seiner Hand und seine jetzige Anrede an sie. Doch sie rügte die anstößige Posse nicht, beließ ihm, da er sich sonst vor ihr stets in den Schranken des Respects hielt, darin seine Narrenfreiheit. Wie sie zu seiner Frage den Kopf schüttelte, nahm er aus seinem Buch ein leeres Papier= blatt, zog einen Crayonstift aus der Tasche und sagte: „Ich bin bekümmert und besorgt, das Aussehen Ihres hohen Freundes ängstigt mich in der letzten Zeit, meine Schwester. Er sprach es eben selbst, wir stehen alle so sehr in der Hand des Allmächtigen, und unser Auge vermag nicht vorzusehen, was sein Rathschluß im Sinne führt, noch zu welcher Stunde. Ich meine, wenn Ihr erlauchter Bruder im Herrn etwa die Absicht in sich trägt, mit einer Kundgabe letzten Willens noch eine fromme Stiftung zu hinterlassen, so wäre es Ihre Pflicht, ihn zu seinem ewigen Heil in diesem Entschluß zu kräf= tigen, daß er denselben so bald wie möglich zur Aus= führung bringe. Denn was sind wir und wird aus uns, wenn wir unsern Vorbedacht nicht aus dieser ver= gänglichen Zeitlichkeit auf bleibende Güter der Zukunft gerichtet halten?“

Pia Beata von Memleben nickte beipflichtend zu den

leicht genäselten Worten des Sprechers und erwiderte:
„Es steckt kein Narr in Deinem Aufzug, sondern ein
Prediger der Wahrheit, der recht hat, mich an meine
Pflicht zu mahnen, daß ich sie nicht aufschiebe. Komm,
ich will Seine Erlaucht an diesen gutgeeigneten Platz
führen."

Sie nahm den Crayon und das weiße Blatt, das
sie in ihr Buch legte; Til Luja äußerte noch halblaut:
„Versäumen Sie nicht, meine Schwester, ihm zuvor noch
den schönen Spruch zu lesen, daß eine gute That nach
der Verheißung ihren Lohn nicht nur im Himmel, sondern auch schon auf Erden findet." Dann begaben sie
sich zur Berichterstattung über die windgeschützte Lage
der besichtigten Parkstelle nach dem Springbrunnenplatz
zurück, wo sie zugleich mit einem vom Schloß hergeeilten
Pagen eintrafen, der dem Souverain auf silbernem Tablet
einen Brief überbrachte. Der Empfänger hatte die kurze
Wartezeit genutzt, an die um ihn Stehenden noch einige
Mahnungen zur beständigen Selbsterziehung in den
christlichen Tugenden zu richten; noch zu Ende sprechend,
erbrach er das Siegel und überlas dann das eingelau-
sene Schriftstück. Doch man nahm wahr, daß er dabei von einem plötzlichen Anfall seiner Schmerzen heimgesucht wurde, denn die Hand, in der er den Brief hielt,
machte eine unwillkürlich zuckende Bewegung, und sein
Gesicht hatte sich etwas blaß entfärbt. Willenskräftig
indeß beherrschte er das über ihn Gerathene und erhob
um einige Augenblicke später laut vernehmbar die Stimme:

„Ich erhalte eine hocherfreuende Botschaft. Seine Majestät, der Kaiser" — die Hand Monseigneurs lüftete bei dem letzten Worte den Hut, und alle Herren ringsum beeilten sich, das gleiche zu thun — „hat allergnädigst geruht, die bisherige selbstgewählte Regierung der niederländischen Generalstaaten der Weiterführung der Geschäfte zu entbinden, an die Stelle der Republik ein neues Königreich Holland zu setzen und die Kaiserliche Hoheit Seines ältesten Bruders zum Souverain desselben zu ernennen."

Nur die Fontainen rauschten, sonst lag's wie Grabeslautlosigkeit über dem Platz, alle Gesichter waren, als erwarteten sie noch Weiteres, verhaltenen Athems auf den Verkündiger der hocherfreuenden Botschaft gerichtet.

Seine Erlaucht hielt ein wenig inne, dann streckte er die Hand nochmals nach dem Hut auf, hob diesen vom Scheitel empor und sprach:

„Ich ersuche Sie, sich mit mir in der Fürbitte zu vereinigen: der gnädige Gott beschirme und erhalte meinen allerhöchsten Verbündeten, Seine Majestät den Kaiser und Höchstdero erhabenen Herrn Bruder, den König Louis von Holland!"

Da zerriß die athemlose Stille, denn mit Einer Stimme klang von den Lippen aller Anwesenden ein begeistertes: „Vive l'empereur!" zusammen. Sie vergaßen augenblicklich in ihrem Enthusiasmus, daß Monseigneur seit den letzten Jahren keine Hinneigung mehr zur französischen Sprache in sich trage; wessen ihr Herz voll war, davon floß nach altem Wort ihr Mund über, und merkbar hatte Jeder sich bestrebt, Zeugniß abzu=legen, daß sein Herz von dem Segenswunsch für Seine Majestät den Kaiser am innigsten erfüllt sei.

Um die Lippen Seiner Erlaucht, des Reichsgrafen Falco von Falkenberg ging flüchtig ein schattenhaft mattlächelnder Zug, dann wandte er den Kopf seiner Begleiterin zu: „Haben Sie eine gesicherte Stelle für mich aufgefunden, liebe Beata?" Die Befragte erwiderte, sich etwas vorneigend: „Ja, Monseigneur, und ich hoffe von ihr einen wohlthätigen Einfluß auf Eurer Erlaucht leibliches und seelisches Bedürfniß." Ein Wink gebot dem Lakaien, den Rollsessel wieder in Bewegung zu setzen, in ernster Würde schritt die Freifrau Pia Beata von Memleben nebenher, und die Cavaliere und Damen vom Hofe blieben, sich ziemlich rasch aus ihrer Respects= bezeugung wieder aufrichtend, zurück.

Linde Wärme lag im Park, aber die Schatten fielen lang und deuteten, daß der Abend herankomme und die sinkende Sonne im Niedergang begriffen sei. Sie warf ihre Strahlen noch, doch nicht mehr mit blendender Leuchtkraft, sondern von einem Dunstschleier verhängt, und eine dunkle Wolkenbank im Westen konnte sich mit plötzlicher Schnelligkeit heraufschieben, ihren getrübten Glanz völlig in Nachteinbruch auszulöschen. Langsam promenirte die Gesellschaft zwischen den Wassercascaden hin und her, zumeist ohne eine Conversation zu führen,

in schweigender Nachdenklichkeit. Nur da und dort kam
leis ein gedämpftes Wort: „Un nouveau coup de plume.“
— „Une nouvelle Madame de Maintenon.“ — „Qu'est
ce que vous pensez de la température de demain?“

XIII.

Der Sonne war in Frankreich eine neue Aufgabe zu=
gefallen, deren sorgliche Erfüllung unausgesetzte Acht=
samkeit von ihr erforderte. Freilich hatte sie derselben
schon früher ungefähr anderthalb Jahrhunderte lang obge=
legen, doch dann sich mehr als ein Jahrzehnt hindurch ihrer
Pflicht entwöhnt, deren Wiederaufnahme sie nunmehr
zu verdoppelter Mühwaltung nöthigte. Denn während
sie sich vordem dieser hauptsächlich nur bei festlichen
Veranstaltungen in den Gärten von Versailles, Trianon
und Fontainebleau zu unterziehen gehabt, fiel ihr jetzt
die Mitwirkung an unablässig sich folgenden großen
Hofempfängen, Vorstellungen, Truppenrevuen, Galapa=
raden und öffentlichen Verkündigungen von Siegesbot=
schaften anheim. Aber nach dem einmüthigen Urtheil
aller officiellen Sachverständigen im neuen Frankreich,
hohen und niebrigeren Hofchargen, Schriftstellern und
Zeitungen kam die Sonne tadellos ihrer erneuten Ver=
pflichtung nach und bereitete unfehlbar bei jedem gebotenen
Anlaß ein Kaiserwetter, das an wunderbarem Glanz
ihre ehemaligen Verdienste um die Herstellung des „König=

wetters' noch übertraf. Solche erhöhte Anstrengung lohnte ihr allerdings das Bewußtsein, einer zweifachen Hoheit zu dienen, denn Derjenige, dem sie heut' ihre Vasallenhuldigung darbrachte, nannte sich nicht allein „Von der Gnade Gottes", sondern auch „und als Erwählter des Volkes Kaiser der Franzosen."

So fast unablässig von ihrer Dienstleistung jenseits des Rheins in Anspruch genommen, fand sie wohl nicht Zeit, sich um die Himmelsumstände der im Osten des letzteren belegenen Landstriche zu bekümmern, und daraus mochte sich erklären, daß trotz der hochsommerlichen Zeit das vormalige deutsche Reich wochenlang von dichtem Wolkenmantel überbreitet lag. Mit der Juniwende hatte gleichmäßig vom Nordseerand bis an die Alpen grauer Regenfall begonnen und setzte sich unterbrechungslos unverändert im Juli fort. Wohin der Blick ging, fielen Tropfen nieder, windgerüttelt stießen die Bäume seufzende Töne aus, der Nebel zog schwer wallend an den Berglehnen entlang. Eine phantasiereich-poetisch veranlagte Vorstellung hätte darin vielleicht ein trübseliges Witwengewand der um den Verlust ihres kaiserlichen Eheherrn in Thränen klagenden Germania erblicken können, die, wenn der Kummer um ihre Trennung von Franz dem Zweiten ihr auch wohl nicht grad' am Herzen nage, sich doch der Wahrung eines schicklichen Traueranscheins befleißige. Aber mit derartigen phantastischen Fictionen befaßte sich kaum jemand mehr in deutschen Landen, die Zeit predigte überzeugungsvoll die Alleinverständigkeit einer viel nüchternen Auffassung aller Dinge, und selbst Apollo, der sich seit drei Jahrzehnten, die Welt mit neuen Melodien entzückend, am stillen Rand des kleinen Ilmflusses niedergelassen hatte, legte die goldene Leyer zur Seite und holte ernste Bücher hervor, sich in ihre Wissenschaften zu vertiefen.

Unter diesem wolkendüstren Himmel kam um die Julimitte auf einem langsam zu Berg ziehenden kleinen Fahrzeuge den Rhein ein Passagier herauf, der allein die anderen, beständig um ihn wechselnden, ein= und aussteigenden überdauerte. Sein Gesicht war von einem braunen Vollbart eingerahmt, und Niemand hätte in ihm den bartlosen einstmaligen französischen Reitercapitain Bernard Tilleul wiedererkannt, auch wenn das Gedächt= niß der gegenwärtig Lebenden nicht seit Jahren seltsamen Abbruch erlitten gehabt. Doch er konnte versichert sein, daß seine bedeutungslose Persönlichkeit von keiner Er= innerung bewahrt sei; die Reiche Europas waren zu= sammengestürzt, Hunderttausende unter ihren Trümmern begrabend, gleich einem wogenden Meer überwallte die Erde ein jäh emporgewachsenes neues Geschlecht, und mehr als in früherer Zeit glich der Einzelne einer vom großen, tosenden Strom unbeachtet mitgerissenen Welle. Wenn er seine kleine Existenz erhalten wollte, mußte er selbst für sie Sorge tragen; um die Fristung des eignen Daseins ringend, trieb alles in irrer Auflösung gleichgültig neben ihm fort. Niemand bekümmerte sich darum, ob er untergehe, kein Blick sah nach ihm hin.

Manches hatte sich vereinigt, Berno Lindenblatt zum
Fortgang von Leyden zu veranlassen, der Tod seines
Pflegevaters, wie das ihn von der Tochter des ihm be=
freundeten Hauses Bedrohende. Doch bei der Vorbe=
reitung dazu war er plötzlich zu der weiteren Ausdeh=
nung seines Entschlusses gekommen, überhaupt nicht länger
in den Niederlanden zu bleiben. Mitbestimmend wirkte
auf ihn die neueste an der batavischen Republik verübte
offene Gewalt, da das „Königreich Holland‘ nur eine
Form völliger Einverleibung in das französische Kaiser=
reich darstellte; aber als innerster Beweggrund drängte
Berno ein ihn anfassendes frostiges Gefühl davon. Der
Schreiner hatte ihm nicht geistig gleichgestanden, nach
solcher Richtung wenig bieten können; doch mensch=
liche Wärme war von ihm ausgegangen, und den ein=
sam im leeren Haus Zurückgebliebenen umschauerte es
kalt. Was ihm mählich zu einer Heimath geworden,
sah ihn wieder mit dem Gesicht der Fremde an; ihn
überkam's mit einer schreckhaften Erkenntniß, daß sein
Herz an Niemandem mehr hänge, und daß keines mehr
für ihn schlage. Auch seine langjährige Freundin, die
Nordsee, zeigte sich ihm verwandelt; er empfand, ihr
schwermüthiges Wellengemurre habe wohl im Einklang
mit seinem inneren Gefühl gestanden, so lange er das
Bewußtsein in sich getragen, bei der Heimkunft von
einer lebendigen Stimme begrüßt zu werden, im wär=
menden Hause einen Gegenhalt gegen das dumpfe, hohle
Brausen des Meeres zu finden. Doch nach der Beer=

bigung seines Vaters reckte sich ihm aus dem grauen
See etwas Unheimliches zur Düne herauf, als strecke
sie ihm eine schattenhafte Hand entgegen, ihn aus der
Zwecklosigkeit seines Daseins zu sich herunterzuziehen,
und er mußte alle Kraft aufbieten, sich nicht in die ge=
spenstisch vor ihm geöffneten Arme niedergleiten zu lassen,
sondern aufspringend zur Stadt zurückzukehren. Ihn fror
es, im Gemüth und am Körper, wo er ging und saß;
das schrieb er Holland, dem sonnenarmen Norden zu, und
ein unbezwingliches Verlangen nach einem wärmeren
Himmelsstrich ergriff ihn. Er hatte Ausreichendes zu
ersparen vermocht, für Jahr und Tag nicht auf seinen
Unterhalt bedacht sein zu müssen, verkaufte mit raschem
Entschluß dazu das Haus um geringen Preis und be=
gab sich, ohne Abschied von seinen Bekannten zu nehmen,
fort. Italien schwebte ihm als Wegziel vor; gleich
menschenleer war die Welt überall für ihn, aber dort
wehrte mindestens die Sonne dem Frost, und das mit=
telländische Meer rollte nicht mit so geisterhaft-fahler
Hand aus den Wellen aufwinkend an's Ufer heran.

So zog er, gleichmäßig vom grauen Regenfall be=
gleitet, rheinaufwärts, kein weiteres Gepäck als in einem
aufgeschnallten Ranzen mit sich führend; beim Verlassen
des Schiffes wollte er als Fußgänger seinen Weg fort=
setzen. Von dem, was in der Welt um ihn vorging, erfuhr
er nichts, und ihm war's auch völlig gleichgültig, was
geschehen mochte; erst als er eines Abends in Frankfurt
am Main eintraf, ließ ein dichtes Menschengewoge auf

den Straßen ihn erkennen, daß sich besonderes ereignet
haben müsse. Und in einer Wirthschaft vernahm er,
was dies sei; der Alleinherrscher in mehr als halb Europa hatte mit einem Federstrich die vollständige Auflösung des Deutschen Reiches decretirt, für seinen Bruder
Jerome ein Königreich Westfalen und ein Großherzog-
thum Frankfurt unter der Nominalregierung durch den
bisherigen Kurfürsten-Erzbischof von Mainz, Carl Theo-
dor von Dalberg geschaffen. Die beiden neuen Staaten
waren mit Bayern, Württemberg, Baden und allen
sonstigen größeren souverainen Herrschaften im Westen
Deutschlands zu einer „Conféderation du Rhin" vereinigt worden, die der Kaiser der Franzosen als ihr
„Protector" unter seine Obhut gestellt. Der „Rhein-
bund" nahm die gleiche Stellung ein, wie das neue
Königreich Holland: die Hälfte Deutschlands von der
Elbe bis zu den Alpen war über Nacht zu einem Theil
Frankreichs geworden.

Doch diese Kunde beließ Berno Lindenblatt theil-
nahmlos, gleichmüthig schlug er am andern Morgen
unter dem Schirm von Frankfurt seinen Weiterweg gegen
Süden ein. Nur lenkte ein ihm im Kopf aufgeschossener
Gedanke ihn etwas aus der graden Richtung ostwärts
ab, daß er dem Main entlang folgte. Kein erheblicher
Umweg war's; er wollte über Wangenfurt, noch einmal durch die Straßen seiner Geburtsstadt gehen.

Ein trüber Nachmittag geleitete ihn in das alte
Thor. Hier war er zuletzt an der Spitze seiner Schwa-

bron eingeritten, vor unendlicher Zeit; doch eine noch
unausdenkbar fernere Vergangenheit lag dort vor ihm.
Niemand befand sich bei der üblen Witterung auf dem
Platz am Lindeneck, alles glitzerte matt von Nässe, er
stand allein unter der tropfenden Linde und sah nach
dem Hause seiner Kindheit hinüber. Unverändert erschien's, nur fremde Menschen wohnten jetzt drin; wieder
wohl ein Schreiner, denn geschichtete Bretter lehnten wie
ehemals an der Wand der auch gleich gebliebenen Werkstatt. Einen Augenblick überlief's den drauf Hinschau-
enden: Wenn alles nur ein Traum gewesen wäre, und
sein Vater träte mit dem Hobel in der Hand drüben
aus der Thür hervor. Aber rasch verging's; der lag
fern nach Norden sicher unter dem Dünensand von Katwyk
gebettet.

Da regte sich doch noch etwas auf dem Platz, von
einem der Häuser kam ein Mädchen mit bloßem Kopf
durch den Regen zur Linde heran. Ein noch blutjunges,
wohl kaum siebzehnjähriges Geschöpf von hohem Wuchs,
schwarzhaarig, in den Gesichtszügen eine gewisse classische
Regelmäßigkeit bietend. Und in einem halb traumhaften Zustand nicht in der Gegenwart, sondern in ferner
Zeit lebend, wußte Berno Lindenblatt auch, wer sie sei
und wie sie heiße. Es war Male Crobath, die Tochter
des alten Croatenweibes drüben, die oft so an ihm vorüber
zum Brunnen ging.

Doch dann besann er sich, das konnte ja nicht sein,
war gewesen, als er noch aus der Stadtschule vom Katheder

des Rectors Laurentius Meibusch nach Hause gekommen. Das Gesicht da bot beim Nähergerathen auch weniger grobgeartete Schönheit zur Schau, feinere Züge mischten sich hinein. Nur im Ganzen war die Aehnlichkeit unverkennbar, ließ unzweifelhaft, es mußte eine Tochter Male Crobath's sein.

Nun trat sie herzu und sprach ihn mit einem eigenthümlichen Spiel um die rothen Lippen an:

„Sie sind wohl fremd in der Stadt, monsieur, und suchen nach einer Unterkunft. Bei uns in der Wirthschaft meiner Mutter ist grade eine Stube frei, die wir einem so schönen jungen Herrn gern billig überlassen."

Unter den nah zusammengerückten schwarzen Brauen warfen ihre Augen ihm einen Blick von feurig=dunklem Glanz ins Gesicht, und ihre Hand machte eine Bewegung, als wolle sie sich nach der seinigen vorstrecken, ihm als Führerin zu dienen. Der alte Kindheitsplatz umher veränderte plötzlich, ihn mit eklem Widerwillen anfüllend, sein ehrbar anheimelndes Gesicht; antwortlos wandte er der Dirne den Rücken, ohne Ahnung, daß er seine Halbschwester unter der alten Linde stehen lasse, und ging rasch wieder durchs Thor ins Freie hinaus.

Dem Schloß broben auf dem Abhang drehte sein Blick sich nicht zu, kein Gefühl irgend eines Zusammenhanges verband ihn damit, kein Gedanke rührte ihn mit einer Frage an, was dort gegenwärtig sei. Verschollene Zeit brachte Gestalten aus Gräbern herauf und ließ sie

vor ihm auf der Landstraße dahinwandeln; deutlich sah
er sie, wenn er flüchtig die Lider zuschloß. Wie alt
mußte er sein; fast erschien's ihm wider die Natur, daß
er hier noch lebend ging.

Er that's ohne eine Absicht, ohne Ziel, nur die
Füße trugen ihn mechanisch weiter. Erst nach geraumer
Weile kam's ihm einmal, daß sie ohne sein Wissen einen
bekannten Weg eingeschlagen, auf dem sie ihn entlang
führten, und doch von einem Antrieb seines Kopfes ge=
lenkt. Es war ihm nur nicht zum Bewußtsein gekommen;
aber natürlich, da er sich so nah befand, wollte er auf
seiner Wanderung zum Süden nicht vorübergehen, ohne
der freundlichen Erlaubniß des Reichsfreiherrn von Bel=
berg nachzukommen, noch einmal im Schloß vorzukehren.
Die einzige Wegrast auf der Welt war's, an der er
ein bekanntes Gesicht antraf; der kurze Aufenthalt in
Wangenfurt hatte das Frostgefühl in seinem Innern nur
verstärkt, es drängte ihn, noch einmal und besser, als
bei der letzten Einkehr am Tisch mit dem Alten zu
sitzen, seine Hand zu halten und ihm zu danken. Freilich
drei Jahre waren wieder vergangen, seitdem er in Ley=
den die Antwort des Reichsfreiherrn erhalten, und im=
mer unwahrscheinlicher geworden, daß er ihn wirklich noch
antreffe. Unwillkürlich ging er rascher, als komme es
jetzt auf Minuten an. Der Regen hatte aufgehört, so
daß er den Schirm schließen konnte; wie er weiter kam,
färbte der Himmelsrand im Westen sich zum ersten Mal
seit Wochen mit einem Abendroth. Ueber der Berg=

wand breitete es sich aus, doch Berno Lindenblatt knüpfte
an die letztere keinen Erinnerungsgedanken. Und wie
er an der kleinen Waldlichtung vorüberschritt, dachte er
auch nicht daran, daß Dieta Bodmer ihm dort auf dem
Fußweg begegnet sei. Ihm klopfte nur die Frage in
der Brust, ob er den Alten noch finden werde; ein Angst=
gefühl, den letzten Menschen auf der Erde verloren zu
haben, trieb ihn fast zum Laufen.

Da stieg, schon umdämmert, der absonderliche alte
Schloßbau vor ihm in die Luft, und plötzlich that das
Herz in seiner Brust einen freudigen Schlag, wie er's
eines solchen nicht mehr fähig gehalten. An der Zug=
brücke stand baarhäuptig eine lange Mannesgestalt, deren
Kopf im Zwielicht wie ein Schneehäuschen schimmerte,
und schaute beobachtend nach dem westlichen Horizont
aus. So nahm er den Herankommenden nicht gewahr,
bis dieser dicht neben ihn hingetreten und nur stockend
vom Mund brachte: „Ja — keine Täuschung ist's —
Gott sei Dank!" Nun drehte der Reichsfreiherr von Vel=
berg den weißen Kopf und sagte: „Wer ist Er? Ist
Er ein Wanderbursch, der um eine Subvention petiti=
onirt. Er kommt à la bonne heure und soll den
Zehrpfennig haben."

Der Sprecher griff nach der Tasche, während Berno
Lindenblatt jetzt erwiderte: „Ja, Eure reichsfreiherrliche
Gnaden, ein Wanderbursch ist's, aber er bittet nicht um
den Pfennig, sondern um mehr, das ein Brief ihm hier
verheißen, um ein freundliches Wort." Und hinterdrein
nannte er seinen Namen.

Ueberrascht streckte der Alte ihm die knochige Hand
hin. „Der ist Er? Hätte Ihn nicht mehr recognoscirt.
Aber freut mich, daß Er meiner Invitation nachgekommen.
Kommt mir grade opportun, es giebt bessere Tempe=
ratur im Land. That noth, kann so vielleicht noch eine
brauchbare Ernte geben. Nun, movire Er Seinen Fuß
in die Thür hinein! Ist mir bienvenu, hätte beinah
noch einmal eine Scriptur an Ihn zu den Käsefabrikanten
geschickt."

Daß jedes Wort von ihm aufrichtige Meinung aus=
drücke, konnte niemals Zweifel leiden, doch in seiner
zweimaligen Wiederholung, der Gast sei ihm willkommen,
hatte noch ein eigenthümlicher freundlicher Klang gelegen,
der eine innerliche Erfreuung des Sprechers kundgethan.
Den Hereingeführten umfing jetzt die große Stube fast
schon dunkel; er stand und wußte nur vorzubringen:
„Wenn Eure reichsfreiherrliche Gnaden mich noch einmal
wieder für die Nacht beherbergen will —"

Doch der Alte fiel ein: „Titulire Er mich nicht
unrichtig! Ich habe Ihm gesagt, daß Er à la bonne
heure angelangt ist. Giebt kein Reich mehr und keinen
Reichsfreiherrn. Hat der Patron von der Insel her
mit einem coup de plume abgethan. Ist kein Schade
drum, giebt auch keine Reichsgrafen mehr. Mein Herr
voisin drüben, Erlaucht, ist mit mir in dieselbe En=
veloppe eingepackt; wird ihm mehr chagrin gemacht
haben, als mir, daß ihm die Gicht aus den Extremi=
täten wohl auch zu Kopf gegangen. Muß seiner Canaille

12*

Beine machen, sich nach Mauslöchern umzusehen, bin assurirt, ist schon keiner mehr im Palais. Kann er mit seiner Betschwester allein drin hausen, wenn sie den Hamstersack noch nicht voll genug gepfropft hat und ihm noch Leib und Seele weiter curirt. Habe nur auf die Satisfaction gewartet, mit ihm mein Regiment nieder= zulegen und kann nun mein Testament machen. Ist gestern geschehn, bin ein Freiherr geworden, zu dispo= niren, wie ich will; hätte der Reichsfreiherr nicht gekonnt. Wollen auf die Conféderation du Rhin heut' Abend zu= sammen ein gutes Glas Rheinwein trinken, daß sie das perfectionirt hat, und ein andres drauf, sacrebleu, daß sie bald der Teufel hole, mitsammt ihrem Protector! Dann kann Er noch wieder mit dreinhauen, aber ich bitte mir aus, daß Er die Reichsgrafenwirthschaft nicht wieder restaurirt. Mit solchen Intentionen, denke ich, ist Er auch wohl nicht von den Käsemachern retournirt."

Im vollsten Ton der inneren Befriedigung eines langgehegten Verlangens hatte der alte, seit einigen Tagen in Gemeinschaft mit allen tausend deutschen Reichsgrafen, Reichsfreiherren, Reichsstädten, =Stiften und sonstigen klei= nen Reichsständen durch einen Federzug des Kaisers der Franzosen mediatisirte Freiherr Fold von Velberg von der Beendigung seiner Souverainetät gesprochen. Nur so lange sein Nachbar, Erlaucht, diese besessen, hatte auch er sich von ihr dem großen Reichsgrafen gegen= über als Ebenbürtiger kein Titelchen nehmen lassen; jetzt dagegen schien ihr Verlust ihm sogar persönlich eher will=

kommen zu sein. Nun brach er ab: „Aber es ist schon
so obscur geworden, daß wir unsere Visagen nicht mehr
distinguiren können. Wollen sie uns gegenseitig etwas
eclairiren." Und zur Thür tretend, rief er einen Namen
auf den Flur hinaus.

Berno Lindenblatt stand wunderlich umfangen. Er
hörte die Worte, die dicht vor ihm gesprochen wurden,
und zugleich durch sie hin aus einer unendlichen Ferne
herüber die Stimme des Alten, wie er sie als Schüler
zum erstenmal hier in diesem Raum vernommen. Mit
einer Sinnestäuschung rührte es ihn an; in dem dunklen
Zimmer glaubte er den Duft der leuchtenden Frühlings=
welt einzuathmen, durch die er damals zum Velberger
Schloß gekommen. Die Vergangenheit drängte sich ihm
über die Gegenwart, als sei sie die Wirklichkeit, ver=
setzte ihn wieder in einen Zustand, wie er vor einigen
Stunden unter der Linde nach dem Hause seiner Kindheit
hinübergeblickt, als er die Tochter der Male Crobath
noch für diese selbst gehalten.

Dann fuhr er wie dort, zum Bewußtwerden kommend,
zusammen, einem plötzlich Aufgeweckten gleich halb schreck=
haft, ohne daß er sich sagen konnte, warum. Der un=
erwartete Ruf des Freiherrn durch die Thür hinaus mußte
es gewesen sein; er hatte nicht drauf geachtet, nur ein
unbestimmter Klang tönte ihm im Ohr nach.

Einige Augenblicke vergingen, da scholl von draußen
her eine Frage in die dunkle Stube: „Soll ich die Lampe
bringen?" Nicht die Stimme des alten Dieners war's,

sondern eine weibliche, hellklingende; der Freiherr ver=
setzte: „Ja, mein Kind, bringe sie." Danach blieb's wieder
still, nur ein leichter Fußtritt bewegte sich draußen über
den Steinflur.

Berno hatte unwillkürlich mit der Hand hinter sich
nach einer Stuhllehne gefaßt, um den Kopf legte sich
ihm eine Verworrenheit, das Denken drin lähmend und
zugleich seinen Körper; ihm war's, er sei unfähig, irgend
eine Regung zu machen, wie im Boden festgewurzelt.
Nun öffnete die Thür sich wieder, und ein Lichtschein
fiel herein, von einer kleinen Arganbschen Glascylinder=
lampe mit dem neuerfundenen Rundbocht ausstrahlend.
Es trug sie eine Dienerin, deren linke Gesichtshälfte
von ihr angehellt wurde; dem von der Seite her un=
beweglich auf sie Hinblickenden setzte jählings der Herz=
schlag aus. Im Ohr klang's ihm plötzlich hinterdrein
deutlich auf, der Ruf vorhin hatte „Dieta" gelautet, und
die weibliche Gestalt vor seinen Augen mit dem licht=
braunen Haar, dem schönen Profil und der noch jugend=
lich weich gerundeten Wange war Dieta Bodmer.

Kurz war ihm unterwegs einmal der Gedanke vor=
übergegangen, daß er ihr bei dem Dorf wieder begegnen
könne, sie wohne vielleicht nach dem Tode ihres Vaters
noch dort. Das hätte ihn gleichgültig belassen, in ihm
lebte nichts mehr, das davor zurückschrak, Aufreißung
einer vernarbten Wunde fürchtete; sie bildete ihm nur
noch eine Namenserinnerung. Aber das Undenkbarste
wäre ihm eine Vorstellung gewesen, er könne im Schloß

des alten Reichsfreiherrn Dieta Bodmer antreffen, wie —
ja, wie unter der Linde die Tochter der Male Crobath.

In sprachloser Betäubung stand er, seitwärts von
ihm klang die Stimme des Freiherrn: „Wir haben einen
Gast heut' zum Souper, liebe Dieta, dessen Namen Du
auch wohl noch von früher en mémoire bewahrt hast.
Da muß die Menage sich ein wenig in Renommé setzen,
denn er ist kein corrupter Tilleul mehr, sondern wieder
ein correctes deutsches Lindenblatt."

Die Angeredete hatte offenbar keine Ahnung von
der Gegenwart eines Fremden in der Stube gehabt
und auch, während der Alte zu ihr sprach, das Gesicht
nicht umgewandt. Doch im Begriff, die Lampe auf
den Tisch zu stellen, setzte sie diese bei seinem letzten
Wort so rasch mit lautem Klirren nieder, als sei sie
ihr aus der Hand geglitten. Unmittelbar danach aber
raffte sie ein ihr um den Nacken liegendes leichtes Seiden-
tuch über ihren Kopf herauf und verknüpfte die Enden
mit hastig bewegten Fingern unter dem Kinn. Ihr
Gesicht ward dadurch, nur in seiner Mitte noch wahrnehmbar, von einem, die Seiten überdeckenden Rahmen
eingefaßt; so stand sie, einmal tief nach Athem schöpfend,
dann drehte sie sich um und ihre Augen suchten nach
dem Gast. Sie betrachtete ihn kurz, trat darauf gegen
ihn zu und sagte: „Sind Sie Berno Lindenblatt? Ich
hätte Sie nicht wieder erkannt, der fremde Bart thut's
wohl. Und es ist sehr lange her, daß wir uns nicht
mehr gesehen, zuletzt bei einem nächtlichen Fest drüben

im Park des Reichsgrafen — nein, später noch einmal, einen Augenblick nur — da trugen Sie den Bart noch nicht."

Wie mit einem Ton leiser Wehmuth kam's aus ihrer Stimme herauf, doch so unbefangen klang sie, als ob Dieta Bodmer ebenso vor ihm dastehe wie einstmals vor siebzehn Jahren, wenn er sie ab und zu im Uebergang vom Kind zur holdselig aufblühenden Jungfrau im Hause ihres Vaters als erröthender Schüler begrüßt hatte. Die gleiche Stimme war's, mit der sie ihm damals erwidert, und unverändert sahen die hellen Augensterne ihn an, und um diese, wie von den langen Jahren unberührt gelassen, blickte noch eine mädchenhafte Lieblichkeit der Züge aus dem Rahmen des Tuches hervor. Er verlieh ihnen etwas Eigenthümliches, einem stillen Madonnenantlitz gleich zog sich das Gesicht unter seine halbe Umhüllung zurück.

Verne Lindenblatt stand, keines Gedanken fähig, doch auch keiner Regung und keines Willens mächtig. Er hörte die an ihn gerichteten Worte, ohne mit einem Laut zu erwidern; er sah die schmale, feine Hand Dieta Bodmer's sich zum Gruß gegen ihn vorstrecken, aber die seinige blieb unbeweglich. Der Freiherr war gleichfalls herangetreten und sprach jetzt: „Es ist mein liebes Kind, das mir seit dem départ ihres Vaters die Menage führt, und auch für Toccabille hat sie einen capablen Kopf. Warum steht Er denn in einer Attitube wie ein Holzklotz da? Erinnert Er sich an die Demoiselle nicht mehr? und sieht Er nicht, daß sie Ihm ihre Hand präsentirt?"

Hörbar in einem Ton unwilliger Verwunderung kam's dem Alten vom Mund. Der Angefahrene schrak heftig zusammen, die Stimme schlug ihm in's Ohr wie damals, als der Reichsfreiherr ihn an dieser nämlichen Stelle einen Hundsfott genannt, und eine dumpfe, gedankenirre Angst bemächtigte sich seiner, daß er sich wieder einer Ruchlosigkeit vor dem Richtspruch des Weißkopfs schuldig gemacht. Das ließ ihn gegen alles Sträuben des Willens mechanisch den Arm vorbewegen, doch kam's ihm kaum zur Empfindung, daß er die Hand Dieta's einen Augenblick leicht berühre, rasch zog sie die ihrige wieder zurück. Der Alte knurrte jetzt etwas von Malabresse und Impolitesse deutscher Schulmeister zwischen den Zähnen und ertheilte danach dem Mädchen Auftrag, das Heraufholen einer Flasche Rheinweins aus dem Keller zu ordonniren, doch in sanft verändertem, beinah zärtlichem Ton. Sie ging, der Freiherr hieß den Gast sich an den Tisch setzen, nahm ihm gegenüber Platz und sagte: „Was macht Er denn für eine besperate Visage? Ist Er etwa ein misogyner Mensch? Bin ich meine Lebzeit auch gewesen, il est vrai, muß man bei der usuellen Sorte wohl werden. Die da hat mich erst curirt, ist freilich mit ihrem Medicament reichlich spät gekommen. Befinde mich aber seitdem so à merveille, daß ich meine Carriere beinahe noch einmal wieder commenciren möchte."

Im Kopf des Zuhörers kreiste nur der eine Gedanke: Wie war es möglich, daß er die Rosensee aus
dem reichsgräflichen Park hier im Schloß zu Velberg
angetroffen? Dahinein klang ihm ein Weitersprechen des
Freiherrn, doch ging ihm vorüber, ohne daß er das
Einzelne deutlich auffaßte. Nur das Ganze, was alles
jenem vom Mund Kommende zweifellos besagte, drückte
ein tief anhängliches Gefühl, väterlich liebevolle Gesin-
nung, Dankbarkeit, ja Respect des Alten vor Dieta Bodmer aus. Berno Lindenblatt fuhr plötzlich verstört auf,
der Tisch dröhnte von einem Faustschlag, und wie in
grellem Weiß flammten ihm die Augen des Freiherrn
entgegen, dessen Mund grimmig hervorstieß: „Die Infamie
eines Halunken war's, durch die sie —"

Doch er brach ab, denn die Thür ging auf, Dieta
Bodmer kehrte mit dem Wein und Gläsern zurück, die
sie auf den Tisch stellte. Danach machte sie eine Bewegung, die Stube wieder zu verlassen, aber der Alte faßte
sie am Arm: „Nicht desertirt, Kind; ohne Dich habe ich
keinen Appetit auf die Bouteille, und ich leiste Dir nicht
für lange mehr Compagnie am Tisch."

Er zog sie, sichtlich gegen ihren Willen, neben sich
auf den Stuhl nieder und schenkte die Gläser ein. Mit
einem fragend seltsamen Ausdruck haftete der Blick Berno's
jetzt grabaus auf ihrem Gesicht, während ihre Augen
an den seinigen vorbeigingen. Etwas Ungewisses und
Unschlüssiges sprach aus ihrer Miene, sie streckte die Hand
nach einem der gefüllten Gläser, der Alte hob das seinige

und sagte: „Ich heiße Ihn noch einmal bien venu
bei mir und trinke auf Seine prosperité in der Zukunft."

Plötzlich stieß Berno Lindenblatt einen Schrei vom
Mund, sein Glas fiel ihm, am Boden zerklirrend, aus
der Hand, stockenden Athems, mit weitstarrenden Augen
sah er auf Dieta Bodmer. Ihr Kopftuch schien sie beim
Trinken behindert zu haben, sie hatte den Knoten gelöst,
es in den Nacken zurückfallen lassen, und ihr Gesicht
trat frei enthüllt hervor. Aber mit einem Schlage war
die Lieblichkeit aus dem Antlitz entflohen oder ihm nur
zur Hälfte geblieben; fast die ganze rechte Seite von
der Stirn bis über die Wange herab überdeckte eine
breite, schreckvoll entstellende Brandnarbe, die Haut in
zahlreiche Fältchen zusammenziehend und noch in die
Schläfe ausstrahlend. Ein Anblick war's, wie in einem
wüsten Traum, der mit einem Schlage holde Schönheit
spukhaft zu ihrem Gegensatz verzerrender Mißbildung
umwandelte.

Das Mädchen war bei dem unwillkürlichen Auf=
schrei Berno's zusammengefahren, stand rasch auf und
verließ stumm das Zimmer. Ihr einen bekümmert=zärt=
lichen Blick nachwerfend, sprach der Freiherr halb wie
vor sich hin: „Es ist ihr penible, wenn Einer nicht von
ihrer Deformität weiß. Hat nur den Teint etwas alterirt,
nichts mit dem Essentiellen an ihr zu schaffen. Mit
richtigen Augen percipirt man garnichts davon."

An dem Alten gab sich etwas seiner Natur Fremd=
artiges, eine nervöse Erregung zu erkennen. Berno

Lindenblatt jetzt in's Gesicht blickend, fuhr er mit einer heftigen Hastigkeit fort: „Nehm Er ein andres Glas? Was muß Er so à tue tête losschreien, als hätt' Ihm Einer die Kehle abtranchiren wollen? Er war doch Soldat und hat Blessuren gesehn. Kann Er Toccabille spielen?"

Auch die Hand des Sprechers, die sich seitwärts nach dem Triktrakbrett streckte, verrieth ein nervöses Zittern. „Da will ich's Ihm beibringen. So lange restirt Er hier im Haus, bis Er's capirt hat. Das verlange ich von Ihm! Er ist auf meinem territoire und hat mir Ordre zu pariren!"

Nachdrücklich, gebietenden Tons kam es ihm vom Mund und wunderlich. Denn offenbar vergaß der Alte im Augenblick, daß er nicht mehr souverainer Reichs= freiherr sei.

Da befand Berno sich in der Stube, zwischen deren Wänden er schon einmal eine Nacht zugebracht. Doch so jäh damals ein Schicksalsschlag auf ihn niedergefahren, heut' waren seine Sinne verwirrter, von Unvorherge= sehenem mit noch betäubenderer Wucht getroffen.

Aus dem Munde des Freiherrn wußte er alles, was und wie es geschehen; an dem Tage begann's, als er auf der Anhöhe über dem Dorf Steinhagen hinter dem blühenden Dornstrauch gestanden. Da ging Dieta Boh= mer den Trümmern der Falkenburg zu, und ein Fall mit beutelüsternen Fängen kreiste unsichtbar über ihr. Der hatte dem Anführer des weglagernden Volks in der Ruine guten Lohn zugesichert, wenn er sich bei einer

Gelegenheit der Pfarrerstochter bemächtigen könne; in der
Nacht spielte eine Komödie, von der sie damals nichts
geahnt, erst viel später war die richtige Erkenntniß ihr
aufgegangen. Durch den Reichsgrafen von Falkenberg
selbst wurde sie aus den Händen der Räuber befreit,
nach dem Schlößchen Barteneck gebracht, dort um ihrer
Sicherheit willen fast zwei Wochen lang eingeschlossen
gehalten. Auch das hatte sie geglaubt, sowie daß ihre
Eltern davon wüßten, und gleicherweise schenkte sie den
freundlichen Reden ihres fürstlichen Retters, der sie täglich
besuchte, vollen kinderhaften Glauben. Eines Tag's
brachte er ihr einen märchenhaften Rosenanzug mit, den
sollte sie bei einem Fest im Schloßpark zur Feier des
Geburtstages einer vornehmen Dame tragen, und gegen
Abend führte ein Wagen sie an einen Wasserrand in
ein bereitliegendes Fahrzeug. Das war fröhlich, und
wie verzaubert lag jenseits des Weihers ein Lichtmeer
von buntfarbigen Lampen vor ihr; nur als sie plötzlich
in ihrem Boot ganz von rothem Glanz übergossen wurde
und bei'm Anlanden der höchste Herr selbst auf sie zu-
trat, um ihre Hand zu nehmen, da überfiel's sie, sie
wußte nicht warum, auf einmal mit einer sinnverwir-
renden Angst, daß sie blindlings bei Jemand nach einem
Halt und Schutz suchte, dessen ihr vertrautes Gesicht als
eine Hülfszuflucht nah vor ihr auftauchte. Dann lag
ihr Gedächtniß von einer Besinnungslosigkeit überschüttet;
sie bewahrte nur in der Erinnerung, um etwas später
wieder von der Hand des Reichsgrafen gefaßt und willen-

los fortgezogen zu sein. Da gellte plötzlich ein Ge=
schrei auf, in Todesangst rings um sie her fortdrängende
Menschen stürzten zu Boden wie von Flammenpfeilen
niedergestreckt. Und fast zugleich fuhr ihr selbst etwas
blendend und zischend in's Gesicht, warf sie bewußtlos
auf die Erde. Als sie wieder zu sich kam, lag sie mit
dicht verbundenem Kopf, von kaum ertragbaren Schmerzen
gemartert in einem Bett; sehen konnte sie nicht, nur
an Stimmen hören, daß sie im Hause des Rectors
Laurentius Meibusch sein müsse. Dann vernahm sie
auch die ihres Vaters, und ein paar Wochen später
ward sie von ihm zu Wagen nach Steinhagen gebracht.
Doch nur für kurze Dauer, denn noch ehe der Sommer
ging, verließ er seine Pfarrstelle auf dem Gebirg und
zog als Prediger in's Dorf Velberg hinunter.

Das hatte der Freiherr, als Dieta Bobmer sich nach
der Abendmahlzeit fortbegeben, seinem Gast mitgetheilt,
der zum erstenmal von dem entsetzlichen Feuerwerkunglück
gleich nach seiner damaligen Wegbringung aus dem Schloß=
park vernommen. Und tief vorgebogenen Kopfes hatte
er, lautlos zuhörend, gesessen, damit er die in seinem
Gesicht immer höher auflobernde brennende Schamglut
dem Blick des Erzählers entrücke, mit keinem Ton den
Argwohn, die Ueberzeugung verrathe, die er sich als
unzweifelhaft im Kopf und Herzen aufgenährt. Wie
ein Knabe im Innern zitternd, fühlte er, wenn der Alte
davon Kenntniß erhalte, werde er ihm, in heißem Zorn
auflobernd, wieder ein Schimpfwort in's Gesicht schleudern,

noch schlimmer als damals, vielleicht eine der alten
Waffen von der Wand reißen, ihn zu einem Kampf
zwingen, den der Ehre Dieta Bodmer's zugefügten ‚affront' zu rächen. Das sah dem weißköpfigen Brausekopf
ähnlich, wenn's ihm an's Herz griff, denn unverkennbar
hing er an ihr, wie an einer eigenen Tochter.

Und nun war Berno Lindenblatt allein und das
Blendwerk, das er selbst sich vor den Augen geschaffen,
wesenlos von ihnen gefallen. Freilich hatten schlimme
Zufälle sich gehäuft, mitwirkend ihm den getrübten Blick
völlig zu verdunkeln. Heute verstand er, warum ‚jener
Mann' — in sich benannte er ihn nicht anders —
gestockt und gezaubert hatte, mit seinem Ehrenwort zu
bekräftigen, das junge Mädchen sei an dem Abend, ungeschädigt an Leib und Seele, unverletzt aus seiner Hand
hervorgegangen. Und er verstand heute, weshalb Dieta
Bodmer bei der Begegnung im Walde scheinbar selbst
sich schuldig bekannt, hastig ihr Gesicht abwendend und
mit dem Tuch verhüllend, antwortlos ins Waldbunkel
fortgeeilt war.

Zu spät — und doch, wenn die Verblendung ihn
damals nicht bemeistert, was hätte er anders gemacht?
Das Furchtbare war unabänderlich geschehen, das holde
Wunderbild seines Herzens zerstört.

Die Nacht ließ ihn schlaflos; in ihm wechselte ein
neu angefachter tödtlicher Haß gegen Den, der, wenn
auch nicht willentlich, durch seine Pläne dies Unheil,
statt des im Schilde geführten, über sie gebracht und

unsagbares Mitleid mit der schuldlos in einem jähen
Augenblick ihrer herrlichen Naturmitgift Beraubten. Erst
gegen Morgen umdämmerte sich ihm kurz das Bewußt=
sein, doch als dies ihm zurückkehrte, war sein Kissen
feucht; er hatte im Schlaf geweint wie ein Knabe.

Und als sei er wieder zu einem solchen geworden,
kam er am Morgen in die große Stube herunter. Dieta
befand sich allein darin, mit der Zurichtung des Früh=
imbisses beschäftigt; ihr die Hand jetzt entgegenstreckend,
trat er auf sie zu, öffnete den Mund, zu sprechen, daß
der Freiherr ihm gestern Abend kundgethan, wie das
entsetzliche Unglück sie betroffen habe. Doch beim ersten
Wort stockte ihm die Zunge; das konnte er ja nicht,
ihr nicht sagen, ein furchtbares Geschick sei's gewesen,
daß ihr Gesicht so entstellt worden. Und zugleich über=
kam's ihn mit Angst, ihre hellen Augen könnten in ihm
lesen, was er von ihr geglaubt; seine Stirn bedeckte
sich mit heißem Roth, und zaghaft verstummt stand er
vor ihr. Von dem Zweiten vermochte sie keine Ahnung
zu berühren, aber das Erste, sein stockendes Abbrechen
verstand sie, nahm seine Hand und sagte rasch, ihn aus
der Befangenheit befreiend, mit einem herzlichen Ton:
„Sie haben sich doch nicht verändert; es that gestern
nur, daß Sie so unerwartet dastanden, aber wenn Sie
den Bart nicht trügen, glaube ich, würden Sie wie
früher aussehen. Wir trafen uns ja manchmal im Haus
meines Vaters und auch in dem des Rectors Meibusch.
Das ist lange her."

Er ſah ſie nicht an; ſie trug kein Tuch über dem Kopf, und ein Schmerz hatte ihm die Bruſt durchkrampft, als ſein Blick flüchtig an ihrem Geſicht vorübergeſtreift. Doch ihre Stimme klang ihm über unendliche Zeitferne her als die nämliche, trug ihn in ſeine Knabenjahre zurück. Wie ſie davon ſprach, war's ihm, er begegne ihr auf dem Flur ihres Elternhauſes, habe ſie ſchüchtern mit klopfendem Herzen befragt, wo ihr Vater ſei, und ſie erwidere ihm darauf.

Von draußen her kam der Freiherr, ſeine Miene zeigte Befriedigung, wie er die Beiden nebeneinander ſtehen ſah. Den Hausgaſt begrüßend ſagte er: „War Plaiſanterie von mir geſtern Abend, daß ich Ihn in Arreſt halten wollte, bis Er die Toccabille gelernt hat. Habe Keinem mehr etwas zu ordonniren, kommt Einem nur noch mal von der Uſage her aus dem Gedächtniß. Aber ich hoffe, Er läßt ſich von einem alten Freund inoitiren, Seinen séjour in meinem Haus zu prolongiren. Wohin Er zu gehen intendirt, kommt Er früh genug, und Er iſt mir Revanche ſchuldig für Seine zu kurze Viſite bei'm letzten Mal."

Faſt wie eine Bitte klang's, und es rührte den Hörer ſeltſam an, daß der Weißkopf ſich ihm einen alten Freund benannte; dies Wort aus dem Munde des Freiherrn hatte etwas ihn im Innern Ergreifendes, ihm die leere Zweckloſigkeit ſeines Daſeins mit halbem Vergeſſen ein= lullend. Die Welt lag ſeit der Nacht verändert um Berno Lindenblatt da, nicht zu freudiger Schönheit, aber

das Frostgefühl war ihm aus Leib und Seele fortge=
schwunden, nur eine tiefe Wehmuth im Gemüth an die
Stelle getreten. Dankerfüllt nahm er die Hand des
Alten und erwiderte, Besseres wisse er sich nicht zu
wünschen, als wenn ihm erlaubt sei, noch einige Tage
hier zu verbleiben. Die Knochenfinger des Alten hielten
seine Hand mit festem Druck, und er gab hörbar erfreut
zurück: „Da wollen wir stipuliren, daß Er bleibt, bis
ich Ihm Seine Demission gebe. Viel Amüsement kann
ich Ihm freilich nicht verschaffen, dafür zu sorgen, ist
Seine eigene Affaire. Aber wenn Er sich danach umthut,
wird Er schon etwas zu gutem passer le temps aus=
findig machen."

So war Berno zu einem dauernden Gast im Schlosse
geworden, und in Kurzem erschien's ihm, als könne er
sich's nicht anders denken, die einzige Stelle auf der
Welt sei's, die ihn wie mit einem Heimathsgefühl er=
wärme. Sonnig überbreitete jetzt draußen der Himmel
wieder Feld und Wald; allein umherwandernd brachte
er lange Stunden im Freien zu, ein alter Knabenzug
zur Betrachtung der Pflanzen und Beobachtung des
kleinen Thierlebens auf ihnen ward ihm wieder lebendig,
ein Verlangen in ihm erweckend, sich ernstlich eine Lebens=
aufgabe aus ihrer wissenschaftlichen Erkenntniß gestalten
zu können. Doch manchmal trieb's ihn plötzlich von
einem Sitz zwischen den hohen Gräsern in die Höhe;
er stand, um sich blickend, und wußte nicht, was ihn
aufgescheucht habe, bis es ihm kam, seine Pflicht sei's,

sich für die Gastfreundschaft des Freiherrn dankbar zu erweisen, sich zu diesem als Spielpartner an's Tocca= billebrett zu setzen, und eilig schlug er den nächsten Weg zum Schloß zurück ein. Täglich auch begleitete er jenen auf einem Gang durch die Felder, bei dem der Alte da und dort, eine der reifenden Aehren zwischen den Fingern prüfend, anhielt und zufrieden meistens äußerte: Die Ernte falle gut aus, und sei's auch nicht mehr die einer Reichsfreiherrnschaft, so genüge sie doch, den Privateigenthümer des Grund und Bodens unter der badischen Souverainetät auskömmlich zu ernähren; denn an das neue Kurfürstenthum Baden war Velberg, wie auch die Reichsgrafschaft Falkenberg=Hochberg ge= kommen. Langsamer als früher, sich auf einen Krückstock stützend, bewegte der Alte sich vorwärts; sein Geist war jugendlich lebendig, doch der Körper gab zu erkennen, daß seine Dauer nah bis an die achtzig herangereicht.

Stunden aber auch an jedem Tag verbrachte Berno Lindenblatt im Zusammensein mit Dieta Bodmer, und es war Merkwürdiges geschehen, ohne daß Beide sich erinnern konnten, wie und in welchem Augenblick. Einer von ihnen hatte sich wohl einmal versprochen, bei der Anrede an die Stelle des „Sie“ ein „Du“ gesetzt, und dann war's ihnen unnatürlich vorgekommen, daß sie sich anders benannt, so geblieben. Sie waren ja Kindheitsfreunde gewesen, oder wenigstens, wenn sie auch in Wirklichkeit nur selten Verkehr miteinander gehabt, gestaltete es sich ihnen beiden in der Erinnerung so, als ob sie

13*

in einem vertraulichen Kinderverhältnis gestanden hätten.
Ihr Gedächtniß hatte viel Gemeinsames bewahrt, das
vom Einen berührt, bei'm Andern Widerhall fand, und
so lang sie auch beisammen saßen, verstummte ihre Wechsel=
rede keinen Augenblick. Berno setzte sich unwillkürlich
stets ihr zur Linken; dann nahm er nur die unverletzte
Seite ihres Antlitzes gewahr. Und so bedünkte sie ihm
kaum verändert; er vermochte zu rechnen, daß sie in
ihrem breiunddreißigsten Jahr stehen müsse, aber an der
linken Gesichtshälfte Dieta Bobmer's war die Zeit fast
spurlos vorübergegangen, hatte die Züge wohl ein wenig
kräftiger geprägt, doch den weichen Schmelz der Jugend
nicht von ihnen abgestreift. Mit lichtem Glanz wellte
sich das braune Haar an der Schläfe herab, vielmehr
an beiden, denn auch an der rechten, wo es völlig ver=
brannt gewesen, hatte es sich, fast noch dichter, wieder
ersetzt. Sie hätte damit vielleicht einen Theil ihrer Ent=
stellung verdecken können, allein das that sie nicht, und
nie trug sie in der Gegenwart Berno's den Kopf mehr
von einem Tuch umhüllt; wohl draußen, doch wenn sie
mit ihm zusammentraf, löste sie's stets rasch ab, als
ob es ihr zu heiß sei. Fröhlich und vertraulich sprach
sie mit dem Kindheitsgefährten, nur dann und wann
dämmerte eine gewisse weibliche Zurückhaltung unter ihrer
Stimme hervor, und bei der Betrachtung eines gemeinsam
von ihnen erfaßten Gegenstandes vermied ihre schöne
Hand achtsam, je die seinige zu berühren.

Draußen aber rückten die großen Weltereignisse wieder

um einen vorbereitend mächtigen Schritt weiter. Von
allen deutschen Ländern stand einzig noch der preußische
Staat, die Schöpfung des großen Königs, in seiner
Unabhängigkeit da, doch unausgesetzt an ihn gerichtete
demüthigende Anforderungen von Seiten des Kaisers
der Franzosen ließen deutlich erkennen, daß dieser nur
nach einem Vorwand suche, mit seiner ungeheuren Armee
auch einen Krieg gegen die letzte, ihm nicht botmäßige
Macht Deutschlands zu beginnen. Während er scheinbar
Verhandlungen pflog, wurden seine Rüstungen offenbar,
nöthigten Preußen zum Gleichen; noch herrschte Friede,
doch Tag um Tag nahmen die Nachrichten ein drohen=
deres Gesicht an, ließen das Herannahende als nicht
mehr vermeidlich werdend erkennen. Mit gespannter
Aufmerksamkeit verfolgte der Freiherr den Weitergang
der Dinge; Glanz in seinen Augen sprach, er hoffe auf
den Ausbruch des Krieges. Manchmal entfuhr ihm:
„Dem corsischen Patron macht nur eine Bataille von
Roßbach ein Ende!"

Dem hörte Berno Lindenblatt zu, erwiderte auch
darauf, aber sein Denken war nicht bei seinen Worten.
Ganz Anderes, als was Europa neu zu erschüttern ver=
hieß, hielt ihm unterlaßlos den Sinn umfangen, etwas
seinem Empfinden allmählich, wie Schritt um Schritt,
verschleiert Herangenahtes, das jetzt indeß deutlich, als
eine Gewißheit vor ihm stand. Und eine seltsame Er=
kenntniß war's: Nicht um seinetwillen, oder doch nur
zum geringeren Theil, habe der Freiherr ihn fast ge=

waltsam als Gast im Schloß zurückgehalten, sondern
Dieta Bobmer's halber. Er verfolgte eine Absicht damit, und welcher Art diese sei, konnte auch keiner un-
richtigen Deutung unterliegen.

Das aber brachte eine Frage mit sich, über deren
Beantwortung Berno bei Nacht und Tage nachsann:
Wie hatte der Alte auf diesen Gedanken zu kommen
vermocht, den er offenbar schon am ersten Abend beim
Eintreffen des unerwarteten Ankömmlings in sich getragen? Ja, früher bereits, so schien's, denn ihm war
entfahren: „Er ist mir bienvenu, ich hätte beinah'
noch einmal eine Scriptur an Ihn geschickt."

Auf einen Punkt gerieth beständig das Nachdenken
darüber hinaus. Nicht durch sich selbst konnte der Freiherr zu seinem Wunsch und Plan gelangt sein, und
ebenso hatte Berno vor ihm nie mit einem Wort Dieta
Bobmer's Erwähnung gethan. Es blieb für das Begreifen keine andere Möglichkeit, als daß sie von ihm
bei dem Alten gesprochen haben müsse, er sei ihr aus
Kindheitstagen bekannt.

Gesprochen wohl nicht andres, doch dem Hörer mochte
ein Ton in den Worten aufgefallen sein, denn er vernahm nicht nur mit dem Ohr, auch mit dem Herzen,
das an seiner Hausgenossin wie an einer Tochter hing.
Und er hatte wohl mehrfach die Rede auf den Bekannten
aus ihrer Jugendzeit zurückgebracht, um zu horchen, ob
der heimlich verhaltene Klang in ihrer Stimme bei der
Antwort wiederkehre.

Das mußte er empfunden und sich von der Bedeutung
desselben sicher überzeugt haben; eine zweite Erklärung
der von ihm ins Auge gefaßten Absicht war nicht vor=
handen.

Und eine andere Bestätigung noch fand sie in lang
vergangenen Tagen. Ob der erröthende Schüler auch
nie zu dem wunderhold erblühenden Mädchen in be=
freundeter Vertrautheit gestanden, er war zweifellos für
Dieta Bodmer in ihrer Schreckverwirrung bei dem näch=
lichen Parkfest kein Fremder, nicht nur der zufällig
Nächste gewesen, bei dem sie einen Halt und Schutz ge=
sucht. Auch sie hatte in der halben Sinnverlorenheit
etwas Verschwiegenes kundgethan, was nie über ihre
Lippen gekommen, wie nicht über die seinigen. Dies Ge=
fühl war damals mit ihm durch die Nacht gegangen
und hatte ihn trotz allem auf dem Verbannungsweg
in die Fremde mit seligem Herzklopfen die Brust erfüllt.

Dazu wich ihm nicht aus dem Ohr, was der Alte
am ersten Abend von der ‚Deformität' Dieta's gesprochen.
„Hat nur den Teint etwas alterirt, nichts mit dem Essen=
tiellen an ihr zu schaffen. Mit richtigen Augen per=
cipirt man garnichts davon."

Jäh hatte der Schreck Berno beim ersten Anblick
überwältigt, doch eine plötzlich vom Sturm aufgepeitschte
Gefühlswelle war's gewesen, die, allmählich sich aus=
gleichend, mehr und mehr zur Ruhe gekommen. Und
Eines hatte durch das erste sinnbetäubende Leid sich' sogar
als eine höchste Glücksempfindung aufgerungen, daß die

Zertrümmerung des herrlichen Bildes in seinem Herzen
sich zu einer nur die Augen erschreckenden Entstellung
verwandelt habe.

Wenn diese Augen richtig sähen, hatte der Freiherr
gesagt, sei am Wirklichen, am Wesentlichen nichts dadurch
anders geworden. Es waren die Augen väterlicher Liebe,
mit denen er Dieta Bodmer anblickte.

Stillschweigend, wie selbstverständlich blieb Berno
von Tag zu Tage im Schloß, und Wochen gingen hin,
in welchen sie ihm immer lichter und deutlicher wieder
vor den Blick des Herzens, der zauberischen Jugendliebe
hintrat. Mit dieser aber zugleich hörte auch sein Ohr,
erlauschte an feinsten Schwingungen, was im Verborgenen
der Herzschlag Dieta's rede. Sie wußte nichts von dem
Vorhaben des Alten, hielt die Liebe Berno's für un=
wiederbringlich vergangen, sich zu abstoßend und zu alt
für ein Neuerwachen des Gefühls, das einst der Knabe
dem gleichen in ihr selbst nicht verbergen gekonnt. Doch
in der verschwiegenen Brust trug sie die Liebe für ihn
wie damals fort, mit ängstlicher Scheu bedacht, sie nie
durch ein Zeichen zu verrathen.

Er konnte ihr keine äußeren Glücksgüter bieten, und
der Gedanke, sie aus dem Schloß fortzuführen, so lang
der Alte noch lebte, zerfiel von selbst. Aber wie mit
der Zauberkraft des märchenhaften Verjüngungsbrunnens
umgab ihn die Luft in Velberg, durchdrang ihn Stärke
und Muth, eine jugendlich siegesgewisse Zuversicht, für
ein Leben der Liebe, für Dieta auch die äußere Sicherung

der gemeinsamen Zukunft erringen zu können. Nur ein Bedenken darüber hatte ihn noch schwanken und zaudern lassen, doch dann überkam's eines Tages ihn mit plötzlicher unbeirrbarer Entschlossenheit, daß er hastig herzklopfend aufsprang und dem Hause zulief. Ein köstlicher August= abend war's; er wußte, der Freiherr befinde sich nicht im Schloß, sondern noch auf dem Feld zur Besichtigung der Weizeneinfuhr, und er habe gute Hoffnung, Dieta allein anzutreffen.

Das bewährte sich zwar bei seinem Eintritt in die große, leere Stube nicht, doch um wenige Minuten später. Dieta hatte Nachschau im Keller gehalten, wo der starke Gegensatz zwischen der Wärme oben und der Kühle drunten sie zum Umknüpfen ihres Kopftuches veranlaßt; sie vergaß augenblicklich, es nach ihrer Ge= wohnheit gleich abzunehmen, ließ sich, etwas ermüdet, auf einen Sitz nieder. So erschien ihr Gesicht wieder völlig makellos, wie zuerst am Abend der Ankunft Bernos, doch ihm noch mehr ganz dem gleich, das er als ein Heiligthum auf dem Altar seines jungen Herzens gehegt. Die untergehende Sonne spielte noch goldene Streifen durch den Raum, und das Mädchen sagte, darauf hin= blickend: „Wie schön sind die letzten Strahlen da an der Wand, als redeten sie mit den alten Waffen von Tagen, an denen sie so draußen in Feld und Haide auf ihnen geblitzt."

Kurz wandte Berno den Kopf dorthin, aber dann setzte er sich gleichfalls, ihr gegenüber und erwiderte:

Ich sah die Sonne einmal am Mittag, da leuchtete sie noch herrlicher. Fast ein Knabe war ich noch an dem Tage und habe Dir nie davon erzählt, Dieta, obgleich mir's bis heute das Unvergeßlichste meines Lebens geblieben. Da scheint's, kommt die Sonne, es mir wieder vor die Augen zu stellen."

Ein Strahl hob sich an der Schulter Dieta Bodmer's empor, fast als suche und finde er etwas, eine unter dem Tuchrand vorblickende braune Haarlocke, auf der er, sie in Glanz eintauchend, ruhen blieb. Der Sprecher aber hatte nicht innegehalten, sondern redete eilig weiter, erzählte von seiner langen, an einem Sonntagfrühmorgen aus dem Vaterhaus begonnenen Wanderung, die ihn zum erstenmal auch hierher in's Schloß geführt. Dieta saß, ohne eine Bewegung zuhörend, nur wie er fortfuhr, daß er weiter bis zu der blauen Bergwand gegangen, denn sie sei für ein Klopfen im Herzen das Ziel seines Weges gewesen, da schien es ihr zu warm in der Luft hier oben zu werden und zum Bewußtsein zu kommen, daß sie ihr Tuch noch umbehalten habe. Rasch hob sie ihre Hand, schürzte den Knoten auf und ließ die Hülle auf den Nacken abgleiten; mit einem Ruck trat so die Entstellung ihres Gesichtes voll zu Tage. Doch Berno nahm sie kaum gewahr, schilderte nun, wie er droben neben dem weißblühenden Dornbusch gestanden und sich plötzlich, scheu und selig zugleich, hinter diesem verborgen, nur durch eine Lücke die Augen auf die drunten aus der Pfarrhausthür Hervorgetretene gerichtet zu halten — unver-

wandt, wie sie davongegangen, kleiner und kleiner wer=
bend, bis sie ihm nicht mehr aus einer Bodensenkung
heraufgekommen.

Die Zuhörerin saß wieder regungslos, nur ihr Antlitz
hatte sich entfärbt, mehr und mehr, bis es fast eine
leblose Blässe angenommen. Auch ihre Brust hob sich
nicht zum Athemzug, doch dann, wie er einen Augen=
blick anhielt, kam ihr, plötzlich hervorgestoßen, die Frage
von den Lippen:

„Und warum gingst Du dorthin und saheft mir so
nach?"

„Weil" — stotternd antwortete er's — „weil nichts
Schöneres und Heiligeres in meinem Herzen lebte, als
Du — weil es mich übermächtig dorthin getrieben hatte,
so wie es mich hier jetzt seit Wochen festgebannt hat.
Weil dies die Hand ist, Dieta, die sich in der Unheils=
nacht am Schloßweiher um mich schlang und mir offen=
barte, daß Du mich auch in Deinem Herzen trugst —
und weil Du in meinem dieselbe geblieben bist, wie
damals."

Er hatte sich vorgebeugt und ihre Hand gefaßt, die
einen Augenblick wie regungsunfähig in der seinigen blieb.
Doch dann zog sie sie mit einer hastigen Bewegung zurück,
und ruhig gelassen klang die Stimme Dieta Bodmer's:

„Du täuschest Dich Verno, in Dir und in mir.
Wenn Du damals solche Knabenanwandlung gehabt, so
hat die Zeit sie in Dir ausgelöscht und nur die Erin=
nerung treibt noch ein Spiel mit ihr. In mir aber

täuschest Du Dich ebenso, noch mehr, denn mein Herz
hat von solchem Gefühl nie gewußt, nicht für Irgend=
einen, noch für Dich."

Jäh erbleichend, verwirrten Sinnes blickte er sie an,
als höre er nicht nur mit dem Ohr, lese, auch diesem
nicht glaubend, mit den Augen die Worte von ihren
Lippen. Und fast sprachunfähig, rang er mühsam hervor:

„Du hast mich nicht —? — ich sagte — Dein
Mund sprach's nicht — aber Dein Arm — in der
Nacht —"

Sie schüttelte den Kopf. „Was sollte er gesprochen
haben? Mir ist's im Gedächtniß, eine Verwirrung über=
fiel mich mit Schreck vor den fremden Gesichtern, die
alle auf mich schauten, und meine Hand mußte sich an
etwas halten, mir zitterten die Knie. Doch ich wußte
und sah nicht, daß Du es sei'st, mein Arm suchte eine
Stütze an dem, der mir zufällig am nächsten stand."

Ernstfreundlich eine Täuschung aufhellend und er=
klärend, hatte Dieta Bodmer erwidert, nur ihr immer
noch gleich farbloses Antlitz ließ erkennen, daß die ruhige
Ablehnung in ihrer Antwort begreiflicherweise doch aus
einer innerlichen Erregung heraufgekommen. Nach einem
kurzen Innehalten erhob sie sich jetzt vom Sitz und
fügte zugleich nach: „Wir waren ja gute Freunde in
unserer Kindheit, Berno, die laß uns bleiben. Du
wolltest Dich selbst betrügen, da mußte ich die klarer
Sehende sein und Dich auf den richtigen Weg zurück=
bringen. Das war zwar kein Verdienst, denn Du weißt

jetzt, daß mein Herz nicht mit Dir ging. Aber ich danke Dir trotzdem — und so sei dies das letzte Wort über Deinen Irrthum gewesen."

Ihre Hand bot sich ihm entgegen, doch er stand wie gelähmt, ohne sich zu regen. Die Thür vom Flur her öffnete sich, und der Freiherr trat herein, schon auf der Schwelle laut sprechend: „Habe eben eine Relation erhalten, daß die Ouverture der Campagne schon in kürzester Zeit zu attendiren ist —"

Doch er brach, die verstörte Miene Berno's wahr= nehmend, ab: „Was macht Er denn für ein air, als wär' Ihm der Weizen verhagelt?"

Der Befragte blieb wortlos, und einen Augenblick lag völlige Stille im Zimmer. Dann aber ward sie von der Stimme Dieta's aufgehoben, die kurz und unbe= fangen=sicheren Tones Auskunft gab, was eben geschehen sei, daß sie eine Bewerbung Berno's habe abschlagen müssen, weil sie seiner vermeinten Zuneigung nicht mit dem gleichen Gefühl entgegenkommen, für sich selbst wie für ihn kein Lebensglück aus der Annahme seines Antrags erhoffen könne. Ein Zucken überfuhr das Gesicht des Alten; seine Hausgenossin ohne Laut anblickend, athmete er einmal lang auf, dann brachte er kurz hervor: „Das muß jeder nach seiner Passion thun. Verstehe ich mich nicht drauf. Kann sich kein Anderer drein meliren." Bitteren Klanges aber brach es jetzt aus der Brust Berno Lindenblatt's hervor, ihn überwältigend, ohne sein Wissen, daß er die Qual im Innern laut herausströmen lasse: „Was soll dann mein zweckloses Leben noch?"

Lesbar sprach's aus den Zügen des Freiherrn, daß
auch ihm eine letzte freudige Abendhoffnung von plötz-
lichem Schlage vernichtet worden sei. Er stand verstummt,
sein Blick ging hülflos an der dunklen Getäfelwand um,
die sich grau zu überdämmern begann. Als einziger
heller Fleck dran stach nur noch das Brustbild des Mannes
mit dem gepuderten Haarbeutel unter dem Dreispitzhut
hervor, und es nahm sich seltsam aus, als trügen die
grellscharfen Augensterne eine innere Leuchtkraft in sich,
mit der sie das Zwielicht durchbohrten. Und nun fuhr
der weiße Kopf des Freiherrn nach Berno herum, seine
Hand deutete nach dem Bild, und er stieß vom Mund:

„Geh' Er in Seinen Dienst, wenn Er nicht weiß,
à quoi bon Sein Leben noch ist! Weiß es von meinem
auch nicht, aber Er ist Seiner Nation noch Revanche
schuldig. Wasche Er bei Roßbach den Tilleulrest von
sich ab, das wird Ihm Respect vor Seinem Leben wieder-
geben. Und dann komme Er zurück, wenn Er dem
gallischen Abenturier den Kehraus mitaufgespielt, und
mache mir in Seiner neuen Uniform Rapport von der
Bataille!"

Wieder blieb es still in dem dunkelnden Raum, nur
der leise Fußtritt Dieta Bodmer's klang über den Boden.
Sie verließ die Stube, ohne einen Laut, ihr Schweigen
that Einverständniß mit den Worten des Alten kund.
Als sie die Thür geschlossen, fuhr Berno Lindenblatt
wie aus einer Betäubung erwachend auf, trat gegen den
Schloßherrn hinan und sprach mit fester Stimme: •

„Ich danke Eurer freiherrlichen Gnaden, daß Sie mir den richtigen Weg gezeigt."

Dieta kam nicht zum Abendtisch; sie wollte offenbar ein peinliches Zusammensitzen vermeiden, und ihre schweigende Beipflichtung vorher war ihr jedenfalls von der Erkenntniß miteingegeben worden, nach dem Geschehenen dürfe Berno nicht länger im Hause bleiben, sei's am Besten, daß er es so bald als möglich verlasse. Er sah sie überhaupt nicht mehr, sie zeigte sich auch nicht, wie er in der nächsten Morgenfrühe vom Schloß davonging, sondern blickte ihm nur, hinter dem Fenstervorhang ihres Zimmers verborgen, nach, bis er an der Wegbiegung verschwand. Der Freiherr geleitete ihn eine Strecke, dann nahm er Abschied: „Ich habe also Seine Parole, daß Er nach der victoire mit dem Rapport wieder zu mir kommt. Geh' Er mit confiance in die Bataille und komme Er heil und zur fortune heraus. A révoir!"

Es schimmerte zwischen den Worten des Sprechers, als ob er doch noch einen Hoffnungsrest in sich berge und auf die Wiederkehr des Davongehenden setze. Dieser drückte dem Alten fest die Hand: „Wenn ich kann, so komme ich. Haben Eure freiherrliche Gnaden Dank für das, was Sie mir im Leben gethan und mir thun gewollt."

Die letzten Abschiedsworte waren's. Der Freiherr wandte sich, schritt auf seinen Stock gestützt langsam zurück, der Schein des weißen Haares erlosch hinter

Laubwerk. Ueber dieses hob sich mit seinem obersten
Theil das steile Helmbach des Schlosses herauf. Darauf haftete eine Weile noch der rückgewendete Blick
Berno Lindenblatt's. Mit stummem Ausdruck, doch redeten
seine Augen, sie sähen das alte Haus zum letztenmal
im Leben, denn er scheide in der sicheren Zuversicht,
seines Versprechens eines nochmaligen Wiederkommens
durch die Unmöglichkeit der Erfüllung entbunden zu
werden.

Ja, er war auf dem richtigen Wege, alles in ihm
durchdrang diese Gewißheit mit einem großen, ruhevoll
beschwichtenden Gefühl. Er hatte noch einmal geglaubt,
die alte Kindheitssonne hier habe ihn mit ihrer Früh-
lingsmacht aus dem Frost seines zwecklosen Daseins
erlösen wollen. Aber nur mit wärmelos-kühlen Strahlen
hatte ihr Licht ihn getäuscht, und er ging nun auf dem
richtigen Weg.

Gegen Nordosten nahm er die Richtung, eine Woche
lang, niemand achtete auf den Fußwanderer; wo er
Nachtrast hielt, sprach jedes Gesicht, klang jede Stimme
von der neuen, nah heranbrohenden Kriegsgefahr. Immer
stärker ward die allgemeine Erregung, als er den Thüringer
Wald überschritten und zur Saale hinabkam. Bei Naum-
burg traf er auf die in der Bildung begriffene preußische
Armee unter dem Oberbefehl des Herzogs Karl Ferdinand
von Braunschweig, doch man wies ihn mit dem Gesuch
um Eintritt in diese kurz zurück. Die höheren Officiere blickten mißächtlich auf das Angebot von Freiwil-

ligen, in ihren Augen bedurfte das Heer mit der Tra=
dition des Siebenjährigen Krieges keiner Verstärkung,
überall herrschte zweifelloseste, vielfach hochmüthige Sieges=
gewißheit. Aber Berno wollte und schließlich gelang's
ihm. Durch sichere Meisterung eines Pferdes bewies
er, daß er Cavallerist gewesen sei, und da er erbötig
war, die Kosten seiner Ausrüstung selbst zu bestreiten,
ward er ausnahmsweise gegen das Ende des September
einem Reiterregiment eingereiht.

Mit diesem nahm er um drei Wochen später an der
ersten Schlacht des Krieges gegen den französischen Mar=
schall Davoust bei dem Dorfe Auerstädt theil. Früh
am Morgen des 15. October noch war's, als der Kampf
begann; die hartfrische Luft weckte ein altes kriegerisches
Gefühl in ihm auf. Er empfand ein Schwellen in
Brust und Arm, daß er den Säbel gegen seine ehemaligen
Waffengenossen für sein Vaterland führe, weil sie nicht
zu Befreiern, sondern zu tödtlichen Bedrückern des deutschen
Volkes geworden. Und ihm war's, als hafte der Adler=
blick des großen Friedrich auf ihm und sein Mund spreche
zu ihm mit der Stimme des alten Reichsfreiherrn: „Jetzt
thut Er Seine Schuldigkeit als Patriot und wäscht sich
die Blamage vor sich selbst vom Gewissen herunter!"

Doch nur kurze Zeit ward ihm für dies rauschartige
Gefühl vergönnt. Tödtlich getroffen, fiel der Herzog
von Braunschweig, das Heer, seines obersten Feldherrn
beraubt, wankte und wich. Von dem zersprengten Regi=
ment Berno's wurde seine Schwadron zur Deckung des

Rückzugs noch einmal zu einem vorstoßenden Angriff commandirt, aber ein zehnfach mächtigerer feindlicher Reiter= schwall überbrauste, einem alles niederschmetternden Sturm= wetter gleich, die kleine Schaar. Im wilden Gemenge sauste ein Pallaschhieb auf Berno Lindenblatt herab, warf ihn blutüberströmt aus dem Sattel seines fortrasenden Pferdes zur Erde. Sein letzter Blick fiel noch in die Sonne, und sein letzter Gedanke war, er sei am Ziel, nach dem er gesucht.

Mit ihm fiel Preußen, dessen zweite Armee wenige Meilen weiter gen Süden in derselben Stunde mit der ersten vernichtet wurde. Nicht mehr der Staat und das Heer des großen Königs war's gewesen und keine Schlacht bei Roßbach, sondern bei Jena und Auerstädt.

XIV.

Dem lauten Getöſe der Waffen folgte ein tiefes Schweigen,
der rothen Farbe des verſtrömten Blutes die weiße
des Todes. Der Spätherbſt hatte die letzte noch zum
Widerſtand aufgebotene Lebenskraft des ehemaligen deutſchen Reiches zerdrückt, und der Winter breitete ein weites
Leichentuch über alle deutſche Erde. Darunter lag jedes
Menſchenhoffen begraben, wie jeder grüne Schimmer des
Bodens. Nichts als das kalte, weiße Leichentuch über
einem reglosen, athemverlaſſenen Rieſenleib.

Ein Winter war's, der ſeine Herrſchaft mit eiſernem
und eiſigem Scepter führte. Mit Feſſeln umwunden,
ihm ohnmächtig unterthan waren die Staaten Deutſch-
lands von den Alpen bis zur Oſtſee. Doch auch dieſe
ſchlug er in feſte Bande, und mit ungeheuren Schnee-
maſſen überdeckte er die Ebenen, wie die Berge und
Thäler; alles lag zu Grabesſtarre unter ſeine Hand
gebändigt. Zweihändig übte er ſeine ſouveraine Gewalt
aus, mit der, die er vom Nordpol her nach Deutſchland
vorreckte, und mit der, ihr im ſchonungsloſen Zugriff
gleichen Fauſt des Kaiſers der Franzoſen.

14*

Als die einzige Lebensregung in der todesleeren
Januarlandschaft flatterten nur da und dort schwarze
Krähen beim langsamen Näherkommen eines Fußgängers
krächzend von einem Wegrandbaum in die Höh'; dann
stäubte unter ihnen die Schneelast der Zweige mit mattem
Fall auf die weiße Bodendecke herunter. Anhaltend sah
der einsame Wanderer ihnen nach, bis sie in der dunst=
grauen Luft verschwanden; danach ging er, Schritt um
Schritt, oft zu den Knieen hinan einsinkend, weiter.

Von Nordosten her aus einem Lazareth an der
Elbe war er gekommen und suchte sich einen Uebergang
über den Thüringer Wald. Doch er legte nur geringe
Strecken am Tag zurück, die Lichtstunden desselben waren
zu kurz und die aufgethürmten Weghindernisse zu be=
schwerlich. Oft mußte er in Dorfwirthschaften über=
nachten oder in einem vereinzelten Gehöft um eine
Unterkunft bitten, wortlos zufrieden mit jeder, ihm zur
Herstellung seiner verbrauchten Kräfte gereichten Kost.
Sein Verlangen stand auch allein nach der einfach=ge=
wöhnlichsten, merkbar besaß er nur geringe Mittel zur
Entschädigung seiner Wirthe. Wenn er die karge Nah=
rung verzehrt hatte, blieb er nicht länger in der Gast=
stube, sondern streckte sich zum Ausruhen hin. Nur
nach seiner Wegrichtung für den nächsten Tag erkun=
digte er sich, lehnte sonst jede Gesprächsanknüpfung ab;
auf eine Frage nach seinem Ziel gab er eine süddeutsche
Stadt an. Auffällig war's, daß er um diese Jahres=
zeit so allein zu Fuß auf langer Wanderschaft durch

die ungangbare Schneewildniß daherkam und weiterging;
aber die bösen Zeitläufte und die unerhörte Härte des
Winters beließen überall achtlos-gleichgültig gegen das
Thun und Vorhaben eines Fremden. — Mit dem ersten
Morgengrauen brach er stets wieder auf.

Wider den, bei immer gleichen hohen Frostgraden
in's Mark schneidenden Nordwind hielt er sich durch
einen langen abgetragenen Mantel den Körper einigermaßen geschützt und ebenso den Kopf unter einer alten
Schirmmütze fest mit einem Wollentuch umbunden; eine
Nothwendigkeit war's zur Erhaltung der Lebenswärme
bei seinem täglich vielstündigen Marsch über die sturm-
wilden Gebirgshöhen. Von den Gesichtszügen stellte
sich so nur wenig zur Schau, nicht viel mehr als die
glanzleeren Augen, in denen ein Ausdruck lag, wie wenn
er am liebsten den Fuß nicht weiter fortsetze, sondern
sich auf das weiße Bahrtuch der Erde hinlege, um sich
von der eisigen Nacht für immer zudecken zu lassen.
Aber er zwang die Versuchung dazu in sich nieder, und
augenscheinlich versagte der Körper ihm nicht die Kraft
zur Durchführung seines Willens. Er kam wohl nur
langsam vorwärts, doch schleppte sich nicht, überwand
auch die ärgsten Schneeverwehungen der Straße als
ein Mann von ungeschwächter, vollster Stärke.

Bei Würzburg überkreuzte er den vereisten Main,
und nun lag auch die Tauber ihm im Rücken; statt
sich weiter gegen Süden zu halten, schlug er jetzt west-
liche Richtung ein. Der Tag neigte sich zum Ende,

als er unwillkürlich einmal anhielt. Vor ihm hob sich
am Wegrand etwas aus der Schneetiefe auf, schon halb
umdämmert, aber es ließ auf einer Tafel noch ein
Wappenschild erkennen, eine grüne, von silbernem Fluß=
band durchquerte Fläche darstellend, mit einem darüber
schwebenden braunen Edelfalken. Das neue Kurfürsten=
thum Baden war von vielen Geschäften in Anspruch
genommen und hatte noch versäumt, an dieser Stelle
den Hoheitsgrenzpfahl der ehemaligen Reichsgrafschaft
Falkenberg=Hochberg zu beseitigen.

Eine Weile sah der stehen gebliebene Wanderer auf
das Wappen hin, dann blickte er sich um.

Die Nacht wollte einbrechen, er mußte auf ein Unter=
kommen bedacht sein; doch ringsum war kein Dach zu
gewahren, oder die weiße Decke drauf machte es dem
Schneeboden gleich.

Die Nacht kam, aber er wußte, nicht mit lichtlosem
Dunkel, sondern binnen Kurzem hellte der Mond sie
auch durch die graue Nebeldecke auf; gestern Abend hatte
er seinen Weg nach dem Tagesende noch mehrere Stunden
lang fortgesetzt. Sollte er heute das gleiche thun?

Dann kam er bis an sein Ziel —

Das zu erreichen, war ja der Zweck seiner langen
Winterwanderung. Aber jetzt schlug wie eine plötzlich
aufdünende Welle aus seinem Innern die Frage her=
auf: Weshalb denn hatte er den Weg hierher gemacht?

Weil er sein Wort und seine Hand drauf gegeben,
es zu thun, falls er es noch können werde?

In den langen Fieberphantasien auf dem Lazareth=
lager hatte Eines unablässig, nie weichend, ihm quälend
den Kopf durchwühlt: Er müsse es, er habe es gelobt,
als er die sichere Zuversicht gehegt, er werde nicht mehr
zu der Erfüllung im Stande sein.

Aber nach Monaten war er's bennoch wieder ge=
worden, und so stand er nun hier.

Wozu? Jetzt überkam's ihn, eine Fortdauer des
Fieberwahns habe ihn sinnlos dazu gebracht. Der Alte
dachte nicht mehr an das Versprechen, und völlig gleich=
bedeutend war's ihm, ob es erfüllt wurde oder nicht.

Seinen Kopf durchging's: Er habe sein Wort vor
sich selbst eingelöst, sei bis hierher gekommen. Nun
könne er vorübergehn —

Wohin? — Irgendwohin. In die Frostnacht, in
den Schnee —

Und doch — ein Verlangen war noch in ihm, noch
zu hören: „So hat Er's recht gemacht und sein dévoir
gethan, wenn Er auch keine victoire mitgebracht. Nun
geh' Er seine weiteren Wege mit guter fortune und
suche Er besser darauf zu prosperiren, als es Ihm hier
gelungen ist."

Fast unbewußt hatte er den Fuß doch wieder ge=
hoben und schritt auf dem Boden der ehemaligen Reichs=
freiherrnschaft weiter. Von etwas Unbestimmtem war ihm
der Antrieb dazu gekommen, das allmählich deutlicher
ward: Er könne ja noch immer umkehren. Das wollte
er auch, nur bis an die Brücke, dann hatte er sein Wort

voll gehalten. Zu mehr war er nicht verpflichtet, da
er nur gelobt, es zu thun, wenn er könne. Und in die
Thür hineintreten konnte er nicht.

Er fühlte, sein Kopf treibe wohl einen Selbstbetrug
mit umdeutender Auslegung eines Wortes, doch ihm
genügte die Täuschung, die ihm die Freiheit seines Willens
zusprach. Mechanisch wanderte er vorwärts, der verdeckte
Mond gab so viel Helle, ihn am begleitenden Hügel=
gelände erkennen zu lassen, er sei auf dem richtigen
Weg. Zum fünftenmal ging er heut' auf diesem — ein=
mal war er hier geritten — das Leben glich ganz einer
Nacht mit wechselnden Traumbildern, die beim Blick das
Lieblichste enthüllten, es höhnisch verzerrten und aus=
löschten. Dazwischen unruhvoll gegen Erstickung nach
Athem ringender oder dumpf bewußtloser Schlaf.

Wie unausdenkbar schön hätte dies Leben sein können
gleich der leuchtenden Herrlichkeit eines Sommertages.
Aber der Schnee war drauf gefallen und in Winterstarre
lag es begraben.

Fremd, wie nie gewesen. Kein Merkmal weckte ihm
die Erinnerung, daß er je diesen Weg gegangen. Alles
Schnee.

Berno fuhr zusammen; noch nicht erwartet, im matt
zwitternden Licht unvorgesehen stieg plötzlich das alte
Schloß dicht vor ihm hochragend aus dem weißen Grund
auf, dunkel und lautlos, als habe sich schon alles drin
zur Nachtruhe gelegt. Nur vom Dorf her schlug ein
Hund an, sein Gebell schien wehren zu wollen, daß
jemand den Schlaf störe.

Deshalb kam er ja auch nicht, sondern um jetzt umzukehren. Nur an die Thür wollte er sich einen Augenblick lehnen, ihn überkam's auf einmal mit so todesschwerer Müdigkeit.

Da durchhallte die Nacht ein dröhnender Ton, der erzene Thürklopfer hatte auf die Platte geschlagen.

Wer hatte es gethan? Seine Hand nicht, sie lag um den Griff geschlungen, doch ohne daß er sie geregt. Nur dran gehalten hatte er sich.

So mußte es geschehen sein — allerdings doch wohl durch seine Hand, aber ohne seine Absicht, wider seinen Willen.

Das bezeugte er jetzt auch. Drinnen scholl über den Steinflur ein Fußtritt, und eine Magd fragte durch die Thür, wer draußen sei und noch herein wolle. Die Stimme klang etwas furchtsam, und der Riegel ward nicht zurückgezogen.

Der außen Stehende besann sich einen Augenblick, dann antwortete er: „Niemand — niemand will hin= ein." In seinem Kopf lag alles so verworren, daß er glaubte, die Erwiderung lege Zeugniß dafür ab, es sei niemand vor der Thür.

Nun wollte er über die Brücke zurück, doch trat bei'm Umwenden in eine hohe Schneewehe, sank ein und gerieth, den Halt verlierend, in sitzende Stellung. Wie in einem Traum und aus einer fernen Weite vernahm er von drinnen her eine andre Stimme: „Wer in der Kälte noch anklopft, muß in Noth sein. Sei nicht thö= richt und mach auf!"

Jetzt öffnete sich die Thür, Lichtschein fiel heraus, und die Sprecherin fragte, eine Lampe in der Hand vorstreckend: „Wer ist da?"

Ihm galt's, aber er regte sich nicht, sah nur wie auf ein Gaukelspiel der Einbildung stumm in das Gesicht Dieta Bobmer's. Sie unterschied seine dunkle Gestalt in dem Schnee und sprach ihn an: „Was sitzt Ihr da? Ihr erfriert dort, steht auf."

Einen Schritt vorsetzend, beleuchtete sie ihn dichter mit der Lampe. Da machte das Licht einen heftigen Ruck in ihrer Hand, und aus ihrem Munde flog's schreck= haft hervor: „Berno — Du — bist Du's wirklich?"

Ihre Linke streckte sich aus, faßte ängstlich nach seiner Schulter. „Schläfst Du schon? Schnell! Komm!"

Sinnlos thöricht war's, wie er dasaß und sich be= nahm. Er fühlte es und raffte seine Kraft zusammen, vernunftgemäß zu handeln. So stand er auf und er= widerte: „Nein, ich schlief nicht, war nur etwas müde zum Ausruhen. Und es muß spät sein — schläft der Freiherr schon?"

„Ja, er schläft. Komm!"

Dieta zog ihn am Arm auf den Flur, in die große Stube, und er folgte willenlos. Einen Augenblick stand er ohne Wort, aber dann sagte er: „Als ich fortging, habe ich dem Freiherrn die Hand gegeben, noch einmal zu kommen, wenn ich's könnte, um ihm Nachricht zu bringen."

Sie nickte: „Ich weiß es." Danach hielt sie kurz

an, ehe sie hinzusetzte: „Aber Du kannst sie ihm nicht mehr bringen, denn er kann sie nicht mehr hören."

Ein schmerzlicher Ton durchklang die Antwort, jetzt erst nahm Berno gewahr, Dieta stehe in einer dunklen Gewandung vor ihm. Sie fügte kurz nach, ein Herzschlag habe den Alten bei der Nachricht von der Schlacht bei Jena und Auerstädt getroffen, er liege draußen unter dem Schnee.

Um Berno Lindenblatt gingen die Wände in kreisender Bewegung; als sie schwieg, brachte er hervor: „So kann ich's nicht mehr, und mein Thun war ohne Zweck. Verzeih', daß ich Dich so spät noch gestört habe."

Er wendete sich um, ihre Hand faßte nach seinem Arm: „Was willst Du?"

„Meinen Weg weitergehen."

„In die Eisnacht?" Sie schwieg, dann fügte sie nach: „So wolltest Du mich bestrafen?"

Sie nahm ihm den Mantel von den Schultern. „Morgen magst Du's; heute verlangt's durch meinen Mund der Todte von Dir, daß Du unter seinem Dach bleibst. Hier innen ist's warm, binde auch Dein Tuch ab."

Er stand noch mit dem Hut auf dem Kopf und dem dicken umgeknüpften Wollentuch; mechanisch den Arm hebend, nahm er beides herunter. Zugleich indeß flog die Hand Dieta Bodmer's sonderbar hastig gegen ihren Mund auf, es war als ob sie ihre Lippen gegen etwas, das ihnen entfahren gewollt, zupresse. Die Ablegung des Tuches hatte das Gesicht Berno

Lindenblatt's frei enthüllt, doch es war nicht wie bei
seinem Fortgang. Lang zog sich vom Stirnrand der
linken Seite bis über die Schläfe eine breite, noch
dunkel geröthete und schwer entstellende Wundnarbe des
Säbelhiebes herunter, der ihn wie todt aus dem Sattel
gestürzt.

Doch kein Gedanke rührte ihm gegenwärtig daran,
und von der seltsamen Handbewegung Dieta's hatte er
nichts bemerkt. Sie sagte jetzt: „Es ist noch nicht zu
spät — Du glaubtest es nur, weil der Tag früh zu
Ende geht. Aber ich habe noch nicht zu Abend gegessen,
und auch Du wirst hungrig sein."

Den Glockenstrang ziehend, gab sie der eintretenden
Dienerin Auftrag, die Abendmahlzeit zu bringen; Berno
saß, und sein Blick ging an der dunklen Wand mit
dem Portrait des großen Friedrich entlang. Der alte
Weißkopf fehlte, er befand sich allein mit Dieta Bodmer
in dem schon aus noch halber Knabenzeit bekannten
Raum; sie hatte sich ihm gegenüber auf einen Stuhl
niedergelassen, doch diesen mit einer Aeußerung, der
Ofen strahle zu starke Wärme aus, seitwärts verrückt
und saß ihm nun zur Rechten. So konnte er nur die
Hälfte ihres Gesichtes sehen; Wehmuth um den Verstorbenen lag drüber, aber fast unverändert erschien's
noch als das Mädchenantlitz aus dem Pfarrhaus in
Wangenfurt.

Das war zugleich ein altes und ein neues Bild des
wunderlichen Lebenstraums, in seltsamstem Gegensatz zu

der winterstarren Schneewildniß, durch die er sich lange
Tage hindurchgekämpft. Wie von einem heimlichen Sonnen=
licht ward es von der Lampe überhellt, als falle ein
Abglanz braußen blühenden Frühlings herein.

Eines der Traumbilder, nichts weiter. Draußen
lag der Schnee, durch den er morgen wieder fortwanderte.
Gleichgültig und zwecklos, wohin —

Er wollte jetzt nicht daran denken, sich der Traum=
empfindung des flüchtigen Augenblicks überlassen. Ge=
nauerer Mittheilung Dieta's von der letzten Stunde des
Freiherrn zuhörend, saß er. Ohne zu leiden, war der
Alte leis eingeschlafen; kurz zuvor, fast als letztes hatte
er noch einen Gruß an Berno Lindenblatt hinterlassen,
wenn dieser sein Wort halte und nach der Bataille
zurückkomme.

Es war doch gut und nöthig gewesen, daß er sein
Versprechen erfüllt, da der Todte sicher darauf gebaut
hatte.

Wie im Traum aß und trank er auch, denn Dieta
sagte, er müsse es, um sich zu kräftigen, legte ihm Speisen
auf den Teller und füllte sein Glas an. Sie selbst
leerte auch einigemal das ihrige; ihm wollt's in der
Erinnerung vorkommen, gegen ihre frühere Gewohnheit.
Sonst habe sie den Wein, den der Freiherr ihr bei Tisch
eingeschenkt, kaum berührt.

Dann war die Mahlzeit vorüber und sie sagte: „Ich
habe bisher nur gesprochen, was hier in Deiner Ab=
wesenheit geschehen, und Du hast noch kaum etwas von

Dir erzählt. Dazu bist Du doch gekommen; sag' es mir, da der Gütige es nicht mehr hören kann. Ich weiß, Du thust es nach seinem Sinn."

So berichtete er jetzt von sich bis zu der Schlacht von Auerstädt und dem Augenblick, in dem er das Bewußtsein durch den Säbelhieb verloren.

Unwillkürlich fiel die Zuhörerin ein: „Ja, der war gut geführt," und wie ein leises, frohsinniges Lächeln huschte ihr's dabei um die Lippen. Doch sie verbesserte gleich: „Nein, verzeih', furchtbar muß es gewesen sein; ich weiß, wie es an der Stelle schmerzt. Thut die Wunde noch weh?"

Ja, ein Traum war's, denn Dieta Bodmer hob ihre schöne Hand auf, an seinen Augen vorbei und glitt sanft fühlend über die Narbe auf seiner Stirn. Ein Zittern durchlief ihn, auch ihre Stimme hatte so anders geklungen, als wie er sie zum letzten Mal in dieser Stube gehört. Das überbot ihm die Kraft, er mußte in die Wirklichkeit zurück und sprang mit einem Aufruck vom Sitz empor. Rasch aber ihn wieder am Arm haltend, fragte sie: „Wohin willst Du?"

„Fort — wohin Du mich damals gehen geheißen und gehen ließest. Was hältst Du mich jetzt?"

Nicht nach seinem Willen durchdrang ein bitterer Klang die Worte. Doch Dieta zog ihn auf den Stuhl zurück, und nicht ein flüchtiges Lächeln wie vorher spielte ihr um den Mund, sondern außer Stande, eine hörbare Lachlust zu bezwingen, erwiderte sie: „Weil ich Dich jetzt nicht mehr so gehen heißen könnte. Mich däucht, das Schicksal hat ein Zeichen an uns gemacht, daß wir zusammen bleiben und beieinander sitzen sollen."

Er sah sie verständnißlos an, nun glitt wieder das leise Lächeln auf ihre Lippen, und sie fuhr fort: „Du erzähltest mir damals, daß Du als Knabe drüben auf den Bergen mir einmal hinter dem Dornbusch nach= geblickt, bis ich verschwunden gewesen, und daß Dein Herz glücklich dabei geklopft habe. Ich kann Dir heut' Aehnliches erzählen, denn ich habe Dir auch einmal nachgesehen, Berno, droben hinter dem Vorhang meines Fensters, bis Du verschwandest. Und auch mein Herz klopfte dabei, doch nicht vor Glück. Es wollte mir die Brust zersprengen vor Schmerz, daß ich Dich fortgehen lassen mußte."

Noch immer vermochte er nicht zu begreifen, stam= melte nur hervor: „Du — Du sahst mir damals nach? Warum denn mußtest Du mich gehen lassen —?"

Ihr Lächeln verwandelte sich zu einem leis schmerz= lichen Anflug, und als Antwort gab sie ihm die Frage zurück: „Warum hast Du so aufgeschrien, als Du mich zuerst so wieder sahst? Hättest Du's nicht gethan, hätt' ich vielleicht nicht die Kraft gehabt, mein Herz zu be= zwingen, als Du um mich warbst."

Es verklang und danach blieb's lautlos still in dem großen Zimmer; er konnte nichts hervorbringen, der Athem versagte ihm. Ein paar Herzschläge lang, da hob wieder die Stimme Dieta's an, die ihre Hand nach der seinigen streckte:

„Muß ich denn heute Deine Hand fassen und um Dich werben?"

Nun endlich war ihm aufgegangen, was sie damals mit überwältigender Bangniß zu ihrer Weigerung, der Verleugnung ihres Herzens gedrängt — daß sie gefürchtet, es komme ein Tag, an dem seine Augen wieder so bei ihrem Anblick erschrecken könnten. Und er verstand auch, nicht verwandelten Sinn's, doch von dieser Angst befreit, biete sie ihm jetzt ihre Hand hin.

Die umpreßte er krampfhaft fest mit der seinigen, aber er sprach dazu: „Ich danke Dir, Dieta, und nun kann ich anders weiter gehn, wohin es sei. Denn zum Bleiben ist's für mich zu spät. Damals hatte ich den Muth und die Zuversicht, für Dich und mich mir noch erringen zu können, wessen unser Leben bedurft hätte. Heute fühl' ich die Kraft dazu in mir ausgelöscht und Du würdest die Frau eines Bettlers."

An die Verworrenheit seines Gemüthes hatte keine Vorstellung bisher gerührt, es sei auffällig, daß Dieta Bodmer nach dem Tode des Alten noch und so allein hier im Schloß wohne. Mit einer halb schalkhaften Umwandlung des Tones versetzte sie: „Du hast recht, ich hätte wohl verdient, auf die Probe gestellt zu werden, ob ich mit Dir hungern könne. Aber leider kann ich sie nicht bestehen, nicht mit Dir darben, denn Haus und Feld umher gehören mir. Ueber die Reichsfreiherrnschaft hätte ihr souverainer Herr nicht verfügen gekonnt, doch der einfache Freiherr vermochte sein Besitzthum als Erbtheil zuzuschreiben, wem er wollte, und daß er's so durfte, war seines Lebens letzte Freude. Nur behielt er Eines vor — es steht nicht im Testament, aber mündlich hat er's mir auferlegt. Seine Verfügung habe keine Geltung, wenn —"

Dieta hielt einen Augenblick inne, während dessen er sie wie von allem Denken verlassen regungslos an= sah. Dann fuhr sie fort: „Wenn Du Dein Wort hieltest und zurückkämest; da solle das Schloß und Gut nicht mir zufallen, sondern Dir. Und Du bist zurückgekommen, Berno, und seitdem Du eingetreten, gehört dies Haus Dir, nicht mir. Du mußt mir sagen, wann ich es verlassen soll, denn Du bist der Besitzer und ich die Bettlerin, die von Deiner Güte abhängt."

Ganz ernsthaft hatte sie's jetzt gesprochen, ein Schwindel erfaßte den Kopf Berno Lindenblatt's. Nicht Wahrheit — von einem wunderbaren Schauer durchlaufen, fühlte er's — war ihr vom Mund gekommen, doch mehr, unsagbar mehr, eine warme Lüge des Herzens, die wie Sommersonne allen Frost aus dem seinigen für immer wegschmolz. Die Kniee trugen ihn nicht, wortlos glitt er vor Dieta Bohmer nieder und drückte seine Stirn auf ihren Schooß.

Den Kopf vorbeugend, legte sie ihre Wange auf seinen Scheitel. Ein Weilchen stumm bleibend, dann sagte sie flüsternd neben seinem Ohr: „Als ich Dich sah, wußte mein Herz, Du seiest nicht wiedergekommen, um

Dein Versprechen zu erfüllen. Es sagte mir, Du kämest, weil Deine Augen doch meinen Anblick ertrügen."

Leise glitt sie mit der Hand über die Narbe auf seiner Stirn und fügte wie mit traumhafter Stimme nach: „Ich segne das böse Schwert, das Dich traf, denn es schuf mein Glück."

———

www.ingramcontent.com/pod-product-compliance
Lightning Source LLC
Chambersburg PA
CBHW052329110726
47901CB00005B/1181